कंकाल

जयशंकर प्रसाद

राजपाल

स्थापित 1912
100 वर्षों की श्रेष्ठ प्रकाशन परम्परा
राजपाल

₹ 225
ISBN : 9789350643020
पहला संस्करण : 2015, छठा संस्करण : 2026

KANKAAL (Novel) by Jaishankar Prasad
मुद्रक : जी.एस. ऑफसेट, दिल्ली

राजपाल एण्ड सन्ज़
1590, मदरसा रोड, कश्मीरी गेट, दिल्ली–110006
फोन : 011–23869812, 23865483, 23867791
website : www.rajpalpublishing.com
e-mail : sales@rajpalpublishing.com
www.facebook.com/rajpalandsons

जयशंकर प्रसाद

30 जनवरी 1889–14 जनवरी 1937

खड़ी भाषा में लिखने वाले जयशंकर प्रसाद को नयी पीढ़ी में हिन्दी को लोकप्रिय करने का श्रेय जाता है। कविता, नाटक, कहानी, उपन्यास सभी विधाओं में लिखने वाले जयशंकर प्रसाद की प्रारम्भिक कृतियों, विशेषकर नाटकों में संस्कृत का प्रभाव दिखता है। उनकी कई कहानियों के विषय सामाजिक और कई नाटकों के विषय ऐतिहासिक और पौराणिक हैं। उनकी सभी कृतियों में एक दार्शनिक झुकाव दिखता है और यह शायद इसलिए कि बचपन में पिता के गुज़र जाने के बाद परिवार की आर्थिक तंगी के कारण उन्हें बचपन से काफी कठिनाइयों का सामना करना पड़ा। विधिवत् अपनी पढ़ाई पूरी नहीं कर पाए फिर भी वह घर पर ही स्वाध्याय करते रहे और साहित्य, भाषा, इतिहास में काफी ज्ञान अर्जित किया।

हिन्दी के छायावाद युग के चार स्तम्भों में से एक माने जाने वाले, जयशंकर प्रसाद ने 48 वर्षों के छोटे-से जीवनकाल में लेखन द्वारा हिन्दी साहित्य पर अपनी अमिट छाप छोड़ी। उनका महाकाव्य *कामायनी* उनकी सबसे प्रसिद्ध रचना है। इसके अतिरिक्त स्वाधीनता आंदोलन के दिनों में लिखी उनकी कविता 'हिमाद्री तुंग शृंग से' आज भी बहुत लोकप्रिय है। उनके नाटकों में *स्कंदगुप्त, चंद्रगुप्त, ध्रुवस्वामिनी* उल्लेखनीय हैं, *कंकाल* और *तितली* उनके जाने-माने उपन्यास हैं।

प्रथम खण्ड

1

प्रतिष्ठान के खंडहर में और गंगा-तट की सिकता-भूमि में अनेक शिविर और फूस के झोंपड़े खड़े हैं। माघ की अमावस्या की गोधूली में प्रयाग के बाँध पर प्रभात का-सा जनरव और कोलाहल तथा धर्म लूटने की धूम कम हो गई है, परन्तु बहुत-से घायल और कुचले हुए अर्धमृतकों की आर्त्त ध्वनि उस पावन प्रदेश को आशीर्वाद दे रही है। स्वयं-सेवक उन्हें सहायता पहुँचाने में व्यस्त हैं। यूँ तो प्रतिवर्ष यहाँ पर जन-समूह एकत्र होता है, पर अबकी बार कुछ विशेष पर्व की घोषणा की गई थी इसीलिए भीड़ अधिकता से हुई।

कितनों के हाथ टूटे, कितनों का सिर फूटा और कितने ही पसलियों की हड्डियाँ गँवाकर, अधोमुख होकर त्रिवेणी को प्रणाम करने लगे। एक नीरव अवसाद, सन्ध्या में गंगा के दोनों तट पर खड़े झोंपड़ों पर अपनी कालिमा बिखेर रहा था। नंगी पीठ घोड़ों पर नंगे साधुओं के चढ़ने का जो उत्साह था, जो तलवार की फिकैती दिखलाने की स्पर्धा थी, दर्शक-जनता पर बालू वर्षा करने का जो उन्माद था, बड़े-बड़े कारचोबी झण्डों को आगे से चलने का जो आतंक था, वह सब अब फीका हो चला था।

एक छायादार डोंगी, जमुना के प्रशान्त वक्ष को आकुलित करती हुई गंगा की प्रखर धारा को काटने लगी—उस पर चढ़ने लगी। माझियों ने कसकर डाँडे लगाए। नाव झूँसी के तट पर जा लगी। एक सम्भ्रान्त सज्जन और युवती, साथ में एक नौकर, उस पर से उतरे। पुरुष यौवन में होने पर भी कुछ खिन्न-सा था, युवती हँसमुख थी, परन्तु नौकर बड़ा ही गम्भीर बना था। यह सम्भवतः उस पुरुष की प्रभावशालिनी शिष्टता की शिक्षा थी। उसके हाथ में एक बाँस की डोलची थी, जिसमें कुछ फल और मिठाइयाँ थीं। साधुओं के शिविरों की पंक्ति सामने थी, वे लोग उसी ओर चले।

सामने से दो मनुष्य बातें करते आ रहे थे—

ऐसी भव्य मूर्ति इस मेले भर में दूसरी नहीं है।

जैसे साक्षात् भगवान् का अंश हो।

अजीब ब्रह्मचर्य का तेज है।

अवश्य महात्मा हैं।

वे दोनों चले गये।

यह दल भी उसी शिविर की ओर चल पड़ा, जिधर से दोनों बातें करते आ रहे थे। पट-मण्डप के समीप पहुँचने पर देखा, बहुत-से दर्शक खड़े हैं। एक विशिष्ट आसन पर एक बीस वर्ष का युवक हलके रंग का काषाय वस्त्र अंग पर डाले बैठा है। जटा-जूट नहीं था, कन्धे तक बाल बिखरे थे। आँखें संयम के मद से भरी थीं। पुष्ट भुजाएँ, और तेजोमय मुख-मण्डल से आकृति बड़ी प्रभावशालिनी थी। सचमुच वह युवक तपस्वी भक्ति करने योग्य था। आगन्तुक और उसकी युवती स्त्री ने विनम्र होकर नमस्कार किया और नौकर के हाथ से लेकर उपहार सामने रखा। महात्मा ने सस्नेह मुस्करा दिया। वे सामने बैठे हुए भक्त लोग कथा कहने वाले एक साधु की बातें सुन रहे थे। वह एक पद की व्याख्या कर रहा था—'तासो चुप ह्वै रहिये' गूँगा गुड़ का स्वाद कैसे बतावेगा, नमक की पुतली जब लवण-सिन्धु में गिर गई, फिर वह अलग होकर क्या अपनी सत्ता बतावेगी! ब्रह्म के लिए भी वैसे ही 'इदमित्थं' कहना असम्भव है, इसीलिए महात्मा ने कहा है—'तासो चुप ह्वै रहिये'।

उपस्थित साधु और भक्तों ने एक-दूसरे का मुँह देखते हुए प्रसन्नता प्रकट की। सहसा महात्मा ने कहा—उपनिषदों में भी कहा है—'अवचनेन प्रोवाच'! भक्त-मण्डली ने इस विद्वता पर आश्चर्य प्रकट किया और 'धन्य-धन्य' के शब्द से पट-मण्डप गूँज उठा।

सम्भ्रान्त पुरुष सुशिक्षित था। उसके हृदय में यह बात समा गई कि महात्मा वास्तविक ज्ञान-सम्पन्न महापुरुष हैं। उसने अपने साधु-दर्शन की इच्छा की सराहना की और भक्तिपूर्वक बैठकर 'सतसंग' सुनने लगा।

रात हो गई, जगह-जगह पर अलाव धधक रहे थे। शीत की प्रबलता थी। फिर भी धर्म-संग्राम के सेनापति लोग शिविरों में डटे रहे। कुछ ठहरकर आगन्तुक ने जाने की आज्ञा चाही। महात्मा ने पूछा—आप लोगों का शुभ नाम और परिचय क्या है?

हम लोग अमृतसर के रहने वाले हैं, मेरा नाम श्रीचन्द्र है और यह मेरी धर्मपत्नी है।—कहकर श्रीचन्द्र ने युवती की ओर संकेत किया। महात्मा ने भी उसकी ओर देखा। युवती ने उस दृष्टि से यह अर्थ निकाला कि महात्मा जी मेरा भी नाम पूछ रहे हैं। वह जैसे किसी पुरस्कार पाने की प्रत्याशा और लालच से प्रेरित होकर बोल उठी—दासी का नाम किशोरी है।

महात्मा की दृष्टि में जैसे एक आलोक घूम गया। उसने सिर नीचा कर लिया, और बोला—अच्छा विलम्ब होगा, जाइए। भगवान् का स्मरण रखिए।

श्रीचन्द्र किशोरी के साथ उठे। प्रणाम किया और चले।

साधुओं का भजन-कोलाहल शान्त हो गया था। निस्तब्धता रजनी के मधुर क्रोड़ में जाग रही थी। निशीथ के नक्षत्र, गंगा के मुकुर में अपना प्रतिबिम्ब देख रहे थे। शीत पवन का झोंका सबको आकिंगन करता हुआ विरक्त के समान भाग रहा था। महात्मा के हृदय में हलचल थी। वह निष्पाप हृदय ब्रह्मचारी दुश्चिन्ता से मलिन, शिविर छोड़कर कम्बल डाले, बहुत दूर गंगा की जलधारा के समीप खड़ा होकर अपने चिरसंचित पुण्यों को पुकारने लगा।

वह अपने विराग को उत्तेजित करता, परन्तु मन की दुर्बलता प्रलोभन बनकर विराग की प्रतिद्वन्द्विता करने लगती और इसमें उसके अतीत की स्मृति भी उसे धोखा दे रही थी। जिन-जिन सुखों को वह त्यागने के लिए चिन्ता करता, वे ही उसे धक्का देने का उद्योग करते। दूर, सामने दीखने वाली कलिन्दजा की गति का अनुकरण करने के लिए वह मन को उत्साह दिलाता, परन्तु गम्भीर अर्द्ध निशीथ के पूर्ण उज्ज्वल नक्षत्र बाल्यकाल की स्मृति के सदृश मानस-पटल पर चमक उठते थे। अनन्त आकाश में जैसे अतीत की घटनाएँ रजताक्षरों से लिखी हुई उसे दिखाई पड़ने लगीं—

झेलम के किनारे एक बालिका और एक बालक अपने प्रणय के पौधे को अनेक क्रीड़ा-कुतूहलों के जल से सींच रहे हैं। बालिका के हृदय में असीम अभिलाषा और बालक के हृदय में अदम्य उत्साह। बालक रंजन आठ वर्ष का हो गया और किशोरी सात की। एक दिन अकस्मात् रंजन को लेकर उसके माता-पिता हरद्वार चल पड़े। उस समय किशोरी ने उससे पूछा—रंजन, कब आओगे?

उसने कहा—बहुत ही जल्द। तुम्हारे लिए अच्छी-अच्छी गुड़िया ले आऊँगा।

रंजन चला गया। जिस महात्मा की कृपा और आशीर्वाद से उसने जन्म लिया था, उसी के चरणों में चढ़ा दिया गया। क्योंकि उसकी माता ने सन्तान होने के लिए ऐसी ही मनौती की थी।

निष्ठुर माता-पिता ने अन्य सन्तानों के जीवित रहने की आशा से अपने ज्येष्ठ पुत्र को महात्मा का शिष्य बना दिया। बिना उसकी इच्छा के वह संसार से—जिसे उसने अभी देखा भी नहीं था—अलग कर दिया गया। उसका गुरुद्वारे का नाम देवनिरंजन हुआ। वह सचमुच आदर्श ब्रह्मचारी बना। वृद्ध गुरुदेव ने उसकी योग्यता देखकर उसे उन्नीस वर्ष की अवस्था में गद्दी का अधिकारी बनाया। वह अपने संघ का संचालन अच्छे ढंग से करने लगा।

हरद्वार में उस नवीन तपस्वी की सुख्याति पर बूढ़े-बूढ़े बाबा लोग ईर्ष्या करने लगे। और इधर निरंजन के मठ की भेंट-पूजा बढ़ गई, परन्तु निरंजन सब चढ़े हुए धन का सदुपयोग करता था। उसके सदनुष्ठान का गौरव-चित्र आज उसकी आँखों के सामने खिंच गया और वह प्रशंसा और सुख्याति के लोभ दिखाकर मन को इन नई कल्पनाओं से हटाने लगा, परन्तु किशोरी के नाम ने उसे बारह वर्ष की प्रतिमा का स्मरण दिला दिया। उसने हरद्वार आते हुए कहा था—किशोरी, तेरे

लिए गुड़िया ले आऊँगा। क्या यह वही किशोरी है? अच्छा यदि है, तो इसे संसार में खेलने के लिए गुड़िया मिल गई। उसका पति है, वह उसे बहलाएगा। मुझे तपस्वी को इससे क्या! जीवन का बुल्ला विलीन हो जाएगा। ऐसी कितनी ही किशोरियाँ अनन्त समुद्र में तिरोहित हो जाएँगी। मैं क्यों चिन्ता करूँ?

परन्तु प्रतिज्ञा! ओह वह स्वप्न था, खिलवाड़ था! मैं कौन हूँ किसी को देने वाला, वही अन्तर्यामी सबको देता है। मूर्ख निरंजन! सम्हल!! कहाँ मोह के थपेड़े में झूमना चाहता है? परन्तु यदि वह कल फिर आई तो?—भागना होगा। भाग निरंजन, इस माया से हारने के पहले युद्ध होने का अवसर ही मत दे।

निरंजन धीरे-धीरे अपने शिविर को बहुत दूर छोड़ता हुआ, स्टेशन की ओर विचरता हुआ चल पड़ा। भीड़ के कारण बहुत-सी गाड़ियाँ बिना समय भी आ-जा रही थीं। निरंजन ने एक कुली से पूछा—यह गाड़ी कहाँ जाएगी?

सहारनपुर—उसने कहा

देवनिरंजन गाड़ी में चुपचाप बैठ गया।

दूसरे दिन जब श्रीचन्द्र और किशोरी साधु-दर्शन के लिए फिर उसी स्थान पर पहुँचे, तब वहाँ अखाड़े के साधुओं को बड़ा व्यग्र पाया। पता लगाने पर मालूम हुआ कि महात्मा जी समाधि के लिए हरद्वार चले गये। यहाँ उनकी उपासना में कुछ विघ्न होता था। वे बड़े त्यागी हैं। उन्हें गृहस्थों का बहुत झंझट पसन्द नहीं। यहाँ धन और पुत्र माँगने वालों तथा कष्ट से छुटकारा पाने वालों की प्रार्थना से वे ऊब गये थे।

किशोरी ने कुछ तीखे स्वर से अपने पति से कहा—मैं पहले ही कहती थी कि तुम कुछ न कर सकोगे। न तो स्वयं कहा और न मुझे प्रार्थना करने दी।

विरक्त होकर श्रीचन्द्र ने कहा—तो तुमको किसने रोका था। तुम्हीं ने क्यों न सन्तान के लिए प्रार्थना की! कुछ मैंने बाधा तो दी न थी।

उत्तेजित किशोरी ने कहा—अच्छा तो हरद्वार चलना होगा।

चलो, मैं तुम्हें वहाँ पहुँचा दूँगा। और, अमृतसर आज तार दे दूँगा कि मैं हरद्वार होता हुआ आता हूँ; क्योंकि मैं व्यवसाय इतने दिनों तक यों ही नहीं छोड़ सकता।

अच्छी बात है, परन्तु मैं हरद्वार अवश्य जाऊँगी।

सो तो मैं जानता हूँ—कहकर श्रीचन्द्र ने मुँह भारी कर लिया, परन्तु किशोरी को अपनी टेक रखनी थी। उसे पूर्ण विश्वास हो गया था कि उन महात्मा से मुझे अवश्य सन्तान मिलेगी।

उसी दिन श्रीचन्द्र ने हरद्वार के लिए प्रस्थान किया। और अखाड़े के भण्डारी ने भी जमात लेकर हरद्वार जाने का प्रबन्ध किया।

हरद्वार के समीप ही जाह्नवी के तट पर तपोवन का स्मरणीय दृश्य है। छोटे-छोटे कुटीरों की श्रेणी बहुत दूर तक चली गई है। खरस्रोता जाह्नवी की शीतल धारा उस पावन प्रदेश को अपने कल-नाद से गुंजरित करती है। तपस्वी अपनी योग-चर्या-साधन के लिए उन छोटे-छोटे कुटीरों में रहते हैं। बड़े-बड़े मठों से अन्नसत्र का प्रबन्ध है। वे अपनी भिक्षा ले आते हैं और इसी निभृत स्थान में बैठकर अपने पाप का प्रक्षालन करते हुए ब्रह्मानन्द का सुख भोगते हैं। सुन्दर शिला-खण्ड, रमणीय लता-वितान, विशाल वृक्षों की मधुर छाया, अनेक प्रकार के पक्षियों का कोमल कलरव वहाँ एक अद्भुत शान्ति का सृजन करता है। आरण्यक-पाठ के उपयुक्त स्थान है।

गंगा की धारा जहाँ घूम गई है वह छोटा-सा कोना अपने सब साथियों को छोड़कर आगे निकल गया है। वहाँ एक सुन्दर कुटी है, जो नीची पहाड़ी की पीठ पर जैसे आसन जमाये बैठी है। उसी की दालान में निरंजन गंगा की धार की ओर मुँह किये ध्यान में निमग्न है। यहाँ रहते हुए कई दिन बीत गये। आसन और दृढ़ धारणा से अपने मन को संयम में ले आने का प्रयत्न लगातार करते हुए भी शान्ति नहीं लौटी। विक्षेप बराबर होता था। जब ध्यान करने का समय होता, एक बालिका की मूर्ति सामने आ खड़ी होती। वह उसे मायाआवरण कहकर तिरस्कार करता, परन्तु वह छाया जैसे ठोस हो जाती। अरुणोदया की रक्त किरणें आँखों में घुसने लगती थीं। घबराकर तपस्वी ने ध्यान छोड़ दिया। देखा कि पगडण्डी से एक रमणी उस कुटीर के पास आ रही है। तपस्वी को क्रोध आया। उसने समझा कि देवताओं को तप में प्रत्यूह डालने का क्यों अभ्यास होता है? क्या वे मनुष्यों के समान ही द्वेष आदि दुर्बलताओं से पीड़ित हैं?

रमणी चुपचाप समीप चली आई। साष्टांग प्रणाम किया। तपस्वी चुप था, वह क्रोध से भरा था, परन्तु न जाने क्यों उसे तिरस्कार करने का साहस न हुआ। उसने कहा—उठो, तुम यहाँ क्यों आई?

किशोरी ने कहा—महाराज, अपना स्वार्थ ले आया—मैंने आज तक सन्तान का मुँह नहीं देखा।

निरंजन ने गम्भीर स्वर में पूछा—अभी तो तुम्हारी अवस्था अठारह-उन्नीस से अधिक नहीं, फिर इतनी दुश्चिन्ता क्यों?

किशोरी के मुख पर लज्जा की लाली थी, वह अपनी वयस की ताप-तोल से संकुचित हो रही थी। परन्तु तपस्वी का विचलित हृदय इसे व्रीड़ा समझने लगा। वह जैसे लड़खड़ाने लगा। सहसा सम्हल कर बोला—अच्छा। तुमने यहाँ आकर अच्छा नहीं किया। जाओ मेरे मठ में आना—अभी दो दिन ठहरकर। यह एकान्त योगियों की स्थली है, यहाँ से चली जाओ।—तपस्वी अपने भीतर किसी से लड़ रहा था।

किशोरी ने अपनी स्वाभाविक तृष्णा भरी आँखों से एक बार उस सूखे यौवन का तीव्र आलोक देखा, वह बराबर देख न सकी, छलछलाई आँखें नीची हो गईं।

उन्मत्त के समान निरंजन ने कहा—बस जाओ!

किशोरी लौटी अपने नौकर के साथ, जो थोड़ी ही दूर पर खड़ा था, 'हर की पैड़ी' की ओर चल पड़ी। चिन्ता और अभिलाषा से उसका हृदय नीचे-ऊपर हो रहा था।

रात एक पहर गई होगी, 'हर की पैड़ी' के पास ही एक घर की खुली खिड़की के पास किशोरी बैठी थी। श्रीचन्द्र को यहाँ आते ही तार मिला कि तुम तुरन्त चले आओ। व्यवसाय-वाणिज्य के काम अटपट होते हैं, वह चला गया। किशोरी नौकर के साथ रह गई। नौकर विश्वासी और पुराना था। श्रीचन्द्र की लाडली स्त्री किशोरी मनस्विनी थी ही।

ठण्ड का झोंका खिड़की से आ रहा था, परन्तु अब किशोरी के मन में बड़ी उलझन थी—कभी वह सोचती, मैं क्यों यहाँ रह गई, क्यों न उन्हीं के संग चली गई। फिर मन में आता, रुपये-पैसे तो बहुत हैं, जब उन्हें भोगने वाला ही कोई नहीं, फिर उसके लिए उद्योग न करना भी मूर्खता है। ज्योतिषी ने भी कह दिया है, सन्तान बड़े उद्योग से होगी। फिर मैंने क्या बुरा किया?

अब शीत की प्रबलता हो चली थी। उसने चाहा, खिड़की का पल्ला बन्द कर ले। सहसा किसी के रोने की ध्वनि सुनाई दी। किशोरी को उत्कण्ठा हुई, परन्तु क्या करे, 'बलदाऊ' बाजार गया था। चुप रही। थोड़े ही समय में बलदाऊ आता दिखाई पड़ा।

आते ही उसने कहा—बहूरानी, कोई गरीब स्त्री रो रही है। यहीं नीचे पड़ी है।

किशोरी भी दुःखी थी। सम्वेदना से प्रेरित होकर उसने कहा—उसे लिवाते क्यों नहीं आये, कुछ उसे दे दिया जाता।

बलदाऊ सुनते ही फिर नीचे उतर गया। उसे बुला लाया। वह एक युवती विधवा थी। बिलख-बिलखकर रो रही थी। उसके मलिन वसन का अंचल तर हो गया था। किशोरी के आश्वासन देने पर वह सम्हली और बहुत पूछने पर उसने अपनी कथा सुना दी—विधवा का नाम रामा है, बरेली की एक ब्राह्मण वधू है। दुराचार का लांछन लगाकर उसके देवर ने उसे यहाँ लाकर छोड़ दिया। उसके पति के नाम की कुछ भूमि थी, उस पर अधिकार जमाने के लिए उसने कुचक्र रचा है।

किशोरी ने उसके एक-एक अक्षर पर विश्वास किया, क्योंकि वह देखती है कि परदेश में उसके पति ने उसे छोड़ दिया और स्वयं चला गया। उसने कहा—तुम घबराओ मत, मैं यहाँ अभी कुछ दिन रहूँगी। मुझे एक ब्राह्मणी चाहिए ही, तुम मेरे पास रहो। मैं तुम्हें बहन के समान रक्खूँगी।

रामा कुछ प्रसन्न हुई। उसे आश्रय मिल गया। किशोरी शैया पर लेटे-लेटे सोचने लगी—पुरुष बड़े निर्मोही होते हैं, देखो वाणिज्य-व्यवसाय का इतना लोभ कि मुझे छोड़कर चले गये। अच्छा, जब तक वे स्वयं नहीं आवेंगे, मैं भी नहीं जाऊँगी। मेरा भी नाम 'किशोरी' है!—यही चिन्ता करते-करते किशोरी सो गई।

दो दिन तक तपस्वी ने मन पर अधिकार जमाने की चेष्टा की, परन्तु वह असफल रहा। विद्वत्ता के जितने तर्क जगत् को मिथ्या प्रमाणित करने के लिए थे, उन्होंने उग्र रूप धारण किया। वे अब समझते थे—जगत् तो मिथ्या है ही, इसके जितने कर्म हैं, वे भी माया हैं। प्रमाता जीव भी प्रकृति है, क्योंकि वह भी अपरा प्रकृति है। जब विश्व मात्र प्राकृत है, तब इसमें अलौकिक अध्यात्म कहाँ। यही खेल यदि जगत् बनाने वाले का है, तो वह मुझे खेलना चाहिए। वास्तव में गृहस्थ न होकर भी मैं वही सब तो करता हूँ जो एक संसारी करता है—वही आय-व्यय का निरीक्षण और उसका उपयुक्त व्यवहार, फिर यह सहज उपलब्ध सुख क्यों छोड़ दिया जाए?

त्यागपूर्ण थोथी दार्शनिकता जब किसी ज्ञानाभास को स्वीकार कर लेती है, तब उसका धक्का सम्हालना मनुष्य का काम नहीं।

उसने फिर सोचा—मठधारियों, साधुओं के सब पथ खुले होते हैं। यद्यपि प्राचीन आर्यों को धर्मनीति में इसीलिए कुटीचर और एकान्तवासियों का ही अनुमोदन किया है, परन्तु संघबद्ध होकर बौद्धधर्म ने जो यह अपना कूड़ा छोड़ दिया है, उसे भारत के धार्मिक सम्प्रदाय अभी भी फेंक नहीं सकते। तो फिर चले संसार अपनी गति से।

देवनिरंजन अपने विशाल मठ में लौट आया। और महन्ती नये ढंग से देखी जाने लगी। भक्तों की पूजा और चढ़ाव का प्रबन्ध होने लगा। गद्दी और तकिये की देख-भाल चली। दो ही दिन में मठ का रूप बदल गया।

एक चाँदनी रात थी। गंगा के तट पर अखाड़े से मिला हुआ उपवन था। विशाल वृक्ष की विरल छाया में चाँदनी उपवन की भूमि पर अनेक चित्र बना रही थी। वसंत-समीर ने कुछ रंग बदला था। निरंजन मन के उद्वेग से वहीं टहल रहा था। किशोरी आई। निरंजन चौंक उठा। हृदय में रक्त दौड़ने लगा।

किशोरी ने हाथ जोड़कर कहा—महाराज, मेरे ऊपर दया न होगी?

निरंजन ने कहा—किशोरी, तुम मुझको पहचानती हो?

किशोरी ने उस धुँधले प्रकाश में पहचानने की चेष्टा की, परन्तु वह असफल होकर चुप रही।

निरंजन ने फिर कहना प्रारम्भ किया—झेलम के तट पर रंजन और किशोरी नाम के दो बालक और बालिका खेलते थे। उनमें बड़ा स्नेह था। रंजन जब अपने पिता के साथ हरद्वार जाने लगा, तब उसने कहा था कि—किशोरी, तेरे लिए मैं गुड़िया ले आऊँगा, परन्तु वह झूठा बालक अपनी बाल-संगिनी के पास फिर न

लौटा। क्या तुम वही किशोरी हो?

उसका बाल सहचर इतना बड़ा महात्मा!–किशोरी की समस्त धमनियों में हलचल मच गयी। वह प्रसन्नता से बोल उठी–"और क्या तुम वही रंजन हो?"

लड़खड़ाते हुए निरंजन ने उसका हाथ पकड़ कर कहा–"हाँ किशोरी, मैं वही रंजन हूँ। तुमको पाने के लिए ही जैसे आज तक तपस्या करता रहा, यह संचित तप तुम्हारे चरणों में निछावर है। संतान, ऐश्वर्य और उन्नति देने की मुझमें जो कुछ शक्ति है, वह सब तुम्हारी है।"

अतीत की स्मृति, की वर्तमान कामनाएँ, किशोरी को भुलावा देने लगीं। माथे से पसीना बहने लगा। दुर्बल हृदया किशोरी को चक्कर आने लगा। उसने ब्रह्मचारी के चौड़े वक्ष पर अपना सिर टेक दिया।

कई महीने बीत गये। बलदाऊ ने स्वामी को पत्र लिखा कि–आप आइए, बिना आपके आये बहूरानी नहीं जाती और मैं अब यहाँ एक घड़ी भी रहना अच्छा नहीं समझता।

श्रीचन्द्र आये। हठीली किशोरी ने बड़ा रूप दिखलाया। फिर मान-मनाव हुआ। देवनिरंजन को समझा-बुझा कर किशोरी ने फिर आने की प्रतिज्ञा करके पति के साथ चली गयी। किशोरी का मनोरथ पूर्ण हुआ।

रामा वहाँ रह गयी। हरद्वार जैसे पुण्यतीर्थ में क्या विधवा को स्थान और आश्रय की कमी थी!

पन्द्रह बरस बाद–

काशी में ग्रहण था। रात में घाटों पर नहाने का बड़ा सुन्दर प्रबन्ध था। चन्द्र ग्रहण हो गया। घाट पर बड़ी भीड़ थी। आकाश में एक गहरी नीलिमा फैली। नक्षत्रों में चौगनी चमक थी, परन्तु खगोल में कुछ प्रसन्नता न थी। देखते-देखते एक अच्छे चित्र के समान पूर्णमासी का चन्द्रमा आकाश-पट पर से धो दिया गया। धार्मिक जनता में कोलाहल मच गया। लोग नहाने, गिरने तथा भूलने भी लगे। कितनों का साथ छूट गया।

विधवा रामा अब सधवा होकर अपनी कन्या तारा के साथ भण्डारी जी के साथ आई थी। भीड़ के एक ही धक्के में तारा अपनी माता तथा साथियों से अलग हो गई। यूथ से बिछड़ी हुई हरिनी के समान बड़ी-बड़ी आँखों से वह इधर-उधर देख रही थी। कलेजा धक-धक करता था, आँखें छलछला रही थीं, और उसकी पुकार उस महाकोलाहल में विलीन हुई जाती थी। तारा अधीर हो गई, अब फूट-फूट कर रोने लगी। एक अधेड़ स्त्री पास खड़ी हुई तारा को ध्यान से देख रही थी। उसने

पास आकर पूछा—बेटी, तुम किसको खोज रही हो?

तारा का गला रुँध गया, वह उत्तर न दे सकी।

तारा सुन्दरी थी। होनहार सौन्दर्य उसके प्रत्येक अंग में छिपा था। वह युवती हो चली थी, परन्तु अनाघ्रात कुसुम के रूप में पंखुरियां विकसी न थीं। अधेड़ स्त्री ने स्नेह से उसे छाती से लगा लिया, और कहा—मैं अभी तेरी माँ के पास पहुँचा देती हूँ, वह तो मेरी बहन है, मैं तुझे भलीभाँति जानती हूँ। तू घबरा मत।

हिन्दू स्कूल का एक स्वयं-सेवक पास आ गया। उसने पूछा—क्या तुम भूल गई हो?

तारा रो रही थी। अधेड़ स्त्री ने कहा—मैं जानती हूँ, यहीं इसकी माँ है, वह भी खोजती थी। मैं लिवा जाती हूँ।

स्वयं-सेवक मंगलदेव चुप रहा। युवक छात्र एक युवती बालिका के लिए हठ न कर सका। वह दूसरी ओर चला गया, और तारा उसी स्त्री के साथ चली।

2

लखनऊ, संयुक्तप्रान्त में एक निराल नगर है। बिजली की प्रभा से आलोकित सन्ध्या 'शाम-अवध' की सम्पूर्ण प्रतिमा है। पण्य में क्रय-विक्रय चल रहा है, नीचे और ऊपर से सुन्दरियों का कटाक्ष। चमकीली वस्तुओं का झलमला, फूलों का हार का सौरभ और रसिको के वसन में लगे हुए गन्ध से खेलता हुआ मुक्त पवन,—यह सब मिलकर एक उत्तेजित करने वाला मादक वायुमण्डल बन रहा है।

मंगलदेव अपने साथी खिलाड़ियों के साथ मैच खेलने लखनऊ आया था। उसका स्कूल आज विजयी हुआ है। कल वे लोग बनारस लौटेंगे। आज सब चौक में अपना विजयोल्लास प्रकट करने के लिए और उपयोगी वस्तु क्रय करने के लिए एकत्र हुए हैं।

छात्र सभी तरह के होते हैं। उनके विनोद भी अपने-अपने ढंग के, परन्तु मंगल इनमें निराला था। उसका सहज सुन्दर अंग ब्रह्मचर्य और यौवन से प्रफुल्ल था। निर्मल मन का आलोक उसके मुख-मण्डल पर तेज बना रहा था। वह अपने एक साथी को ढूँढने के लिए चला था, परन्तु वीरेन्द्र ने उसे पीछे से पुकारा। वह लौट पड़ा।

वीरेन्द्र—मंगल, आज तो तुमको मेरी एक बात माननी होगी!

मंगल—क्या बात है, पहले सुनूं भी।

वीरेन्द्र—नहीं, पहले तुम स्वीकार करो।

मंगल—यह नहीं हो सकता, क्योंकि फिर उसे न करने से मुझे कष्ट होगा।

वीरेन्द्र—बहुत बुरी बात है, परन्तु मेरी मित्रता के नाते तुम्हें करना ही होगा।

मंगल—यही तो ठीक नहीं।

वीरेन्द्र—अवश्य ठीक नहीं, तो भी तुम्हें मानना होगा।

मंगल—वीरेन्द्र, ऐसा अनुरोध न करो।

वीरेन्द्र—यह मेरा हठ है। और तुम जानते हो कि मेरा कोई भी विनोद तुम्हारे बिना असम्भव है, निस्सार है। देखो, तुमसे स्पष्ट कहता हूँ। उधर देखो—वह एक बाल वेश्या है, मैं उसके पास जाकर एक बार केवल नयनाभिराम रूप देखना चाहता हूँ। इससे विशेष कुछ नहीं।

मंगल—यह कैसा कुतूहल!—छिः!

वीरेन्द्र—तुम्हें मेरी सौंगध, पाँच मिनट से अधिक नहीं लगेगा, हम लौट आवेंगे। चलो, तुम्हें अवश्य चलना होगा। मंगल, क्या तुम जानते हो, मैं तुम्हें क्यों ले चल रहा हूँ?

मंगल—क्यों?

वीरेन्द्र—जिसमें तुम्हारे भय से मैं विचलित न हो सकूँ! मैं उसे देखूँगा अवश्य, परन्तु आगे के डर से बचाने वाला साथ रहना चाहिए। मित्र, तुमको मेरी रक्षा के लिए साथ चलना ही चाहिए।

मंगल ने कुछ सोचकर कहा—चलो। परन्तु, क्रोध से उसकी आँखें लाल हो गई थीं।

वह वीरेन्द्र के साथ चल पड़ा। सीढ़ियों से ऊपर कमरे में दोनों जा पहुँचे। एक षोड़शी युवती सजे हुए कमरे में बैठी थी। पहाड़ी रूखा सौंदर्य उसके गेहुएँ रंग में ओत-प्रोत है। सब भरे हुए अंगों में रक्त का वेगवान संचार कहता है कि इसका तारुण्य इससे कभी न छूटेगा। बीच से मिली हुई घनी भौंहों के नीचे न जाने कितना अन्धकार खेल रहा था! सहज नुकीली नाक उसकी आकृति की स्वतन्त्र सत्ता बनाये थी। नीचे सिर किये हुए उसने जब इन लोगों को देखा, तब उस समय उसकी बड़ी-बड़ी आँखों के कोन और भी खिंचे हुए जान पड़े। घने काले बालों के गुच्छे दोनों कानों के पास के कन्धों पर लटक रहे थे। बायें कपोल पर एक तिल उसके सरल सौन्दर्य को बाँका बनाने के लिए पर्याप्त था। शिक्षा के अनुसार उसने सलाम किया, परन्तु यह खुल गया कि अन्यमनस्क रहना उसकी स्वाभाविकता थी।

मंगलदेव ने देखा कि यह तो वेश्या का-सा रूप नहीं है।

वीरेन्द्र ने पूछा—आपका नाम?

उसके 'गुलेनार' कहने में कोई बनावट न थी।

सहसा मंगल चौंक उठा, उसने पूछा—क्या हमने तुमको कहीं और भी देखा है?

यह अनहोनी बात नहीं है।

कई महीने हुए, काशी में ग्रहण की रात को जब मैं स्वयं-सेवक का काम कर रहा था, मुझे स्मरण होता है, जैसे तुम्हें देखा हो, परन्तु तुम तो मुसलमानी हो।

हो सकता है कि आपने मुझे देखा हो, परन्तु उस बात को जाने दीजिए, अभी अम्मा आ रही हैं।

मंगलदेव कुछ कहना ही चाहता था कि 'अम्मा' आ गई। वह विलासजीर्ण दुष्ट मुखाकृति देखते ही घृणा होती थी।

अम्मा ने कहा–आइए बाबू साहब, कहिए क्या हुक्म है?

कुछ नहीं, गुलेनार को देखने चला आया था–कहकर वीरेन्द्र मुस्करा दिया।

आपकी लौंडी है, अभी तो तालीम भी अच्छी तरह नहीं लेती, क्या कहूँ बाबू साहब, बड़ी बोदी है। इसकी किसी बात पर ध्यान न दीजिएगा।–अम्मा ने कहा।

नहीं-नहीं, इसकी चिन्ता न कीजिए। हम लोग तो परदेशी हैं। यहाँ घूम रहे थे, तब तक इनकी मनमोहिनी छवि दिखाई पड़ी, चले आये।–वीरेन्द्र ने कहा।

अम्मा ने भीतर की ओर देखकर पुकारते हुए कहा–अरे इलायची ले आ, क्या कर रहा है?

अभी आया। कहता हुआ एक मुसलमान युवक चाँदी की थाली में पान-इलायची ले आया। वीरेन्द्र ने इलायची ले ली और उसमें दो रुपये रख दिये। फिर मंगलदेव की ओर देखकर कहा–चलो भाई, गाड़ी का भी समय देखना होगा, फिर कभी आया जाएगा। प्रतिज्ञा भी पाँच मिनट की है।

अभी बैठिए भी, क्या आये और क्या चले–फिर सक्रोध गुलेनार को देखती हुई अम्मा कहने लगी–क्या कोई बैठे और क्यों आये! तुम्हें तो कुछ बोलना ही नहीं है और न कुछ हँसी-खुशी की बातें ही करनी हैं, कोई क्यों ठहरे?–अम्मा की त्यौरियाँ बहुत ही चढ़ गई थीं। गुलेनार सिर झुकाये चुप थी।

मंगलदेव जो अब तक चुप था, बोला–मालूम होता है, आप दोनों में बनती बहुत कम है, इसका क्या कारण है?

गुलेनार कुछ बोलना ही चाहती थी कि अम्मा बीच ही में बोल उठी–अपने-अपने भाग्य होते हैं बाबू साहब, एक ही बेटी, इतने दुलार से पाला-पोसा, फिर भी न जाने क्यों रूठी ही रहती है–कहती हुई बुढ्ढी के दो बूंद आँसू भी निकल पड़े। गुलेनार की वाक्-शक्ति जैसे बन्दी होकर तड़फड़ा रही थी। मंगलदेव ने कुछ-कुछ समझा। कुछ उसे सन्देह हुआ। परन्तु वह सम्भलकर बोला–सब आप ही ठीक हो जाएगा, अभी अल्हड़पन है। अच्छा फिर आऊँगा।

वीरेन्द्र और मंगलदेव उठे, सीढ़ी की ओर चले। गुलेनार ने झुककर सलाम किया, परन्तु उसकी आँखें पलकों का पल्ला पसारकर करुणा की भीख माँग रही थीं। मंगलदेव ने–चरित्रवान मंगलदेव ने–जाने क्यों एक रहस्यपूर्ण संकेत किया। गुलेनार हँस पड़ी, दोनों नीचे उतर गये।

मंगल! तुमने तो बड़े लम्बे हाथ-पैर निकाले–कहाँ तो आते ही न थे, कहाँ ये हरकतें!–वीरेन्द्र ने कहा।

वीरेन्द्र! तुम मुझे जानते हो, परन्तु मैं सचमुच यहाँ आकर फँस गया। यही

तो आश्चर्य की बात है।

आश्चर्य काहे का, यही तो काजल की कोठरी है।

हुआ करे, चले ब्यालू करके सो रहें। सवेरे की ट्रेन पकड़नी होगी।

नहीं वीरेन्द्र, मैंने तो कैनिंग कॉलेज में नाम लिखा लेने का निश्चय-सा कर लिया है, कल मैं नहीं चल सकता।—मंगल ने गंभीरता से कहा।

वीरेन्द्र जैसे आश्चर्यचकित हो गया। उसने कहा—मंगल, तुम्हारा इसमें कोई गूढ़ उद्देश्य होगा। मुझे तुम्हारे ऊपर इतना विश्वास है कि मैं कभी स्वप्न में भी नहीं सोच सकता कि तुम्हारा पद-स्खलन होगा, परन्तु फिर भी मैं कम्पित हो रहा हूँ।

सिर नीचा किये मंगल ने कहा—और मैं तुम्हारे विश्वास की परीक्षा करूँगा। तुम तो बचकर निकल आये, परन्तु गुलेनार को बचाना होगा। वीरेन्द्र मैं निश्चयपूर्वक कहता हूँ कि यह वही बालिका है, जिसके सम्बन्ध में मैं ग्रहण के दिनों में तुमसे कहता था कि मेरे देखते ही एक बालिका कुटनी के चंगुल में फँस गई और मैं कुछ न कर सका।

ऐसी बहुत-सी अभागिन इस देश में हैं। फिर कहाँ-कहाँ तुम देखोगे?

जहाँ-जहाँ देख सकूँगा।

सावधान!

मंगल चुप रहा।

वीरेन्द्र जानता था कि मंगल बड़ा हठी है, यदि इस समय मैं इस घटना को बहुत प्रधानता न दूँ, तो सम्भव है कि वह इस कार्य से विरक्त हो जाय, अन्यथा मंगल अवश्य ही करेगा, जिससे वह रोका जाय, अतएव वह भी चुप रहा। सामने ताँगा दिखाई दिया। उस पर दोनों बैठ गये।

दूसरे दिन सबको गाड़ी पर बैठाकर अपने एक आवश्यक कार्य का बहाना कर मंगल स्वयं लखनऊ रह गया। कैनिंग कॉलेज के छात्रों को यह जानकर बड़ी प्रसन्नता हुई कि मंगल वहीं पढ़ेगा। उसके लिए स्थान का भी प्रबन्ध हो गया। मंगल वहीं रहने लगा।

दो दिन बाद मंगल अमीनाबाद की ओर गया। वह पार्क की हरियाली में घूम रहा था कि उसे अम्मा दिखलाई पड़ी और वही पहले बोली—बाबू साहब, आप तो फिर नहीं आये।

मंगल दुविधा में पड़ गया। उसकी इच्छा हुई कि कुछ उत्तर न दे। फिर सोचा—अरे मंगल, तू तो इसीलिए यहाँ रह गया है! उसने कहा—हाँ-हाँ, कुछ काम में फँस गया था। आज मैं अवश्य आता, पर क्या करूँ, मेरे एक मित्र साथ में हैं। वह मेरा आना-जाना नहीं जानते। यदि वे चले गये, तो आज ही आऊँगा, नहीं तो फिर किसी दिन।

नहीं नहीं, आपको गुलेनार की कसम, चलिए वह तो उसी दिन से बड़ी उदास रहती है।

अच्छा देखो, वे चले जायें तो आता हूँ।

आप मेरे साथ चलिए, फिर जब आइएगा, तो उनसे कह दीजिएगा—मैं तो तुम्हीं को ढूँढता रहा, इसीलिए इतनी देर हुई, और तब तक तो दो बातें करके चले आयेंगे।

कर्त्तव्यनिष्ठ मंगल ने विचार किया—ठीक तो है। उसने कहा—अच्छी बात है।

मंगल गुलेनार की अम्मा के पीछे-पीछे चला।

गुलेनार बैठी हुई पान लगा रही थी। मंगलदेव को देखते ही मुस्कराई, पर जब उसके पीछे अम्मा की मूर्ति दिखलाई पड़ी, वह जैसे भयभीत हो गई। अम्मा ने कहा—बाबू साहब बहुत कहने-सुनने से आये हैं, इनसे बातें करो। मैं अभी मीर साहब से मिलकर आती हूँ, देखूँ क्यों बुलाया है।

गुलेनार ने कहा—कब तक आओगी?

आध घण्टे में—कहती हुई अम्मा सीढ़ियाँ उतरने लगी।

गुलेनार ने सिर नीचे किये हुए पूछा—आपके लिए पान तो बाजार से मँगवाना होगा न?

मंगल ने कहा— उसकी आवश्यकता नहीं, मैं तो केवल अपना कुतूहल मिटाने आया हूँ। क्या सचमुच तुम वही हो, जिसे मैंने ग्रहण की रात काशी में देखा था?

जब आपको केवल पूछना ही है तो मैं क्यों बताऊँ? जब आप जान जाएंगे कि वही हूँ, तो फिर आपको आने की कोई आवश्यकता ही न रह जाएगी।

मंगल ने सोचा, संसार कितनी शीघ्रता से मनुष्य को चतुर बना देता है।

—अब तो पूछने का काम भी नहीं है।

क्यों?

आवश्यकता ने सब परदा खोल दिया, तुम मुसलमानी कदापि नहीं हो।

परन्तु अब मैं मुसलमानी हूँ।

हाँ, यही तो एक भयानक बात है!

और यदि मैं न होऊँ?

तब की तो बात ही दूसरी है।

अच्छा तो मैं वही हूँ, जिसका आपको भ्रम है।

तुम किस प्रकार यहाँ आ गई हो।

वह बड़ी कथा है। यह कह गुलेनार ने लम्बी साँस ली, उसकी आँखें आँसू से भर गईं।

क्या मैं सुन सकता हूँ?

क्यों नहीं, पर सुनकर क्या कीजिएगा। अब इतना ही समझ लीजिए कि मैं एक मुसलमानी वेश्या हूँ।

नहीं गुलेनार, तुम्हारा नाम क्या है, सच-सच बताओ।

मेरा नाम तारा है। मैं हरद्वार की रहने वाली हूँ। अपने पिता के साथ काशी में ग्रहण नहाने गई थी। बड़ी कठिनता से मेरा विवाह ठीक हो गया था। काशी से लौटते ही मैं एक कुल की स्वामिनी बनती, परन्तु दुर्भाग्य....!—उसकी भरी आँखों में आँसू गिरने लगे।

धीरज धरो तारा! अच्छा यह बताओ, यहाँ कैसी कटती है?

मेरा भगवान जानता है कि कैसी कटती है! दुष्टों के चंगुल में पड़कर मेरा आहार-व्यवहार तो नष्ट हो चुका, केवल सर्वनाश होना बाकी है। उसमें कारण है अम्मा का लोभ है। और मेरा आने वालों से ऐसा व्यवहार भी होता है कि अभी वह जितना रुपया चाहती हैं, नहीं मिलता। बस इसी प्रकार बची जा रही हूँ, परन्तु कितने दिन!—गुलेनार सिसकने लगी।

मंगलदेव ने कहा—तारा, तुम यहाँ से क्यों नहीं निकल भागतीं?

निकलकर कहाँ जाऊँ?

मंगलदेव चुप रह गया। वह सोचने लगा—मूढ़ समाज इसे शरण देगा?

गुलेनार ने पूछा—चुप क्यों हो गये, आप ही बताइए, निकलकर कहाँ जाऊँ और क्या करूँ?

अपने माता-पिता के पास। मैं पहुँचा दूंगा, इतना मेरा काम है।

बड़ी भोली दृष्टि से देखते हुए गुलेनार ने कहा—आप जहाँ कहें मैं चल सकती हूँ।

अच्छा, पहले यह बताओ कि कैसे तुम काशी से यहाँ पहुँच गई हो?

किसी दूसरे दिन सुनाऊँगी, अम्मा आती होंगी।

अच्छा, तो आज मैं जाता हूँ।

जाइए, पर इस दुखिया का ध्यान रखिए। हाँ, अपना पता तो बताइए, मुझे कोई अवसर निकलने का मिला, तो मैं कैसे सूचित करूँगी?

मंगल ने एक चिट पर पता लिख कर दे दिया, और कहा—मैं भी प्रबन्ध करता रहूँगा। जब अवसर मिले लिखना, पर एक दिन से पहले।

अम्मा के पैरों का शब्द सीढ़ियों पर सुनाई पड़ा और मंगल उठ खड़ा हुआ। उसके आते ही उसने पाँच रुपये हाथ पर धर दिये।

अम्मा ने कहा—बाबू साहब, चले कहाँ! बैठिए भी।

नहीं, फिर किसी दिन आऊँगा, तुम्हारी बेगम साहबा तो कुछ बोलती ही नहीं, इनके पास बैठकर क्या करूँगा!

मंगल चला गया। अम्मा क्रोध से दाँत पीसती हुई गुलेनार को घूरने लगी।

दूसरे-तीसरे दिन मंगल गुलेनार के यहाँ जाने लगा, परन्तु वह बहुत सावधान रहता। एक दुश्चरित युवक इन्हीं दिनों गुलेनार के यहाँ आता। कभी-कभी मंगल से उससे

मुठभेड़ हो जाती, परन्तु मंगल ऐसे कैंडे से बात करता कि वह मान गया। अम्मा ने अपने स्वार्थ-साधन के लिए इन दोनों में प्रतिद्वन्द्विता चला दी। युवक शरीर से हृष्ट-पुष्ट कसरती था। उसके ऊपर के होंठ मसूड़ों के ऊपर ही रह गये थे। दाँतों की श्रेणी सदैव खुली रहती, उसकी लम्बी नाक और लाल आँखें बड़ी डरावनी और रोबोली थीं, परन्तु मंगल की मुस्कराहट पर वह भौंचक-सा रह जाता और अपने व्यवहार से मंगल को मित्र बनाये रखने की चेष्टा किया करता। गुलेनार अम्मा को यह दिखलाती कि वह मंगल से बहुत बोलना नहीं चाहती।

एक दिन दोनों गुलेनार के पास बैठे थे। युवक ने, जो अभी अपने एक मित्र के साथ दूसरी वेश्या के यहाँ से आया था—अपना डींग हाँकते हुए मित्र के लिए कुछ अपशब्द कहे, फिर उसने मंगल से कहा—वह न जाने क्यों उस चुड़ैल के यहाँ जाता है। और क्यों कुरूप स्त्रियाँ वेश्या बनती हैं, जब उन्हें मालूम है कि उन्हें तो रूप के बाजार में बैठना है।—फिर अपनी रसिकता दिखाते हुए हँसने लगा।

परन्तु मैं तो आज तक यही नहीं समझता कि सुन्दरी स्त्रियाँ क्यों वेश्या बनें! संसार का सबसे सुन्दर जीव क्यों सबसे बुरा काम करे?—कहकर मंगल ने सोचा कि यह स्कूल की विवाद-सभा नहीं है। वह अपनी मूर्खता पर चुप हो गया। युवक हँस पड़ा। अम्मा अपनी जीविका को बहुत बुरा सुनकर तन गई। गुलेनार सिर नीचा किये हँस रही थी। अम्मा ने कहा—फिर ऐसी जगह बाबू साहब आते ही क्यों हैं?

मंगल ने उत्तेजित होकर कहा—ठीक है, यह मेरी मूर्खता है?

युवक अम्मा को लेकर बातें करने लगा, वह प्रसन्न हुआ कि प्रतिद्वन्द्वी अपनी ही ठोकर से गिरा, धक्का देने की आवश्यकता ही न पड़ी। मंगल की ओर देखकर धीरे से गुलेनार ने कहा—अच्छा हुआ, पर जल्द—!

मंगल उठा और सीढ़ियाँ उतर आया।

शाह मीना की समाधि पर गायकों की भीड़ है। सावन की हरियाली क्षेत्र पर और नील मेघमाला आकाश के अंचल में फैल रही है। पवन के आन्दोलन से बिजली के आलोक में बादलों का हटना-बढ़ना गगन-समुद्र में तरंगों का सृजन कर रहा है। कभी फूही पड़ जाती है, समीर का झोंका गायकों को उन्मत बना देता है। उनकी इकहरी तानें तिहरी हो जाती हैं। सुनने वाले झूमने लगते हैं। वेश्याओं का दर्शकों के लिए आकर्षक समारोह है। एक घण्टे रात बीत गई है।

अब रसिकों के समाज में हलचल मची बूंदें लगातार पड़ने लगीं। लोग तितर-बितर होने लगे। गुलेनार युवक और अम्मा के साथ आई थी। वह युवक से बातें करने लगी। अम्मा भीड़ में अलग हो गई, दोनों और आगे बढ़ गये। सहसा

गुलेनार ने कहा—आह! मेरे पाँव में चटक हो गई, अब मैं एक पग चल नहीं सकती, डोली ले आओ, वह बैठ गई। युवक डोली लेने चला।

गुलेनार ने इधर-उधर देखा, तीन तालियाँ बजी मंगल आ गया, उसने कहा—ताँगा ठीक है।

गुलेनार ने कहा—किधर? चलो!—दोनों हाथ पकड़कर बढ़े। चक्कर देकर दोनों बाहर आ गये, ताँगे पर बैठे और वह ताँगे वाला कौवालों की तान—'जिस-जिस को दिया चाहें' को दुहराता हुआ चाबुक लगाता घोड़े को उड़ा ले चला। चारबाग स्टेशन पर देहरादून जाने वाली गाड़ी खड़ी थी। ताँगे को पुरस्कार देकर मंगल सीधे गाड़ी में जाकर बैठ गया। सीटी बजी, सिग्नल हुआ, गाड़ी खुल गई।

तारा, थोड़ा भी विलम्ब से गाड़ी न मिलती।

ठीक समय से पानी आ गया। हाँ, यह तो कहो, मेरा पत्र कब मिला?

आज नौ बजे। मैं सामान ठीक करके सन्ध्या की बाट देख रहा था। टिकट ले लिये थे और ठीक समय पर तुमसे भेंट हुई।

कोई पूछे तो क्या कहा जायगा?

अपने वेश्यापन के दो-तीन आभूषण उतार दो, और किसी के पूछने पर कहना—अपने पिता के पास जा रही हूँ, ठीक पता बताना।

तारा ने फुर्ती से वैसा ही किया। वह एक साधारण गृहस्थ बालिका बन गई।

वहाँ पूरा एकान्त था, दूसरे यात्री न थे। देहरा-एक्सप्रेस वेग से जा रही थी।

मंगल ने कहा—तुम्हें सूझी अच्छी। उस तुम्हारी दुष्टा अम्मा को यही विश्वास होगा कि कोई दूसरा ही ले गया। हमारे पास तक तो उसका संदेह भी न पहुँचेगा।

भगवान की दया से नरक से छुटकारा मिला। आह कैसी नीच कल्पनाओं से हृदय भरा जाता था—सन्ध्या में बैठकर मनुष्य-समाज की अशुभ कामना करना, उसे नरक के पथ की ओर चलने का संकेत बताना, फिर उसी से अपनी जीविका!

तारा, फिर भी तुमने अपने धर्म की रक्षा की। आश्चर्य!

यही कभी-कभी मैं भी विचारती हूँ कि संसार में दूर से, नगर, जनपद, सौधश्रेणी, राजमार्ग और अट्टालिकाओं से जितना शोभन दिखाई पड़ता है, वैसा ही सरल और सुन्दर भीतर नहीं है। जिस दिन मैं अपने पिता से अलग हुई, ऐसे-ऐसे निर्लज्ज और नीच मनोवृत्तियों के मनुष्यों से सामना हुआ, जिन्हें पशु भी कहना उन्हें महिमान्वित करना है!

हाँ, हाँ, यह तो कहो, तुम काशी से लखनऊ कैसे आ गईं?

तुम्हारे सामने जिस दुष्टा ने मुझे फँसाया, वह स्त्रियों का व्यापार करने वाली संस्था की कुटनी थी। मुझे ले जाकर उन सबों ने एक घर में रखा, जिसमें मेरी ही जैसी कई अभागिनें थीं, परन्तु उनमें सब मेरी जैसी रोने वाली न थीं। बहुत-सी स्वेच्छा से आई थीं और कितनी ही कंलक लगने पर अपने घर वालों से ही मेले में छोड़ दी गई थीं! मैं अलग बैठी रोती थी। उन्हीं में से कई मुझे हँसाने का उद्योग

करतीं, कोई समझाती, कोई झिड़कियाँ सुनाती और कोई मेरी मनोवृत्ति के कारण मुझे बनाती! मैं चुप होकर सुना करती, परन्तु कोई पथ निकलने का न था। सब प्रबन्ध ठीक हो गया था, हम लोग पंजाब भेजी जाने वाली थीं। रेल में बैठने का समय हुआ, मैं सिसक रही थी। स्टेशन के विश्राम-गृह में एक भीड़-सी लग रही थी, परन्तु मुझे कोई न पूछता था। यही दुष्टा अम्मा वहाँ आई और बड़े दुलार से बोली—चल बेटी, मैं तुझे तेरी माँ के पास पहुँचा दूँगी। मैंने उन सबों को ठीक कर लिया है—मैं प्रसन्न हो गई। मैं क्या जानती थी कि मैं चूल्हे से निकलकर भाड़ में जाऊँगी। बात भी कुछ ऐसी थी। मुझे उपद्रव मचाते देखकर उन लोगों ने अम्मा से कुछ रुपया लेकर मुझे उसके साथ कर दिया, मैं लखनऊ पहुँची।

हाँ, हाँ, ठीक है; मैंने भी सुना है कि पंजाब में स्त्रियों की कमी है, इसीलिए और प्रांतों से स्त्रियाँ वहाँ भेजी जाती हैं, जो अच्छे दामों पर बिकती हैं। क्या तुम भी उन्हीं के चंगुल में...?

हाँ, दुर्भाग्य से!

स्टेशन पर गाड़ी रुक गई रजनी की गहरी नीलिमा में नभ के तारे चमक रहे थे। तारा उन्हें खिड़की से देखने लगी। इतने में उस गाड़ी में एक पुरुष यात्री ने प्रवेश किया। तारा घूँघट निकालकर बैठ गई और पुरुष अपना गट्ठर रखकर सोने का प्रबन्ध करने लगा। दो-चार क्षण में गाड़ी चली। तारा ने घूमकर देखा कि वह पुरुष मुँह फेर का सो गया है, परन्तु अभी जगे रहने की सम्भावना थी। बातें आरम्भ न हुईं। कुछ देर तक दोनों चुपचाप थे। फिर झपकी आने लगी। तारा ऊँघने लगी। मंगल भी झपकी लेने लगा। गंभीर रजनी के अंचल से उस चलती हुई गाड़ी पर पंखा चल रहा था। आमने-सामने बैठे हुए मंगल और तारा निद्रावश होकर झूम रहे थे। मंगल का सिर टकराया। उसकी आँखें खुलीं। तारा का घूँघट उलट गया था। देखा, तो गले का कुछ अंश, कपोल, पाली और निद्रानिमीलित पद्मपलाशलोचन, जिस पर भौंहों की काली सेना का पहरा था! वह न जाने क्यों उसे देखने लगा। सहसा गाड़ी रुकी और धक्का लगा। तारा मंगलदेव के अंक में आ गई। मंगल ने उसे सम्हाल लिया। वह आँखें खोलती हुई मुस्कराई और फिर सहारे से टिककर सोने लगी। यात्री, जो अभी दूसरे स्टेशन पर चढ़ा था, सोते-सोते वेग में उठ पड़ा और सिर खिड़की से बाहर निकाल कर वमन करने लगा। मंगल स्वयंसेवक था। उसने जाकर उसे पकड़ा और तारा से कहा—"लोटे में पानी होगा, दो मुझे!"

तारा ने जल दिया, मंगल ने यात्री का मुँह धुलाया। वह आँखों को जल से ठंडक पहुँचाते हुए मंगल के प्रति कृतज्ञता प्रकट करना ही चाहता था कि तारा और उसकी आँखें मिल गईं। तारा पैर पकड़कर रोने लगी। यात्री ने निर्दयता से झिटकार दिया। मंगल अवाक् था।

बाबूजी, मेरा क्या अपराध, मैं तो आप लोगों को खोज रही थी।

अभागिनी! खोज रही थी मुझे या किसी और को—

किसको बाबू जी? बिलखते हुए तारा ने कहा।

जो पास बैठा है। क्या मुझे खोजना चाहती, तो एक पोस्टकार्ड न डाल देती? कलंकिनी! दुष्टा! मुझे जल पिला दिया, प्रायश्चित करना पड़ेगा!

अब मंगल की समझ में आया कि वह यात्री तारा का पिता है, परन्तु उसे विश्वास न हुआ कि यही तारा का पिता है। क्या पिता भी इतना निर्दय हो सकता है? उसे अपने ऊपर किये गये व्यंग्य का भी बड़ा दुःख हुआ, परन्तु क्या करे, इस कठोर अपमान को तारा का भविष्य सोचकर वह पी गया। उसने धीरे-से सिसकती हुई तारा से पूछा—क्या यही तुम्हारे पिता हैं?

हाँ, परन्तु मैं अब क्या करूँ। बाबू जी, मेरी माँ होती, तो इतनी कठोरता न करती। मैं उन्हीं की गोद में जाऊँगी।—तारा फूट-फूट कर रो रही थी।

तेरी नीचता से दुखी होकर महीनों हुआ वह मर गई, तू न मरी—कालिख पोतने के लिए जीती रही?—यात्री ने कहा।

मंगल से न रहा गया, उसने कहा—महाशय, आपका क्रोध व्यर्थ है। यह स्त्री कुचक्रियों के फेर में पड़ गई थी, परन्तु इसकी पवित्रता में कोई अन्तर नहीं पड़ा, बड़ी कठिनता से इसका उद्धार करके मैं इसे आप ही के पास पहुँचाने के लिए जा रहा था। भाग्य से आप यहीं मिल गये।

भाग्य नहीं, दुर्भाग्य से!—घृणा और क्रोध से यात्री के मुँह का रंग बदल रहा था।

तब यह किसकी शरण में जाएगी? अभागिनी की कौन रक्षा करेगा? मैं आपको प्रमाण दूँगा कि तारा निरपराधिनी है। आप इसे—बीच ही में यात्री ने रोककर कहा—मूर्ख युवक! ऐसी स्वैरिणी को कौन गृहस्थ अपनी कन्या कहकर सिर नीचा करेगा। तुम्हारे-जैसे इसके बहुत से संरक्षक मिलेंगे। बस अब मुझ से कुछ न कहो—यात्री का दम्भ उसके अधरों में स्फुरित हो रहा था। तारा अधीर होकर रो रही थी और युवक इस कठोर उत्तर को अपने मन में तोल रहा था।

गाड़ी बीच के छोटे स्टेशन पर नहीं रुकी। स्टेशन की लालटेनें जल रही थीं। तारा ने देखा, एक सजा-सजाया घर भागकर छिप गया। तीनों चुप रहे। तारा क्रोध और ग्लानि से फूल रही थी। निराश और अन्धकार में विलीन हो रही थी। गाड़ी दूसरे स्टेशन पर रुकी। सहसा यात्री उतर गया।

मंगलदेव कर्त्तव्य-चिन्ता में व्यस्त था। तारा भविष्य की कल्पना कर रही थी। गाड़ी अपनी धुन में गम्भीर तम का भेदन करती हुई चलने लगी।

3

हरद्वार की बस्ती से अलग गंगा के तट पर एक छोटा-सा उपवन है। दो-तीन कमरे और दालानों का उसी से लगा हुआ छोटा-सा घर है। दालान में बैठी हुई तारा माँग सँवार रही है। अपनी दुबली-पतली लम्बी काया की छाया प्रभात के कोमल आतप

में डालती हुई तारा एक कुलवधू के समान दिखाई पड़ती है। बालों से लपेटकर बँधा हुआ जूड़ा, छलछलाई आँखें, नमित और ढीली अंग-लता, पतली-पतली लम्बी उँगलियाँ, जैसे चित्र सजीव होकर काम कर रहा है। पखवारों में ही तारा के कपोलों के ऊपर और भवों के नीचे श्याम-मण्डल पड़ गया है। वह काम करते हुए भी, जैसे अन्यमनस्क-सी है। अन्यमनस्क रहना ही उसकी स्वाभाविकता है। आजकल उसकी झुकी हुई पलकें काली पुतलियों को छिपाये रखती हैं। आँखें संकेत से कहती हैं कि हमें कुछ न कहो, नहीं बरसने लगेंगी।

पास ही तून की छाया में पत्थर पर बैठा हुआ मंगल-पत्र लिख रहा है। पत्र समाप्त करके उसने तारा की ओर देखा और पूछा—मैं पत्र छोड़ने जा रहा हूँ, कोई काम बाजार का हो, तो करता आऊँ।

तारा ने पूर्ण गृहिणी भाव से कहा—थोड़ा कड़वा तेल चाहिए, और सब वस्तुएँ हैं। मंगलदेव जाने के लिए उठ खड़ा हुआ। तारा ने फिर पूछा—और नौकरी का क्या हुआ?

नौकरी मिल गई है। उसी की स्वीकृति-सूचना लिखकर पाठशाला के अधिकारी के पास भेज रहा हूँ। आर्यसमाज की पाठशाला में व्यायाम शिक्षक का काम करूँगा।

वेतन तो थोड़ा ही मिलेगा। यदि मुझे भी कोई काम मिल जाय, तो देखना, मैं तुम्हारा हाथ बँटा लूंगी।

मंगलदेव हँस दिया और कहा—स्त्रियाँ बहुत शीघ्र उत्साहित हो जाती हैं और उतने ही अधिक परिमाण में निराशावादनी भी होती हैं। भला मैं तो पहले टिक जाऊँ! फिर तुम्हारी देखी जाएगी।—मंगलदेव चला गया। तारा ने उस एकान्त उपवन की ओर देखा—शरद का निरभ्र आकाश छोटे-से उपवन पर अपने उज्ज्वल आतप के मिस हँस रहा था। तारा सोचने लगी...

यहाँ से थोड़ी दूर पर मेरा पितृ-गृह है, पर मैं वहाँ नहीं जा सकती। पिता समाज और धर्म के भय से त्रस्त है। ओह, निष्ठुर पिता! अब उनकी भी पहली-सी आय नहीं, महन्त जी प्रायः बाहर, विशेषकर काशी रहा करते हैं। मठ की अवस्था बिगड़ गई है। मंगलदेव—एक अपरिचित युवक—केवल सत्साहस के बल पर मेरा पालन कर रहा है। इस दासवृत्ति से जीवन बिताने से क्या वह बुरा था, जिसे मैं छोड़ कर आई। किस आकर्षण ने यह उत्साह दिलाया और अब वह क्या हुआ, जो मेरा मन ग्लानि का अनुभव करता है, परतन्त्रता से। नहीं, मैं भी स्वावलम्बिनी बनूँगी, परन्तु मंगल! वह निरीह निष्पाप हृदय!

तारा और मंगल—दोनों के मन में संकल्प-विकल्प चल रहे थे। समय अपने मार्ग पर चल रहा था। दिन पीछे छूटते जाते थे। मंगल की नौकरी लग गई। तारा गृहस्थी जमाने लगी।

धीरे-धीरे मंगल के बहुत से आर्य मित्र बन गये। और कभी-कभी देवियाँ भी तारा से मिलने लगीं। आवश्यकता से विवश होकर मंगल और तारा ने आर्यसमाज

का साथ दिया था। मंगल स्वतन्त्र विचार का युवक था। उसके धर्मसंबंधी विचार निराले थे, परन्तु बाहर से वह पूर्ण आर्यसमाजी था। तारा की सामाजिकता बनाने के लिए उसे दूसरा मार्ग न था।

एक दिन कई मित्रों के अनुरोध से उसने अपने यहाँ प्रीतिभोज दिया। श्रीमती प्रकाशदेवी, सुभद्रा, अम्बालिका, पीलोमी, आदि नामांकित कई देवियाँ, अभिमन्यु, वेदस्वरूप, ज्ञानदत्त और वरुणप्रिय, भीष्मव्रत आदि कई आर्यसभ्य एकत्रित हुए।

वृक्ष के नीचे कुर्सियाँ पड़ी थीं। सब बैठे थे। बातचीत हो रही थी। तारा अतिथियों के स्वागत में लगी थी। भोजन बनकर प्रस्तुत था। ज्ञानदत्त ने कहा—ब्रह्मचारी जी नहीं आये!

अरुण—आते ही होंगे।

वेद—तब तक हम लोग सन्ध्या कर लें।

इन्द्र—यह प्रस्ताव ठीक है, परन्तु लीजिए वह ब्रह्मचारी जी आ रहे हैं।

एक घुटनों से नीचा लम्बा कुरता डाले, लम्बे बाल और छोटी दाढ़ी वाले गौरवपूर्ण युवक को देखते ही नमस्ते की धूम मच गई। ब्रह्मचारी जी बैठे। मंगलदेव का परिचय देते हुए वेदस्वरूप ने कहा—आपका ही शुभ नाम मंगलदेव है! इन्होंने ही इन देवी का यवनों के चंगुल से उद्धार किया है।—तारा ने नमस्ते किया, ब्रह्मचारी ने पहले हँसकर कहा—सो तो होना चाहिए, ऐसे ही नवयुवकों से भारतवर्ष को आशा है। इस सत्साहस के लिए मैं धन्यवाद देता हूँ। आप समाज में कब से प्रविष्ट हुए हैं?

अभी तो मैं सभ्यों में नहीं हूँ—मंगल ने कहा।

बहुत शीघ्र हो जाइए, बिना भित्ति के कोई घर नहीं टिकता और बिना नींव के कोई भित्ति नहीं। उसी प्रकार सद्विचार के बिना मनुष्य की स्थिति नहीं और धर्म-संस्कारों के बिना सद्विचार टिकाऊ नहीं होते। इसके सम्बन्ध में मैं विशेष रूप से फिर कहूँगा। आइए हम लोग सन्ध्या-वन्दन कर लें।

सन्ध्या और प्रार्थना के समय मंगलदेव केवल चुपचाप बैठा रहा।

थालियाँ परसी गईं। भोजन करने के लिए लोग आसन पर बैठे। वेद-स्वरूप ने कहना आरम्भ किया—हमारी जाति में धर्म के प्रति इतनी उदासीनता का कारण है एक कल्पित ज्ञान, जो इस देश के प्रत्येक प्राणी के लिए सुलभ हो गया है। वस्तुतः उन्हें ज्ञानाभाव होता है और वे अपने साधारण नित्यकर्म से वंचित होकर अपनी आध्यात्मिक उन्नति करने में भी असमर्थ होते हैं।

ज्ञानदत्त—इसलिए, आर्यों का कर्मवाद संसार के लिए विलक्षण कल्याण-दायक है। ईश्वर के प्रति विश्वास करते हुए भी उसे स्वावलम्बन का पाठ पढ़ाता है। यह ऋर्षियों का दिव्य अनुसंधान है।

ब्रह्मचारी ने कहा—तो अब क्या विलम्ब है, बातें भी चला करेंगी।

मंगलदेव ने कहा—हाँ, हाँ, आरम्भ कीजिए।

ब्रह्मचारी ने गंभीर स्वर से प्रणवाद किया और दन्त-अन्न का युद्ध प्रारम्भ हुआ।

मंगलदेव ने कहा—परन्तु संसार की अभाव-आवश्यकताओं को देखकर यह कहना पड़ता है कि कर्मवाद का सृजन करके हिन्दू-जाति ने अपने लिए असन्तोष और दौड़-धूप, आशा और संकल्प का फन्दा बना लिया है।

कदापि नहीं, ऐसा समझना भ्रम है महाशय जी! मनुष्यों को पाप-पुण्य की सीमा में रखने के लिए इससे बढ़कर कोई उपाय जगत् को नहीं मिला।—सुभद्रा ने कहा।

श्रीमती! मैं पाप-पुण्य की परिभाषा नहीं समझता, परन्तु यह कहूँगा कि मुसलमान-धर्म इस ओर बड़ा दृढ़ है। वह सम्पूर्ण निराशावादी होते हुए, भौतिक कुल शक्तियों पर विश्वास करते हुए, केवल ईश्वर की अनुकम्पा पर अपने को निर्भर करता है। इसीलिए उनमें इतनी दृढ़ता होती है। उन्हें विश्वास होता है कि मनुष्य कुछ नहीं कर सकता—बिना परमात्मा की आज्ञा के। और केवल इसी एक विश्वास के कारण वे संसार में सन्तुष्ट हैं।

परसने वाले ने कहा—मूँग का हलवा ले आऊँ। खीर में तो अभी विलम्ब है।

ब्रह्मचारी ने कहा—भाई, हम जीवन को सुख के अच्छे उपकरण ढूँढने में नहीं बिताना चाहते। जो कुछ प्राप्त है, उसी में जीवन सुखी होकर बीते, इसी की चेष्टा करते हैं। इसीलिए जो प्रस्तुत हो, ले आओ।

सब लोग हँस पड़े।

फिर ब्रह्मचारी ने कहा—महाशय जी, आपने एक बड़े धर्म की बात कही है। मैं उसका निराकरण कर देना चाहता हूँ। मुसलमान-धर्म निराशावादी होते हुए भी क्यों इतना उन्नतिशील है, इसका कारण तो आपने स्वयं कहा है कि 'ईश्वर में विश्वास' परन्तु इसके साथ उनकी सफलता का एक और भी रहस्य है। वह है उनकी नित्य-क्रिया की नियम-बद्धता, क्योंकि नियमित रूप से परमात्मा की कृपा का लाभ उठाने के लिए प्रार्थना करनी आवश्यक है। मानव-स्वभाव दुर्बलताओं का संकलन है, सत्कर्म विशेष होने पाते नहीं, क्योंकि नित्य-क्रियाओं द्वारा उनका अभ्यास नहीं। दूसरी ओर ज्ञान की कमी से ईश्वर-निष्ठा भी नहीं। इसी अवस्था को देखते हुए ऋषि ने यह सुगम आर्य-पथ बनाया है। प्रार्थना नियमित रूप से करना, ईश्वर में विश्वास करना, यही तो आर्यसमाज का संदेश है। यह स्वावलम्बपूर्ण है, यह दृढ़ विश्वास दिलाता है कि हम सत्कर्म करेंगे, तो परमात्मा की कृपा अवश्य होगी।

सब लोगों ने उनका धन्यवाद किया। ब्रह्मचारी ने हँसकर सबका स्वागत किया। अब एक क्षणभर के लिए विवाद स्थगित हो गया और भोजन में सब लोग दत्तचित्त हुए। कुछ भी परसने के लिए पूछा जाता तो वे 'हूँ' कहते। कभी-कभी न लेने के लिए भी उसी का प्रयोग होता। परसने वाला घबरा जाता और भ्रम से

उनकी थाली में कुछ न कुछ डाल देता, परन्तु वह सब यथास्थान पहुँच जाता। भोजन समाप्त करके सब लोग यथास्थान बैठे। तारा सभी देवियों के साथ हिल-मिल गई।

चाँदनी निकल आई थी। समय सुन्दर था। ब्रह्मचारी ने प्रसंग छेड़ते हुए कहा—मंगलदेव जी! आपने एक आर्य-बालिका का यवनों से उद्धार करके बहुत पुण्यकर्म किया है। इसके लिए आपको हम सब लोग बधाई देते हैं।

वेदस्वरूप—और इस उत्तम प्रीतिभोज के लिए धन्यवाद।

विदुषी सुभद्रा ने कहा—परमात्मा की कृपा से तारादेवी के शुभ पणि-ग्रहण के अवसर पर हम लोग फिर इसी प्रकार सम्मिलित हों।

मंगलदेव ने, जो अभी तक अपनी प्रशंसा का बोझ सिर नीचे किये उठा रहा था, कहा—जिस दिन इतना हो जाय, उसी दिन मैं अपने कर्त्तव्य को पूरा कर सकूँगा।

तारा सिर झुकाये रही। उसके मन में इन सामाजिकों की सहानुभूति ने एक नई कल्पना उत्पन्न कर दी। वह एक क्षण भर के लिए अपने भविष्य से निश्चिन्त-सी हो गई।

उपवन के बाहर तक तारा और मंगलदेव ने अतिथियों को पहुँचाया। ये लोग विदा हो गये। मंगलदेव अपनी कोठरी में चला गया और तारा अपने कमरे में जाकर पलंग पर लेट गई। उसने एक बार आकाश के सुकुमार शिशु को देखा। छोटे-से चन्द्र की हलकी चाँदनी में वृक्षों की परछाईं उसकी कल्पनाओं को रंजित करने लगी। वह अपने उपवन का मूक दृश्य खुली आँखों से देखने लगी। पलकों में नींद न थी, मन में चैन न था, न जाने क्यों उसके हृदय में धड़कन बढ़ रही थी। रजनी के नीरव संसार में वह उसे साफ सुन रही थी। जगते-जगते रात दो पहर से अधिक चली गई। चन्द्रिका के अस्त हो जाने से उपवन में अँधेरा फैल गया। तारा उसी में आँख गड़ाकर न जाने क्या देखना चाहती थी। उसका भूत, वर्तमान और भविष्य—तीनों अन्धकार में कभी छिपते और कभी ताराओं के रूप में चमक उठते। वह एक बार अपनी उस वृत्ति को आवाहन करने की चेष्टा करने लगी, जिसकी शिक्षा उसे वेश्यालय से मिली थी। उसने मंगल को तब नहीं परन्तु अब खींचना चाहा। रसीली कल्पनाओं से हृदय भर गया। रात बीत चली। उषा का आलोक प्राची में फैल रहा था। उसने खिड़की से झाँककर देखा, तो उपवन में चहल-पहल थी। जूही की प्यालियों में मकरन्द-मदिरा पीकर मधुपों की टोलियाँ लड़खड़ा रही थीं, और दक्षिणपवन मौलसिरी के फूलों की कौड़ियाँ फेंक रहा था। कमर से झुकी अलबेली बेलियाँ नाच रही थीं। मन की हार-जीत हो रही थी।

मंगलदेव ने पुकारा—नमस्कार

तारा ने मुस्कराते हुए पंलग पर बैठकर दोनों हाथ सिर से लगाते हुए कहा—नमस्कार!

मंगल ने देखा—कविता में वर्णित नायिका जैसे प्रभात की शैया पर बैठी है।

समय के साथ-साथ तारा अधिकाधिक गृहस्थी में चतुर और मंगल परिश्रमी होता जाता था। सवेरे जलपान बनाकर तारा मंगल को देती, समय पर भोजन और ब्यालू। मंगल के वेतन में सब प्रबन्ध हो जाता, कुछ बचता न था। दोनों को बचाने की चिन्ता भी न थी, परन्तु इन दिनों एक बात नई हो चली। तारा मंगल के अध्ययन में बाधा डालने लगी। वह प्रातः उसके पास आकर ही बैठ जाती। उसकी पुस्तकों को उलटती, यह प्रकट हो जाता कि तारा मंगल से अधिक बात-चीत करना चाहती है और मंगल कभी-कभी इससे घबरा उठता।

वंसत का प्रारम्भ था, पत्ते देखते ही देखते ऐंठते जाते थे और पतझड़ के बीहड़ समीर से वे झड़कर गिरते थे। दोपहर था। कभी-कभी बीच में कोई-कोई पक्षी वृक्षों की शाखाओं में छिपा हुआ बोल उठता। फिर निस्तब्धता छा जाती। दिवस विरस हो चले थे। अगँड़ाई लेकर तारा ने वृक्ष के नीचे बैठे हुए मंगल से कहा—आज मन नहीं लगता है।

मेरा भी मन उचाट हो रहा है। इच्छा होती है कि कहीं घूम आऊँ, परन्तु तुम्हारा ब्याह हुए बिना मैं कहीं जा नहीं सकता।

मैं तो ब्याह न करूँगी।

क्यों?

दिन तो बिताना ही है, कहीं नौकरी कर लूँगी। ब्याह करने की क्या आवश्यकता है?

नहीं तारा, यह नहीं हो सकता। तुम्हारा निश्चित लक्ष्य बनाये बिना कर्त्तव्य मुझे धिक्कार देगा।

मेरा लक्ष्य क्या है, अभी मैं स्वयं स्थिर नहीं कर सकी।

मैं स्थिर करूँगा।

क्यों यह भार अपने ऊपर लेते हो? मुझे अपनी धारा में बहने दो।

सो नहीं हो सकेगा।

मैं कभी-कभी विचारती हूँ कि छायाचित्र-सदृश जनस्रोत में नियति के पवन की थपेड़ें लग रही हैं, वह तरंग-संकुल होकर झूम रहा है। और मैं, एक तिनके के सदृश उसी में इधर-उधर बह रही हूँ। कभी भँवरों में चक्कर खाती हूँ, कभी लहरों में नीचे-ऊपर होती हूँ। कहीं कूल-किनारा नहीं!—कहते-कहते तारा की आँखें छलछला उठीं।

न घबराओ तारा, भगवान् सब के सहायक हैं—मंगल ने कहा। और जी बहलाने के लिए कहीं घूमने का प्रस्ताव किया।

दोनों उतरकर गंगा के समीप के शिला-खण्डों से लगकर बैठ गये। जाह्नवी के स्पर्श से पवन अत्यंत शीतल होकर शरीर में लगती है। यहाँ धूप कुछ भली

लगती थी। दोनों विलम्ब तक बैठ चुपचाप निसर्ग सुन्दर दृश्य देखते थे। सन्ध्या हो चली। मंगल ने कहा—तारा चलो, घर चलें। तारा चुपचाप उठी। मंगल ने देखा, उसकी आँखें लाल हैं। मंगल ने पूछा—क्या सिर में दर्द है।

नहीं तो।

दोनों घर पहुँचे। मंगल ने कहा—आज ब्यालू बनाने की आवश्यकता नहीं, जो कहो बाजार से लेता आऊँ।

इस तरह कैसे चलेगा। मुझे हुआ क्या है, थोड़ा दूध ले आओ, तो खीर बना दूँ। कुछ पूरिया बची हैं।

मंगलदेव दूध लेने चला गया।

तारा सोचने लगी—मंगल मेरा कौन है, जो मैं इतनी आज्ञा देती हूँ। क्या वह मेरा कोई है।—मन में सहसा बड़ी-बड़ी अभिलाषाएँ उदित हुईं और गम्भीर आकाश के शून्य में ताराओं के समान डूबी गईं। वह चुप बैठी रही।

मंगल दूध लेकर आया। दीपक जला। भोजन बना। मंगल ने कहा—तारा, आज तुम मेरे ही साथ बैठकर भोजन करो।

तारा को कुछ आश्चर्य न हुआ, यद्यपि मंगल ने कभी ऐसा प्रस्ताव न किया था, परन्तु वह उत्साह के साथ सम्मिलित हुई।

दोनों भोजन करके अपने-अपने पलंग पर चले गये। तारा की आँखों में नींद न थी। उसे कुछ शब्द सुनाई पड़े। पहले तो उसे भय लगा, फिर साहस करके उठी। आहट लगा कि मंगल का-सा शब्द है। वह उसके कमरे में जाकर खड़ी हो गई। मंगल सपना देख रहा था, बर्राता था—कौन कहता है कि तारा मेरी नहीं है? मैं भी उसी का हूँ। तुम्हारे हत्यारे समाज की मैं चिन्ता नहीं करता.. वह देवी है। मैं उसकी सेवा करूँगा....नहीं-नहीं, उसे मुझसे मत छीनो।

तारा पलंग पर झुक गई थी। वसंत की लहरीली समीर उसे ढकेल रही थी। रोमांच हो रहा था, जैसे कामना-तरंगिनी में छोटी-छोटी लहरियाँ उठ रही थीं। कभी वक्षस्थल में, कभी कपोलों पर स्वेद हो जाते थे। प्रकृति प्रलोभन से सजी थी। विश्व एक भ्रम बनकर तारा के यौवन की उमंग में डूबना चाहता था।

सहसा मंगल ने उसी प्रकार सपने में बर्राते हुए कहा—मेरी तारा, प्यारी तारा आओ!—उसके दोनों हाथ उठ रहे थे कि आँख बन्द कर तारा ने अपने को मंगल के अंक में डाल दिया।

प्रभात हुआ, वृक्षों के अंक में पक्षियों का कलरव होने लगा। मंगल की आँखें खुलीं, जैसे उसने रातभर मनोहर सपना देखा हो। वह तारा को सोई छोड़कर बाहर निकल आया, टहलने लगा, उत्साह से उसके चरण नृत्य कर रहे थे। बड़ी उत्तेजित अवस्था में टहल रहा था। टहलते-टहलते एक बार अपनी कोठरी में गया। जँगले से पहली लाल किरणें तारा के कपोल पर पड़ रही थीं। मंगल ने उसे चूम लिया। तारा जग पड़ी। वह लजाती हुई मुस्कराने लगी। दोनों का मन हलका था।

उत्साह से दिन बीतने लगे। दोनों के व्यक्तित्व में परिवर्तन हो चला। अब तारा का वह निःसंकोच भाव न रहा। पति-पत्नी का-सा व्यवहार होने लगा। मंगल बड़े स्नेह से पूछता, वह सहज संकोच से उत्तर देती। मंगल मन-ही-मन प्रसन्न होता। उसके लिए संसार पूर्ण हो गया था—कहीं रिक्तता नहीं, कहीं अभाव नहीं।

तारा एक दिन बैठी कसीदा काढ़ रही थी। धम-धम का शब्द हुआ। दोपहर का समय था। आँख उठाकर देखा—एक बालक दौड़ा हुआ आकर दालान में छिप गया। उपवन के किवाड़ तो खुले ही थे, और भी दो लड़के पीछे-पीछे आये। पहला बालक सिमटकर सबकी आँखों की ओट हो जाना चाहता था। तारा कुतूहल से देखने लगी। उसने संकेत से मना किया कि बतावे न। तारा हँसने लगी। दोनों खोजने वाले लड़के ताड़ गये। एक ने पूछा—सच बताना, रामू यहाँ आया है? पड़ोस के लड़के थे, तारा ने हँस दिया, रामू पकड़ा गया। तारा ने तीनों को एक-एक मिठाइयाँ दीं। खूब हँसी होती रही।

कभी-कभी कुल्लू की माँ आ जाती। वह कसीदा सीखती। कभी बल्लो अपनी किताब लेकर आती, तारा उसे कुछ बताती। विदुषी सुभद्रा भी प्रायः आया करती। एक दिन सुभद्रा बैठी थी, तारा ने कुछ उससे जलपान करने का अनुरोध किया। सुभद्रा ने कहा—तुम्हारा ब्याह जिस दिन होगा, उसी दिन जलपान करूँगी।

और जब तक न होगा, तुम मेरे यहाँ जल न पीओगी?

'जब तक' क्यों? तुम क्यों विलम्ब करती हो?

मैं ब्याह करने की आवश्यकता यदि न समझूँ तो?

यह तो असम्भव है। बहन, आवश्यकता होती ही है।

सुभद्रा रुक गई। तारा के कपोल लाल हो गये। उसकी ओर कनखियों से देख रही थी। वह बोली—क्या मंगलदेव ब्याह करने पर प्रस्तुत नहीं होते।

मैंने कभी प्रस्ताव तो किया नहीं।

मैं करूँगी, बहन! संसार बड़ा खराब है। तुम्हारा उद्धार इसलिए नहीं हुआ है कि तुम यों ही पड़ी रहो। मंगल में यदि साहस नहीं है, तो दूसरा पात्र ढूँढा जाएगा, परन्तु सावधान! तुम दोनों का इस तरह रहना कोई भी समाज हो, अच्छी आँखों से नहीं देखेगा। चाहे तुम दोनों कितने ही पवित्र हो!

तारा को जैसे किसी ने चुटकी काट ली। उसने कहा—न देखे समाज, भले ही, मैं किसी से कुछ चाहती तो नहीं, पर मैं अपने से ब्याह का प्रस्ताव किसी से नहीं कर सकती।

भूल है प्यारी बहन! हमारी स्त्रियों की जाति इसी में मारी जाती है। वे मुँह खोलकर सीधा-प्रस्ताव नहीं कर सकतीं, परन्तु संकेतों से, अपनी कुटिल अंग-भंगियों के द्वारा प्रस्ताव से अधिक करके पुरुषों को उत्साहित किया करती हैं। और बुरा न मानना, तब वे अपना सर्वस्व अनायास ही नष्ट कर देती हैं। ऐसी कितनी ही घटनाएँ जानी गई हैं।

तारा जैसे घबरा उठी। वह कुछ भारी मुँह किये बैठी रही। सुभद्रा भी कुछ समय बीतने पर चली गई।

मंगलदेव पाठशाला से लौटा। आज उसके हाथ में एक भारी गठरी थी। तारा उठ खड़ी हुई। पूछा—आज यह क्या लाये?

हँसते हुए मंगल ने कहा—देख लो।

गठरी खुली—साबुन, रूमाल, कांच की चूड़ियां, अतर और कुछ भी प्रसाधन के उपयोगी पदार्थ थे। तारा ने हँसते हुए उन्हें अपनाया।

मंगल ने कहा—आज समाज में चलो, उत्सव है। कपड़े बदल लो।

तारा ने स्वीकार सूचक सिर हिला दिया। कपड़े का चुनाव होने लगा। साबुन लगा, कंघी फेरी गई। मंगल ने तारा की सहायता की, तारा ने मंगल की। दोनों नई स्फूर्ति से प्रेरित होकर समाज-भवन की ओर चले।

इतने दिनों बाद तारा आज ही हरद्वार के पथ पर बाहर निकल कर चली। उसे गलियों का, घाटों का, बाल्यकाल का दृश्य स्मरण हो रहा था—यहाँ वह खेलने आती, वहाँ दर्शन करती, वहाँ पर पिता के साथ घूमने आती। राह चलते-चलते उसे स्मृतियों ने अभिभूत कर लिया। अकस्मात् एक प्रौढ़ा स्त्री उसे देखकर रुकी और साभिप्राय देखने लगी। वह पास चली आई। उसने फिर आँखें गड़ाकर देखा—तारा तो नहीं।

हाँ, चाची!

अरी तू कहाँ?

भाग्य!

क्या तेरे बाबू जी नहीं जानते!

जानते हैं चाची, पर मैं क्या करूँ?

अच्छा तू कहाँ है?—मैं आऊँगी।

लालाराम की बगीची में।

चाची चली गई। ये लोग समाज-भवन की ओर चले।

कपड़े सूख चुके थे। तारा उन्हें इकट्ठा कर रही थी। मंगल बैठा हुआ उनकी तह लगा रहा था। बदली थी। मंगल ने कहा—आज खूब जल बरसेगा।

क्यों?

बादल भीग रहे हैं, पवन रुका है। प्रेम का भी पूर्व रूप ऐसा नहीं होता। तारा! मैं नहीं जानता था कि प्रेम-कादम्बिनी हमारे हृदयाकाश में कबसे अड़ी थी और तुम्हारे सौन्दर्य का पवन उस पर घेरा डाले हुए था।

मैं जानती थी। जिस दिन परिचय की पुनरावृत्ति हुई, मेरे खारे आँसुओं के प्रेम-धन बन चुके थे। मन मतवाला हो गया था, परन्तु तुम्हारी सौम्यसंयत चेष्टा

ने रोक रखा था। मैं मन ही मन महसूस कर रह जाती। और इसीलिए मैंने तुम्हारी इच्छा पर अपने को चलने के लिए बाध्य किया। मैं तुम्हारी आज्ञा-मान कर तुम्हें अपने जीवन के साथ उलझाने लगी थी।

मैं नहीं जानता था, तुम इतनी चतुर हो। अजगर के श्वास में खिंचे हुए मृग के समान मैं तुम्हारी इच्छा के भीतर निगल लिया गया।

क्या तुम्हें इसका खेद है?

तनिक भी नहीं प्यारी तारा, हम दोनों इसीलिए उत्पन्न हुए थे। अब मैं उचित समझता हूँ कि हम लोग समाज के प्रचलित नियमों में आबद्ध हो जाएँ, यद्यपि मेरी दृष्टि में सत्य प्रेम के सामने उसका कुछ मूल्य नहीं।

जैसी तुम्हारी इच्छा।

अभी ये लोग बातें कर रहे थे कि उस दिन की चाची दिखलाई पड़ी। तारा ने प्रसन्नता से उसका स्वागत किया। उसकी चादर उतार कर उसे बैठाया। मंगलदेव बाहर चला गया।

तारा, तुमने यहाँ आकर अच्छा नहीं किया—चाची ने कहा।

क्यों चाची! जहाँ अपने परिचित होते हैं, वहीं तो लोग जाते हैं।

परन्तु दुर्नाम की अवस्था में उस जगह से अलग रहना चाहिए।

तो क्या तुम लोग चाहती हो कि मैं यहाँ न रहूँ?

नहीं-नहीं, भला ऐसा भी कोई कहेगा।—जीभ दबाते हुए चाची ने कहा।

पिता जी ने मेरा तिरस्कार किया, मैं क्या करती चाची।—तारा रोने लगी।

चाची ने सान्त्वना देते हुए कहा—न रो तारा!

समझाने के बाद फिर तारा चुप हो गई, परन्तु वह फूल रही थी। फिर मंगल के प्रति संकेत करते हुए चाची ने पूछा—क्या यह प्रेम ठहरेगा? तारा, मैं इसीलिए चिन्तित हो रही हूँ। ऐसे बहुत से प्रेमी संसार में मिलते हैं, पर निबाहने वाले कम ही होते हैं। मैंने तेरी माँ को ही देखा है।—चाची की आँखों में आँसू भर आये, पर तारा को अपनी माता का इस तरह का स्मरण किया जाना बहुत बुरा लगा। वह कुछ न बोली। चाची को जलपान कराना चाहा, पर वह जाने के लिए हठ करने लगी। तारा समझ गई और बोली—अच्छा चाची, मेरे ब्याह पर तो आना। भला और कोई नहीं, तुम तो इस अकेली अभागिनी पर दया करना।

चाची को जैसे ठोकर-सी लग गई। वह सिर उठाकर कहने लगी—कब है? अच्छा-अच्छा आऊँगी।—फिर इधर-उधर की बातें करके वे चली गई।

तारा ने संशक होकर फिर एक बार उस विलक्षण चाची को देखा, जिसे पीछे से देखकर कोई नहीं कह सकता था कि चालीस बरस की स्त्री है। वह अपनी इठलाती चाल से चली जा रही थी। तारा ने मन में सोचा—ब्याह की बात करके मैंने अच्छा नहीं किया, परन्तु करती क्या, अपनी स्थिति साफ करने के लिए दूसरा उपाय ही न था।

मंगल जब तक लौट न आया, वह चिन्तित बैठी रही।

चाची अब प्रायः नित्य आती। तारा के विवाहोत्सव-संबंध की वस्तुओं की सूची बनाती। तारा उत्साह से भर गई थी। मंगलदेव से जो कहा जाता, वही ले आता। बहुत शीघ्रता से काम का प्रारंभ हुआ। चाची को अपना सहायक पाकर तारा और मंगल दोनों प्रसन्न थे। एक दिन तारा गंगा-स्नान करने गई थी। मंगल चाची के कहने पर आवश्यक वस्तुओं की तालिका लिख रहा था। वह सिर नीचा किये हुए लेखनी चलाता था और आगे बढ़ने के लिए 'हूँ' कहता जाता था। सहसा चाची ने कहा—परन्तु यह ब्याह होगा किस रीति से? मैं जो लिखा रही हूँ, वह तो पुरानी चाल के ब्याह के लिए है।

क्या ब्याह भी कई चाल के होते हैं?—मंगल ने कहा।

क्यों नहीं—गम्भीरता से चाची बोली।

मैं क्या जानूं, आर्यसमाज के कुछ लोग उस दिन निमंत्रित होंगे और वही लोग उसे करावेंगे। हाँ, उसमें पूजा का टंट-घंट वैसा न होगा, और सब तो वैसा होगा।

ठीक है—मुस्कराती हुई चाची ने कहा—ऐसे वर-वधू का ब्याह किस रीति से होगा?

क्यों! आश्चर्य से मंगल उसका मुँह देखने लगा। चाची के मुँह पर उस समय बड़ा विचित्र भाव था। विलास-भरी आँखें, मचलती हुई हँसी देखकर स्वयं मंगल को संकोच होने लगा। कुत्सित स्त्रियों के समान वह दिल्लगी के स्वर में बोली—मंगल, बड़ा अच्छा है, ब्याह जल्द कर लो, नहीं तो बाप बन जाने के पीछे ब्याह करना ठीक नहीं होगा।

मंगल को क्रोध और लज्जा के साथ घृणा भी हुई। चाची ने अपना आंचल सम्भालते हुए तीखे कटाक्षों से मंगल की ओर देखा। मंगल मर्माहत होकर रह गया। वह बोला—चाची!

और हँसती हुई चाची ने कहा—सच कहती हूँ, दो महीने से अधिक नहीं टले हैं।

मंगल सिर झुकाकर सोचने के बाद बोला—चाची, हम लोगों का सब रहस्य तुम जानती हो तो तुमसे बढ़कर हम लोगों का शुभचिन्तक और मित्र कौन हो सकता है, अब जैसा तुम कहो वैसा करें।

चाची अपनी विजय पर प्रसन्न होकर बोली—ऐसा प्रायः होता है। तारा की माँ ही कौन-सी भण्डारी जी की ब्याही धर्मपत्नी थी! मंगल! तुम इसकी चिन्ता न करो, ब्याह शीघ्र कर लो, फिर कोई न बोलेगा। खोजने में ऐसों की संख्या भी संसार में कम न होगी।

चाची अपनी वक्तृता झाड़ रही थी। उधर मंगल तारा की उत्त्पति के संबंध में विचारने लगा। अभी-अभी उस दुष्टा चाची ने एक मार्मिक चोट उसे पहुँचायी। अपनी भूल और अपने अपराध मंगल को दिखाई नहीं पड़े, परन्तु तारा की माता

भी दुराचारिणी थी!—यह बात उसे खटकने लगी। वह उठकर उपवन की ओर चला गया। चाची ने बहुत चाहा कि उसे फिर अपनी बातों में लगा ले, पर वह दुःखी हो गया था। इतने में तारा लौट आई। बड़ा आग्रह दिखाते हुए चाची ने कहा—तारा, ब्याह के लिए परसों दिन अच्छा है। और देखो, तुम नहीं जानती हो कि तुमने अपने पेट में एक जीव और बुला लिया है, इसलिए ब्याह का हो जाना अत्यन्त आवश्यक है।

तारा चाची की गम्भीर मूर्ति देखकर डर गई। वह अपने मन में सोचने लगी—जैसा चाची कहती है वही ठीक है। तारा सशंक हो चली।

चाची के जाने पर मंगल लौट आया। तारा और मंगल दोनों का हृदय उछल रहा था। साहस करके तारा ने पूछा—कौन सा दिन ठीक हुआ?

सिर झुकाते हुए मंगल ने कहा—परसों।—फिर वह अपना कोट पहनते हुए उपवन से बाहर हो गया।

तारा सोचने लगी—क्या मैं सचमुच एक बच्चे की माँ हो चली हूँ। यदि ऐसा हुआ, तो क्या होगा। मंगल का प्रेम ऐसा ही रहेगा—वह सोचते-सोचते लेट गई। सामान बिखरे रहे।

परसों के आते विलम्ब न हुआ।

घर में ब्याह का समारोह था। सुभद्रा और चाची काम में लगी हुई थीं। होम के लिए वेदी बन चुकी थी। तारा का प्रसाधन हो रहा था, परन्तु मंगल देव स्नान करने हर की पैड़ी गया था। वह स्नान करके घाट पर आकर बैठ गया। घर लौटने की इच्छा नहीं हुई। वह सोचने लगा—तारा दुराचारिणी की संतान है, वह वेश्या के यहाँ रही, फिर मेरे साथ भाग आई, मुझसे अनुचित संबंध हुआ और अब वह गर्भवती है। मैं आज ब्याह करके कई कुकर्मों के कलुषित संतान का पिता कहलाऊँगा! मैं क्या करने जा रहा हूँ!—घड़ी भर वह इसी चिन्ता में निमग्न था। अंत में इसी समय उसके ध्यान में एक ऐसी बात आ गई कि उसके सत्साहस ने उसका साथ छोड़ दिया। वह स्वयं समाज की लाँछना सह सकता था, परन्तु भावी संतान के प्रति समाज की कल्पित लाँछना और अत्याचार ने उसे विचलित किया। वह जैसे ही एक भावी विप्लव के भय से त्रस्त हो गया। भगोड़े के समान वह स्टेशन की ओर अग्रसर हुआ। उसने देखा, गाड़ी आया ही चाहती है। उसके कोट की जेब में कुछ रुपये थे। पूछा—इस गाड़ी से बनारस पहुँच सकता हूँ?

उत्तर मिला—हाँ, लकसर में बदल कर, वहाँ दूसरी ट्रेन तैयार मिलेगी।

टिकट लेकर वह दूर से हरियाली में निकलते हुए धुएँ को चुपचाप देख रहा था, जो उड़ने वाले अजगर के समान आकाश में चढ़ रहा था। उसके मस्तक में कोई बात न थी। वह अपराधी के समान हरद्वार से भाग जाना चाहता था। गाड़ी आते ही उस पर चढ़ गया। गाड़ी छूट गई।

इधर उपवन में मंगलदेव के आने की प्रतीक्षा हो रही थी। ब्रह्मचारी जी और

वेदस्वरूप तथा और दो सज्जन आये। कोई पूछता था—मंगलदेव जी कहाँ हैं? कोई कहता—समय हो गया! कोई कहता—विलम्ब हो रहा है। परन्तु मंगलदेव कहाँ है?

तारा का कलेजा धक-धक करने लगा। वह न जाने किस अनागत भय से डरने लगी। रोने-रोने हो रही थी। परन्तु मंगल में रोना न चाहिए—वह खुलकर न रो सकती थी।

जो बुलाने गया, वही लौट आया। खोज हुई, पता न चला। सन्ध्या हो आई, पर मंगल न लौटा। तारा अधीर होकर रोने लगी। ब्रह्मचारी जी मंगल को भला-बुरा कहने लगे। अंत में उन्होंने यहाँ तक कह डाला कि यदि मुझे यह विदित होता कि मंगल इतना भीरू है, तो मैं किसी दूसरे से यह सम्बन्ध करने का उद्योग करता। सुभद्रा तारा को एक ओर ले जाकर सान्त्वना दे रही थी। अवसर पाकर चाची ने धीरे से कहा—वह भाग न जाता तो क्या करता, तीन महीने का गर्भ वह अपने सिर पर ओढ़कर ब्याह करता?

ऐं? परमात्मन्, यह भी है!—कहते हुए ब्रह्मचारी जी लम्बी डग बढ़ाते उपवन के बाहर चले गये। धीरे-धीरे सब चले गये। चाची ने यथापरवश होकर सामान बटोरना आरम्भ किया और उससे छुट्टी पाकर तारा के पास जाकर बैठ गई।

तारा सपना देख रही थी—झूले के पुल पर वह चल रही है। भीषण पर्वत श्रेणी! ऊपर और नीचे भयानक खड्ड! वह पैर सम्हाल कर चल रही है। मंगलदेव पुल के उस पार खड़ा बुला रहा है। नीचे वेग से नदी बह रही है। बरफ के बादल घिर रहे हैं। अचानक बिजली कड़की, पुल टूटा, तारा भयानक वेग से नीचे गिर पड़ी। वह चिल्लाकर जग गई। देखा, तो चाची उसका सिर सहला रही है। वह चाची की गोद में सिर रखकर सिसकने लगी।

4

पहाड़ जैसे दिन बीतते ही न थे। दुःख की सब रातें जाड़े की रात से भी लम्बी बन जाती हैं। दुखिया तारा की अवस्था शोचनीय थी। मानसिक और आर्थिक चिन्ताओं से वह जर्जर हो गई। गर्भ के बढ़ने से शरीर से भी कृश हो गई। मुख पीला हो चला। अब उसने उपवन में रहना छोड़ दिया। चाची के घर में जाकर रहने लगी। वहीं सहारा मिला। खर्च न चल सकने के कारण वह दो-चार दिन के बाद एक वस्तु बेचती। फिर रोकर दिन काटती। चाची ने भी उसे अपने ढंग पर छोड़ दिया। वहीं तारा टूटी चारपाई पर पड़ी कराहा करती।

अँधेरा हो चला था। चाची अभी-अभी घूमकर बाहर से आयी थी। तारा के

पास आकर बैठ गई। पूछा—तारा कैसी हो?

क्या बताऊँ चाची, कैसी हूँ!—भगवान जानते हैं, कैसी बीत रही है!

यह सब तुम्हरी चाल से हुआ।

सो तो ठीक कह रही हो।

नहीं, बुरा न मानना। देखो, यदि मुझे पहले ही तुम अपना हाल कह देतीं, तो मैं ऐसा उपाय कर देती कि यह सब विपत्ति ही न आने पाती।

कौन उपाय, चाची?

वही जब दो महीने का था, उसका प्रबन्ध हो जाता। किसी को कानोकान खबर भी न होती। फिर तुम और मंगल एक बने रहते।

पर क्या इसी के लिए मंगल भाग गया? कदापि नहीं, उसके मन से मेरा प्रेम ही चला गया। चाची, जो बिना किसी लोभ के मेरी इतनी सहायता करता था, वह मुझे इस निस्सहाय अवस्था में इसलिए छोड़कर कभी नहीं जाता। इसमें कोई दूसरा ही कारण है।

होगा, पर तुम्हें यह दुःख देखना न पड़ता और उसके चले जाने पर भी एक बार मैंने तुमसे संकेत किया; पर तुम्हारी इच्छा न देखकर मैं कुछ न बोली। नहीं तो अब तक मोहनदास तुम्हारे पैरों पर नाक रगड़ता। वह कई बार मुझसे कह भी चुका है।

बस करो चाची, मुझसे ऐसी बातें न करो। यदि ऐसा ही करना होता, तो मैं किसी कोठे पर जा बैठूँगी; पर यह टट्टी की ओट में शिकार करना मैं नहीं जानती।— तारा ने ये बातें कुछ क्रोध से कहीं। चाची का पारा चढ़ गया। उसने बिगड़ कर कहा— देखो निगोड़ी मुझी को बातें सुनाती है! करम आप करे और आँखें दिखावे दूसरे को!

तारा रोने लगी। वह उस खुर्राट चाची से लड़ना नहीं चाहती थी; परन्तु अभिप्राय न सधने पर चाची स्वयं लड़ गई। वह सोचती थी कि अब इसका सामान धीरे-धीरे ले ही लिया, दाल-रोटी दिन में एक बार खिला दिया करती थी। जब इसके पास कुछ बचा ही नहीं और आगे को कोई आशा भी न रही, तब इसका झंझट क्यों अपने सिर रक्खूँ। वह क्रोध से बोली—रो मत राँड कहीं की। जा हट, अपना दूसरा उपाय देख। मैं सहायता भी करूँ और बातें भी सुनूँ, यह नहीं हो सकता। कल मेरी कोठरी खाली कर देना, नहीं तो झाड़ू मारकर निकाल दूँगी।

तारा चुपचाप रो रही थी, वह कुछ न बोली। रात हो चली। लोग अपने-अपने घरों में दिन भर के परिश्रम का आस्वाद लेने के लिए किवाड़ बन्द करने लगे; पर तारा की आँखें खुली थीं। उनमें अब आँसू भी न थे। उसकी छाती में मधु-विहीन मधुचक्र-सा एक नीरस कलेजा था, जिसमें वेदना की ममाछियों की भन्नाहट थी। संसार उसकी आँखों में घूम जाता था, वह देखते हुए भी कुछ न देखती थी।

चाची अपनी कोठरी में जाकर खा-पी कर सो रही। बाहर कुत्ते भौंक रहे थे। रात आधी बीत रही थी। रह-रहकर निस्तब्धता का झोंका आ जाता था। सहसा तारा उठ खड़ी हुई। उन्मादिनी के समान वह चल पड़ी। फटी धोती उसके अंग पर लटक रही थी। बाल बिखरे थे। वदन विकृत। भय का नाम नहीं। जैसे कोई यंत्रचालित शव चल रहा हो। वह सीधे जाह्नवी के तट पर पहुँची। ताराओं की परछाईं गंगा के वक्ष में खुल रही थी। स्रोत में हर-हर की ध्वनि हो रही थी। तारा एक शिलाखण्ड पर बैठ गई। वह कहने लगी—मेरा अब कौन रहा, जिसके लिए मैं अब जीवित रहूँ। मंगल ने मुझे निरपराध ही छोड़ दिया, पास में पाई नहीं, लाँछनापूर्ण जीवन, कहीं धंधा करके पेट पालने लायक भी न रही। फिर, इस जीवन को रखकर क्या करूँ! हाँ, गर्भ में कुछ है, वह क्या है कौन जाने! यदि आज न सही, तो भी एक दिन अनाहार से प्राण छट-पटाकर जाएगा ही—तब विलम्ब क्यों?

मंगल! भगवान् जानते होंगे कि तुम्हारी शय्या पवित्र है। कभी मैंने स्वप्न में भी तुम्हें छोड़कर इस जीवन में किसी से प्रेम नहीं किया, और न तो मैं कलुषित हुई यह तुम्हारी प्रेम-भिखारिनी पैसे की भीख नहीं माँग सकती और न पैसे के लिए अपनी पवित्रता बेच सकती है। तब दूसरा उपाय ही क्या? मरण को छोड़कर दूसरा कौन शरण देगा? भगवान्! तुम यदि कहीं हो, तो मेरे साक्षी रहना।

वह गंगा में जा ही चुकी थी कि सहसा एक बलिष्ठ हाथ ने उसे पकड़कर रोक लिया। उसने छटपटाकर पूछा—तुम कौन हो, जो मेरे मरने का भी सुख छीनना चाहते हो?

अधर्म होगा, आत्महत्या पाप है!—एक लम्बा संन्यासी कह रहा था।

पाप कहाँ! पुण्य किसका नाम? मैं नहीं जानती। सुख खोजती रही, दुख मिला; दुख ही यदि पाप है, तो मैं उससे छूटकर सुख की मौत मर रही हूँ—पुण्य कर रही हूँ, करने दो!

तुमको अकेले मरने का अधिकार चाहे हो भी; पर एक जीव-हत्या तुम और करने जा रही हो, वह नहीं होगा। चलो तुम अभी, यहीं पर्णशाला है, उसमें रात भर विश्राम करो। प्रातःकाल मेरा शिष्य आवेगा और तुम्हें अस्पताल ले जाएगा। वहाँ तुम अन्न-चिन्ता से भी निश्चिन्त रहोगी। बालक उत्पन्न होने पर तुम स्वतंत्र हो, जहाँ चाहो चली जाना—संन्यासी जैसे आत्मानुभूति से दृढ़ आज्ञा भरे शब्दों में कह रहा था। तारा को बात दुहराने का साहस न हुआ। उसके मन में बालक का मुख देखने की अभिलाषा जग गई। उसने भी संकल्प कर लिया कि बालक का अस्पताल में पालन हो जाएगा; फिर मैं चली जाऊँगी।

वह संन्यासी के संकेत किये हुए कुटीर की ओर चली।

अस्पताल की चारपाई पर पड़ी हुई तारा अपनी दशा पर विचार कर रही थी। उसका

पीला मुख, धँसी हुई आँखें, करुणा की चित्रपटी बन रही थीं। मंगल का इस प्रकार छोड़कर चले जाना, सब कष्टों से अधिक कसकता था। दाई जब साबूदाना लेकर उसके पास आती, तब वह बड़े कष्ट से उठकर थोड़ा-सा पी लेती। दूध कभी-कभी मिलता था, क्योंकि अस्पताल जिन दीनों के लिए बनते हैं, वहाँ उनकी पूछ नहीं। उसका लाभ भी सम्पन्न ही उठाते हैं। जिस रोगी के अभिभावकों से कुछ मिलता, उसी की सेवा अच्छी तरह होती, दूसरे के कष्टों की गिनती नहीं। दाई दाल का पानी और हलकी रोटी लेकर आई। तारा का मुँह खिड़की की ओर था।

दाई ने कहा—लो, कुछ खा लो।

अभी मेरी इच्छा नहीं—मुँह फेरे ही तारा ने कहा।

तो क्या कोई तुम्हारी लौंडी लगी है, जो ठहरकर ले आवेगी। लेना हो, तो अभी ले लो।

मुझे भूख नहीं, दाई!—तारा ने करुण स्वर से कहा।

क्यों, आज क्या है?

पेट में बड़ा दर्द हो रहा है—कहते-कहते तारा कराहने लगी। उसकी आँखों से आँसू बहने लगे। दाई ने पास आकर देखा, फिर चली गई। थोड़ी देर में डॉक्टर के साथ दाई फिर आई। डॉक्टर ने परीक्षा की। फिर दाई से कुछ संकेत किया। डॉक्टर चला गया। दाई ने कुछ सामान लाकर वहाँ रखा, और एक दूसरी दाई भी आ गई। तारा की व्यथा बढ़ने लगी—वही कष्ट जिसे स्त्रियाँ ही झेल सकती हैं, तारा के लिए असह्य हो उठा, वह प्रसव-पीड़ा से मूर्छित हो गई। कुछ क्षणों में चेतना हुई, फिर पीड़ा होने लगी। दाई ने अवस्था भयानक होने की सूचना डॉक्टर को दी। वह प्रसव कराने के लिए प्रस्तुत होकर आया। सहसा बड़े कष्ट से तारा ने पुत्र-प्रसव किया। डॉक्टर ने भीतर आने की आवश्यकता न समझी, वह लौट गया। सूतिका-कर्म में शिक्षित दाइयों ने शिशु को सँभाला।

तारा जब सचेत हुई, नवजात शिशु को देखकर एक बार उसके मुख पर मुस्कुराहट आ गई।

तारा रुग्ण थी, उसका दूध नहीं पिलाया जाता। वह दिन में दो बार बच्चे को गोद में ले पाती; पर गोद में लेते ही उसे जैसे शिशु से घृणा हो जाती। मातृस्नेह उमड़ता; परन्तु उसके कारण तारा की जो दुर्दशा हुई थी, वह सामने आकर खड़ी हो जाती। तारा काँप उठती। महीनों बीत गये। तारा कुछ चलने-फिरने योग्य हुई। उसने सोचा—महात्मा ने कहा था कि बालक उत्पन्न होने पर तुम स्वतन्त्र हो, जो चाहे कर सकती हो। अब मैं अपना जीवन क्यों रखूँ, अब गंगा माई की गोद में चलूँ। इस दुःखमय जीवन से छुटकारा पाने का दूसरा उपाय नहीं।

तीन पहर रात बीत चुकी थी। शिशु सो रहा था, तारा जाग रही थी उसने

एक बार उसके मुख का चुम्बन किया, वह चौंक उठा, जैसे हँस रहा हो। फिर उसे थपकियाँ देने लगी। शिशु निधड़क सो गया। तारा उठी, अस्पताल से बाहर चली आई, पगली की तरह गंगा की ओर चली। निस्तब्ध रजनी थी। पवन शांत था। गंगा जैसे सो रही थी। तारा ने उसके अंक में गिरकर उसे चौंका दिया। स्नेहमयी जननी के समान गंगा ने तारा को अपने वक्ष में ले लिया।

हरद्वार की बस्ती से कई कोस दूर गंगा-तट पर बैठे हुए एक महात्मा अरुण को अर्घ दे रहे थे। सामने तारा का शरीर दिखलाई पड़ा, अंजलि देकर तुरन्त महात्मा ने जल में उतरकर उसे पकड़ा। तारा जीवित थी। कुछ परिश्रम के बाद जल पेट से निकला। धीरे-धीरे उसे चेतना हुई। उसने आँख खोलकर देखा कि एक झोंपड़ी में पड़ी है। तारा की आँखों से भी पानी निकलने लगा—वह मरने जाकर भी न मर सकी। मनुष्य की कठोर करुणा को उसने धिक्कार दिया।

परन्तु महात्मा की शुश्रूषा से वह कुछ ही दिनों में स्वस्थ हो गई। अभागिनी ने निश्चय किया कि गंगा का किनारा न छोडूँगी—जहाँ यह भी जाकर विलीन हो जाती है, उस समुद्र में जिसका कूल-किनारा नहीं, वहीं चलकर डूबूँगी, देखूँ कौन बचाता है। वह गंगा के किनारे-किनारे चली। जंगली फल, गाँवों की भिक्षा, नदी का जल और कन्दराएँ उसकी यात्रा में सहायक थे। वह दिन-दिन आगे बढ़ती जाती थी।

5

जब हरद्वार से श्रीचन्द्र किशोरी को लिवा ले गए और छः महीने बाद एक पुत्र उत्पन्न हुआ, तभी से किशोरी के प्रति उनकी घृणा बढ़ गई। वे अपने भाव, समाज म तो प्रकट नहीं कर सके, पर मन में एक दरार पड़ गई। बहुत सोचने पर श्रीचन्द्र ने यही स्थिर किया कि किशोरी काशी जाकर अपनी जारज-संतान के साथ रहे और उसके खर्च के लिए वह कुछ भेजा करें।

पुत्र पाकर किशोरी पति से वंचित हुई, और वह काशी के एक सुविस्तृत गृह में रहने लगी। अमृतसर में यह प्रसिद्ध किया गया कि यहाँ माँ-बेटों का स्वास्थ्य ठीक नहीं रहता।

श्रीचन्द्र अपने कार-बार में लग गए—वैभव का परदा बहुत मोटा होता है।

किशोरी के भी दिन अच्छी तरह बीतने लगे। देवनिरंजन भी कभी-कभी काशी आ जाते। और उन दिनों किशोरी की नई सहेलियाँ भी इकट्ठी हो जाती।

बाबा जी की काशी में बड़ी धूम थी। प्रायः किशोरी के ही घर पर भण्डारा होता। बड़ी सुख्याति फैल चली। किशोरी की प्रतिष्ठा बढ़ी। वह काशी की एक भद्र महिला गिनी जाने लगी। ठाकुर जी की सेवा बड़े ठाट से होती—धन की कमी न थी, निरंजन और श्रीचन्द्र दोनों ही रुपए भेजते रहते।

किशोरी के ठाकुर जी जिस कमरे में रहते थे, उसके आगे दालान था संगमर्मर की चौकी पर स्वामी देवनिरंजन बैठते। चिकें लगा दी जातीं। भक्त महिलाओं का भी समारोह होता। कीर्तन, उपासना और गीत की धूम मच जाती। उस समय निरंजन सचमुच भक्त बन जाता। उसका अद्वैत ज्ञान उसे निस्सार प्रतीत होता, क्योंकि भक्ति में भगवान् का अवलम्बन रहता है। सांसारिक सब आपदा-विपदाओं के लिए कच्चे ज्ञानी को अपने ही ऊपर निर्भर करने में बड़ा कष्ट होता है। इसलिए गृहस्थों के सुख में फँसे हुए निरंजन को बाध्य होकर भक्त बनना पड़ा। आभूषणों से लदी हुई वैभव-मूर्ति के सामने उसका कामनापूर्ण हृदय झुक जाता। उसकी अपराध से लदी हुई आत्मा अपनी मुक्ति के लिए दूसरा उपाय न देखती। बड़े गर्व से निरंजन लोगों को गृहस्थ बने रहने का उपदेश देता। उसकी वाणी और भी प्रखर होती जाती। जब वह गृहस्थ जीवन का समर्थन करने लगता, वह कहता कि 'भगवान् सर्वभूत हिते रत' हैं, संसार यात्रा—गृहस्थ जीवन में ही भगवान् की सर्वभूत कामना के अनुसार हो सकती है। दुखियों की सहायता करना, सुखी लोगों को देखकर प्रसन्न होना, सबकी मंगल-कामना करना, यह साकार उपासना के प्रवृत्ति-मार्ग के ही साध्य हैं। —इन काल्पनिक दार्शनिकताओं से उसे अपने लिए बड़ी आशा थी। वह धीरे-धीरे हृदय से विश्वास करने लगा कि साधु-जीवन असंगत है, ढोंग है। गृहस्थ होकर लोगों का अभाव-मोचन करना ही भगवान् की कृपा के लिए यथेष्ट है। प्रकट में तो नहीं, पर विजयचन्द्र पर पुत्र का-सा किशोरी पर स्त्री का-सा विचार रखने का उसे अभ्यास हो चला।

किशोरी अपने पति को भूल-सी गई। जब रुपयों का बीमा आता, तब ऐसा भासता, मानो उसका कोई मुनीम अमृतसर का कार-बार देखता हो और उसे कोठी से लाभ का अंश करता हो। घर के काम-काज में वह बड़ी चतुर थी। अमृतसर के आए हुए सब रुपए उसके बचते थे। उससे बराबर स्थावर सम्पत्ति खरीदी जाने लगी। किशोरी को किसी बात की कमी न रह गई।

विजयचन्द्र स्कूल में बड़े ठाट से पढ़ने जाता था। स्कूल के मित्रों की कमी न थी। वह आए दिन अपने मित्रों को निमंत्रण देकर बुलाता था। स्कूल में उसकी बड़ी धाक थी।

विद्यालय के सामने शस्य-स्यामल समतल भूमि पर छात्रों का झुण्ड इधर-उधर घूम रहा था। दस बजने में कुछ विलम्ब था। शीतकाल की धूप छोड़कर क्लास के कमरों में घुसने के लिए अभी विद्यार्थी प्रस्तुत न थे।

विजय ही तो है—एक ने कहा।

घोड़ा उसके वश में नहीं है, अब गिराना ही चाहता है।—दूसरे ने कहा।

पवन से विजय के बाल बिखर रहे थे, उसका मुख भय से विवर्ण था। उसे अपने गिर जाने की निश्चित आशंका थी। सहसा एक युवक दौड़ता हुआ आगे बढ़ा—बड़ी तत्परता से घोड़े की लगाम पकड़ कर उसके नथुने पर उसने सबल घूँसा

मारा और दूसरे क्षण वह उच्छृंल अश्व सीधा होकर खड़ा हो गया। विजय का हाथ पकड़कर उसने धीरे से उतार लिया। अब तो और भी कई लड़के एकत्र हो गए। युवक का हाथ पकड़े हुए विजय उसके होस्टल की ओर चला। यह एक सिनेमा का-सा दृश्य था। युवक की प्रशंसा में तालियाँ बजने लगीं।

विजय उस युवक के कमरे मे बैठा हुआ बिखरे हुए सामानों को देख रहा था। सहसा उसने पूछा—आप यहाँ कितने दिनों से हैं?

थोड़े ही दिन हुए हैं?

यह किस लिपि का लेख है?

मैंने पाली का अध्ययन किया है।

इतने में नौकर ने चाय की प्याली सामने रख दी। इस क्षणिक घटना ने दोनों को विद्यालय की मित्रता के पार्श्व में बाँध दिया; परन्तु विजय बड़ी उत्सुकता से युवक के मुख की ओर देख रहा था, उसकी रहस्यपूर्ण उदासीन मुखकान्ति विजय के अध्ययन की वस्तु बन रही थी।

चोट तो नहीं लगी?—अब जाकर युवक ने पूछा।

कृतज्ञ होते हुए विजय ने कहा—आपने ठीक समय पर सहायता की, नहीं तो आज अंग-भंग होना निश्चित था।

वाह, इस साधारण आतंक में ही तुम अपने को नहीं सम्हाल सकते थे, अच्छे सवार हो! —युवक हँसने लगा।

किस शुभ नाम से आपका स्मरण करूँगा?

तुम भी विचित्र जीव हो, स्मरण करने की आवश्यकता क्या, मैं तो प्रतिदिन तुमसे मिल सकता हूँ—कहकर युवक जोर से हँसने लगा।

विजय उसके स्वच्छन्द व्यवहार और स्वतन्त्र आचरण को चकित होकर देख रहा था। उसके मन में इस युवक के प्रति अकारण श्रद्धा उत्पन्न हुई। उसकी मित्रता के लिए वह चंचल हो उठा। उसने पूछा—आपके यहाँ आने में कोई बाधा तो नहीं?

युवक ने कहा—मंगलदेव की कोठरी में आने के लिए किसी को भी रोक-टोक नहीं, फिर तुम तो आज से मेरे अभिन्न हो गए हो!

समय हो गया था। होस्टल से निकलकर दोनों विद्यालय की ओर चले। भिन्न-भिन्न कक्षाओं में पढ़ते हुए भी दोनों का एक बार मिल जाना अनिवार्य होता। विद्यालय के मैदान में हरी-हरी दूब पर आमने-सामने लेटे हुए दोनों बड़ी देर तक प्रायः बातें किया करते। मंगलदेव कुछ कहता था और विजय बड़ी उत्सुकता से सुनते हुए अपना आदर्श संकलन करता।

कभी-कभी होस्टल से मंगलदेव विजय के घर पर जाता, वहाँ उसे घर का-सा सुख मिलता। स्नेह—सरल ने उन दोनों के जीवन में गाँठ दे दी।

किशोरी के यहाँ शरद्पूर्णिमा का शृंगार था। ठाकुर जी चन्द्रिका में रत्न-आभूषणों से सुशोभित होकर शृंगार-विग्रह बने थे। चमेली के फूलों की बहार थी। चाँदनी

में चमेली का सौरभ मिल रहा था। निरंजन रास की राका-रजनी का विवरण सुना रहा था। गोपियों ने किस तरह उमंग में उन्मत्त होकर, कालिन्दी-कूल में कृष्णचन्द्र के साथ रास-क्रीड़ा में आनन्द-विह्वल होकर शुल्कदासियों के समान आत्मसमर्पण किया था, उसका मादक विवरण स्त्रियों के मन को बेसुध बना रहा था। मंगल-गान होने लगा। निरंजन रमणियों के कोकिलकण्ठ में अभिभूत होकर तकिए के सहारे टिक गया। रात-भर गीत-वाद्य का समारोह चला।

विजय ने एक बार आकर देखा, दर्शन किया, प्रसाद लेकर जाना चाहता था कि सामने बैठी हुई सुन्दरियों के झुण्ड पर सहसा दृष्टि पड़ गई। वह रुक गया। उसकी इच्छी हुई कि बैठ जाय; परन्तु माता कें सामने बैठने का साहस न हुआ। जाकर अपने कमरे में लेट रहा। अकस्मात् उसके मन में मंगलदेव का स्मरण हो गया। उस रहस्यपूर्ण युवक के चारों ओर उसके विचार लिपट गए; परन्तु वह मंगल के सम्बन्ध में कुछ निश्चित नहीं कर सका। केवल एक बात उसके मन में जग रही थी—मंगल की मित्रता उसे वांछित है। वह सो गया। स्कूल में पढ़ने वाला विजय इस अपने उत्सवों की प्रामाणिकता की जाँच स्वप्न में करने लगा। मंगल से इसके सम्बन्ध में विवाद चलता रहा। वह कहता कि—मन को एकाग्र करने के लिए हिन्दुओं के यहाँ यह एक अच्छी चाल है। विजय तीव्र विरोध करता हुआ कह उठा—इसमें अनेक दोष हैं, केवल एक अच्छे फल के लिए बहुत से दोष करते रहना अन्याय है। मंगल ने कहा—अच्छा फिर किसी दिन समझाऊँगा।

विजय की आँख खुली, सवेरा हो गया था। उसके घर में हलचल मची हुई थीं। उसने दासी से पूछा—क्या बात है?

दासी ने कहा—आज भण्डारा है।

विजय विरक्त होकर अपनी नित्यक्रिया में लगा। साबुन पर क्रोध निकालने लगा, तौलिए की दुर्दशा हो गई। कब का पानी बेकार गिर रहा था; परन्तु वह आज नहाने की कोठरी से बाहर निकलना ही नहीं चाहता। तो भी समय पर वह स्कूल चला गया। किशोरी ने कहा भी—आज न जा, साधुओं का भोजन है, उनकी सेवा—

बीच ही में बात काटकर विजय ने कहा—आज फुटबाल है, मुझे शीघ्र जाना है।

विजय बड़ी उत्तेजित अवस्था में स्कूल चला गया।

मंगल के कमरे का जँगला खुला था। चमकीली धूप उसमें प्रकाश फैलाए थी। वह अभी तक चद्दर लपेट पड़ा था। नौकर ने कहा—बाबू जी, आज भी कुछ भोजन न कीजिएगा?

बिना मुँह खोले मंगल ने कहा—नहीं।

भीतर प्रवेश करते हुए विजय ने पूछा—क्यों? क्या आज भी नहीं?—आज तीसरा दिन है!

नौकर ने कहा—देखिए बाबू जी, तीन दिन हो गए—कोई दवा भी नहीं करते,

न कुछ खाते ही हैं।

विजय ने चद्दर के भीतर हाथ डालकर बदन टटोलते हुए कहा—ज्वर तो नहीं है।

नौकर चला गया। मंगल ने मुँह खोला, उसका विवर्ण मुख अभाव और दुर्बलता का क्रीड़ा-स्थल बना था। विजय उसे देखकर स्तब्ध रह गया। सहसा उसने मंगल का हाथ पकड़कर घबराते हुए स्वर में पूछा—क्या सचमुच कोई बीमारी है?

मंगलदेव ने बड़े कष्ट से आँखों से आँसू रोककर कहा—बिना बीमारी के भी कोई यूँ ही पड़ा रहता है?

विजय को विश्वास न हुआ। उसने कहा—मेरे सिर की सौगन्ध, कोई बीमारी नहीं है। तुम उठो, आज मैं तुम्हें निमंत्रण देने आया हूँ, मेरे यहाँ चलना होगा।

मंगल ने उसके गाल पर एक चपत लगाते हुए कहा—आज तो मैं तुम्हारे यहाँ ही पथ्य लेने वाला था। यहाँ के लोग पथ्य बनाना नहीं जानते। तीन दिन के बाद इनके हाथ का भोजन—बिलकुल असंगत है।

मंगल उठ बैठा। विजय ने नौकर को पुकारा और कहा—बाबूजी के लिए जल्दी चाय ले आओ।—नौकर चाय लेने गया।

विजय ने जल लाकर मुँह धुलाया। चाय पीकर, मंगल चारपाई छोड़कर खड़ा हो गया। तीन दिन के उपवास के बाद उसे चक्कर आ गया और वह बैठ गया। विजय उसका बिस्तर लपेटने लगा। मंगल ने कहा—क्या करते हो! —विजय ने बिस्तर बाँधते हुए कहा—अभी कई दिन तुम्हें लौटना न होगा; इसलिए सामान बाँध कर ठिकाने से रख दूँ।

मंगल चुप बैठा रहा। विजय ने एक कुचला हुआ सोने का टुकड़ा उठा लिया और उसे मंगलदेव को दिखाकर कहा—यह क्या! —फिर साथ ही लिपटा हुआ एक भोजपत्र भी उसके हाथ लगा। दोनों को देखकर मंगल ने कहा—यह मेरा रक्षाकवच है, बाल्यकाल से उसे मैं पहनता था। आज इसे तोड़ देने की इच्छा हुई।

विजय ने उसे जेब में रखते हुए कहा—अच्छा, मैं ताँगा ले आने जाता हूँ।

थोड़ी ही देर में ताँगा लेकर विजय आ गया। मंगल उसके साथ ताँगे पर जा बैठा। दोनों मित्र हँसना चाहते थे, पर हँसने में उन्हें दुःख होता था।

विजय अपने बाहरी कमरे में मंगलदेव को बिठाकर घर में गया। सब लोग व्यस्त थे। दो बज रहे थे। साधु-ब्राह्मण खा-पीकर चले गए थे। विजय अपने हाथ भोजन का सामान ले आया। दोनों मित्र बैठकर खाने-पीने लगे।

दासियाँ जूठी पत्तल बाहर फेंक रही थीं। ऊपर की छत से पूरी और मिठाईयों के टुकड़ों से लदी हुई पत्तलें उछाल दी जाती थीं। नीचे कुछ अछूत डोम और डोमिनियाँ खड़ी थीं, जिनके सिर पर टोकरियाँ थीं, हाथ में डंडे थे—जिनसे वे कुत्तों को हटाते थे और आपस मे मार-पीट, गाली-गलौज करते हुए उस उच्छिष्ट की लूट मचा रहे थे—वे पुश्त-दर-पुश्त के भूखे।

मालकिन झरोखे से अपने पुण्य का यह उत्सव देख रही थी। और देख रही थी—एक राह की थकी हुई भूखी दुर्बल युवती भी। उसी भूख की, जिससे वह स्वयं अशक्त हो रही थी, यह बीभत्स लीला थी! वह सोच रही थी—क्या संसार भर में पेट की ज्वाला, मनुष्य और पशुओं को एक ही समान सताती है? ये भी मनुष्य हैं और इसी धार्मिक भारत के मनुष्य—जो कुत्तों के मुँह के टुकड़े भी छीन कर खाना चाहते हैं। भीतर जो पुण्य के नाम पर—धर्म के नाम पर—गुलछर्रे उड़ रहे हैं, उसमें वास्तविक भूखों का कितना भाग है, यह पत्तलों के लूटने का दृश्य बतला रहा है। भगवान्! तुम अन्तर्यामी हो।

युवती निर्बलता से चल न सकती थी। वह साहस करके उन पत्तल लूटने वालों के बीच में से निकल जाना चाहती थी। वह दृश्य असह्य था; परन्तु एक डोमिन ने समझा कि यह उसी का भाग छीनने आई है। उसने गन्दी गालियाँ देते हुए उस पर आक्रमण करना चाहा, युवती पीछे हटी; परन्तु ठोकर लगते ही गिर पड़ी।

उधर विजय और मंगल में बातें हो रही थीं। विजय ने मंगल से कहा—यही तो इस पुण्य धर्म का दृश्य है! क्यों मंगल! क्या और भी किसी देश में इसी प्रकार का धर्म-संचय होता है? जिन्हें आवश्यकता नहीं, उनको बिठाकर आदर से भोजन कराया जाय, केवल इस आशा से कि परलोक में वे पुण्य-संचय का प्रमाण-पत्र देंगे, साक्षी देंगे, और इन्हें, जिन्हें पेट ने सता रखा है, जिनको भूख ने अधमरा बना दिया है, जिनकी आवश्यकता नंगी होकर बीभत्स नृत्य कर रही है, वे मनुष्य, कुत्तों के साथ जूठी पत्तलों के लिए लड़ें, यही तो तुम्हारे धर्म का उदाहरण है!

मंगल भीतर जाकर बिछावन पर पड़ रहा। उसे कुछ सरदी मालूम होने लगी। वह चद्दर ओढ़कर एकान्त का अनुभव करने लगा; परन्तु विजय वहीं खड़ा रहा। उसने सहसा देखा— एक युवती गिर पड़ी। नौकरों को ललकारा—उसे उठाने के लिए। किशोरी को भी उस स्त्री पर दया आई। वह भूख और चोट से बेहोश भीतर उठा लाई गई। जल के छींटें दिए गए। संज्ञा लौट आई। उसने आँखें खोल दीं।

किशोरी को उस पर ध्यान देते देखकर विजय अपने कमरे में चला गया। किशोरी ने पूछा—कुछ खाओगी।

युवती ने कहा—हाँ, मैं भूखी अनाथ हूँ।

किशोरी को उसकी छलछलाई आँखें देखकर दया आ गई। कहा—दुखी न हो, तुम यहीं रहा करो।

फिर मुँह छिपाकर पड़े! उठो, मैं अपने बनाए हुए कुछ चित्र दिखाऊँ।

बोलो मत विजय! कई दिन के बाद भोजन करने पर आलस्य मालूम हो रहा है।

पड़े रहने से तो और भी सुस्ती बढ़ेगी।

मैं कुछ घंटों तक सो लेना चाहता हूँ।

विजय चुप हो गया। मंगलदेव के व्यवहार पर उसे कुतूहल हो रहा था। वह चाहता था कि बातों ही में उसके मन की अवस्था जान ले; परन्तु उसे अवसर न मिला। वह चुपचाप सो रहा।

नींद खुली, तब लैम्प जला दिए गए थे। दूज का चन्द्रमा पीला होकर अभी निस्तेज था, हलकी चाँदनी धीरे-धीरे फैलने लगी। पवन में कुछ शीतलता थी। विजय ने आँखें खोलकर देखा, मंगल अभी पड़ा था। उसने जगाया और हाथ-मुँह धोने के लिए कहा।

दोनों मित्र आकर पाई-बाग में पारिजात के नीचे पत्थर पर बैठ गए। विजय ने कहा—एक प्रश्न है।

मंगल ने कहा—प्रत्येक प्रश्नों के उत्तर भी हैं, कहो भी।

क्यों तुमने रक्षा-कवच तोड़ डाला? क्या उस पर से विश्वास उठ गया?

नहीं विजय, मुझे उस सोने की आवश्यकता थी। —मंगल ने बड़ी गम्भीरता से कहा।

क्यों?

इसके लिए घण्टों का समय चाहिए, तब तुम समझ सकोगे। अपनी वह रामकहानी पीछे सुनाऊँगा, इस समय केवल इतना ही कहे देता हूँ कि मेरे पास एक भी पैसा न था और तीन दिन इसलिए मैंने भोजन भी नहीं किया। तुमसे यह कहने में मुझे लज्जा नहीं।

यह तो बड़े आश्चर्य की बात है!

आश्चर्य इसमें कौन-सा? —अभी तुमने देखा है कि इस देश की दरिद्रता कैसी विकट है—कैसी नृशंस है! कितने ही अनाहार से मरते हैं! फिर मेरे लिए आश्चर्य क्यों? इसीलिए कि मैं तुम्हारा मित्र हूँ?

मंगलदेव! दुहाई है, घण्टों नहीं मैं रात भर सुनूँगा। तुम अपना रहस्यपूर्ण वृत्तांत सुनाओ। चलो कमरे में चलें, यहाँ ठंड लग रही है।

भीतर तो बैठे ही थे, फिर यहाँ आने की क्या आवश्यकता थी? अच्छा, चलो; परन्तु एक प्रतिज्ञा करनी होगी।

वह क्या?

मेरा सोना बेचकर कुछ दिनों के लिए मुझे निश्चिन्त बना दो।

अच्छा भीतर तो चलो।

कमरे में पहुँचकर दोनों मित्र बैठे ही थे कि दरवाजे के पास से किसी ने पूछा—विजय, एक दुखिया स्त्री आई है, मुझे आवश्यकता भी है, तू कहे तो उसे रख लूँ।

अच्छी बात है माँ! वही न जो बेहोश हो गई थी!

हाँ वही, बिल्कुल अनाथ है।

उसे अवश्य रख लो। —एक शब्द हुआ, मालूम हुआ कि पूछने वाली चली गई थीं। तब विजय ने मंगलदेव से कहा—अब कहो।

मंगलदेव ने कहना प्रारम्भ किया—मुझे एक अनाथालय से सहायता मिलती थी, और मैं पढ़ता था। मेरे घर कोई है कि नहीं, यह भी मुझे नहीं मालूम; पर जब मैं सेवा-समिति के काम से पढ़ाई छोड़कर हरद्वार चला गया, तब मेरी वृत्ति बन्द हो गई। मैं लौट आया। आर्यसमाज से भी मेरा कुछ सम्पर्क था; परन्तु मैंने देखा कि वह खंडनात्मक है; समाज में केवल इसी से काम नहीं चलता। मैंने भारतीय समाज का ऐतिहासिक अध्ययन करना चाहा और इसलिए पाली, प्राकृत का पाठ्यक्रम स्थिर किया। भारतीय धर्म और समाज का इतिहास तब तक अधूरा रहेगा, जब तक पाली और प्राकृत का उससे सम्बन्ध न हो; परन्तु मैं बहुत चेष्टा करके भी सहायता प्राप्त न कर सका, क्योंकि सुनता हूँ कि वह अनाथालय भी टूट गया।

विजय—तुमने रहस्य की बात तो कही ही नहीं।

मंगल—विजय! रहस्य कि मैं निर्धन हूँ, मैं अपनी सहायता नहीं कर सकता? मैं विद्यालय की डिग्री के लिए नहीं पढ़ रहा हूँ। केवल कुछ महीनों की आवश्यकता है कि मैं अपनी पाली की पढ़ाई प्रोफेसर देव से पूरी कर लूँ। इसीलिए मैं यह सोना बेचना चाहता हूँ।

विजय ने उस यंत्र को देखा, सोना तो उसने एक ओर रख दिया; परन्तु भोजपत्र के छोटे से —बंडल को—जो उसके भीतर था—विजय ने मंगल का मुँह देखते-देखते कुतूहल से खोलना आरम्भ किया। उसका कुछ अंश खुलने पर दिखाई दिया कि उसमें लाल रंग के अष्टगंध से कुछ स्पष्ट प्राचीन लिपि है। विजय ने उसे खोलकर फेंकते हुए कहा—लो यह किसी देवी-देवता का पूरा स्तोत्र भरा पड़ा है।

मंगल ने उसे आश्चर्य से उठा लिया। वह लिपि को पढ़ने की चेष्टा करने लगा। कुछ अक्षरों को वह पढ़ भी सका; परन्तु वह प्राकृत न थी, संस्कृत थी। मंगल ने उसे समेटकर जेब में रख लिया। विजय ने पूछा—क्या है? कुछ पढ़ सके?

कल इसे प्रोफेसर देव से पढ़ाऊँगा। यह तो कोई शासन-पत्र मालूम पड़ता है।

तो क्या इसे तुम नहीं पढ़ सकते?

मैंने तो अभी प्रारम्भ किया है वह अध्ययन मेरा गौण है, प्रोफेसर को जब छुट्टी रहती है, कुछ पढ़ा देते हैं।

अच्छा मंगल! एक बात कहूँ, तुम मानोगे? मेरी भी पढ़ाई सुधर जाएगी।

क्या?

तुम मेरे ही साथ रहा करो, अपना चित्रों का रोग मैं छुड़ाना चाहता हूँ।

तुम स्वतत्र नहीं हो, विजय! क्षणिक उमंग में आकर हमें वह काम नहीं करना

चाहिए, जिससे जीवन के कुछ ही लगातार दिनों के पिरोये जाने की संभावना हो, क्योंकि उमंग की उठान नीचे आया करती है।

नहीं मंगल! मैं माँ से पूछ लेता हूँ—कहकर विजय तेजी से चला गया। मंगल हाँ-हाँ—कहता ही रह गया। थोड़ी देर में ही हँसता हुआ लौट आया ओर बोला—माँ तो कहती हैं कि उसे यहाँ से मैं न जाने दूँगी।

वह चुपचाप, विजय के बनाए कलापूर्ण चित्रों को, जो उस कमरे में लगे थे, देखने लगा। इसमें विजय की प्राथमिक कृतियाँ थीं—अपूर्ण मुखाकृति, रंगों के छींटे से भरे हुए कागज तक चौखटों में लगे थे।

आज से किशोरी की गृहस्थी में दो व्यक्ति और बढ़े।

6

आज बड़ा समारोह है। निरंजन चाँदी के पात्र निकालकर दे रहा है—आरती, फूल, चंगेर, धूपदान, नैवेद्यपात्र और पंचपात्र इत्यादि माँज-धोकर साफ किए जा रहे हैं। किशोरी मेवा, फल, धूपबत्ती और फूलों की राशि एकत्र किए उसमें सजा रही है। घर की सब दास-दासियाँ व्यस्त हैं। नवागत युवती घूँघट निकाले एक ओर खड़ी है।

निरंजन ने किशोरी से कहा—सिंहासन के नीचे अभी धुला नहीं है, किसी से कह दो कि उसे स्वच्छ कर दे।

किशोरी ने युवती की ओर देखकर कहा—जा तो उसे धो डाल!

युवती भीतर पहुँच गई। निरंजन ने उसे देखा और किशोरी से पूछा—यह कौन है?

किशोरी ने कहा—वही जो उस दिन रखी गई है।

निरंजन ने झिड़ककर कहा--ठहर जा, बाहर चल। —फिर कुछ क्रोध से किशोरी की ओर देखकर कहा—यह कौन है, कैसी है, देवगृह में जाने योग्य है कि नहीं, समझ लिया हैं या यों ही जिसको हुआ कह दिया।

क्यों, मैं उसे तो नहीं जानती।

यदि अछूत हो, अन्त्यज हो, अपवित्र हो?

तो क्या भगवान् उसे पवित्र नहीं कर देंगे? आप तो कहते हैं कि भगवान् पतित-पावन हैं, फिर बड़े-बड़े पापियों को जब उद्धार की आशा है, तब इसको क्यों वंचित किया जाए? कहते-कहते किशोरी ने रहस्यभरी मुस्कान चलाई।

निरंजन क्षुब्ध हो गया; परन्तु उसने कहा—अच्छा शास्त्रार्थ रहने दो। इसे कहो कि बाहर चली जाय।—निरंजन की धर्म-हठ उत्तेजित हो उठी थी।

किशोरी ने कुछ कहा नहीं; पर युवती देवगृह के बाहर चली गई, और वह एक कोने में बैठकर सिकने लगी। सब अपने कार्य में व्यस्त थे। दुखिया के

रोने की किसे चिन्ता थी! वह भी जी हलका करने के लिए खुलकर रोने लगी। उसे जैसे ठेस लगी थी। उसका घुँघट हट गया था। आँखों से आँसू की धारा बह रही थी। विजय, जो दूर से यह घटना देख रहा था, इस युवती के पीछे-पीछे चला आया था—कुतूहल से इस धर्म के क्रूर दम्भ को एक बार खुलकर देखने और तीखे तिरस्कार से अपने हृदय को भर लेने के लिए; परन्तु देखा तो वह दृश्य, जो उसके जीवन में नवीन था—एक कष्ट से सताई हुई सुंदरी का रुदन!

विजय के वे दिन थे, जिसे लोग जीवन का वसंत कहते हैं। जब अधूरी और अशुद्ध पत्रिकाओं के टूटे-फूटे शब्दों के लिए हृदय में शब्दकोश प्रस्तुत रहता है। जो अपने साथ बाढ़ में बहुत-सी अच्छी वस्तु ले आता है और जो संसार को प्यारा देखने का चश्मा लगा देता है। शैशव से अभ्यस्त सौंदर्य को खिलौना समझ कर तोड़ना ही नहीं, वरन उसमें हृदय देखने की चाह उत्पन्न करता है। जिसे यौवन कहते हैं—शीतकाल के छोटे दिनों में घनी अमराई पर बिछलती हुई हरियाली से तर धूप के समान स्निग्ध यौवन।

इसी समय मानव-जीवन में जिज्ञासा जगती है। स्नेह, संवेदना, सहानुभूति का ज्वार आता है। विजय का विप्लवी हृदय चंचल हो गया। उसने जाकर पूछा—यमुना, तुम्हें किसी ने कुछ कहा है?

यमुना निःसंकोच भाव से बोली—मेरा अपराध था।

क्या अपराध था यमुना?

मैं देव-मंदिर में चली गई थी।

तब क्या हुआ?

बाबा जी बिगड़ गए।

रो मत, मैं उनसे पूछूँगा।

मैं उनके बिगड़ने पर नहीं रोती हूँ, रोती हूँ अपने भाग्य पर और हिन्दू समाज की अकारण निष्ठुरता पर—जो भौतिक वस्तुओं में तो बंटा लगा ही चुका है, भगवान् पर भी स्वतंत्र भाग का साहस रखता है!

क्षणभर के लिए विजय विस्मय-विमुग्ध रहा—यह दासी—दीन दुखिया—इसके हृदय में इतने भाव? उसकी सहानुभूति उच्छृंखल हो उठी, क्योंकि यह बात उसके मन की थी। विजय ने कहा—न रो यमुना! जिसके भगवान् सोने-चाँदी से घिरे रहते हैं—उनको रखवाली की आवश्यकता होती है।

यमुना की रोती हुई आँखें हँस पड़ीं—उसने कृतज्ञता की दृष्टि से विजय को देखा। विजय भूलभुलैया में पड़ गया। उसने स्त्री की—एक युवती स्त्री की—सरल सहानुभूति कभी पाई न थी। उसे भ्रम हो गया, जैसे बिजली कौंध गई हो। वह निरंजन की ओर चला, क्योंकि उसकी सब गर्मी निकालने का यही अवसर था।

निरंजन अन्नकूट के सम्भार में लगा था। प्रधान याजक बनकर उत्सव का संचालन कर रहा था। विजय ने आते ही आक्रमण आरम्भ कर दिया—बाबा जी,

आज क्या है?

निरंजन उत्तेजित तो था ही, उसने कहा—तुम हिन्दू हो कि मुसलमान? नहीं जानते, आज अन्नकूट है।

क्यों, क्या हिन्दू होना परम सौभाग्य की बात है? जब उस समाज की अधिकांश पददलित और दुर्दशाग्रस्त है, जब उसके अभिमान और गौरव की वस्तु धरापृष्ठ पर नहीं बची—उसकी संस्कृति विडम्बना, उसी संस्था सारहीन, और राष्ट्र—बौद्धों के शून्य के सदृश बन गया है; जब संसार की अन्य जातियाँ सार्वजनिक भ्रातृभाव और साम्यवाद को लेकर खड़ी हैं, तब आपके इन खिलौनों से भला उसकी सन्तुष्टि होगी?

इन खिलौनों—कहते-कहते उसका हाथ देवविग्रह कि और उठ गया था। उसके आक्षेपों का जो उत्तर निरंजन देना चाहता था। वह क्रोध के वेग में भूल गया और सहसा उसने कह दिया—नास्तिक! हट जा!

विजय की कनपटी लाल हो गई, बरौनियाँ तन गईं। वह कुछ बोलना ही चाहता था कि मंगल ने सहसा आकर हाथ पकड़ लिया, और कहा, विजय!

विद्रोही विजय वहाँ से हटते-हटते भी मंगल से यह कहे बिना नहीं रहा—धर्म के सेनापति विभीषिका उत्पन्न करके साधारण जनता से अपनी वृत्ति कमाते हैं और उन्हीं को गालियाँ भी सुनाते हैं गुरुड़म कितने दिनों तक चलेगा, मंगल?

मंगल विवाद को बचाने के लिए उसे घसीटता ले चला और कहने लगा—चलो, हम तुम्हारा शास्त्रार्थ-निमंत्रण स्वीकार करते हैं।—दोनों अपने कमरे की ओर चले गए।

निरंजन पल भर में आकाश से पृथ्वी पर आ गया। वास्तविक वातावरण में क्षोभ और क्रोध, लज्जा और मानसिक दुर्बलता ने उसे चैतन्य कर दिया। निरंजन को उद्विग्न होकर उठते देख, किशोरी—जो अब तक स्तब्ध हो रही थी—बोल उठी—लड़का है।

निरंजन ने वहाँ से जाते-जाते कहा—लड़का है तो तुम्हारा है, साधुओं को इसकी चिन्ता क्या? उसे अब भी अपने त्याग पर विश्वास था।

किशोरी निरंजन को जानती थी, उसने उन्हें रोकने का प्रयत्न नहीं किया। वह रोने लगी।

मंगल ने विजय से कहा—तुमको गुरुजनों का अपमान नहीं करना चाहिए। मैंने बहुत स्वाधीन विचारों को काम में ले आने की चेष्टा की है, उदार समाजों में घूमा-फिरा हूँ; पर समाज से शासन-प्रश्न पर और असुविधाओं में सब एक ही से दीख पड़े। मैं समाज में बहुत दिनों तक रहा, उससे स्वतंत्र होकर भी रहा; पर सभी जगह संकीर्णता है, शासन के लिए; क्योंकि काम चलाना पड़ता है न! समाज में एक से उन्नत और एक सी मनोवृत्ति वाले मनुष्य नहीं, सबको संतुष्ट और धर्मशील बनाने के लिए धार्मिक संस्थाएँ कुछ-न-कुछ उपाय निकाला करती हैं।

पर हिन्दुओं के पास निषेध के अतिरिक्त और भी कुछ है? —यह मत करो, वह मत करो; पाप है। जिसका फल यह हुआ है कि हिन्दुओं को, पाप को छोड़कर पुण्य कहीं दिखलाई ही नहीं पड़ता।—विजय ने कहा।

विजय! प्रत्येक संस्थाओं का कुछ उद्देश्य है और सफल करने के लिए कुछ नियम बनाये जाते हैं। नियम प्रायः निषेधात्मक होते हैं। क्योंकि मानव अपने को सब कुछ करने का अधिकारी समझता है। कुल थोड़े-से सुकर्म हैं और पाप अधिक हैं; जो निषेध के बिना नहीं रुक सकते। देखो, हम किसी भी धार्मिक संस्था से अपना सम्बन्ध जोड़ लें, तो हमें उसकी कुछ परम्पराओं का अनुकरण करना ही पड़ेगा। मूर्ति-पूजा के विरोधियों ने भी अपने-अपने अहिन्दू सम्प्रदायों में धर्ग-भावना के केन्द्र-स्वरूप कोई-न-कोई धर्म-चिह्न रख छोड़ा है। जिन्हें वे चूमते हैं, सम्मान करते हैं, और जिनके सामने सिर झुकाते हैं। हिन्दुओं ने भी अपनी भावना के अनुसार जन-साधारण के हृदय में देवभाव भरने का मार्ग चलाया है। उन्होंने मानव-जीवन में क्रम-विकास का अध्ययन किया है। वे यह नहीं मानते कि हाथ-पैर, मुँह-आँख और कान समान होने से हृदय भी एक-सा होगा। और विजय! धर्म तो हृदय से आचरित होता है न, इसीलिए अधिकार भेद है।

तो फिर उसमें उच्च विचार वाले लोगों को स्थान नहीं, क्योंकि समता और विषमता का द्वन्द्व उसके मूल में विद्यमान है।

उनसे तो अच्छा है, जो बाहर से साम्य की घोषणा करके भी भीतर से घोर विभिन्न मत के हैं और वह भी स्वार्थ के कारण! हिन्दू समाज तुमको मूर्ति-पूजा करने के लिए बाध्य नहीं करता, फिर तुमको व्यंग्य करने का कोई अधिकार नहीं। तुम अपने को उपयुक्त समझते हो, तो उससे उच्चतर उपासना-प्रणाली में सम्मिलित हो जाओ। देखो, आज तुमने घर में अपने इस काण्ड के द्वारा भयानक हलचल मचा दी है। सारा उत्सव बिगड़ गया है।

अब किशोरी भीतर चली गई, जो बाहर खड़ी हुई दोनों की बातें सुन रही थी। वह बोली—मंगल ने ठीक कहा। विजय, तुमने अच्छा काम नहीं किया। सब लोगों का उत्साह ठण्डा पड़ गया। पूजा का आयोजन अस्त-व्यस्त हो गया। किशोरी की आँखें भर आई थीं। उसे बड़ा क्षोभ था; पर दुलार के कारण विजय को वह कुछ कहना नहीं चाहती थी।

मंगल ने कहा—माँ! विजय को साथ लेकर हम इस उत्सव को सफल बनाने का प्रत्यन करेंगे, आप दुःख न कीजिए।

किशोरी प्रसन्न हो गई। उसने कहा—तुम तो अच्छे लड़के हो। देख तो विजय! मंगल की-सी सुबुद्धि सीख!,

विजय हँस पड़ा। दोनों देव-मंदिर की ओर चले।

नीचे गाड़ी की हरहराहट हुई, मालूम हुआ—निरंजन स्टेशन चला गया। उत्सव में विजय ने बड़े उत्साह से भाग लिया; पर यमुना सामने न आई, तो विजय के

सम्पूर्ण उत्साह के भीतर यह गर्व हँस रहा था कि मैंने यमुना का अच्छा बदला निरंजन से लिया।

किशोरी की गृहस्थी नए उत्साह से चलने लगी। यमुना के बिना वह पल भर भी नहीं रह सकती। जिसको जो कुछ माँगना होता, यमुना से कहता। घर का सब प्रबन्ध यमुना के हाथ में था। यमुना प्रबन्धकारिणी और आत्मीय दासी भी थी।

विजयचन्द्र के कमरे का झाड़-पोंछ और रखना-उठाना सब यमुना स्वयं करती थी। कोई दिन ऐसा न बीतता कि विजय को उसकी नई सुरुचि का परिचय अपने कमरे में न मिलता। विजय के पान खाने का व्यसन बढ़ चला था। उसका कारण था यमुना के लगाए स्वादिष्ट पान। वह उपवन से चुनकर फूलों की माला बना लेती। गुच्छे सजाकर फूलदान में लगा देती। विजय की आँखों में उसका छोटे-से-छोटा काम भी कुतूहल-मिश्रित प्रसन्नता उत्पन्न करता; पर वह एक बात से अपने को सदैव बचाती रही—उसने अपना सामना मंगल से न होने दिया। जब कभी परसना होता—किशोरी अपने सामने विजय और मंगल दोनों को खिलाने लगती। यमुना अपना बदन समेटकर और लम्बा घूँघट काढ़े हुए परस जाती। मंगल ने कभी उधर देखने की चेष्टा भी न की, क्योंकि वह भद्र कुटुम्ब के नियमों को भली-भाँति जानता था। इसके विरुद्ध विजयचन्द्र ऊपर से न कहकर, सदैव चाहता था। यमुना से मंगल परिचित हो जाय, और उसको यमुना की प्रतिदिन की कुशलता की प्रकट प्रशंसा करने का अवसर मिले।

विजय को इन दोनों रहस्यपूर्ण व्यक्तियों के अध्ययन का बड़ा कुतूहल होता एक और सरल, प्रसन्न, अपनी अवस्था से संतुष्ट मंगल, दूसरी ओर सबको प्रसन्न करने की चेष्टा करने वाली यमुना की रहस्यपूर्ण हँसी। विजय विस्मित था। उसके युवक-हृदय को दो साथी मिले थे—एक घर के भीतर, दूसरा बाहर। दोनों ही संयत भाव के और फूँक-फूँककर पैर रखने वाले। वह इन दोनों से मिल जाने की चेष्टा करता।

एक दिन मंगल और विजय बैठे हुए भारतीय इतिहास का अध्ययन कर रहे थे। कोर्स तैयार करना था। विजय ने कहा—भाई मंगल! भारत के इतिहास में यह गुप्त-वंश भी बड़ा प्रभावशाली था; पर इसके मूल पुरुष का पता नहीं चलता।

गुप्त-वंश भारत के हिन्दू इतिहास का एक उज्ज्वल पृष्ठ है। सचमुच इसके साथ बड़ी-बड़ी गौरव-गाथाओं का सम्बन्ध है।—बड़ी गम्भीरता से मंगल ने कहा।

परन्तु इसके अभ्युदय में लिच्छिवियों के नाश का बहुत कुछ अंश है। क्या लिच्छिवियों के साथ इन लोगों ने विश्वासघात तो नहीं किया?—विजय ने पूछा।

हाँ, वैसा ही उनका अन्त भी तो हुआ। देखो, थानेसर के एक कोने से एक

साधारण सामन्त-वंश गुप्त सम्राटों से सम्बन्ध जोड़ लेने में कैसा सफल हुआ। और, क्या इतिहास इसका साक्षी नहीं है कि मगधों के गुप्त सम्राटों को बड़ी सरलता से उनके मानवीय पद से हटाकर ही हर्षवर्धन उत्तरापथेवर बन गया था। यह तो ऐसे ही चला करता है।—मंगल ने कहा।

तो ये उनसे बढ़कर प्रतारक थे; यह वर्धन-वंश भी—विजय कुछ और कहना ही चाहता था कि मंगल ने रोककर कहा—ठहरो विजय ! वर्धनों के प्रति ऐसे शब्द कहना कहाँ तक संगत है? तुमको मालूम है कि ये अपना पाप भी छिपाना नहीं चाहते। देखो, यह वही यंत्र है, जिसे तुमने फेंक दिया था। जो कुछ इसका अर्थ प्रोफेसर देव ने दिया है, उसे देखो तो—कहते-कहते मंगल ने जेब से निकालकर अपना यंत्र और उसके साथ एक कागज फेंक दिया। विजय ने यंत्र तो न उठाया, कागज उठाकर पढ़ने लगा—

शकमण्डलेश्वर महाराजपुत्र राज्यवर्धन इस लेख के द्वारा यह स्वीकार करते हैं कि चन्द्रलेखा का हमारा विवाह-सम्बन्ध न होते हुए भी यह परिणीता वधू के समान पवित्र और हमारे स्नेह की सुन्दर कहानी है। इसलिए इसके वंशधर साम्राज्य में वही सम्मान पायेंगे, जो मेरे वंशधरों को साधारणतः मिलता है।

विजय के हाथ से वह पत्र गिर पड़ा। विस्मय से उसकी आँखें बड़ी हो गईं। वह मंगल की ओर एकटक निहारने लगा। मंगल ने कहा—क्या है विजय?

पूछते हो क्या है! आज एक बड़ा भारी आविष्कार हुआ है, तुम अभी तक नहीं समझ सके! आश्चर्य है। क्या इससे यह निष्कर्ष नहीं निकल सकता कि तुम्हारी नसों में वही रक्त है, जो हर्षवर्धन की धमनियों में प्रवाहित था?

यह अच्छी दूर की सूझी! कहीं मेरे पूर्व-पुरुषों को यह मंगल-सूचक यंत्र समझकर बिना जाने-समझे तो नहीं दे दिया गया था? इसमें...

ठहरो, इसको यदि मैं इस प्रकार समझूँ, तो क्या बुरा कि यह चन्द्रलेखा के वंशधरों के पास वंशानुक्रम से चला आया हो। साम्राज्य के अच्छे दिनों में इसकी आवश्यकता रही हो और पीछे यह शुभ समझकर उस कुल के सब बच्चों को ब्याह होने तक पहनाया जाता रहा हो। तुम्हारे यहाँ इसका व्यवहार भी तो इसी प्रकार रहा है।

मंगल के सिर में विलक्षण भावनाओं की गर्मी से पसीना चमकने लगा। फिर उसने हँसकर कहा—वाह विजय! तुम भी बड़े भारी परिहास-रसिक हो! क्षण भर में सारी गम्भीरता चली गई, दोनों हँसने लगे।

7

रजनी के बालों से बिखरे हुए मोती बटोरने के लिए प्राची के प्रांगण में उषा आई और इधर यमुना उपवन में फूल चुनने के लिए पहुँची। प्रभात की फीकी चाँदनी

में बचे हुए एक-दो नक्षत्र अपने को दक्षिण-पवन के झोंकों में विलीन कर देना चाहते हैं। कुन्द के फूल, थाले के श्यामल अंचल पर कसीदा बनाने लगे थे। गंगा के मुक्त वक्षस्थल पर से घूमती हुई, मन्दिरों के खुलने की, घण्टों की प्रतिध्वनि, प्रभात की शान्त निस्तब्धता में एक संगीत की झनकार उत्पन्न कर रही थी। अन्धकार और आलोक की सीमा बनी हुई युवती के रूप को अस्त होने वाला पीला चन्द्रमा और लाली फेंकने वाली उषा, अभी स्पष्ट न दिखला सकी थी कि वह अपनी डाली, फूलों से भर चुकी और उस कड़ी सरदी में भी यमुना मालतीकुंज की पत्थर की चौकी पर बैठी हुई, दूर से आते हुए शहनाई के मधुर स्वर में अपनी हृदयतंत्री मिला रही थी।

संसार एक अँगड़ाई लेकर आँख खोल रहा था। उसके जागरण में मुस्कान थी। नीड में से निकलते हुए पक्षियों के कलरव को वह आश्चर्य से सुन रही थी। वह समझ न सकी थी कि उन्हें क्यों उल्लास है! संसार में प्रवृत्त होने की इतनी प्रसन्नता क्यों? दो-दो दाने बीनकर ले आने और जीवन को लम्बा करने के लिए इतनी उत्कंठा! इतना उत्साह! जीवन इतने सुख की वस्तु है?

टप...टप...टप...टप!—यमुना चकित होकर खड़ी हो गई। खिलखिलाकर हँसने का शब्द हुआ। यमुना ने देखा—विजय खड़ा है! उसने कहा—यमुना, तुमने तो समझा होगा कि यह बिना बादलों की बरसात कैसी?

आप ही थे—मालती-लता से ओस की बूँदें गिराकर बरसात का अभिनय करने वाले! यह न जानकर मैं तो चौक उठी थी।

हाँ यमुना! आज तो हम लोगों का रामनगर चलने का निश्चय है। तुमने सामान तो सब बाँध लिए होंगे—चलोगी न?

बहूजी की जैसी आज्ञा होगी।

इस बेबसी के उत्तर पर विजय के मन में बड़ी सहानुभूति उत्पन्न हुई। उसने कहा—नहीं यमुना, तुम्हारे बिना तो मेरा...—कहते-कहते फिर रुककर कहा—प्रबन्ध ही न हो सकेगा—जलपान, पान, स्नान, सब अपूर्ण रहेगा।

तो, मैं चलूँगी—कहकर यमुना कुंज से बाहर निकल आई। वह भीतर जाने लगी। विजय ने कहा—बजरा कब का ही घाट पर आ गया होगा, हम लोग चलते हैं। माँ को लिवाकर तुरन्त आओ।

भागीरथी के निर्मल जल पर प्रभात का शीतल पवन बालकों के समान खेल रहा था—छोटी-छोटी लहरियों के घरोंदे बनते-बिगड़ते थे। उस पार के वृक्षों की श्रेणी के ऊपर एक भारी चमकीला और पीला बिम्ब था। रेत में उसकी पीली छाया और जल में सुनहला रंग, उड़ते हुए पक्षियों के झुण्ड से आक्रान्त हो जाता था। यमुना बजरे की खिड़की में से एकटक इस दृश्य को देख रही थी और छत पर से मंगलदेव

उसकी लम्बी उँगलियों से धारा का कटना देख रहा था। डाँडों का छप-छप शब्द बजरे की गति में ताल दे रहा था। थोड़ी ही देर में विजय माझी को हटाकर पतवार थामकर जा बैठा। यमुना सामने बैठी हुई डाली में फूल सँवारने लगी, विजय औरों की आँख बचाकर उसे देख लिया करता।

बजरा धारा पर बह रहा था। प्रकृति-चितेरी संसार का नया चिह्न बनाने के लिए गंगा के ईषत् नील जल में सफेदा मिला रही थी। धूप कड़ी हो चली थी। मंगल ने कहा—भाई विजय! इस नाव की सैर से तो अच्छा होगा की मुझे उस पार की रेत में उतार दो। वहाँ जो दो-चार वृक्ष दिखाई दे रहे हैं, उन्हीं की छाया में सिर ठंडा कर लूँगा।

हम लोगों को भी तो अभी स्नान करना है, चलो वहीं नाव लगाकर हम लोग भी निबट लें।

माझियों ने उधर की ओर नाव खेना आरम्भ किया। नाव रेत से टिक गई। बरसात उतरने पर यह द्वीप बन गया था। अच्छा एकान्त था। जल भी वहाँ स्वच्छ था। किशोरी ने कहा—यमुना, चलो हम लोग भी नहा लें।

आप लोग आ जाएँ, तब मैं जाऊँगी—यमुना ने कहा! किशोरी उसकी सचेष्टता पर प्रसन्न हो गई। वह अपनी दो सहेलियों के साथ बजरे से उतर गई।

मंगलदेव पहले ही कूद पड़ा था। विजय भी कुछ इधर-उधर करके उतरा। द्वीप के विस्तृत किनारों पर वे लोग फैल गए। किशोरी और उसकी सहेलियाँ, स्नान करके लौट आईं, अब यमुना अपनी धोती लेकर बजरे से उतरी और बालू की एक ऊँची टेकरी के कोने में चली गई। यह कोना एकान्त था। यमुना गंगा के जल में पैर डालकर कुछ देर तक चुपचाप बैठी हुई विस्तृत जल-धारा के ऊपर सूर्य की उज्ज्वल किरणों का प्रतिबिम्ब देखने लगी। जैसे रात के तारों की फूलअंजली आह्नी के शीतल वृक्ष पर किसी ने बिखेर दी हो।

पीछे निर्जन बालू का द्वीप और सामने दूर पर नगर की सौध-श्रेणी, यमुना की आँखों में निश्चेष्ट कुतूहल का कारण बन गई। कुछ देर में यमुना ने स्नान किया। ज्यों ही वह सूखी धोती पहनकर गीले बालों को समेट रही थी, मंगलदेव सामने आकर खड़ा हो गया। समान भाव से दोनों पर आकस्मिक आने वाली विपदा को देखकर दो परस्पर शत्रुओं के समान मंगलदेव और यमुना एक क्षण के लिए स्तब्ध थे।

तारा! तुम्ही हो!!—बड़े साहस से मंगल ने कहा।

युवती की आँखों में बिजली दौड़ गई। वह तीखी दृष्टि से मंगलदेव को देखती हुई बोली—क्या मुझे अपनी विपत्ति के दिन भी किसी तरह न काटने दोगे। तारा मर गई, मैं उसकी प्रेतात्मा यमुना हूँ।

मंगलदेव ने आँखें नीची कर लीं। यमुना अपनी गीली धोती लेकर चलने को उद्यत हुई। मंगल ने हाथ जोड़कर कहा—तारा मुझे क्षमा करो।

उसने दृढ़ स्वर में कहा—हम दोनों का इसी में कल्याण है कि एक-दूसरे को न पहचानें और न एक-दूसरे की राह में अड़ें। तुम विद्यालय के छात्र हो और मैं दासी यमुना—दोनों को किसी दूसरे का अवलम्ब है। पापी प्राण की रक्षा के लिए मैं प्रार्थना करती हूँ, क्योंकि इसे देकर मैं न दे सकी।

तुम्हारी यही इच्छा है तो यही सही—कहकर ज्यों ही मंगलदेव ने मुँह फिराया, विजय ने टेकरी की आड़ से निकलकर पुकारा—मंगल! क्या अभी जलपान न करोगे?

यमुना और मंगल ने देखा कि विजय की आँखें क्षण-भर में लाल हो गईं; परन्तु तीनों चुपचाप बजरे की ओर लौटे। किशोरी ने खिड़की से झाँककर कहा—आओ जलपान कर लो, बड़ा विलम्ब हुआ।

विजय कुछ न बोला, जाकर चुपचाप बैठ गया। यमुना ने जलपान लाकर दोनों को दिया। मंगल और विजय लड़कों के समान चुपचाप मन लगाकर खाने लगे। आज यमुना का घूँघट कम था। किशोरी ने देखा, कुछ बेढ़व बात है। उसने कहा—आज न चलकर किसी दूसरे दिन रामनगर चला जाय, तो क्या हानि है? दिन बहुत बीत चुका, चलते-चलते सन्ध्या हो जायगी। विजय, कहो तो घर ही लौट चला जाय?

विजय ने सिर हिलाकर अपनी स्वीकृति दी।

माझियों ने उसी ओर खेना आरम्भ कर दिया।

दो दिन तक मंगलदेव से और विजयचन्द्र से भेंट ही न हुई। मंगल चुपचाप अपनी किताबों में लगा रहता, और समय पर स्कूल चला जाता। तीसरे दिन अकस्मात् यमुना पहले-पहल मंगल के कमरे में आई। मंगल सिर झुकाकर पढ़ रहा था। उसने देखा नहीं। यमुना ने कहा—आज तीसरा दिन है, विजय बाबू ने तकिए से सिर नहीं उठाया, ज्वर बड़ा भयानक होता जा रहा है। किसी अच्छे डॉक्टर का क्यों नहीं लिवा लाते।

मंगल ने आश्चर्य से सिर उठाकर फिर देखा—यमुना! वह चुप रह गया। फिर सहसा अपना कोट लेते हुए उसने कहा—मैं डॉक्टर दीनानाथ के यहाँ जाता हूँ—और वह कोठरी से बाहर निकल गया।

विजयचन्द्र पलँग पर पड़ा करवट बदल रहा था। बड़ी बेचैनी थी। किशोरी पास ही बैठी थी। यमुना सिर सहला रही थी। विजय कभी-कभी उसका हाथ पकड़कर माथे से चिपटा लेता था।

मंगल डॉक्टर को लिए हुए भीतर चला आया। डॉक्टर ने देर तक रोगी की परीक्षा की। फिर सिर उठाकर एक बार मंगल की ओर देखा और पूछा—रोगी को किसी आकस्मिक घटना से दुःख तो नहीं हुआ है?

मंगल ने कहा—ऐसा तो कोई कारण नहीं है। हाँ, इसके दो दिन पहले हम

लोगों ने गंगा में पहरों स्नान किया और तैरे थे।

डॉक्टर ने कहा—कुछ चिन्ता नहीं। थोड़ा यूडीक्लोन सिर पर रखना चाहिए, बेचैनी हट जायगी। और दवा लिखे देता हूँ। चार-पाँच दिन में ज्वर उतरेगा। मुझे टेम्परेचर का समाचार दोनों समय मिलना चाहिए।

किशोरी ने कहा—आप स्वयं दो बार दिन में देख लिया कीजिए तो अच्छा हो।

डॉक्टर बहुत ही स्पष्टवादी और चिड़चिड़े स्वभाव का था, और नगर में अपने काम में एक ही था। उसने कहा—मुझे दोनों समय देखने का अवकाश नहीं, और आवश्यकता भी नहीं है। यदि आप लोगों से स्वयं इतना भी नहीं हो सकता, तो डॉक्टर की दवा करानी व्यर्थ है।

जैसा आप कहेंगे वैसा ही होगा। आपको समय पर ठीक समाचार मिलेगा। डॉक्टर साहब दया कीजिए।—यमुना ने कहा।

डॉक्टर ने रूमाल निकालकर सिर पोंछा और मंगल के दिए हुए कागज पर औषधि लिखी। मंगल ने किशोरी से रुपया लिया और डॉक्टर के साथ ही वह औषधि लेने चला गया।

मंगल और यमुना की अविराम सेवा से आठवें दिन विजय उठ बैठा। किशोरी बहुत प्रसन्न हुई। निरंजन भी तार द्वारा समाचार पाकर चले आए थे। ठाकुर जी की सेवा-पूजा की धूम एक बार फिर मच गई।

विजय अभी दुर्बल था। पंद्रह दिनों में ही वह छः महीने का रोगी जान पड़ता था। यमुना आज-कल दिन-रात अपने अन्नदाता विजय के स्वास्थ्य की रखवाली करती थी, और अब निरंजन के ठाकुर जी की ओर जाने का उसे अवसर ही न मिलता था।

जिस दिन विजय बाहर आया, वह सीधे मंगल के कमरे में गया। उसके मुख पर संकोच, और आँखों में क्षमा थी। विजय के कुछ कहने के पहले ही मंगल ने उखड़े हुए शब्दों मे कहा—विजय! मेरी परीक्षा भी समाप्त हो गई और नौकरी का प्रबन्ध भी हो गया। मैं तुम्हारा कृतज्ञ हूँ। आज ही जाऊँगा, आज्ञा दो।

नहीं मंगल! यह तो नहीं हो सकता—कहते-कहते विजय की आँखें भर आईं।

विजय! जब मैं पेट की ज्वाला से दग्ध हो रहा था। जब एक दाने का कहीं ठिकाना नहीं था, उस समय मुझे तुमने अवलम्ब दिया; परन्तु मैं उस योग्य न था। मैं तुम्हारा विश्वासपात्र न रह सका, इसलिए मुझे छुट्टी दो।

अच्छी बात है; तुम पराधीन नहीं हो। पर माँ ने देवी के दर्शन की मनौती की है, इसलिए हम लोग वहाँ तक तो साथ ही चलें। फिर जैसी तुम्हारी इच्छा।

मंगल चुप रहा।

किशोरी ने मनौती की सामग्री जुटानी आरम्भ की। शिशिर बीत रहा था।

यह निश्चय हुआ कि नवरात्र में चला जाय। मंगल को तब तक चुपचाप ठहरना दुःसह हो उठा। उसके शान्त मन में बार-बार यमुना की सेवा और विजय

की बीमारी—ये दोनों बातें लड़कर हलचल मचा देती थीं। वह न जाने कैसी कल्पना से उन्मत्त हो उठता। हिंसक मनोवृत्ति जाग जाती। उसे दमन करने में वह असमर्थ था। दूसरे ही दिन बिना किसी से कहे-सुने मंगल चला गया।

विजय को खेद हुआ; पर दुःख नहीं। वह बड़ी दुविधा में पड़ा था। मंगल जैसे उसकी प्रगति में बाधा स्वरूप हो गया था। स्कूल के लड़कों को जैसी लम्बी छुट्टी की प्रसन्नता मिलती है, ठीक उसी तरह विजय के हृदय में प्रफुल्लता भरने लगी। बड़े उत्साह से वह भी अपनी तैयारी में लगा। फेसक्रीम, पोमेड, टूथ पाउडर, ब्रश आकर उसके बैग में जुटने लगे। तौलियों और सुगन्धों की भरमार से बैग ठसाठस भर गया।

किशोरी भी अपने सामान में लगी थी। यमुना कभी उसके और कभी विजय के साधनों में सहायता करती। वह घुटनों के बल बैठकर विजय की सामग्री बड़े मनोयोग से हैंडबैग में सजा रही थी। विजय कहता—नहीं यमुना! तौलिया तो इस बैग में अवश्य रहनी चाहिए—यमुना कहती—इतनी सामग्री इस छोटे पात्र में समा नहीं सकती। वह ट्रंक में रख दी जायगी।

विजय ने कहा—मैं अपने अत्यन्त आवश्यक पदार्थ अपने समीप रखना चाहता हूँ।

आप अपनी आवश्यकताओं का ठीक अनुमान नहीं कर सकते। सम्भवतः आपका चिट्ठा बढ़ा हुआ रहता है।

नहीं यमुना। वह मेरी नितान्त आवश्यकता है।

अच्छा तो सब वस्तु आप मुझसे माँग लीजिएगा, देखिए जब कुछ भी घटे।

विजय ने विचार कर देखा कि यमुना भी तो मेरी सबसे बढ़कर आवश्यकता की वस्तु है। वह हताश होकर सामान से हट गया। यमुना और किशोरी ने ही मिलकर सब सामान ठीक कर लिए।

निश्चित दिन आ गया। रेल का प्रबन्ध पहले ही ठीक कर लिया गया था। किशोरी की कुछ सहेलियाँ भी जुट गई थीं। निरंजन थे प्रधान सेनापति। वह छोटी-सी सेना पहाड़ी पर चढ़ाई करने चली।

चैत का एक सुन्दर प्रभात था। दिन आलम से भरा, अवसाद से पूर्ण फिर भी मनोरंजकता थी, प्रवृत्ति थी। पलास के वृक्ष लाल हो रहे थे। नई-नई पत्तियों के आने पर भी जंगली वृक्षों में घनापन न था। बौखलाया हुआ सब से धक्कम-धुक्की कर रहा था। पहाड़ी के नीचे एक झील-सी थी, जो बरसात में भर जाती है। आज-कल खेती हो रही थी। पत्थरों के ढोकों से उनकी सीमा बनी हुई थी, एक नाले का भी अन्त होता था। यमुना एक ढोंके पर बैठ गई। पास ही हैंडबैग धरा था। वह पिछड़ी हुई औरतों के आने की बाट जोह रही थी और विजय शैलपथ से ऊपर

सबके आगे चढ़ रहा था।

किशोरी और उसकी सहेलियाँ भी आ गईं। एक सुन्दर झुरमुट था। जिसमें सौंदर्य और सुरुचि का समन्वय था। शहनाई के बिना किशोरी का कोई उत्साह पूरा न होता था, बाजे-गाजे से पूजा करने की मनौती थी। वे बाजे वाले भी ऊपर पहुँच चुके थे। अब प्रधान आक्रमणकारियों का दल पहाड़ी पर चढ़ने लगा। थोड़ी ही देर में पहाड़ी पर सन्ध्या के रंग-बिरंगे बादलों का दृश्य दिखाई देने लगा। देवी का छोटा-सा मन्दिर है, वहीं सब एकत्र हुए। कपूरी, बादामी, फीरोजी, धानी, गुलेनार, रंग के घूँघट उलट दिए गए। यहाँ परदे की आवश्यकता न थी। भैरवी के स्वर, मुक्त होकर पहाड़ी से झरनों की तरह निकल रहे थे। सचमुच वसन्त खिल पड़ा। पूजा के साथ ही, स्वतंत्र रूप से ये सुन्दरियाँ भी गाने लगीं। यमुना चुपचाप कुरैये की डाली के नीचे बैठी थी। बैग का सहारा लिए वह धूप से अपना मुख बचाए थी। किशोरी ने उसे हठ करके गुलेनार चादर ओढ़ा दी। पसीने से लगकर उस रंग ने यमुना के मुख पर अपने चिह्न बना दिये थे। वह बड़ी सुन्दर रंगसाजी थी। यद्यपि उसके भाव आँखों के नीचे की कालिमा में करुण रंग में छिपे रहे थे; परन्तु इस समय विलक्षण आकर्षण उसके मुख पर था। सुन्दरता की होड़ लग जाने पर मानसिक गति दबाई न जा सकती थी। विजय जब सौंदर्य से अपने को अलग न रख सका, वह पूजा छोड़कर उसी के समीप एक विशालखंड पर जा बैठा। यमुना भी सम्भलकर बैठ गई थी।

क्यों यमुना! तुमको गाना नहीं आता? बातचीत आरम्भ करने के ढंग से विजय ने कहा।

आता क्यों नही; पर गाना नहीं चाहती हूँ।

क्यों?

यों ही। कुछ करने का मन नहीं करता।

कुछ भी?

कुछ नहीं, संसार कुछ करने के योग्य नहीं।

फिर क्या?

इसमें यदि दर्शक बनकर जी सके, तो मनुष्य के बड़े सौभाग्य की बात है।

परन्तु मैं केवल इसे दूर से नहीं देखना चाहता।

अपनी-अपनी इच्छा! आप अभिनय करना चाहते हैं, तो कीजिए; पर यह स्मरण रखिए कि सब अभिनय सबके मनोनुकूल नहीं होते।

यमुना, आज तो तुमने रंगीन साड़ी पहनी है—बड़ी सुन्दर लगती है।

क्या करूँ, विजय बाबू! जो मिलेगा वही न पहनूँगी।—विरक्त होकर यमुना ने कहा।

विजय को रुखाई जान पड़ी, उसने भी बात बदल ली। कहा—तुमने तो कहा था कि तुमको जिस वस्तु की आवश्यकता होगी, मैं दूँगी, यहाँ मुझे कुछ आवश्यकता है।

यमुना भयभीत होकर विजय के आतुर मुख का अध्ययन करने लगी। कुछ न बोली। विजय ने सहम कर कहा—मुझे प्यास लगी है।

यमुना ने बैग में से एक छोटी-सी चाँदी की लुटिया निकाली, जिसके साथ पतली रंगीन डोरी लगी थी। यह कुरैया की झुरमुट की दूसरी ओर चली गई। विजय चुपचाप सोचने लगा; और कुछ नहीं, केवल यमुना के स्वच्छ कपोलों पर गुलेनार रंग की छाप। उन्मत्त हृदय—किशोर हृदय, स्वप्न देखने लगा—ताम्बूल राग-रञ्जित, चुम्बन-अंकित कपोलों का! वह पागल हो उठा।

यमुना पानी लेकर आई, बैग से मिठाई निकालकर विजय के सामने रख दी। सीधे लड़के की तरह विजय ने जलपान किया, तब पूछा—पहाड़ी के ऊपर ही तुम्हें जल कहाँ मिला, यमुना?

यहीं तो, पास ही एक कुण्ड है।

चलो मुझे दिखला दो।

दोनों कुरैये के झुरमुट की ओट में चले। वहाँ सचमुच एक चौकोर पत्थर का कुण्ड था, उसमें जल लबालब भरा था। यमुना ने कहा—मुझसे यहीं एक पंडे ने कहा है कि यह कुण्ड जाड़ा, गरमी, बरसात सब दिनों में बराबर भरा रहता है। जितने आदमी चाहे इसमें जल पियें, खाली नहीं होता। यह देवी का चमत्कार है। इसी से विन्ध्यवासिनी देवी से कम इस पहाड़ी झीलों की देवी का मान नहीं है। बहुत दूर से लोग यहाँ आते हैं।

यमुना है बड़े आश्चर्य की बात पहाड़ी के इतने ऊपर भी यह जलकुण्ड सचमुच अद्‍भुत है; परन्तु मैंने और भी ऐसा कुण्ड देखा है—जिसमें कितने ही जल पिएँ, वह भरा ही रहता है।

सचमुच! कहाँ पर, विजय बाबू?

सुन्दरी में रूप का कूप—कहकर विजय यमुना के मुख को उसी भाँति देखने लगा, जैसे अनजाने में ढेला फेंककर बालक चोट लगने वाले को देखता है।

वाह विजय बाबू! आज-कल साहित्य का ज्ञान बढ़ा हुआ देखती हूँ—कहते हुए यमुना ने विजय की ओर देखा—जैसे कोई बड़ी-बूढ़ी नटखट लड़के को संकेत से झिड़कती हो।

विजय लज्जित हो उठा। इतने में 'विजय बाबू' की पुकार हुई—किशोरी बुला रही थी। वे दोनों देवी के सामने पहुँचे। किशोरी मन-ही-मन मुस्कराई। पूजा समाप्त हो चुकी थी। सबको चलने के लिए कहा गया। यमुना ने बैग उठाया। सब उतरने लगे। धूप कड़ी हो गई थी, विजय ने अपना छाता खोल लिया। उसकी बार-बार इच्छा होती कि वह यमुना से इसी की छाया में चलने के लिए कहे; पर साहस न होता। यमुना की दो-एक लटें पसीने से उसके सुन्दर भाल पर चिपक गई थीं। विजय उसी विचित्र लिपि को पढ़ते-पढ़ते पहाड़ी से नीचे उतरा।

सब लोग काशी लौट आये।

द्वितीय खण्ड

1

एक ओर तो जल बरस रहा था, पुरवाई से बूँदें तिरछी होकर गिर रही थीं; उधर पश्चिम से चौथे पहर पीली धूप उनमें केसर घोल रही थी। मथुरा से वृन्दावन आने वाली सड़क पर एक घर की छत पर यमुना चादर तान रही थी। दालान में बैठा हुआ विजय एक उपन्यास पढ़ रहा था। निरंजन सेवाकुंज में दर्शन करने गया था। किशोरी बैठी हुई पान लगा रही थी। तीर्थ-यात्रा के लिए श्रावण से ही लोग टिके थे। झूल की बहार थी; घटाओं का जमघट।

उपन्यास पूरा करते हुए विश्राम की साँस लेकर विजय ने पूछा—पानी और धूप से बचने के लिए वह पतली चादर क्या काम देगी, यमुना?

बाबा जी के लिए मघा का जल संचय करना है। वे कहते हैं कि इस जल से अनेक रोग नष्ट होते हैं।

रोग नष्ट चाहे न हों; पर वृन्दावन के खारे कूप-जल से तो यह अच्छा ही होगा। अच्छा एक ग्लास मुझे भी दो।

विजय बाबू, काम वही करना, पर उसकी कड़ी समालोचना के बाद, यह तो आपका स्वभाव हो गया है। लीजिए जल—कहकर यमुना ने पीने के लिए जल दिया।

उसे पीकर विजय ने कहा—यमुना, तुम जानती हो कि मैंने कॉलेज में एक संशोधन समाज स्थापित किया है। उसका उद्देश्य है—जिन बातों में बुद्धिवाद का उपयोग न हो सके, उसका खण्डन करना और तदनुकूल आचरण करना। देख रही हो कि मैं छूत-छात का कुछ विचार नहीं करता, प्रकट रूप में होटलों तक में खाता भी हूँ। इसी प्रकार इन प्राचीन कुसंस्कारों का नाश करना मैं अपना कर्त्तव्य समझता हूँ, क्योंकि ये ही रूढ़ियाँ आगे चलकर धर्म का रूप धारण कर लेती हैं। जो बातें कभी देश, काल, पात्रानुसार प्रचलित हो गई थीं, वे सब माननीय नहीं, हिन्दू-समाज के पैरों में ये बेड़ियां हैं।—इतने में बाहर सड़क पर कुछ बालकों के मधुर स्वर सुनाई पड़े विजय उधर चौंककर देखने लगा।

छोटे-छोटे ब्रह्मचारी दण्ड, कमण्डल और पीत वसन धारण किए, समस्वर में गाते जा रहे थे...

कस्यचित्किमपिनोहरणीयं मर्म्मवाक्यमपिनोच्चरणीयं
श्रीपतेःपदयुगम्मरणीयं लीलयाभवजलतरणीयं

उन सबों के आगे छोटी दाढ़ी और घने बालों वाला एक युवक सफेद चद्दर धोती पहने, जा रहा था। गृहस्थ लोग उन ब्रह्मचारियों की झोली में कुछ डाल देते थे। विजय ने एक दृष्टि से देखकर, मुँह फिरा कर यमुना से कहा—देखो यह बीसवीं शताब्दी में तीन हजार बी. सी. का अभिनय। समग्र संसार अपनी स्थिति रखने में लिए चंचल है, रोटी का प्रश्न सबके सामने है, फिर भी मूर्ख हिन्दू अपनी पुरानी असभ्यताओं का प्रदर्शन कराकर पुण्य-संचय करना चाहते हैं।

आप तो पाप-पुण्य कुछ मानते ही नहीं, विजय बाबू।

पाप और कुछ नहीं है यमुना, जिन्हें हम छिपाकर करना चाहते हैं, उन्हीं कर्मों को पाप कह सकते हैं; परन्तु समाज का एक बड़ा भाग उसे यदि व्यवहार्य बना दे, तो वही कर्म हो जाता है, धर्म हो जाता है। देखती नहीं हो, इतने विरुद्ध मत रखने वाले संसार के मनुष्य अपने-अपने विचारों में धार्मिक बने हैं। जो एक के यहाँ पाप है, वही तो दूसरे के लिए पुण्य है।

किशोरी चुपचाप इन लोगों की बात सुन रही थी। वह एक स्वार्थ से भरी चतुर स्त्री थी। स्वतन्त्रता से रहना चाहती थी, इसलिए लड़के को भी स्वतन्त्र होने में सहायता देती थी। कभी-कभी यमुना की धार्मिकता उसे असह्य हो जाती है; परन्तु अपना गौरव बनाये रखने के लिए वह उसका खण्डन न करती, क्योंकि बाह्य धर्माचरण दिखलाना ही उसके दुर्बल चरित्र का आवरण था। वह बराबर चाहती थी कि यमुना और विजय में गाढ़ा परिचय बढ़े, और इसके लिए वह अवसर भी देती। उसने कहा—विजय इसी से तो तुम्हारे हाथ का भी खाने लगा है, यमुना?

यह कोई अच्छी बात तो नहीं है, बहूजी।

क्या करूँ यमुना, विजय अभी लड़का है, मानता नहीं। धीरे-धीरे समझ जाएगा—अप्रतिभ होकर किशोरी ने कहा।

इतने में एक सुंदर तरुण बालिका अपना हँसता हुआ मुख लिए भीतर आते ही बोली—किशोरी बहू, शाहजी के मन्दिर में आरती देखने चलोगी न?

तू आ गई घण्टी! मैं तेरी प्रतीक्षा में ही थी।

तो फिर विलम्ब क्यों? कहते हुए घण्टी ने अल्हड़पन से विजय की ओर देखा।

किशोरी ने कहा—विजय, तू भी चलेगा न?

यमुना और विजय को यहीं झाँकी मिलती है, क्यों विजय बाबू? —बात काटते हुए घण्टी ने कहा।

मैं तो जाऊँगा नहीं, क्योंकि छः बजे मुझे एक मित्र से मिलने जाना है; परन्तु

घण्टी, तुम तो हो बड़ी नटखट!—विजय ने कहा।

यह ब्रज है, बाबूजी! यहाँ के पत्ते-पत्ते में प्रेम भरा है। बंसी वाले की बंसी अब भी सेवाकुंज में आधी रात को बजती है। चिन्ता किस बात की? —विजय के पास सरककर धीरे से हँसते हुए उस चंचल छोकरी ने कहा। घण्टी के कपोलों में हँसते समय गड्ढे पड़ जाते थे। भोली मतवाली आँखें गोपियों के छायाचित्र उतारती, और उभरती हुई वयस-संधि से उसकी चंचलता सदैव छेड़-छाड़ करती रहती। वह एक क्षण के लिए भी स्थिर न रहती—कभी अँगड़ाई लेती, तो कभी अपनी उँगलियाँ चटकाती। आँखें लज्जा का अभिनय करके जब पलकों की आड़ छिप जाती, तब भी भौंहे चला करतीं। तिस पर भी घण्टी एक बाल-विधवा है। विजय उसके सामने अप्रतिभ हो जाता, क्योंकि वह कभी-कभी स्वाभाविक निःसंकोच परिहास कर दिया करती। यमुना को उसका व्यंग्य असह्य हो उठता; पर किशोरी को वह छेड़-छाड़ अच्छी लगती—बड़ी हँसमुख लड़की है!—यह कहकर बात उड़ा दिया करती।

किशोरी ने अपनी चादर ले ली थी। चलने को प्रस्तुत थी। घण्टी ने उठते-उठते कहा—अच्छा तो आज ललिता की ही विजय है, राधा लौटी जाती है! —हँसते-हँसते वह किशोरी के साथ घर से बाहर निकल गई।

वर्षा बंद हो गई थी; पर बादल घिरे थे। सहसा विजय उठा और वह भी नौकर को सावधान रहने के लिए कहकर चला गया।

यमुना के हृदय में भी निरुद्दिष्टि पथ वाले चिन्ता के बादल मँडरा रहे थे। वह अपनी अतीत-चिन्ता में निमग्न हो गई। बीत जाने पर दुखदायी घटना भी सुन्दर और मूल्यवान हो जाती है। वह एक बार तारा बनकर मन-ही-मन अतीत का हिसाब लगाने लगी, स्मृतियाँ लाभ बन गईं। जल वेग से बरसने लगा। परन्तु यमुना के मानस में एक शिशु-सरोज लहराने लगा। वह रो उठी।

कई महीने बीते गए—

किशोरी, निरंजन और विजय बैठे हुए कुछ बातें कर रहे थे। निरंजनदास का मत था कि कुछ दिन गोकुल में चलकर रहा जाय—कृष्णचंद्र की बाललीला से अलंकृत भूमि में रहकर हृदय आनन्दपूर्ण बनाया जाय। किशोरी भी सहमत थी; किन्तु विजय की इसमें कुछ आपत्ति थी।

इसी समय एक ब्रह्मचारी ने भीतर आकर सबको प्रणाम किया। विजय चकित हो गया और निरंजन प्रसन्न।

क्या उन ब्रह्मचारियों के साथ तुम्हीं घूमते हो, मंगल।—विजय ने आश्चर्य भरी प्रसन्नता से पूछा।

हाँ विजय बाबू! मैंने यहाँ पर एक ऋषि कुल खोल रखा है। यह सुनकर कि आप लोग यहाँ आये हैं, मैं कुछ भिक्षा लेने आया हूँ।

मंगल! मैंने तो समझा था कि तुमने कहीं अध्यापन का काम आरम्भ किया होगा, पर तुमने तो यह अच्छा ढोंग निकाला।

वही तो करता हूँ, विजय बाबू! पढ़ता ही तो हूँ। कुछ करने की प्रवृत्ति तो थी ही—वह भी समाज सेवा और सुधार, परन्तु उन्हें क्रियात्मक रूप देने के लिए मेरे पास और कौन साधन था?

ऐसे काम तो आर्यसमाज करता ही था, फिर उसके जोड़ में अभिनय करने की क्या आवश्यकता थी। उसी में सम्मिलित हो जाते।

आर्यसमाज कुछ खंडनात्मक है, और मैं प्राचीन धर्म की सीमा के भीतर ही सुधार का पक्षपाती हूँ।

यह क्यों नहीं कहते कि तुम समाज के स्पष्ट आदर्श का अनुकरण करने में असमर्थ थे, परीक्षा में ठहर न सके थे। उस विधि-मूलक व्यावहारिक धर्म को तुम्हारे समझ-बुझकर चलने वाले सर्वतोभद्र हृदय ने स्वीकार न किया, और तुम स्वयं प्राचीन निषेधात्मक धर्म में से प्रचारक बन गए। कुछ बातों के न करने से ही यह प्राचीन धर्म सम्पादित हो जाता है—छुओ मत, खाओ मत, ब्याहो मत, इत्यादि-इत्यादि। कुछ भी दायित्व लेना नहीं चाहते, और बात-बात में शास्त्र तुम्हारे प्रमाण-स्वरूप हैं। बुद्धिमान का कोई उपाय नहीं।—कहते-कहते विजय हँस पड़ा।

मंगल की सौम्य आकृति तन गई। वह संयत और मधुर भाषा में कहने लगा—विजय बाबू, यह और कुछ नहीं केवल उच्छृंखलता है। आत्मशासन का अभाव—चरित्र की दुर्बलता, विद्रोह कराती है। धर्म मानवीय स्वभाव पर शासन करता है, न कर सके तो मनुष्य और पशु में भेद क्या रह जाय? आपका मत यह है कि समाज की आवश्यकता देखकर धर्म की व्यवस्था बनाई जाय, नहीं तो हम उसे न मानेंगे। पर समाज तो प्रवत्तिमूलक है। वह अधिक-से-अधिक आध्यात्मिक बनकर, तप और त्याग के द्वारा शुद्ध करके उच्च आदर्श तक पहुँचाया जा सकता है। इन्द्रियपरायण पशु के दृष्टिकोण से मनुष्य की सब सुविधाओं के विचार नहीं किए जा सकते, क्योंकि फिर तो पशु और मनुष्य में साधन-भेद रह जाता है। बातें वे ही हैं। मनुष्य की असुविधाओं का, अनन्त साधनों के रहते, अन्त नहीं, वह उच्छृंखल होना ही चाहता है।

निरंजन को उसकी युक्तियाँ परिमार्जित और भाषा प्रांजल देखकर बड़ी प्रसन्नता हुई, उसका पक्ष लेते हुए उसने कहा—ठीक कहते हो, मंगलदेव!

विजय और भी गरम होकर आक्रमण करते हुए बोला—और उन ढकोसलों में क्या तथ्य है?...उसका संकेत मंदिर के शिखरों की ओर था।

हमारे धर्म मुख्यतः एकेश्वरवादी हैं, विजय बाबू! वह ज्ञान-प्रधान है; परन्तु अद्वैतवाद की दार्शनिक युक्तियों को स्वीकार करते हुए कोई भी वर्णमाला का विरोधी बन जाय, ऐसा तो कारण नहीं दीख पड़ता। मूर्तिपूजा इत्यादि उसी रूप में हैं। पाठशाला में सबके लिए एक कक्षा नहीं होती, इसलिए अधिकारी भेद है। हम

लोग सर्वव्यापी भगवान् की सत्ता को नदियों के जल में, वृक्षों में, पत्थरों में, सर्वत्र स्वीकार करने की परीक्षा देते हैं।

परन्तु हृदय में नही मानते, चाहे अन्यत्र सब जगह मान लें।—तर्क न करके विजय ने व्यंग्य किया। मंगल ने हताश होकर किशोरी की ओर देखा।

तुम्हारा ऋषिकुल कैसा चल रहा है, मंगल? —किशोरी ने पूछा।

दरिद्र हिन्दुओं के ही लड़के मुझे मिलते हैं। मैं उनके साथ नित्य भीख माँगता हूँ। जो अन्न-वस्त्र मिलता है, उसी में सबका निर्वाह होता है। मैं स्वयं उन्हें संस्कृत और प्राकृत पढ़ाता हूँ। एक गृहस्थ ने अपना उजड़ा हुआ उपवन दे दिया है। उसमें एक ओर लम्बी-सी दालान है और पाँच-सात वृक्ष हैं; उतने में सब काम चल जाता है। शीत और वर्षा में कुछ कष्ट होता है, क्योंकि दरिद्र हैं तो क्या, हैं तो लड़के ही न!

कितने लड़के हैं, मंगल?—निरंजन ने पूछा।

आठ लड़के हैं, आठ बरस से लेकर सोलह बरस तक के।

मंगल, और चाहे जो हो, तुम्हारे इस परिश्रम और कष्ट की सत्य-निष्ठा पर कोई अविश्वास नहीं कर सकता। मैं भी नही।—विजय ने कहा।

मंगल मित्र के मुख से यह बात सुनकर प्रसन्न हो उठा। वह कहने लगा—देखिए, विजय बाबू! मेरे पास एक यही धोती और अँगोछा है। एक चादर भी है। मेरा सब काम इतने से चल जाता है। कोई असुविधा नहीं होती। एक लम्बा-सा टाट है। उसी पर सब सो रहते हैं। दो-तीन बरतन हैं। और पाठ्य-पुस्तकों की एक-एक प्रतियाँ! इतनी ही तो मेरे ऋषिकुल की सम्पति है। कहते-कहते वह हँस पड़ा।

यमुना भीतर पीलीभीत के चावल बीन रही थी —खीर बनाने के लिए। उसके रोएँ खड़े हो गए। मंगल क्या है? देवता है। उसी समय उसे अपने तिरस्कृत हृदय-पिण्ड का ध्यान आ गया। उसने मन मे सोचा—पुरुष को उसकी क्या चिन्ता हो सकती है, वह तो अपना सुख विसर्जित कर देता है; जिसे अपने रक्त से उस सुख को सींचना पड़ता है, वही तो उसकी व्यथा जानेगा? उसने कहा—मंगल ही नहीं, सब पुरुष राक्षस हैं; देवता कदापि नहीं हो सकते। वह दूसरी ओर उठकर चली गई।

कुछ समय चुप रहने के बाद विजय ने कहा—जो हमारे दान के अधिकारी हैं, धर्म के ठेकेदार हैं, उन्हें इसीलिए तो समाज देता है कि वे उसका सदुपयोग करें; परन्तु वे मन्दिरों में, मठों में बैठे मौज उड़ाते हैं—उन्हें क्या चिन्ता कि समाज के कितने बच्चे भूखे, नंगे और अशिक्षित हैं। मंगलदेव! चाहे मेरा मत तुमसे न मिलता हो, परन्तु तुम्हारा उद्देश्य सुन्दर है।

निरंजन जैसे सचेत हो गया! एक बार उसने विजय की ओर देखा; पर बोला नहीं, किशोरी ने कहा—मंगलदेव! मैं परदेश में हूँ, इसलिए विशेष सहायता नहीं कर सकती; हाँ, तुम लोगों के लिए वस्त्र और पाठ्य-पुस्तकों की जितनी अत्यन्त आवश्यकता हो, मैं दूँगी।

और, शीत, वर्षा-निवारण के योग्य साधारण गृह बनवा देने का भार मैं लेता हूँ। मंगल!—निरंजन ने कहा।

मंगल! मैं तुम्हारी इस सफलता पर बधाई देता हूँ।—हँसते हुए विजय ने कहा—कल मैं तुम्हारे ऋषिकुल में जाऊँगा।

निरंजन और किशोरी ने कहा—हम लोग भी।

मंगल कृतज्ञता से लद गया। प्रणाम करके चला गया।

सबका मन इस घटना से हलका था; पर यमुना अपने भारी हृदय से बार-बार यहीं पूछती थी। इन लोगों ने मंगल को जलपान करने तक के लिए न पूछा, इसका कारण क्या उसका प्रार्थी होकर आना है?

यमुना कुछ अनमनी रहने लगी। किशोरी से यह बात छिपी न रही। घण्टी प्रायः इन्हीं लोगों के पास रहती। एक दिन किशोरी ने कहा—विजय, हम लोगों को ब्रज आए बहुत दिन हो गए, अब घर भी चलना चाहिए। हो सके तो ब्रज की परिक्रमा भी कर लें।

विजय ने कहा—मैं तो नहीं जाऊँगा।

तू सब बातों में अड़ जाता है।

यह कोई आवश्यक बात नहीं कि मैं भी पुण्य-संचय करूँ। —विरक्त होकर विजय ने कहा—यदि इच्छा हो तो आप चली जा सकती हैं, मैं तब तक यहीं बैठा रहूँगा।

तो क्या तू यहाँ अकेला रहेगा?

नहीं, मंगल के आश्रम में जा रहूँगा। वहाँ मकान बन रहा है, उसे भी देखूँगा, कुछ सहायता भी करूँगा और मन भी बहलेगा।

वह आप ही दरिद्र है, तू उसके यहाँ जाकर उसे और भी दुख देगा।

तो मैं क्या उसके सिर पर रहूँगा।

यमुना! तू चलेगी?

फिर विजय बाबू को खिलावेगा कौन? बहूजी, मैं तो चलने के लिए प्रस्तुत हूँ।

किशोरी मन-ही-मन हँसी भी, प्रसन्न भी हुई। और बोली—अच्छी बात है, तो मैं परिक्रमा कर आऊँ क्योंकि होली देखकर अवश्य घर लौट चलना है।

निरंजन और किशोरी परिक्रमा करने चले। एक दासी और जमादार साथ गया।

वृन्दावन में यमुना और विजय अकेले रहे। केवल घण्टी कभी-कभी आकर हँसी की हलचल मचा देती। विजय कभी-कभी दूर यमुना के किनारे चला जाता और दिन-दिन भर पर लौटता। अकेली यमुना उस हँसोड़ के व्यंग्य से जर्जरित हो जाती। घण्टी परिहास करने में बड़ी निर्दयी थी।

एक दिन दोपहर की कड़ी धूप थी। सेठजी के मंदिर में कोई झाँकी थी घंटी आई और यमुना को दर्शन के लिए पकड़ ले गई। दर्शन से लौटते हुए यमुना

ने देखा, एक पाँच-सात वृक्षों का झुरमुट और घनी छाया। उसने समझा, कोई देवालय है। यह छाया के लालच से टूटी हुई दीवार लाँघकर भीतर चली गई। देखा तो अवाक् रह गई—मंगल कच्ची मिट्टी का गारा बना रहा था। लड़के ईंटें ढो रहे हैं, दो राज उस मकान की जोड़ाई कर रहे हैं। परिश्रम में मुँह लाल था। पसीना बह रहा था। मंगल की सुकुमार देह विवश थी। वह ठिठक कर खड़ी हो गई। घण्टी ने उसे धक्का देते हुए कहा—चल यमुना, यह तो ब्रह्मचारी है, डर काहे का!—फिर ठठाकर हँस पड़ी।

यमुना ने एक बार उसकी ओर क्रोध से देखा। यह चुप भी न हो सकी थी। कि फरसा रखकर सिर से पसीना पोंछते हुए मंगल ने घूमकर देखा—यमुना!

ढीठ घण्टी से अब कैसे रहा जाय, वह झटककर बोली—ग्वालिनी! तुम्हें कान्हा बुलावे री! यमुना गड़ गई, मंगल ने क्या समझा होगा। वह घण्टी को घसीटती हुई बाहर निकल आई। यमुना हाँफ रही थी। पसीने-पसीने हो गई थी। अभी वे दोनों सड़क पर पहुँची भी न थीं कि दूर से किसी ने पुकारा—यमुना।

यमुना मन में संकल्प-विकल्प कर रही थी—मंगल पवित्रता और आलोक से घिरा हुआ पाप है कि दुर्बलताओं में लिपटा हुआ एक दृढ़ सत्य? उसने समझा कि मंगल पुकार रहा है, वह और लम्बे डग बढ़ाने लगी। सहसा घण्टी ने कहा—अरी यमुना! वह तो विजय बाबू हैं, पीछे-ही-पीछे आ रहे हैं।

यमुना एक बार काँप उठी—न जाने क्यों, पर खड़ी हो गई। विजय घूमकर लौटा आ रहा था। पास आ जाने पर विजय ने एक बार यमुना को नीचे से ऊपर तक देखा।

कोई कुछ बोला नहीं, तीनों घर लौट आए।

बसंत की सन्ध्या सोने की धूल उड़ा रही थी। वृक्षों के अन्तराल से आती हुई सूर्यप्रभा उड़ती हुई गर्द को भी रँग देती है। एक अवसाद विजय के चारों ओर फैल रहा था, वह निर्विकार दृष्टि से बहुत-सी बातें सोचते हुए भी किसी पर मन स्थिर नहीं कर सकता। घण्टी और मंगल के परदे में यमुना अधिक स्पष्ट हो उठी थी। उसका आकर्षण अजगर की साँस के समान उसे खींच रहा था। विजय का हृदय प्रतिहिंसा और कुतूहल से भर गया था। उसने खिड़की से झाँककर देखा, घण्टी आ रही है। वह घर से बाहर ही उससे जा मिला।

कहाँ, विजय बाबू?—घण्टी ने पूछा।

मंगलदेव के आश्रम तक; चलोगी?

चलिए।

दोनों उसी पथ पर बढ़े। अँधेरा हो चला था। मंगल अपने आश्रम में बैठा हुआ सन्ध्योपासन कर रहा था। पीपल के वृक्ष के नीचे शिला पर पद्मासन लगाए

वह बोधिसत्व की प्रतिमूर्ति-सा दीखता था। विजय क्षण-भर तक देखता रहा, फिर मन-ही-मन कह उठा—पाखंड? —आँख खोलते हुए सहसा आचमन लेकर मंगल ने धुँधले प्रकाश में देखा—विजय और दूर कौन है, एक स्त्री? यमुना तो नहीं है। वह पलभर के लिए अस्त-व्यस्त हो उठा। उसने पुकारा—विजय बाबू!

विजय ने कहा—दूर से घूमकर आ रहा हूँ, फिर आऊँगा।

विजय और घण्टी वहीं से लौट पड़े; परन्तु उस दिन मंगल के पुरुषसूक्त का पाठ न हो सका। दीपक जल जाने पर जब वह पाठशाला में बैठा, तब प्राकृत प्रकाश के सूत्र उसे बीहड़ लगे। व्याख्या अस्पष्ट हो गई। ब्रह्मचारियों ने देखा—गुरुजी को आज क्या हो गया है।

विजय घर लौट आया। यमुना रसोई बनाकर बैठी थी। हँसती हुई घण्टी को भी उसने साथ ही आते देखा। वह डरी। और न जाने क्यों उसने पूछा—विजय बाबू, विदेश में एक विधवा तरुणी को लिए इस तरह घूमना क्या ठीक है?

यह बात आज क्यों पूछती हो, यमुना? घण्टी! इसमें तुम्हारी क्या सम्मति है? —शान्त भाव से विजय ने कहा।

इसका विचार तो यमुना को स्वयं करना चाहिए। मैं तो ब्रजवासिनी हूँ, हृदय की बंसी को सुनने से कभी रोका नहीं जा सकता।

यमुना व्यंग्य से मर्माहत होकर बोली—अच्छा भोजन कर लीजिए।

विजय भोजन करने बैठा; पर अरुचि थी। शीघ्र उठ गया। वह लैम्प के सामने जा बैठा। सामने ही दरी के कोने पर बैठी यमुना पान लगाने लगी। पान विजय के सामने रखकर चली गई, किंतु विजय ने उसे छुआ भी नहीं, यह यमुना ने लौट आने पर देखा। उसने दृढ़ स्वर में पूछा—विजय बाबू, पान क्यों नहीं खाया आपने?

अब पान न खाऊँगा, आज से छोड़ दिया।

पान छोड़ने में क्या सुविधा है?

मैं बहुत जल्द ईसाई होने वाला हूँ, उस समाज में इसका व्यवहार नहीं। मुझे यह दम्भपूर्ण धर्म बोझ के समान दबाए है, अपनी आत्मा के विरुद्ध रहने के लिए मैं बाध्य किया जा रहा हूँ।

आपके लिए तो कोई रोक-टोक नहीं, फिर भी...

यह मैं जानता हूँ कि कोई रोक-टोक नहीं; पर मैं यह भी अनुभव करता हूँ कि मैं कुछ विरुद्ध आचरण कर रहा हूँ। इस विरुद्धता का खटका लगा रहता है। मन उत्साहपूर्ण होकर कर्त्तव्य नहीं करता। यह सब मेरे हिन्दू रहने के कारण है। स्वतन्त्रता और हिन्दू धर्म—दोनों विरुद्धवाची शब्द हैं।

पर ऐसी बातें तो अन्य धर्मानुयायी मनुष्यों के जीवन में भी आ सकती हैं। सब का काम सब मनुष्य नहीं कर सकते।

तो भी बहुत-सी बातें ऐसी हैं, जो हिन्दू-धर्म में रहकर नहीं की जा सकतीं, किन्तु मेरे लिए नितान्त आवश्यक हैं।

जैसे?

तुमसे ब्याह कर लेना!

यमुना ने ठोकर लगने की दशा में पकड़कर पूछा--क्यों विजय बाबू! क्या दासी होकर रहना किसी भी भद्र महिला के लिए अपमान का पर्याप्त कारण हो जाता है?

यमुना! तुम दासी हो? कोई मेरा हृदय खोलकर पूछ देख, तुम मेरी आराध्य देवी हो—सर्वस्व हो!...विजय उत्तेजित था।

मैं आराध्य देवता बना चुकी हूँ—मैं पतित हो चुकी हूँ; मुझे...

यह मैंने अनुमान कर लिया था; परन्तु इन अपवित्रताओं में भी मैं तुम्हें पवित्र, उज्ज्वल और ऊर्जास्वित पाता हूँ—जैसे मलिन वसन में हृदयहारी सौंदर्य।

किसी के हृदय की शीतलता और किसी के यौवन की उष्णता—मैं सब झेल चुकी हूं! उसमें सफल नहीं हुई, उसकी साध भी नहीं रही। विजय बाबू! मैं दया की पात्री एक बहन होना चाहती हूँ—है किसी के पास इतनी निःस्वार्थ स्नेह-सम्पत्ति जो मुझे दे सके? —कहते-कहते यमुना की आँखों से आँसू टपक पड़े।

विजय थप्पड़ खाए हुए लड़के के समान घूम पड़ा—मैं अभी आता हूँ—कहता हुआ वह घर के बाहर निकल गया।

2

कई दिन हो गये, विजय किसी से कुछ बोलता नहीं। समय पर भोजन कर लेता और सो रहता। अधिक समय उसका, मकान के पास ही करील की झाड़ियों की टट्टी के भीतर लगे हुए कदम्ब के नीचे बीतता। वहाँ बैठकर वह कभी उपन्यास पढ़ता है और कभी हारमोनियम बजाता।

अँधेरा हो गया था, वह कदम्ब के नीचे बैठा हारमोनियम बजा रहा था। चंचल घण्टी चली आई। उसने कहा—बाबूजी, आप तो बड़ा अच्छा हारमोनियम बजाते हैं।—वह पास ही बैठ गई।

तुम कुछ गाना जानती हो?

ब्रजवासिनी और कुछ चाहे न जाने, किन्तु फाग गाना तो उसी के हिस्से का है।

अच्छा तो कुछ गाओ, देखूँ मैं बजा सकता हूँ!

ब्रजबाला घण्टी एक गीत गाने लगी--

'पिया के हिया में परी है गाँठ
मैं कौन जतन से खोलूंः?

सब सखियाँ मिलि फाग मनावत
मैं बावरी-सी डोलूँ!

अब की फागुन पिया भये निरमोहिया
मैं बैठी विष घोलूँ!
पिया के–'

दिल खोलकर उसने गाया। मादकता थी उसके लहरलीले कण्ठ-स्वर में, और व्याकुलता थी विजय की परदों पर दौड़ने वाली उँगलियों में! वे दोनों तन्मय थे। उसी राह से जाता हुआ मंगल–धार्मिक मंगल–भी, उस हृदय-द्रावक संगीत से विमुग्ध होकर खड़ा हो गया। एक बार उसे भ्रम हुआ, यमुना तो नहीं है! वह भीतर चला गया। देखते ही चंचल घण्टी हँस पड़ी! बोली–आइए। ब्रह्मचारी जी!

विजय ने कहा–बैठोगे या घर के भीतर चलूँ।

नहीं विजय! मैं तुमसे कुछ पूछना चाहता हूँ। घण्टी! तुम घर जा रही हो न!

भयभीत घण्टी उठकर धीरे से चली गई।

विजय ने सहमते हुए पूछा–क्या कहना चाहते हो!

तुम इस लड़की को साथ लेकर इस स्वतन्त्रता से क्यों बदनाम होना चाहते हो!

यद्यपि मैं इसका उत्तर देने को बाध्य नहीं मंगल, एक बात मैं भी तुमसे पूछना चाहता हूँ–बताओ तो, मैं यमुना के साथ भी एकान्त में रहता हूँ, तब तुमको संदेह क्यों नहीं होता!

मुझे उसके चरित्र पर विश्वास है।

इसीलिए कि तुम भीतर से उसे प्रेम करते हो! अच्छा, यदि मैं घण्टी से ब्याह करना चाहूँ, तो तुम पुरोहित बनोगे!

विजय, तुम अतिवादी हो, उद्धत हो!

अच्छा हुआ कि मैं वैसा संयतभाषी कपटाचारी नहीं हूँ, जो अपने चरित्र की दुर्बलता के कारण मित्र से भी मिलने में संकोच करता है। मेरे यहाँ प्रायः तुम्हारे न आने का यही तो कारण है कि तुम यमुना की...

चुप रहो, विजय! उच्छृंखलता की भी एक सीमा होती है।

अच्छा जाने दो। घण्टी के चरित्र पर विश्वास नहीं, तो क्या समाज और धर्म का यह कर्त्तव्य नहीं कि उससे किसी प्रकार अवलम्ब दिया जाय, उसका पथ सरल कर दिया जाय? यदि मैं घण्टी से ब्याह करूँ, तो तुम पुरोहित बनोगे? बोलो, मैं इसे करके पाप करूँगा या पुण्य?

यह पाप हो या पुण्य, तुम्हारे लिए हानिकर होगा।

मैं हानि उठाकर भी समाज के एक व्यक्ति का कल्याण कर सकूँ तो क्या पाप करूँगा? उत्तर दो, देखें तुम्हारा धर्म क्या व्यवस्था देता है!–विजय अपनी निश्चित विजय से फूल रहा था।

वह वृन्दावन की एक कुख्यात बाल-विधवा है, विजय!

सहज में पच जाने वाला और धीरे से गले से उतर जाने वाला स्निग्ध पदार्थ

सभी आत्मसात् कर लेते हैं, किन्तु कुछ त्याग—सो भी अपनी महत्ता का त्याग —जब धर्म के आदर्श में नहीं है, तब तुम्हारे धर्म को मैं क्या कहूँ, मंगल!

विजय! मैं तुम्हारा इतना अनिष्ट नहीं देख सकता। इसे त्याग तुम भले ही समझ लो; पर इसमें क्या तुम्हारी दुर्बलता का स्वार्थपूर्ण अंश नहीं है? मैं यह मान भी लूँ कि विधवा से ब्याह करके तुम एक धर्म सम्पादित करते हो, तब भी घण्टी जैसी लड़की से तुमको जीवन भर के लिए परिणय-सूत्र में बाँधने के लिए मैं एक मित्र के नाते प्रस्तुत नहीं।

अच्छा मंगल। तुम मेरे शुभचिन्तक हो; यदि मैं यमुना से ब्याह करूँ? वह तो...

तुम पिशाच हो!—कहते हुए मंगल उठकर चला गया।

विजय ने क्रूर हँसी-हँसकर अपने-आप कहा—पकड़े गये। ठिकाने पर! वह भीतर चला गया।

दिन बीत रहे थे। होली पास आती जाती थी। विजय का यौवन उच्छृंखल भाव से बढ़ रहा था। उसे ब्रज की रहस्यमयी भूमि का वातावरण और भी जटिल बना रहा था। यमुना उससे डरने लगी। वह कभी-कभी मदिरा पीकर एक बार ही चुप हो जाता। गम्भीर होकर दिन-का-दिन बिता दिया करता। घण्टी आकर उसमें सजीवता ले आने का प्रयत्न करती, परन्तु वैसे ही, जैसे एक खँडहर की किसी भग्न प्राचीर पर बैठा हुआ पपीहा कभी बोल दे!

फाल्गुन के शुक्लपक्ष की एकादशी थी। घर के पासवाले कदम्ब के नीचे विजय बैठा था। चाँदनी खिल रही थी। हारमोनियम, बोतल और गिलास पास ही थे। विजय कभी-कभी एक-दो घूँट पी लेता और कभी हारमोनियम में एक तान निकाल लेता। बहुत विलम्ब हो गया था। खिड़की में से यमुना चुपचाप यह दृश्य देख रही थी। उसे अपने हरद्वार के दिन स्मरण हो आये। निरभ्र गगन में चलती हुई चाँदनी—गंगा के वक्ष पर लोटती हुई चाँदनी—कानन की हरियाली में हरी-भरी चाँदनी! ओर स्मरण हो रही थी मंगल के प्रणय की पीयूष-वर्षिणी चन्द्रिका! एक ऐसी ही चाँदनी रात थी। जंगल से उस छोटी कोठरी में धवल मधुर आलोक फैल रहा था। तारा लेटी थी, उसकी लटें तकिये पर बिखर गई थीं, मंगल उस कुन्तल-स्तवक को मुट्ठी में लेकर सूँघ रहा था। तृप्ति थी किन्तु उस तृप्ति को स्थिर रखने के लिए लालच का अन्त न था। चाँदनी खिसकती जाती थी। चन्द्रमा उस शीतल आलिंगन को देखकर लज्जित होकर भाग रहा था। मकरन्द से लदा हुआ मारुत चन्द्रिका-चूर्ण के साथ सौरभ-राशि बिखेर देता था।

यमुना पागल हो उठी। उसने देखा—सामने विजय बैठा हुआ अभी पी रहा है। रात पहर-भर जा चुकी है। वृन्दावन में दूर फगुहारों की डफ की गम्भीर ध्वनि और उन्मत्त कण्ठ से रसीले फागों की तुमुल तानें उस चाँदनी में, उस पवन में मिली थीं। एक स्त्री आई, करील की झाड़ियों से निकलकर विजय के पीछे खड़ी

हो गई। यमुना एक बार सहम उठी। फिर उसने देखा—उस स्त्री ने हाथ का लोटा उठाया और उसका तरल पदार्थ विजय के सिर पर उँड़ेल दिया।

विजय के उष्ण मस्त को कुछ शीतलता भली लगी। घूमकर देखा; तो घण्टी खिलखिलाकर हँस रही थी। वह आज इन्द्रिय-जगत् के विद्युत् प्रवाह में चक्कर खाने लगा। चारों ओर विद्युत्-कण चमकते, दौड़ते थे। युवक विजय अपने में न रह सका, उसने घण्टी का हाथ पकड़कर पूछा—ब्रजबाले, तुम रंग उँड़ेलकर उसकी शीतलता दे सकती हो कि उस रंग की-सी ज्वाला—लाल ज्वाला! ओह, जलन हो रही है घण्टी! आत्म-संयम भ्रम है। बोलो—

मैं, मेरे पास दाम न था—रंग फीका होगा, विजय बाबू!

हाड़-माँस के वास्तविक जीवन का सत्य, यौवन, आने पर उसका आना न जानकर बुलाने की धुन रहती है। जो चले जाने पर अनुभूत होता है—वह यौवन, धीवर के लहरीले जाल में फँसे हुए स्निग्ध मत्स्य-सा तड़फड़ाने वाला यौवन, आसन से दबा हुआ पंचवर्षीय चपल तुरंग के समान पृथ्वी को कुरेदने वाला त्वरापूर्ण यौवन, अधिक न सम्हल सका, विजय ने घण्टी को अपनी मांसल भुजाओं में लपेट लिया और एक दृढ़ तथा दीर्घ चुम्बन से रंग का प्रतिवाद किया।

यह सजीव और उष्ण आलिंगन, विजय के युवाजीवन का प्रथम उपहार था—चरम लाभ था। कंगाल को जैसे निधि मिली हो! यमुना और न देख सकी, उसने खिड़की बन्द कर दी। उस शब्द ने दोनों को अलग कर दिया। उसी समय इक्कों के रुकने का शब्द बाहर हुआ। यमुना नीचे उतर आई, किवाड़ खोलने। किशोरी भीतर आई।

अब घण्टी और विजय पास-पास बैठ गये थे। किशोरी ने पूछा—विजय कहां है? यमुना कुछ न बोली। डाँटकर किशोरी ने देखा—बोलती क्यों नहीं, यमुना?

यमुना ने कुछ न कहकर खिड़की खोल दी। किशोरी ने देखा—निखरी चाँदनी में एक स्त्री और पुरुष कदम्ब के नीचे बैठे हैं। वह गरम हो उठी। उसने वहीं से पुकारा—घण्टी!

घण्टी भीतर आई। विजय का साहस न हुआ, वह वहीं बैठा रहा। किशोरी ने पूछा—घण्टी, क्या तुम इतनी निर्लज्ज हो।

मैं क्या जानूँ कि लज्जा किसे कहते हैं। ब्रज में तो सभी होली में रंग डालती हैं, मैं भी रंग डालने आई। विजय बाबू को रंग से चोट तो न लगी होगी किशोरी बहू!—फिर हँसने के ढंग से कहा—नहीं, पाप हुआ हो तो इन्हें भी ब्रज-परिक्रमा करने के लिए भेज दीजिए!

किशोरी को यह बात तीर-सी लगी। उसने झिड़कते हुए कहा—चली जाओ, आज से मेरे घर कभी न आना!

घण्टी सिर नीचा किये चली गई।

किशोरी ने फिर पुकारा—विजय!

विजय लड़खड़ाता हुआ भीतर आया और विवश बैठ गया। किशोरी से मदिरा

की गन्ध छिप न सकी। उसने सिर पकड़ लिया। यमुना ने विजय को धीरे से लिटा दिया। वह सो गया।

विजय ने अपने सम्बन्ध की किंवदन्तियों को और भी जटिल बना दिया, वह उन्हें सुलझाने की चेष्टा भी न करता था। किशोरी ने बोलना छोड़ दिया था। किशोरी कभी-कभी सोचती—यदि श्रीचन्द्र इस समय आकर लड़के को सम्हाल लेते! परन्तु वह बड़ी दूर की बात थी।

एक दिन विजय और किशोरी की मुठभेड़ हो गई। बात यह थी कि निरंजन ने इतना ही कहा कि मद्यपों के संसर्ग में रहना, हमारे लिए असम्भव है! विजय ने हँसकर कहा—अच्छी बात है, दूसरा स्थान खोल लीजिए। ढोंग से दूर रहना मुझे भी रुचिकर है। किशोरी आ गई। उसने कहा—विजय, तुम इतने निर्लज्ज हो! अपने अपराधों को समझकर लज्जित क्यों नहीं होते? नशे की खुमारी से भरी आँखों को उठाकर विजय ने किशोरी की ओर देखा और कहा—मैं अपने कर्मों पर हँसता हूँ, लज्जित नहीं होता। जिन्हें लज्जा बड़ी प्रिय हो, वे उसे अपने कामों में खोजें।

किशोरी मर्माहत होकर उठ गई, और अपना सामान बँधवाने लगी। उसी दिन काशी लौट जाने का उसका दृढ़ निश्चय हो गया। यमुना चुपचाप बैठी थी। उससे किशोरी ने पूछा—यमुना, क्या तुम न चलोगी?

बहूजी, मैं अब कहीं नहीं जाना चाहती; यहीं वृन्दावन में भीख माँगकर जीवन बिता लूँगी!

यमुना, खूब समझ लो!

मैंने कुछ रुपये इकट्ठे कर लिये हैं, उन्हें किसी मन्दिर में चढ़ा दूँगी और दो मुट्ठी भात खाकर निर्वाह कर लूँगी।

अच्छी बात है! किशोरी रूठकर उठी।

यमुना की आँखों से आँसू बह चले। वह भी अपनी गठरी लेकर किशोरी के जाने के पहले ही उस घर से निकलने के लिए प्रस्तुत थी।

सामान इक्कों पर धरा जाने लगा। किशोरी और निरंजन ताँगे पर जा बैठै। विजय चुपचाप बैठा रहा, उठा नहीं। जब यमुना भी बाहर निकलने लगी, तब उससे न रहा गया; विजय ने पूछा—यमुना। तुम भी मुझे छोड़कर चली जाती हो! पर यमुना कुछ न बोली। वह दूसरे ओर चली; ताँगे और इक्के स्टेशन की ओर। विजय चुपचाप बैठा रहा। उसने देखा कि वह स्वयं निर्वासित है। किशोरी का स्मरण करके एक बार उसका हृदय मातृस्नेह से उमड़ आया, उसकी इच्छा हुई कि वह भी स्टेशन की राह पकड़े; पर आत्माभिमान ने रोक दिया। उसके सामने किशोरी की मातृमूर्ति विकृत हो उठी। वह सोचने लगा—माँ मुझे पुत्र के नाते कुछ भी नहीं समझतीं, मुझे भी अपने स्वार्थ, गौरव और अधिकार-दम्भ के भीतर ही देखना चाहती हैं। संतान-स्नेह होता, तो यों ही मुझे छोड़कर चली जातीं! वह स्तब्ध बैठा रहा। फिर कुछ विचार कर अपना भी सामान बाँधने लगा। दो-तीन बैग और बण्डल हुए।

उसने एक ताँगे वाले को रोककर उस पर अपना सामान रख दिया, स्वयं भी चढ़ गया और उसे मथुरा की ओर चलने के लिए कह दिया। विजय का सिर सन-सन कर रहा था। ताँगा अपनी राह पर चल रहा था; पर विजय को मालूम होता था कि हम बैठे हैं और पटरी पर के घर और वृक्ष सब हमसे घृणा करते हुए पीछे भाग रहे हैं। अकस्मात् उसके कान में एक गीत का अंश सुनाई पड़ा—

"मैं कौन जतन से खोलूँ!"

उसने ताँगे वाले को रुकने के लिए कहा। घण्टी गाती जा रही थी। अँधेरा हो चला था। विजय ने पुकारा—घण्टी!

घण्टी ताँगे के पास चली आई। उसने पूछा—कहाँ विजय बाबू?

सब लोग बनारस लौट गये। मैं अकेला मथुरा जा रहा हूँ। अच्छा हुआ, तुमसे भेंट हो गई!

अहा विजय बाबू! मथुरा तो मैं भी चलने को थी' पर कल आऊँगी।

तो आज ही क्यों नहीं चलती? बैठ जाओ, ताँगे पर जगह तो है :—इतना कहते हुए विजय ने बैग ताँगे वाले के बगल में रख दिया, घण्टी पास जाकर बैठ गई।

3

मथुरा में चर्च के पास ही एक छोटा-सा, परन्तु साफ-सुथरा बँगला है। उसके चारों ओर तारों से घिरी हुई ऊँची, जुरांटी की बड़ी घनी टट्टी है। भीतर कुछ फलों के वृक्ष हैं। हरियाली अपनी घनी छाया में उस बँगले को शीतल करती है। पास ही पीपल का एक बड़ा-सा वृक्ष है। उसके नीचे बेंत की कुर्सी पर बैठे हुए मिस्टर बाथम के सामने, एक टेबुल पर कुछ कागज बिखरे हैं। वह अपनी धुन में, काम में व्यस्त है।

बाथम ने एक भारतीय रमणी से अपना ब्याह कर लिया है। वह इतना अल्पभाषी और गम्भीर है कि पड़ोस के लोग बाथम को साधु साहब कहते हैं, उससे आज तक किसी से झगड़ा नहीं हुआ, और न उसे किसी ने क्रोध करते देखा। बाहर तो अवश्य यूरोपीय ढंग से रहता है, सो भी केवल वस्त्र और व्यवहार के सम्बन्ध में; परन्तु उसके घर के भीतर पूर्ण हिन्दू-आचार है। उसकी स्त्री मारगरेट लतिका ईसाई होते हुए भी भारतीय ढंग से रहती है। बाथम उससे प्रसन्न है; वह कहता है कि गृहिणीत्व की जैसी सुन्दर योजना भारतीय स्त्रियों को आती है, वह अन्यत्र दुर्लभ है। इतना आकर्षक, इतना माया-ममतापूर्ण स्त्री-हृदय-सुलभ गृहस्थ-जीवन और किसी समाज में नहीं। कभी-कभी अपने इन विचारों के कारण उसे अपने यूरोपीय मित्रों के सामने बहुत लज्जित होना पड़ता है; परन्तु उसके ये दृढ़ विश्वास हैं। उसका चर्च के पादरी पर भी अनन्य प्रभाव है। पादरी जॉन उसके धर्म-विश्वास का अन्यतम समर्थक है। लतिका को वह बूढ़ा पादरी अपनी लड़की के सामने प्यार

करता है। बाथम चालीस और लतिका तीस की होगी। सत्तर बरस का बूढ़ा पादरी इन दोनों को देखकर अत्यन्त प्रसन्न होता है।

अभी दीपक नहीं जलाये गये थे। कुबड़ी टेकता हुआ बूढ़ा जॉन आ पहुँचा। बाथम उठ खड़ा हुआ, हाथ मिलाकर बैठते हुए जॉन ने पूछा—मारगरेट कहां है? तुम लोगों के साथ ही प्रार्थना करने की आज बड़ी इच्छा है।

हाँ पिता, हम लोग भी साथ ही चलेंगे—कहते हुए बाथम भीतर गया और कुछ मिनटों में लतिका एक सफेद रेशमी धोती पहने बाथम के साथ बाहर आ गई। बूढ़े पादरी ने लतिका के सिर पर हाथ फेरते हुए कहा—चलती हो मारगरेट?

बाथम और जॉन भी लतिका को प्रसन्न रखने के लिए भारतीय संस्कृति से अपनी पूर्ण सहानुभूति दिखाते। वे आपस में बात करने के लिए प्रायः हिन्दी में ही बोलते।

हाँ पिता! मुझे आज विलम्ब हुआ, अन्यथा मैं ही इनसे चलने के लिए पहले अनुरोध करती। मेरी रसोईदारिन आज कुछ बीमार है, मैं उसकी सहायता कर रही थी, इसी से आपको कष्ट करना पड़ा।

ओहो! उस दुखिया सरला को कहती हो। लतिका! इसके बपतिस्मा न लेने पर भी मैं उस पर बड़ी श्रद्धा करता हूँ। वह एक जीती-जागती करुणा है। उसके मुख पर मसीह की जननी के अंचल की छाया है। उसे क्या हुआ है, बेटी?

नमस्कर पिता! मुझे तो कुछ नहीं हुआ। लतिका रानी के दुलार का रोग कभी-कभी मुझे बहुत सताता है।—कहती हुई एक पचास बरस की प्रौढ़ा स्त्री ने बूढ़े पादरी के सामने आकर सिर झुका दिया।

ओहो, मेरी सरला! तुम अच्छी हो, यह जानकर मैं बहुत सुखी हुआ। कहो तुम प्रार्थना तो करती हो न? पवित्र आत्मा तुम्हारा कल्याण करे। लतिका के हृदय में यीशु की प्यारी करुणा है, सरला! वह तुम्हें बहुत प्यार करती है।—पादरी ने कहा।

मुझ दुखिया पर दया करके इन लोगों ने मेरा बड़ा उपकार किया है, साहब! भगवान् इन लोगों का मंगल करे।—प्रौढ़ा ने कहा।

तुम बपतिस्मा क्यों नहीं लेती हो, सरला! इस असहाय लोक में तुम्हारे अपराधों को कौन ऊपर लेगा? तुम्हारा कौन उद्धार करेगा?—पादरी ने कहा।

आप लोगों से सुनकर मुझे यह विश्वास हो गया है कि मसीह एक दयालु महात्मा थे। मैं उनमें श्रद्धा करती हूँ। मुझे उनकी बात सुनकर ठीक भागवत के उस भक्त का स्मरण हो आता है जिसने भगवान् का वरदान पाने को संसार-भर के दुःखों को अपने लिये माँगा था—अहा! वैसे ही हृदय महात्मा ईसा का भी था; परन्तु पिता! इसके लिए धर्म-परिवर्तन करना तो दुर्बलता है। हम हिन्दुओं का कर्मवाद में विश्वास है। अपने-अपने कर्मफल तो भोगने ही पड़ेंगे।

पादरी चौंक उठा। उसने कहा—तुमने ठीक नहीं समझा। पापों का पश्चात्ताप

द्वारा प्रायश्चित्त होने पर शीघ्र ही उन कर्मों को यीशु क्षमा कराता है, और इसके लिए उसने अपना अग्रिम रक्त जमा कर दिया है।

पिता! मैं तो समझती हूँ कि यदि यह सत्य हो, तो भी इसका प्रचार न होना चाहिए; क्योंकि मनुष्य को पाप करने का आश्रय मिलेगा। वह अपने उत्तरदायित्व से छुट्टी पा जाएगा—सरला ने दृढ़ स्वर में कहा।

एक क्षण के लिए पादरी चुप रहा। उसका मुँह तमतमा उठा। उसने कहा—अभी नहीं, सरला! कभी तुम इस सत्य को समझोगी। तुम मनुष्य के पश्चात्तापपूर्ण एक दीर्घ निश्वास का मूल्य नहीं जानती हो—प्रार्थना में झुकी हुई आँखों के आँसू की एक बूँद का रहस्य तुम नहीं समझती!

मैं संसार की सताई हूँ, ठोकर खाकर मारी-मारी फिरती हूँ। पिता! भगवान् के क्रोध को, उनके न्याय को, मैं आँचल पसार कर लेती हूँ। मुझे इसमें कायरता नहीं सताती। मैं अपने कर्मफल को सहन करने के लिए वज्र के समान सबल, कठोर हूँ। अपनी दुर्बलता के लिए कृतज्ञता का बोझ लेना मेरी नियति ने मुझे नहीं सिखाया। मैं भगवान् से यही प्रार्थना करती हूँ कि, यदि तेरी इच्छा पूर्ण हो गई, इस हाड़--मांस में इस चेतना को रखने के दण्ड की अवधि पूरी हो गई, तो एक बार हँस दे कि मैंने तुझे उत्पन्न करके भर पाया।—कहते-कहते सरला के मुख पर एक अलौकिक आत्म-विश्वास, एक सतेज दीप्ति नाच उठी। उसके देखकर पादरी भी चुप हो गया। लतिका और बाथम भी स्तब्ध रहे।

सरला के मुख पर थोड़े ही समय में पूर्व भाव लौट आया। उसने प्रकृतिस्थ होते हुए विनीत भाव से पूछा—पिता! एक प्याली चाय ले आऊँ!

बाथम ने भी बात बदलने का साहस किया—पिता! जब तक आप चाय पियें, तब तक पवित्र कुमारी एक सुन्दर चित्र—जो सम्भवतः किसी पुर्तगाली चित्र की—किसी हिन्दुस्तानी मुसव्वर की बनाई प्रतिकृति है,—लाकर दिखलाऊँ; सैकड़ों बरस से कम का न होगा।

हाँ, यह तो मैं जानता हूँ कि तुम प्राचीन कला-सम्बन्धी भारतीय वस्तुओं का व्यवसाय करते हो। और,अमरीका तथा जर्मनी में तुमने इस व्यवसाय में बड़ी सुख्याति पाई है; परन्तु आश्चर्य है कि ऐसे चित्र भी तुमको मिल जाते हैं। मैं अवश्य देखूँगा।—कहकर पादरी कुरसी से टिक गया।

सरला चाय लाने गई और बाथम चित्र। लतिका ने जैसे स्वप्न देखकर आँख खोली। सामने पादरी को देखकर वह एक बार फिर आपे में आई। बाथम ने चित्र लतिका के हाथ में देकर कहा—मैं लैम्प लेता आऊँ!

बूढ़े पादरी ने उत्सुकता दिखलाते हुए सन्ध्या के मलिन आलोक में ही उस चित्र को लतिका के हाथ से लेकर देखना आरंभ किया था कि बाथम ने एक लैम्प लाकर टेबल पर रख दिया। वह ईसा की जननी मरियम का एक सुन्दर चित्र था। उसे देखते ही जॉन की आँखें भक्ति से पूर्ण हो गईं। वह बड़ी प्रसन्नता से बोला—बाथम!

तुम बड़े भाग्यवान् हो, इस चित्र को बेचना मत!

सरला ने चाय लाकर टेबल पर रखी, और बाथम कुछ बोलना ही चाहता था कि रमणी की कातर ध्वनि उन लोगों को सुनाई पड़ी—'बचाओ! बचाओ!'

बाथम ने देखा—एक स्त्री दौड़ती-हाँफती हुई चली आ रही है, उसके पीछे दो मनुष्य भी। बाथम ने उस स्त्री को दौड़कर अपने पीछे कर लिया और घूँसा तानते हुए कड़ककर कहा—आगे बढ़े, तो जान ले लूँगा। पीछा करने वालों ने देखा, एक गोरा मुँह! वे उलटे पैर लौटकर भागे। सरला ने तब तक उस भयभीत युवती को अपनी गोद में ले लिया था। युवती रो रही थी। सरला ने पूछा—क्या हुआ! घबराओ मत, अब तुम्हारा कोई कुछ न कर सकेगा।

युवती ने कहा—विजय बाबू को इन सबों ने मारकर गिरा दिया है।—वह फिर रोने लगी।

अबकी लतिका ने बाथम की ओर देखकर कहा—रामदास को बुलाओ, लालटेन लेकर देखे कि बात क्या है!

बाथम ने पुकारा—रामदास!

वह भी इधर ही दौड़ा हुआ आ रहा था। लालटेन उसके हाथ में थी। बाथम उसके साथ चला। बँगले से निकलते ही बायीं ओर एक मोड़ पड़ता था। वहाँ सड़क की नाली तीन फुट गहरी है, उसी में एक युवक गिरा हुआ दिखाई पड़ा। बाथम ने उतरकर देखा कि युवक आँखें खोल रहा है। सिर में चोट आने से वह क्षण-भर के लिए मूर्च्छित हो गया था। विजय पूर्ण स्वस्थ युवक था। पीछे की आकस्मिक चोट ने उसे विवश कर दिया, अन्यथा वह दो के लिए कम न था। बाथम के सहारे वह उठकर खड़ा हुआ। अभी उसे चक्कर आ रहा था, फिर भी उसने पूछा—घण्टी कहाँ है!—बाथम ने कहा--मेरे बँगले में है, घबराने की आवश्यकता नहीं। चलो!

विजय धीरे-धीरे बँगले में आया और एक आरामकुर्सी पर बैठ गया। इतने में चर्च का घण्टा बजा। पादरी ने चलने की उत्सुकता प्रकट की। लतिका ने कहा—पिता! बाथम प्रार्थना करने जाएँगे, मुझे आज्ञा हो, तो इन विपन्न मनुष्यों की सहायता करूँ, यह भी तो प्रार्थना से कम नहीं है।

जॉन ने कुछ न कहकर कुबड़ी उठाई, बाथम उसके साथ-साथ चला। अब, लतिका और सरला, विजय और घण्टी की सेवा में लगीं। सरला ने कहा—चाय ले आऊँ, उसे पीने से स्फूर्ति आ जायगी।

विजय ने कहा—नहीं। धन्यवाद। अब हम लोग चले जा सकते हैं।

मेरी सम्मति है कि आज की रात आप लोग इसी बँगले पर बितावें, सम्भव है कि वे दुष्ट फिर कहीं घात में लगे हों।—लतिका ने कहा।

सरला, लतिका के इस प्रस्ताव से प्रसन्न होकर घण्टी से बोली—क्यों बेटी! तुम्हारी क्या सम्मति है! तुम लोगों का घर यहाँ से कितनी दूर है!—कहकर रामदास को कुछ संकेत किया।

विजय ने कहा—हम लोग परदेशी हैं, यहाँ घर नहीं। अभी यहाँ आए एक सप्ताह से अधिक नहीं हुआ। आज मैं इनके साथ एक ताँगे पर घूमने निकला। दो-तीन दिन से दो-एक मुसलमान गुण्डे हम लोगों को प्रायः घूम-फिरकर देखते थे। मैंने उस पर कुछ ध्यान नहीं दिया था। आज एक ताँगे वाला मेरे कमरे के पास ताँगा रोककर बड़ी देर तक किसी से बातें करता रहा। मैंने देखा, ताँगा अच्छा है। पूछा—किराये पर चलोगे! उसने प्रसन्नता से स्वीकार कर लिया। सन्ध्या हो चली थी। हम लोगों ने घूमने के विचार से चलना निश्चित किया और उस पर जा बैठे।

इतने में रामदास चाय का सामान लेकर आया। विजय ने पीकर कृतज्ञता प्रकट करते हुए कहना आरम्भ किया—हम लोग बहुत दूर-दूर घूमकर इस चर्च के पास पहुँचे। इच्छा हुई कि घर लौट चलें; पर उस ताँगे वाले ने कहा—बाबू साहब, यह चर्च अपने ढंग का एक ही है, इसे देख तो लीजिए। हम लोग कुतूहल से प्रेरित होकर इसे देखने के लिए चले। सहसा अँधेरी झाड़ी में से वे ही दोनों गुण्डे निकल आये और एक ने पीछे से मेरे सिर पर डण्डा मारा। मैं आकस्मिक चोट से गिर पड़ा। इसके बाद मैं नहीं जानता कि क्या हुआ। फिर, जैसा यहाँ पहुँचा, वह सब तो आप लोग जानती हैं।

घण्टी ने कहा—मैं यह देखते ही भागी।—मुझसे जैसे किसी ने कहा कि, ये सब मुझे तांगे पर बिठाकर ले भागेंगे। आप लोगों की कृपा से हम लोगों की रक्षा हो गई।

सरला, घण्टी का हाथ पकड़कर भीतर ले गई। उसे कपड़े बदलने को दिये। दूसरी धोती पहनकर जब वह बाहर आई, तब सरला ने पूछा—घण्टी! ये तुम्हारे पति हैं? कितने दिन बीते ब्याह हुए?

घण्टी ने सिर नीचा कर लिया। सरला के मुँह का भाव क्षण-भर में परिवर्तित हो गया; पर वह आज के अतिथियों की अभ्यर्थना में कोई अन्तर नहीं पड़ने देना चाहती थी। वह अपनी कोठरी, जो बँगले से हटकर उसी बाग में थोड़ी दूर पर थी, साफ करने लगी। घण्टी दालान में बैठी हुई थी। सरला ने आकर विजय से पूछा—भोजन तो करिएगा, मैं बनाऊँ?

विजय ने कहा—आपकी बड़ी कृपा है। मुझे कोई संकोच नहीं। आपका स्नेह छोड़कर जाने का साहस मुझमें नहीं।

इधर सरला को बहुत दिनों बाद दो अतिथि मिले।

दूसरे दिन प्रभात की किरणों ने जब विजय की कोठरी में प्रवेश किया, तब सरला भी विजय को देख रही थी। वह सोच रही थी—यह भी किसी माँ का पुत्र है—अहा! कैसे स्नेह की सम्पत्ति है! दुलार से यह डाँटा नहीं गया, अब अपने मन का हो गया!

विजय की आँख खुली। अभी सिर में पीड़ा थी। उसने तकिये से सिर उठाकर देखा—सरला का वात्सल्यपूर्ण मुख। उसने नमस्कार किया। बाथम वायु-सेवन कर लौटा आ रहा था। उसने भी पूछा—विजय बाबू, अब पीड़ा तो नहीं है?

अब वैसी तो नहीं है; इस कृपा के लिए धन्यवाद।

धन्यवाद की आवश्यकता नहीं। हाथ-मुँह धोकर आइए, तो कुछ दिखाऊँगा। आपकी आकृति से प्रकट है कि हृदय में कला-सम्बन्धी सुरुचि है!—बाथम ने कहा।

मैं अभी आता हूँ—कहता हुआ विजय कोठरी के बाहर चला आया। सरला ने कहा—देखो, इसी कोठरी के दूसरे भाग में सब सामान मिलेगा। झटपट चाय के समय से आ जाओ।—विजय उधर गया।

पीपल के वृक्ष के नीचे मेज पर एक फूलदान रखा है। उसमें आठ-दस गुलाब के फूल लगे हैं। बाथम, लतिका, घण्टी और विजय बैठे हैं। रामदास चाय ले आया। सब लोगों ने चाय पीकर बातें आरम्भ कीं। विजय और घण्टी के सम्बन्ध में प्रश्न हुए, और उनका चलता हुआ उत्तर मिला—विजय काशी का एक धनी युवक है और घण्टी उसकी मित्र है। यहाँ दोनों घूमने-फिरने आये हैं।

बाथम एक पक्का दुकानदार था। उसने मन में विचारा कि, मुझे इससे क्या सम्भव है कि ये कुछ चित्र खरीद लें; परन्तु लतिका को घण्टी की ओर देखकर आश्चर्य हुआ, उसने पूछा—क्या आप लोग हिन्दू हैं?

विजय ने कहा—इसमें भी कोई संदेह है?

सरला दूर खड़ी इन लोगों की बातें सुन रही थी। उसको एक प्रकार की प्रसन्नता हुई। बाथम के कमरे में विक्रय के चित्र और कलापूर्ण सामान सजाये हुए थे। वह कमरा एक छोटी-सी प्रदर्शनी थी। दो-चार चित्रों पर विजय ने अपनी सम्मति प्रकट की, जिसे सुनकर बाथम बहुत ही प्रसन्न हुआ। उसने विजय से कहा—आप तो सचमुच इस कला के मर्मज्ञ हैं; मेरा अनुमान ठीक ही था।

विजय ने हँसते हुए कहा—मैं चित्रकला से बड़ा प्रेम रखता हूँ, मैंने बहुत से चित्र बनाये भी हैं। और महाशय, यदि आप क्षमा करें, तो मैं यहाँ तक कह सकता हूँ कि इनमें से कितने सुन्दर चित्र—जिन्हें आप प्राचीन और बहुमूल्य कहते हैं—वे असली नहीं हैं।

बाथम को कुछ क्रोध और आश्चर्य हुआ। पूछा—आप इसका प्रमाण दे सकते हैं?

प्रमाण ही नहीं, मैं एक चित्र की प्रतिलिपि कर दूँगा। आप देखते नहीं, इन चित्रों के रंग ही कह रहे हैं कि वे आज-कल के हैं—प्राचीन समय में वे बनते ही कहाँ थे, और सोने की नवीनता कैसी बोल रही है। देखिए न!—इतना कहकर विजय ने एक चित्र बाथम के हाथ में उठाकर दिया। बाथम ने उसे ध्यान से देखकर धीरे-धीरे टेबल पर रख दिया और फिर हँसते हुए विजय के दोनों हाथ पकड़कर वेग से हिला दिए और कहा—आप सच कहते हैं। इस प्रकार से नैं स्वयं ठगा

गया और दूसरों को भी ठगता हूँ। क्या कृपा करके आप कुछ दिन और मेरे अतिथि होंगे? आप जितने दिन मथुरा में रहें, मेरे ही यहाँ, रहें—यह मेरी हार्दिक प्रार्थना है। आपके मित्र को कोई भी असुविधा न होगी। सरला हिन्दुस्तानी रीति से आपके लिए सब प्रबन्ध करेगी।

लतिका आश्चर्य में थी और घण्टी प्रसन्न हो रही थी। उसने संकेत किया। विजय मन में विचारने लगा—क्या उत्तर दूँ, फिर सहसा उसे स्मरण हुआ कि वह मथुरा में एक निस्सहाय और कंगाल मनुष्य है; जब माता ने छोड़ दिया है, तब उसे कुछ करके ही जीवन बिताना होगा। यदि यह काम कर सका तो... वह झटपट बोल उठा—आप जैसे सज्जन के साथ रहने में मुझे बड़ी प्रसन्नता होगी; परन्तु मेरा थोड़ा-सा सामान है, उसे ले आना होगा।

धन्यवाद। आपके लिए तो मेरा यही छोटा-सा कमरा आफिस का होगा और आपी मित्र मेरी स्त्री के साथ रहेगी।

बीच ही में सरला ने कहा—यदि मेरी कोठरी में कष्ट न हो, तो वहीं रह लेंगी।

घण्टी मुस्कराई। विजय ने कहा—हाँ, ठीक तो होगा।

सहसा इस आश्रय के मिल जाने से उन दोनों को विचार करने का अवसर नहीं मिला।

बाथम ने कहा—नहीं, नहीं, इसमें मैं अपना अपमान समझूँगा। घण्टी हँसने लगी। बाथम लज्जित हो गया; परन्तु लतिका ने धीरे से बाथम को समझा दिया कि घण्टी को सरला के साथ रहने में विशेष सुविधा होगी।

विजय और घण्टी का अब वहीं रहना निश्चित हो गया।

बाथम के यहाँ रहते विजय को महीनों बीत गये। उसमें काम करने की स्फूर्ति और परिश्रम की उत्कण्ठा बढ़ गई। चित्र लिये वह दिन भर तूलिका चलाया करता। घंटों बीतने पर वह एक बार सिर उठा कर खिड़की से मौलसिरी के वृक्ष की हरियाली देख लेता। वह नादिरशाह का एक चित्र अंकित कर रहा था, जिसमें नादिरशाह हाथी पर बैठकर उसकी लगाम माँग रहा है। मुगल दरबार के चापलूस चित्रकार ने यद्यपि उसे मूर्ख बनाने के लिए ही यह चित्र बनाया था; परन्तु इस साहसी आक्रमणकारी के मुख से भय नहीं, प्रत्युत पराधीन सवारी पर चढ़ने की एक शंका ही प्रकट हो रही है। चित्रकार को उसे भयभीत चित्रित करने का साहस नहीं हुआ। सम्भवतः उस आँधी के चले जाने के बाद मुहम्मदशाह उस चित्र को देखकर बहुत प्रसन्न हुआ होगा। प्रतिलिपि ठीक-ठीक हो रही थी। बाथम उस चित्र को देखकर बहुत प्रसन्न हो रहा था। विजय की कला-कुशलता में उसका पूरा विश्वास हो चला था—वैसे ही पुराने रंग-मसाले, वैसी ही अंकन शैली थी।

कोई भी उसे देखकर यह नहीं कह सकता कि यह प्राचीन दिल्ली-कलम का चित्र नहीं है।

आज चित्र पूरा हुआ है। अभी वह तूलिका हाथ से रख ही रहा था कि दूर पर घण्टी दिखाई दी। उसे जैसे उत्तेजना की एक घूँट मिली, थकावट मिट गई। उसने तर आँखों से घण्टी का अल्हड़ यौवन देखा। वह इतना अपने काम में लवलीन था कि उसे घण्टी का परिचय इन दिनों बहुत साधारण हो गया था। आज उसकी दृष्टि में नवीनता थी। उसने उल्लास से पुकारा—घण्टी!

घण्टी की उदासी पल भर में चली गई। वह एक गुलाब का फूल तोड़ती हुई उस खिड़की के पास आ पहुँची। विजय ने कहा—मेरा चित्र पूरा हो गया।

ओह! मैं तो घबरा गई थी कि चित्र कब तक बनेगा! ऐसे भी कोई काम करता है। न न न। विजय बाबू, अब आप दूसरा चित्र न बनाना—मुझे यहाँ लाकर अच्छे बन्दीगृह में रख दिया! कभी खोज तो लेते, एक-दो बात भी तो पूछ लेते!—घण्टी ने उलाहनों की झड़ी लगा दी। विजय ने अपनी भूल का अनुभव किया। यह निश्चित नहीं है कि सौन्दर्य हमें सब समय आकृष्ट कर ले। आज विजय ने एक क्षण के लिए आँखें खोलकर घण्टी को देखा—उस बालिका में कुतूहल छलक रहा है! सौन्दर्य का उन्माद है! आकर्षण है!

विजय ने कहा—तुम्हें बड़ा कष्ट हुआ, घण्टी!

घण्टी ने कहा—आशा है, अब कष्ट न दोगे!

पीछे से बाथम ने प्रवेश करते हुए कहा—विजय बाबू, बहुत सुन्दर 'माडल' है, देखिए यदि आप नादिरशाह का चित्र पूरा कर चुके हों, तो एक मौलिक चित्र बनाइए!

विजय ने देखा, यह सत्य है। एक कुशल शिल्पी की बनाई हुई प्रतिमा—घण्टी—खड़ी रही। बाथम चित्र देखने लगा। फिर दोनों चित्रों को मिलाकर देखा। उसने सहसा कहा—आश्चर्य। इस सफलता के लिए बधाई!

विजय प्रसन्न हो रहा था। उसी समय बाथम ने फिर कहा—विजय बाबू, मैं घोषणा करता हूँ कि आप भारत के एक प्रमुख चित्रकार होंगे! क्या आप मुझे आज्ञा देंगे कि मैं इस अवसर पर आपके मित्र को कुछ उपहार दूँ?

विजय हँसने लगा। बाथम ने अपनी उँगली से हीरे की अँगूठी निकाली और घण्टी की ओर बढ़ाना चाहा। वह हिचक रहा था। घण्टी हँस रही थी। विजय ने देखा, चंचल घण्टी की आँखों में हीरे का पानी चमकने लगा था। उसने समझा, यह बालिका प्रसन्न होगी। सचमुच दोनों हाथों में सोने की एक-एक पतली चूड़ियों के अतिरिक्त और कोई आभूषण घण्टी के पास न था। विजय ने कहा—तुम्हारी इच्छा हो, तो पहन सकती हो—घण्टी ने हाथ फैलाकर ले लिया।

व्यापारी बाथम ने फिर गला साफ करते हुए कहा—विजय बाबू, स्वतन्त्र व्यवसाय और स्वावलम्बन का महत्त्व आप लोग कम समझते हैं, यही कारण है

कि भारतीयों के उत्तम-से-उत्तम गुण दबे रह जाते हैं। मैं आज आपसे यह अनुरोध करता हूँ कि आपके माता-पिता चाहे जितने धनवान हों, परन्तु आप इस कला को व्यवसाय की दृष्टि से कीजिए। आप सफल होंगे, मैं इसमें आपका सहायक हूँ! क्या आप इस नये माडल पर एक मौलिक चित्र बनावेंगे?

विजय ने कहा—आज विश्राम करूँगा, कल आपसे कहूँगा।

4

आज कितने दिनों पर विजय सरला की कोठरी में बैठा है। घण्टी लतिका के साथ बातें करने के लिए चली गई थी। विजय को सरला ने अकेले पाकर कहा—बेटा! तुम्हारी भी माँ होगी, उसको तुम एकबारगी भूलकर इस छोकरी को लिए इधर-उधर मारे-मारे क्यों फिर रहे हो? आह, वह कितनी दुखी होगी!

विजय सिर नीचे किये चुप रहा—सरला फिर कहने लगी—विजय! कलेजा रोने लगता है, हृदय कचोटने लगता है, आँखें छटपटाकर उसे देखने के लिए बाहर निकलने लगती हैं, उत्कण्ठा साँस बनकर दौड़ने लगती है। पुत्र का स्नेह, बड़ा पागल स्नेह है, विजय! स्त्रियाँ ही स्नेह की विचारक हैं। पति के प्रेम और पुत्र के स्नेह में क्या अन्तर है, यह उनको ही विदित है। अहा, तुम निष्ठुर लड़के क्या जानोगे! लौट जाओ मेरे बच्चे! अपनी माँ की सूनी गोद में लौट जाओ।—सरला का गम्भीर मुख किसी व्याकुल आकांक्षा से इस समय विकृत हो रहा था।

विजय को आश्चर्य हुआ। उसने कहा—क्या आप के भी कोई पुत्र था?

था विजय, बहुत सुन्दर था! परमात्मा के वरदान के समान शीतल, शान्तिपूर्ण था। हृदय की आकांक्षा के सदृश गर्म। मलय-पवन के समान कोमल सुखद स्पर्श। वह मेरी निधि, मेरा सर्वस्व था! था नहीं, मैं कहती हूँ कि है, कहीं है! वह अमर है, वह सुन्दर है, वही मेरा सत्य है। आह विजय! पच्चीस बरस हो गये—उसे देखे हुए पच्चीस बरस!—दो युग से कुछ ऊपर! पर मैं उसे देखकर मरूँगी।—कहते-कहते सरला की आँखों से आँसू गिरने लगे।

इतनें में एक अन्धा लाठी टेकते हुए सरला के द्वार पर आया। उसे देखते ही सरला गरज उठी—आ गया! विजय, यही है उसे ले भागने वाला! पूछो, इसी से पूछो!

उस अन्धे ने लकड़ी रखकर अपना मस्तक पृथ्वी पर टेक दिया, फिर सिर ऊँचाकर बोला—माता! भीख दो! तुम से भीख लेकर जो मैं पेट भरता हूँ, वही तो मेरा प्रायश्चित है। मैं अपने कर्म का फल भोगने के लिए भगवान् की आज्ञा से तुम्हारी ठोकर खाता हूँ। क्या मुझे और कहीं भीख नहीं मिलती? नहीं, यही मेरा प्रायश्चित है। माता, अब क्षमा की भीख दो। देखती नहीं हो, नियति ने इस अन्धे को तुम्हारे पास तक पहुँचा दिया। क्या वही तुमको—आँखोंवाली को—तुम्हारे पुत्र

तक न पहुँचा देगा?

विजय विस्मय से देख रहा था कि अन्धे की फूटी आँखों से आँसू बह रहे हैं। उसने कहा—भाई, मुझे अपनी राम-कहानी तो सुनाओ।

घण्टी भी वहीं आ गई थी। अब अन्धा सावधान होकर बैठ गया। उसने कहना आरंभ किया—

हमारा घराना एक प्रतिष्ठित धर्मगुरुओं का था। बीसों गाँव के लोग हमारे चेले थे। हमारे पूर्वजों की तपस्या और त्याग से, यह मर्यादा मुझे उत्तराधिकार में मिली थी। वंशानुक्रम से हम लोग मन्त्रोपदेष्टा होते आये थे। हमारे शिष्य-सम्प्रदाय में यह विश्वास था कि सांसारिक आपदाएँ निवारण करने की हम लोगों में बहुत बड़ी रहस्यपूर्ण शक्ति है। रही होगी मेरे पूर्वजों में; परन्तु मैं उन सब गुणों से रहित था। मैं परले सिरे का धूर्त था। मुझको मन्त्रों पर उतना विश्वास न था, जितना अपने चुटकुलों पर। मैं चालाकी से भूत उतार देता, रोग अच्छे कर देता, बन्ध्या को सन्तान देता, ग्रहों की आकाश-गति में परिवर्तन कर देता, व्यवसाय में लक्ष्मी की वर्षा कर देता। चाहे सफलता दो-एक को ही मिलती रही हो, परन्तु धाक में कमी न थी। मैं कैसे क्या क्या करता, उन सब घृणित बातों को न कहकर, केवल सरला के पुत्र की बात सुनाता हूँ।

पाली गाँव में मेरा एक शिष्य था। उसने एक महीने की एक लड़की और अपनी युवती विधवा छोड़कर अकाल में ही स्वर्ग-यात्रा की। वह विधवा धनी थी। उसको पुत्र की बड़ी लालसा थी; परन्तु पति थे नहीं, पुनर्विवाह असम्भव था। उसके मन में किसी तरह यह बात बैठ गई की बाबा जी यदि चाहें तो यही पुत्री, पुत्र बन जायगी। अपने इस प्रस्ताव को लेकर बड़े प्रलोभन के साथ वह मेरे पास आई। मैंने देखा सुयोग है। उससे कहा—तुम किसी से कहना मत, एक महीने बाद गंगासागर मकर-संक्रांति के योग में यह किया जा सकता है। वहीं पर गंगा-समुद्र हो जाती है, फिर लड़की से लड़का, क्यों नहीं होगा! उसके मन में यह बात बैठ गई! हम लोग ठीक समय पर गंगासागर पहुँचे! मैंने अपना लक्ष्य ढूँढ़ना आरम्भ किया। उसे मन-ही-मन ठीक भी कर लिया। उस विधवा से लड़की लेकर मैं सिद्धि के लिए एकान्त में गया—वन में किनारे पर मैं पहुँच गया। पुलिस उधर लोगों को जाने नहीं देती। उसकी आँखों से बचकर मैं जंगल की हरियाली में चला गया। थोड़ी देर में दौड़ता हुआ मेले की ओर आया। और उस समय मैं बराबर चिल्ला रहा था—'बाघ! बाघ!' लोग भयभीत होकर भागने लगे। मैंने देखा कि मेरा निश्चित बालक वहीं पड़ा है। उसकी मां अपने साथियों को उसे दिखाकर किसी आवश्यक काम से दो-चार मिनट के लिए हट गई थी। उसी समय भगदड़ का प्रारम्भ हुआ था। मैंने झट उस लड़की को वहीं रखकर लड़के को उठा लिया और फिर कहने लगा—देखो, यह किसकी लड़की है! पर उस भीड़ में कौन किसकी सुनता था। मैं एक साँस में अपनी झोंपड़ी की ओर आया—और हँसते-हँसते विधवा की गोद

में लड़की के बदला लड़का देकर अपने को सिद्ध प्रमाणित कर सका। यहाँ पर यह कहने की आवश्यकता नहीं कि वह स्त्री किस प्रकार उस लड़के को ले आई। बच्चा भी छोटा था, ढँककर किसी प्रकार हम लोग निर्विघ्न लौट आये। विधवा को मैंने समझा दिया था कि तीन दिन तक कोई इसका मुँह न देख सके, नहीं तो फिर लड़की बन जाने की संभावना है। मैं बराबर उस मेले में घूमता रहा और अब उस लड़की की खोज में लगा। पुलिस ने भी खोज की; पर उसका कोई लेने वाला न मिला। मैंने देखा कि एक निस्सन्तान चौबे की विधवा ने उस लड़की को पुलिस वालों से पालने के लिए माँग लिया। और मैं अब उसके साथ चला। उसे दूसरे स्टीमर पर बैठाकर ही मैंने साँस ली। सन्तान-प्राप्ति में मैं उसका भी सहायक था। मैंने देखा कि यही सरला, जो आज मुझे भिक्षा दे रही है, लड़के के लिए बराबर रोती रही; पर मेरा हृदय पत्थर था, न पिघला। लोगों ने बहुत कहा कि तू इस लड़की को ही लेकर पाल-पोस, पर उसे तो गोविन्दी चौबाइन की गोद में रहना था।

घण्टी अकस्मात् चौंक उठी—क्या कहा! गोविन्दी चौबाइन? हाँ गोविन्दी, उस चौबाइन का नाम गोविन्दी था?—जिसने उस लड़की को अपनी गोद में लिया—अंधे ने कहा।

घण्टी चुप हो गई। विजय ने पूछा—क्या है घण्टी?

घण्टी ने कहा—गोविन्दी तो मेरी माता का नाम था। और वह यह कहा करती तुझे मैंने अपनी ही लड़की-सा पाला है!

सरला ने पूछा—क्या तुमको गोविन्दी ने कहीं से पाकर ही पाल-पोस कर बड़ा किया, वह तुम्हारी माँ नहीं थी?

घण्टी—नहीं। वह आप भी यजमानों की भीख पर जीवन व्यतीत करती रही और मुझे भी दरिद्र छोड़ गई।

विजय ने कौतुक से कहा—तब तो घण्टी, तुम्हारी माता का पता लग सकता है? क्यों जी बुड्ढे! तुम यदि इनको वही लड़की समझो, जिसका तुमने बदला किया था, तो क्या इसकी माँ का पता बता सकते हो?

ओह! मैं उसे भलीभाँति जानता हूँ; पर अब वह कहाँ है, कह नहीं सकता। क्योंकि, उस लड़के को पाकर भी वह सुखी न रह सकी। उसे राह में ही सन्देह हो गया कि यह मेरी लड़की से लड़का नहीं बना, वस्तुतः कोई दूसरा लड़का है; पर मैंने उसे डाँटकर समझा दिया कि अब अगर तू किसी से कहेगी, तो लड़का चुराने के अभियोग में सजा पावेगी। वह लड़का भी रोते ही दिन बिताता। कुछ दिन बाद हरद्वार का एक पंडा गाँव में आया। वह उसी विधवा के घर में ठहरा। उन दोनों में गुप्त प्रेम हो गया। अकस्मात् वह एक दिन लड़के को लिये मेरे पास आई और बोली—इसे नगर के किसी अनाथालय में रख दो, मैं अब हरद्वार जाती हूँ। मैंने कुछ प्रतिवाद न किया, क्योंकि उसका अपने गाँव के पास से टल जाना

ही अच्छा समझता था। मैं सहमत हुआ। और, वह विधवा उसी पंडे के साथ हरद्वार चली गई। उसका नाम था नन्दा।

अंधा इतना कहकर चुप हुआ।

विजय ने कहा—बुड्ढे! तुम्हारी यह दशा कैसे हुई?

वह सुनकर क्या करोगे। अपनी करनी का फल भोग रहा हूँ इसीलिए मैं अपनी पाप-कथा सबसे कहता फिरता हूँ, तभी तो इनसे भेंट हुई! भीख दो माता, अब हम जाएँ—अन्धे ने कहा।

सरला ने कहा—अच्छा, एक बात बताओगे?

क्या?

उस बालक के गले में एक सोने का बड़ा-सा यंत्र था, उसे भी तुमने उतार लिया होगा?—सरला ने उत्कण्ठा से पूछा।

न, न, न। वह बालक तो उसे बहुत दिनों तक पहने था, और मुझे स्मरण है, वह तब तक था, जब मैंने उसे अनाथालय में सौंपा था। ठीक स्मरण है, वहाँ के अधिकारी से मैंने कहा था—इसे सुरक्षित रखिए, सम्भव है कि इसकी यही पहचान हो, क्योंकि उस बालक पर मुझे दया आई; परन्तु वह दया पिशाच की दया थी।

सहसा विजय ने पूछा—क्या आप बता सकती हैं—वह कैसा यंत्र था?

वह यंत्र हम लोगों के वंश का प्राचीन रक्षा-कवच था, न जाने कब से मेरे कुल के सब लड़कों को वह एक बरस की अवस्था तक पहनाया जाता था। वह एक त्रिकोण स्वर्ण-यंत्र था।—कहते-कहते सरला के आँसू बहने लगे।

अन्धे को भीख मिली। वह चला गया। सरला उठकर एकान्त में चली गई। घण्टी कुछ काल तक विजय को अपनी ओर आकर्षित करने के चुटकुले छोड़ती रही; परन्तु विजय एकान्त-चिन्ता-निमग्न बना रहा।

5

विचार-सागर में डूबती-उतराती हुई, घण्टी आज मौलसिरी के नीचे एक शिलाखण्ड पर बैठी है। वह अपने मन से पूछती थी—विजय कौन है, जो मैं उस रसालवृक्ष समझकर लता के समान लिपटी हूँ! फिर उसे आप-ही-आप उत्तर गिलता—तो और दूसरा कौन है मेरा? लता का तो यही धर्म है कि जो समीप अवलम्बन मिले, उसे पकड़ ले और इस सृष्टि में सिर ऊँचा करके खड़ी जाय। अहा! क्या मेरी जीवित है?

पर विजय तो चित्र बनाने में लगा है। वह मेरा ही तो चित्र बनाता है, तो भी मैं उसके लिए निर्जीव प्रतिमा हूं। कभी-कभी वह सिर उठाकर मेरी भौहों के झुकाव को, कपोलों के गहरे-रंग को, देख लेता है, और फिर तूलिका की मार्जनी से उसे हृदय के बाहर निकाल देता है! यह मेरी आराधना तो नहीं है!

सहसा उसके विचारों में बाधा पड़ी। बाथम ने आकर घण्टी से कहा—क्या मैं कुछ पूछ सकता हूँ?

कहिए—सिर का कपड़ा सम्हालते हुए घण्टी ने कहा।

विजय से आपकी कितने दिनों की जान-पहचान है?

बहुत थोड़े दिनों की—यहीं वृन्दावन से।

तभी वह कहता था—

कौन क्या कहता था—

दारोगा। यद्यपि उसका साहस नहीं था कि मुझसे कुछ अधिक कहे; पर उसका अनुमान है कि आपको विजय कहीं से भगा लाया है!

घण्टी किसी की कोई नहीं; जो उसकी इच्छा होगी वही करेगी। मैं आज ही विजय बाबू से कहूँगी कि वह मुझे लेकर किसी दूसरे घर में चलें।—बाथम ने देखा कि वह स्वतन्त्र युवती तनकर खड़ी हो गई। उसकी नसें फूल रही थीं। इसी समय लतिका ने वहाँ पहुँचकर एक काण्ड उपस्थित कर दिया। उसने बाथम की ओर तीक्ष्ण दृष्टि से देखते हुए पूछा—तुम्हारा क्या अभिप्राय था?

सहसा आक्रान्त होकर बाथम ने कहा—कुछ नहीं। मैं चाहता था कि यह ईसाई होकर अपनी रक्षा कर ले, क्योंकि इसके....

बात काटकर लतिका ने कहा—और यदि मैं हिन्दू हो जाऊँ?

बाथम ने फँसे हुए गले से कहा—दोनों हो सकता है। पर, तुम मुझे क्षमा करोगी, लतिका?

बाथम के चले जाने पर लतिका ने देखा कि अकस्मात् अन्धड़ के समान यह बातों का झोंका आया और निकल गया।

घण्टी रो रही थी। लतिका उसके आँसू पोंछती थी। बाथम के हाथ की हीरे की अँगूठी सहसा घण्टी की उँगलियों में लतिका ने देखी और वह चौंक उठी। लतिका का कोमल हृदय, कठोर कल्पनाओं से भर गया। वह उसे छोड़कर चली गई।

चाँदनी निकलने पर घण्टी आपे में आई। अब उसकी निस्सहाय अवस्था स्पष्ट हो गई। वृन्दावन की गलियों में यों ही फिरने वाली घण्टी, इन कई महीनों की निश्चिन्त जीवनचर्या से एक नागरिक महिला बन गई थी। उसके रहन-सहन बदल गये थे। हाँ, एक बात और उसके मन में खटकने लगी थी—वह अन्धे की कथा। क्या सचमुच उसकी माँ जीवित है? उसका मुक्त हृदय, चिन्ताओं की उमस वाली सन्ध्या में पवन के समान निरुद्ध हो उठा। वह निरीह बालिका के समान फूट-फूट कर रोने लगी।

सरला ने आकर उसे पुकारा—घण्टी, क्या यहीं बैठी रहोगी?—उसने सिर नीचा किये हुए उत्तर दिया—अभी आती हूँ। सरला चली गई। कुछ काल तक वह बैठी रही, फिर उसी पत्थर पर अपने पैर समेटकर वह लेट गई। उसकी इच्छा हुई—आज ही यह घर छोड़ दे; पर वह वैसा न कर सकी। विजय को एक बार अपनी मनोव्यथा

सुना देने की उसे बड़ी लालसा थी। वह चिन्ता करते-करते सो गई।

विजय अपने चित्रों को रखकर आज बहुत दिनों बाद मदिरा का सेवन कर रहा था। शीशे के एक बड़े गिलास में सोडा और बरफ से मिली हुई मदिरा सामने मेज से उठाकर वह कभी-कभी दो घूँट पी लेता। धीरे-धीरे नशा गहरा हो चला, मुँह पर लाली दौड़ गई। वह अपनी सफलताओं से उत्तेजित था। अकस्मात् उठकर बँगले से बाहर आया; बगीचे में टहलने लगा। घूमता हुआ वह घण्टी के पास जा पहुँचा। अनाथ-सी घण्टी अपने दुःखों में लिपटी हुई दोनों हाथों से अपने घुटने लपेटे हुए पड़ी थी। वह दीनता की प्रतिमा थी। कला वाली आँखों ने चाँदनी रात में यह देखा। वह उसके ऊपर झुक गया, उसे प्यार कर लेने की उसकी इच्छा हुई, किसी वासना से नहीं, वरन् एक सहृदयता से। वह धीरे-धीरे अपने होंठ उसके कपोल के पास तक ले गया। उसकी गरम साँसों की अनुभूति घण्टी को हुई। वह पलभर के लिए पुलकित हो गई पर आँखें बन्द किये रही। विजय ने प्रमोद से एक दिन उसके रंग डालने के अवसर पर उसका आलिंगन करके, घण्टी के हृदय में नवीन भावों की सृष्टि कर दी थी। वह उसी प्रमोद का, आँख बन्द करके आवाह्न करने लगी; परन्तु नशे में चूर विजय न जाने क्यों जैसे सचेत हो गया। उसके मुँह से धीरे-से निकल पड़ा—यमुना! और वह हटकर खड़ा हो गया।

विजय चिन्तित भाव से लौट पड़ा। वह घूमते-घूमते बँगले के बाहर निकल आया, और सड़क पर यों ही चलने लगा। आधे घण्टे तक वह चला फिर उसी सड़क से लौटने लगा। बड़े-बड़े वृक्षों की छाया ने सड़क पर पड़ती हुई चाँदनी को कहीं-कहीं छिपा लिया है। विजय उसी अन्धकार में चलना चाहता है। यह चाँदनी से यमुना और अँधेरी से घण्टी की तुलना करता हुआ, अपने मन के विनोद का उपकरण जुटा रहा है। सहसा उसके कानों में कुछ परिचित स्वर सुनाई पड़े। उसे स्मरण हो आया—उसी इक्के वाले का शब्द। हाँ ठीक है, वही तो है। विजय ठिठककर खड़ा हो गया। साइकिल पकड़े एक सब-इंस्पेक्टर और साथ में वही ताँगे वाला, दोनों बातें करते हुए आ रहे हैं।

सब.—क्यों नवाब! आजकल कोई मामला नहीं देते हो?

ताँगे.—इतने मामले दिये, मेरी भी खबर आपने ली?

सब.—तो तुम रुपया ही चाहते हो न?

ताँगे.—पर यह इनाम रुपयों में न होगा!

सब.—फिर क्या?

ताँगे.—रुपया आप लीजिए, मुझे तो वह बुत मिल जानी चाहिए। इतना ही करना होगा।

सब.—ओह! तुमने वही बात छेड़ी। तुम नहीं जानते हो, यह बाथम एक अंग्रेज है, और उसकी उन लोगों पर मेहरबानी है। हाँ, इतना हो सकता है कि तुम उसको अपने हाथों में कर लो, फिर मैं तुमको फँसने ने दूँगा।

ताँगे.—यह तो जान-जोखिम का सौदा है!

सब.—फिर मैं क्या करूँ? पीछे लगे रहो, कभी तो हाथ लग जायगी। मैं सम्हाल लूँगा। हाँ, यह तो बताओ, उस चौबाइन का क्या हुआ, जिसे तुम वृन्दावन की बता रहे थे। मुझे नहीं दिखलाया, क्यों?

ताँगे.—वही तो वहाँ है! वह परदेसी न जाने कहां से कूद पड़ा। नहीं तो अब तक।

दोनों बातें करते अब आगे बढ़ गये। विजय ने पीछा करके बातों को सुनना अनुचित समझा। वह बँगले की ओर शीघ्रता से चल पड़ा।

कुरसी पर बैठे वह सोचने लगा—सचमुच घण्टी एक निस्सहाय युवती है, उसकी रक्षा करनी ही चाहिए। उसी दिन से विजय ने घण्टी से पूर्ववत् मित्रता का बर्ताव प्रारम्भ कर दिया—वही हँसना-बोलना, वही साथ-साथ घूमना-फिरना।

विजय एक दिन हैण्डबैग की सफाई कर रहा था। अकस्मात् उसे मंगल का वह यन्त्र और सोना मिल गया। उसने एकान्त में बैठकर उसे फिर बनाने का प्रयत्न किया और वह कृतार्य भी हुआ—सचमुच वह एक त्रिकोण स्वर्ण-यंत्र बन गया। विजय के मन में लड़ाई खड़ी हो गई। उसने सोचा कि सरला से उसके पुत्र को मिला दूँ, फिर उसे शंका हुई, सम्भव है कि मंगल उसका पुत्र न हो! उसने अनवधानता से उस प्रश्न को टाल दिया। नहीं कहा जा सकता कि इस विचार में मंगल के प्रति विद्वेष ने भी कुछ सहायता की थी या नहीं।

बहुत दिनों की पड़ी हुई एक सुन्दर बाँसुरी भी उसके बैग में मिल गई। वह उसे लेकर बजाने लगा। विजय की दिनचर्या नियमित हो चली। चित्र बनाना, बंशी बजाना और कभी-कभी घण्टी के साथ बैठकर ताँगे पर घूमने चले जाना, इन्हीं कामों में उसका दिन सुख से बीतने लगा।

6

वृन्दावन से दूर एक हरा-भरा टीला है, यमुना उसी से टकराकर बहती है। बड़े-बड़े वृक्षों की इतनी बहुतायत है कि वह टीला दूर से देखने पर एक बड़ा छायादार निकुंज मालूम पड़ता है। एक ओर पत्थर की सीढ़ियाँ हैं, जिनसे चढ़कर ऊपर जाने पर एक छोटा-सा श्रीकृष्ण का मन्दिर है। और उसके चारों ओर कोठरी और दालानें हैं।

गोस्वामी कृष्णशरण उस मन्दिर के अध्यक्ष, एक साठ-पैंसठ बरस के तपस्वी पुरुष हैं। उनका स्वच्छ वस्त्र, धवल केश, मुखमंडल की अरुणिमा और भक्ति से भरी आँखें, अलौकिक प्रभा का सृजन करती हैं। मूर्ति के सामने ही दालान में वे प्रातः बैठे रहते हैं। कोठरियों में कुछ वृद्ध साधु और वयस्क स्त्रियाँ रहती हैं। सब भगवान् का सात्विक प्रसाद पाकर सन्तुष्ट और प्रसन्न हैं। यमुना भी यहीं रहती है।

एक दिन कृष्णशरण बैठे हुए कुछ लिख रहे थे। उनके कुशासन पर लेखन-सामग्री पड़ी थी। एक साधु बैठा हुआ उन पत्रों को एकत्र कर रहा था। प्रभात अभी तरुण नहीं हुआ था, वसन्त का शीतल पवन कुछ वस्त्रों की आवश्यकता उत्पन्न कर रहा था। यमुना उस प्रांगण में झाड़ू दे रही थी। गोस्वामी ने लिखना बन्द करके साधु से कहा—इन्हें समेटकर रख दो। साधु ने लिपिपत्रों को बाँधते हुए पूछा—आज तो एकादशी है, भारत का पाठ न होगा?

नहीं।

साधु चला गया। यमुना अभी झाड़ू लगा रही थी। गोस्वामी ने सस्नेह पुकारा—यमुने! यमुना झाड़ू रखकर, हाथ जोड़कर सामने आई। कृष्णशरण ने पूछा—बेटी! तुझे कोई कष्ट तो नहीं है?

नहीं महाराज!

यमुने! भगवान् दुखियों से अत्यन्त स्नेह करते हैं। दुःख भगवान् का सात्विक दान है—मंगलमय उपहार है। इसे पाकर एक बार अन्तःकरण के सच्चे स्वर से पुकारने का, सुख अनुभव करने का अभ्यास करो। विश्राम का निश्वास, केवल भगवान् के नाम के साथ ही निकलता है, बेटी!

यमुना गद्गद् हो रही थी। एक दिन भी ऐसा नहीं बीतता, जिस दिन गोस्वामी आश्रमवासियों को अपनी सान्त्वनामयी वाणी से सन्तुष्ट न करते हों। यमुना ने कहा—महाराज, और कोई सेवा हो, तो आज्ञा दीजिए।

मंगल इत्यादि ने मुझसे अनुरोध किया है कि मैं सर्वसाधारण के लाभ के लिए आश्रम में कई दिनों तक सार्वजनिक प्रवचन करूँ। यद्यपि मैं इसे अस्वीकार करता रहा, किन्तु बाध्य होकर मुझे करना ही पड़ेगा। यहाँ पूरी स्वच्छता रहनी चाहिए। कुछ बाहरी लोगों के आने की सम्भावना है।

यमुना नमस्कार करके चली गई।

कृष्णशरण चुपचाप बैठे रहे। वे एकटक कृष्णचन्द्र की मूर्ति की ओर देख रहे थे। यह मूर्ति वृन्दावन की और मूर्तियों से विलक्षण थी। एक श्याम, ऊर्जस्वित, वयस्क और प्रसन्न गम्भीर मूर्ति खड़ी थी। बायें हाथ से कटि से आबद्ध नन्दक खड्ग की मूठ पर बल दिये दाहिने हाथ की अभय मुद्रा से आश्वासन की घोषणा करते हुए कृष्णचन्द्र की यह मूर्ति, हृदय की हलचलों को शान्त कर देती थी। शिल्पी की कला सफल थी।

कृष्णशरण एकटक मूर्ति को देख रहे थे। गोस्वामी की आँखों से उस समय बिजली निकल रही थी, जो प्रतिमा को सजीव बना रही थी। कुछ देर के बाद उनकी आँखों से जलधारा बहने लगी। और वे आप-ही-आप कहने लगे—तुम्हीं ने प्रण किया था कि जब-जब धर्म की ग्लानि होगी, हम उसका उद्धार करने के लिए आवेंगे! तो क्या अभी विलम्ब है? तुम्हारे बाद एक शान्ति का दूत आया था, वह दुःख को अधिक स्पष्ट बनाकर चला गया। विरागी होकर रहने का उपदेश दे गया; परन्तु

उस शक्ति को स्थिर रखने के लिए शक्ति कहाँ रही? फिर से बर्बरता और हिंसा ताण्डव-नृत्य करने लगी है--क्या अब भी विलम्ब है?

जैसे मूर्ति विचलित हो उठी।

एक ब्रह्मचारी ने आकर नमस्कार किया। वे भी आशीर्वाद देकर उसकी ओर घूम पड़े। पूछा--मंगलदेव!--तुम्हारे ब्रह्मचारी कहाँ हैं?

आ गये हैं गुरुदेव!

उन सबों को काम बाँट दो और कर्त्तव्य समझा दो। आज प्रायः बहुत से लोग आवेंगे।

जैसी आज्ञा हो; परन्तु गुरुदेव! मेरी एक शंका है।

मंगल, इस प्रवचन में अपनी अनुभूति सुनाऊँगा, घबराओ मत। तुम्हारी सब शंकाओं का उत्तर मिलेगा।

मंगलदेव ने सन्तोष से सिर झुका दिया। वह लौट कर अपने ब्रह्मचारियों के पास चला आया।

आश्रम में दो दिनों से कृष्ण-कथा हो रही थी। गोस्वामी जी बाल-चरित्र कहकर उसका उपसंहार करते हुए बोले--

धर्म और राजनीति से पीड़ित यादव-जनता का उद्धार करके भी श्रीकृष्ण ने देखा कि यादवों को ब्रज में शान्ति न मिलेगी।

प्राचीनतंत्र के पक्षपाती नृशंस राजन्य-वर्ग मन्वन्तर को मानने के लिए प्रस्तुत न थे। हाँ, वह मनन की विचारधारा सामूहिक परिवर्तन करने वाली थी। क्रमागत रूढ़ियाँ और अधिकार उसके सामने काँप रहे थे। इन्द्र-पूजा बन्द हुई, धर्म का अपमान! राजा कंस मारा गया, राजनीतिक उलटफेर!! ब्रज पर प्रलय के बादल उमड़े। भूखे भेड़ियों के समान, प्राचनीता के समर्थक, यादवों पर टूट पड़े। बार-बार शत्रुओं को पराजित करके भी श्रीकृष्ण ने निश्चय किया कि ब्रज को छोड़ देना चाहिए।

वे यदुकुल को लेकर नवीन उपनिवेश की खोज में पश्चिम की ओर चल पड़े।

गोपाल ने ब्रज छोड़ दिया। यही ब्रज है। अत्याचारियों की नृशंसता से यदुकुल के अभिजात-वर्ग ने ब्रज को सुना कर दिया। पिछले दिनों में, ब्रज में बसी हुई पशुपालन करने वाली गोपियाँ--जिनके साथ गोपाल खेले थे, जिनके सुख को सुख और दुःख को दुःख समझा, जिनके साथ जिये, बड़े हुए, जिनके पशुओं के साथ वे कड़ी धूप में घनी अमराइयों में, करील के कुंजों में विश्राम करते थे--वे गोपियाँ, वे भोली-भाली सरल हृदय अकपट स्नेह वाली गोपियाँ, रक्त-माँस के हृदय वाली गोपियाँ--जिनके हृदय मे दया थी, माया-ममता थी, आशा थी, विश्वास था, प्रेम का आदान-प्रदान था,--इसी यमुना के कछारों में वृक्षों के नीचे, वसन्त की चाँदनी

में, जेठ की धूप में छाँह लेती हुई, गोरस बेंचकर लौटती हुई, गोपाल की कहानियाँ कहतीं। निर्वासित गोपाल की सहानुभूति से, उस क्रीड़ा के स्मरण से, उन प्रकाशपूर्ण आँखों की ज्योति से, गोपियों की स्मृति इन्द्र-धनुष सी रँग जाती। वे कहानियाँ प्रेम से अतिरंजित थीं, स्नेह से परिलुप्त थीं, आदर से आर्द्र थीं, सबको मिलाकर उनमें एक आत्मीयता थी—हृदय की वेदना थी, आँखों का आँसू था! उन्हीं को सुनकर, इस छोड़े हुए ब्रज में उसी दुःख-सुख के अतीत सहानुभूति से लिपटी हुई कहानियों को सुनकर आज भी हम-तुम आँसू बहा देते हैं! क्यों? वे प्रेम करके, प्रेम सिखलाकर, निर्मम स्वार्थ पर हृदयों में मानव-प्रेम को विकसित करके, ब्रज को छोड़कर चले गये—चिरकाल के लिए। बाल्यकाल की लीलाभूमि ब्रज का आज भी इसीलिए गौरव है। यह वही ब्रज है। वही यमुना का किनारा है!

कहते-कहते गोस्वामी की आँखों से अविरल अश्रुधारा बहने लगी। श्रोता भी रो रहे थे।

गोस्वामी चुप होकर बैठ गये। श्रोताओं ने इधर-उधर होना आरंभ किया। मंगलदेव आश्रम में ठहरे हुए लोगों के प्रबन्ध में लग गया; परन्तु यमुना? वह दूर एक मौलसिरी के वृक्ष के नीचे चुपचाप बैठी थी। वह सोचती थी—ऐसे भगवान् भी बाल्यकाल में अपनी माता से अलग कर दिये गये थे! उसका हृदय व्याकुल हो उठा। वह विस्मृत हो गई कि उसे शान्ति की आवश्यकता है। डेढ़ सप्ताह के अपने हृदय के टुकड़े के लिए वह मचल उठी—वह अब कहां है? क्या जीवित है? उसका पालन कौन करता होगा? वह जियेगा अवश्य, ऐसे बिना यत्न के बालक जीते हैं—इसका तो इतना बड़ा प्रमाण मिल गया है! हाँ, और वह एक नर-रत्न होगा, महान् होगा!—क्षण-भर में माता हृदय मंगलकामना से भर उठा। इस समय उसकी आँखों में आँसू न थे। वह शान्त बैठी थी। चाँदनी निखर रही थी! मौलसिरी के पत्तों के अन्तराल से चन्द्रमा का आलोक उसके बदन पर पड़ रहा था! स्निग्ध मातृ-भावना से उसका मन उल्लास से परिपूर्ण था। भगवान् की कथा के छल से गोस्वामी ने उसके मन के एक सन्देह, एक असन्तोष को शान्त कर दिया था।

मंगलदेव को आगन्तुकों के लिए किसी वस्तु की आवश्यकता थी। गोस्वामी जी ने कहा—जाओ यमुना से कहो।—मंगल यमुना का नाम सुनते ही एकबार चौंक उठा। कुतूहल हुआ, फिर आवश्यकता से प्रेरित होकर किसी अज्ञात यमुना को खोजने के लिए आश्रम के विस्तृत प्रांगण में घूमने लगा।

मौलसिरी के वृक्ष के नीचे, यमुना निश्चल बैठी थी। मंगलदेव ने देखा एक स्त्री है, यही यमुना होगी। समीप पहुँचकर देखा, तो वही यमुना थी!

पवित्र देव-मन्दिर की दीपशिखा-सी वह ज्योतिर्मयी मूर्ति थी। मंगलदेव ने उसे पुकारा—यमुना!

वात्सल्य-विभूति के काल्पनिक आनन्द से पूर्व उसके हृदय में मंगल के शब्द ने तीव्र घृणा का संचार कर दिया। वह विरक्त होकर अपरिचित-सी बोल उठी—कौन है?

गोस्वामी जी की आज्ञा है कि .... आगे कुछ कहने में मंगल असमर्थ हो गया, उसका गला भर्राने लगा।

जो वस्तु चाहिए, उसे भण्डारी जी से जाकर कहिए, मैं कुछ नहीं जानती।—यमुना अपने काल्पनिक सुख में भी बाधा होते देखकर अधीर हो उठी।

मंगल ने फिर संयत स्वर में कहा—तुम्हीं से कहने की आज्ञा हुई है।

अबकी यमुना ने स्वर पहचाना और सिर उठाकर मंगल को देखा। दारुण पीड़ा से वह कलेजा थामकर बैठ गई। विद्युत वेग से उसके मन में यह विचार नाच उठा कि मंगल के ही अत्याचार के कारण घुत वात्सल्य-सुख से वंचित हूँ। इधर मंगल ने समझा कि मुझे पहचानकर ही वह तिरस्कार कर रही है। आगे कुछ न कह वह लौट पड़ा।

गोस्वामी जी वहाँ पहुँचे तो देखते हैं—मंगल लौटा जा रहा है और यमुना बैठी रो रही है। उन्होंने पूछा—क्या है, बेटी?

यमुना हिचकियाँ लेकर रोने लगी। गोस्वामी जी बड़े सन्देह में पड़े। कुछ काल तक खड़े रहने पर वे इतना कहते हुए चले गये कि—चित्त सावधान करके मेरे पास आकर सब बात कह जाना!

यमुना गोस्वामी जी की संदिग्ध आज्ञा से मर्माहत हुई और अपने को सम्हालने का प्रयत्न करने लगी।

रात-भर उसे नींद न आई।

7

उत्सव का समारोह था। गोस्वामी जी व्यासपीठ पर बैठे थे! व्याख्यान प्रारंभ होने ही वाला था; उसी समय साहबी ठाट से घण्टी को साथ लिए विजय सभा में आया। आज यमुना दुःखी होकर और मंगल ज्वर में, अपने-अपने कक्ष में पड़े थे। विजय सन्नद्ध था—गोस्वामी जी का विरोध करने की प्रतिज्ञा, अवहेलना और परिहास उसकी आकृति से प्रकट थे।

गोस्वामी जी सरल भाव से कहने लगे—

उस समय आर्यावर्त्त में एकतन्त्र शासन का प्रचण्ड ताण्डव चल रहा था। सुदूर सौराष्ट्र में श्रीकृष्ण के साथ यादव अपने लोकतन्त्र की रक्षा में लगे थे। यद्यपि सम्पन्न यादवों की विलासिता और षड्यन्त्रों से गोपाल को भी कठिनाइयाँ झेलनी पड़ीं, फिर भी उन्होंने सुधर्मा के सम्मान की रक्षा की। पांचाल में कृष्णा स्वयम्बर था। कृष्ण के बल पर पाण्डव उसमें अपना बल-विक्रम लेकर प्रकट हुए। पराभूत होकर कौरवों ने भी उन्हें इन्द्रप्रस्थ दिया। कृष्ण ने धर्म-राज्य-स्थापना का दृढ़-संकल्प किया था, अतः आतायियों के दमन की आवश्यकता थी। मागध जरासन्ध मारा गया। सम्पूर्ण भारत में पाण्डवों की, कृष्ण की संरक्षता में धाक जम गई। नृशंस

यज्ञों की समाप्ति हुई। बन्दी राजवर्ग तथा बलिपशु मुक्त होते ही कृष्ण की शरण हुए। महान् हर्ष के साथ राजसूय हुआ। वह था राजसूय। राजे-महाराजे काँप उठे। अत्याचारी शासकों को शीतज्वर हुआ। सब उस धर्मराज की प्रतिष्ठा में साधारण कर्मकारों के समान नतमस्तक होकर काम करते रहे। और भी एक बात हुई—आर्यावर्त्त ने उसी निर्वासित गोपाल को आश्चर्य से देखा, समवेत महाजनों में अग्रपूजा और अर्घ्य का अधिकारी! इतना बड़ा परिवर्तन! सब दाँतों-तले उँगली दाबे हुए देखते रहे। उसी दिन भारत ने स्वीकार किया—गोपाल पुरुषोत्तम है। प्रसाद से युधिष्ठिर ने धर्मसाम्राज्य को अपनी व्यक्तिगत सम्पत्ति समझ ली, इसके कुचक्रियों का मनोरथ सफल हुआ—धर्मराज विशृंखल हुआ; परन्तु पुरुषोत्तम ने उसका जैसे उद्धार किया, वह तुम लोगों ने सुना होगा—महाभारत की युद्ध कथा से। भयानक जनक्षय करके भी सात्विक विचारों की रक्षा हुई। और भी सुदृढ़ महाभारत की स्थापना हुई, जिसमें नृशंस राजन्यवर्ग नष्ट किये गये। पुरुषोत्तम ने वेदों के अतिवाद और उनके नाम पर होने वाले अत्याचारों का उच्छेद किया। बुद्धिवाद का प्रचार हुआ। गीता द्वारा धर्म की, विश्वात्मा की, विराट् की, आत्मवाद की, विमल व्याख्या हुई। स्त्री, वैश्य, शूद्र और पापयोनि कहकर जो धर्माचरण के अनधिकारी समझे जाते थे—उन्हें धर्माचरण का अधिकार मिला। साम्य की महिमा उद्घोषित हुई। धर्म में, राजनीति में, समाज-नीति में सर्वत्र विकास हुआ। वह मानवजाति के इतिहास में महापर्व था। पशु और मनुष्य के भी साम्य की घोषणा हुई। वह पूर्ण संस्कृति थी। उसके पहले भी वैसा नहीं हुआ और उसके बाद भी उतना पूर्णता ग्रहण करने के लिए मानव शिक्षित न हो सके, क्योंकि सत्य को इतना समष्टि से ग्रहण करने के लिए कोई दूसरा पुरुषोत्तम नहीं हुआ। मानवता का सामंजस्य बने रहने की जो व्यवस्था उन्होंने की है, वह आगामी अनन्त दिवसों तक अक्षुण्ण रहेगी।

तस्मान्नो द्विजते लोको लोकान्नोद्विजते च यः

जो लोक से न घबराये और जिससे लोक न उद्विग्न हो, वही पुरुषोत्तम का प्रिय मानव है, जो सृष्टि को सफल बनाता है।

विजय ने प्रश्न करने की चेष्टा की; परन्तु उसका साहस नहीं हुआ।

गोस्वामी ने व्यासपीठ से हटते हुए चारों ओर दृष्टि घुमाई, यमुना और मंगल नहीं दिखाई पड़े। वे उन्हें खोजते हुए चल पड़े। श्रोतागण भी चले गये थे। कृष्णशरण ने यमुना को पुकारा। वह उठकर आई। उसकी आँखें अरुण, मुख विवर्ण, रसना अवाक् और हृदय धड़कनों से पूर्ण था। गोस्वामी जी ने उससे कुछ न पूछा। उसे साथ आने का संकेत करके वे मंगल की कोठरी की ओर बढ़े। मंगल अपने बिछावन पर पड़ा था। गोस्वामी जी को देखते ही उठ खड़ा हुआ। वह अभी भी ज्वर से आक्रान्त था। गोस्वामी जी ने पूछा—मंगल! तुमने इस अबला का अपमान किया था!

मंगल चुप रहा।

बोलो, क्या तुम्हारा हृदय पाप से भर गया था?

मंगल फिर भी चुप। अब गोस्वामी जी से न रहा गया।

तो तुम मौन रहकर अपना अपराध स्वीकार करते हो?

वह बोला नहीं।

तुम्हें चित्त-शुद्धि की आवश्यकता है। जाओ सेवा में लगो, समाज-सेवा करके अपना हृदय शुद्ध बनाओ। जहाँ स्त्रियाँ सताई जाएँ, मनुष्य अपमानित हों, वहाँ तुमको अपना दम्भ छोड़कर कर्तव्य करना होगा। इसे दण्ड न समझो, प्रायश्चित न समझो। यही तुम्हारा क्रियमाण कर्म है। जाओ। पुरुषोत्तम ने लोक-संग्रह किया था, वे मानवता के हित में लगे रहे, अन्याय और अत्याचार के विरुद्ध सदैव युद्ध करते रहे। अपने किये हुए अन्याय के विरुद्ध तुम्हें अपने से लड़ना होगा। उस असुर को परास्त करना होगा। गुरुकुल यहाँ भेज दो; तुम अबलाओं की सेवा में लगो। भगवान् की भूमि भारत में स्त्रियों पर तथा मनुष्यों को पतित बनाकर बड़ा अन्याय हो रहा है। करोड़ों मनुष्य जंगलों में अभी पशु-जीवन बिता रहे हैं। स्त्रियाँ विपथ पर जाने के लिए बाध्य की जाती हैं, तुमको उनका पक्ष लेना पड़ेगा। उठो!

मंगल ने गोस्वामी जी के चरण छुए। वह सिर झुकाये चला गया। गोस्वामी जी ने घूमकर यमुना की ओर देखा। वह सिर नीचे किये रो रही थी। उसके सिर पर हाथ फेरते हुए कृष्णशरण ने कहा—भूल जाओ यमुना, उसके अपराध को भूल जाओ।

परन्तु यमुना, मंगल को और उसके अपराध को कैसे भूल जाती?

8

घण्टी और विजय, बाथम के बँगले पर लौटकर गोस्वामी जी के सम्बन्ध में बड़ी देर तक बातचीत करते रहे। विजय ने अन्त में कहा—मुझे तो गोस्वामी की बातें कुछ जँचती हैं। कल फिर चलूँगा। तुम्हारी क्या सम्मति है, घण्टी?

मैं भी चलूँगी।

वे दोनों उठकर सरला की कोठरी की ओर चले गये। अब दोनों वहीं रहते हैं। लतिका ने कुछ दिनों से बाथम से बोलना छोड़ दिया। बाथम भी पादरी के साथ ही दिन बिताता है। आज-कल उसकी धार्मिक भावना प्रबल हो गई है।

मूर्त्तिमती चिन्ता-सी लतिका यन्त्र-चालित पाद-विक्षेप करती हुई दालान में आकर बैठ गई। पलकों के परदे गिरे हैं। भावनाएँ अस्फुट होकर विलीन हो जाती हैं—

मैं हिन्दू थी... हाँ फिर... सहसा आर्थिक कारणों से पिता... माता... ईसाई... यमुना...यमुना...के पुल पर से रेलगाड़ी आती थी...झक झक झक....आलोक-माला का हार पहने सन्ध्या में...हाँ यमुना की आरती भी होती थी...अरे वे कछुए...मैं उन्हें चने खिलाती थी...पर मुझे रेलगाड़ी का संगीत उन घंटों से अच्छा लगता...फिर

एक दिन हम लोग गिरजाघर में जा पहुँचे। इसके बाद...गिरजाघर का घंटा सुनने लगी...ओह! मैं लता-सी बढ़ने लगी...बाथम एक सुन्दर हृदय की आकांक्षा-सा सुरुचिपूर्ण यौवन का उन्माद...प्रेरणा का पवन...मैं लिपट गई...क्रूर...निर्दय...मनुष्य के रूप में पिशाच...मेरे धन का पुजारी...व्यापारी...चापलूसी बेचने वाला। और यह कौन ज्वाला घण्टी...बाथम असहनीय...ओह!

लतिका रोने लगा। रूमाल से उसने मुँह ढँक लिया। वह रोती रही। जब सरला ने आकर उसके सिर पर हाथ फेरा, तब वह चैतन्य हुई—सपने से चौंककर उठ बैठी। लैम्प का मन्द प्रकाश सामने था। उसने कहा—सरला, मैं दुःस्वप्न देख रही थी।

मेरी सम्मति है कि इन दोनों अतिथियों को विदा कर दिया जाय। प्यारी मारगरेट, तुमको बड़ा दुःख है!—सरला ने कहा।

नहीं, नहीं, बाथम को दुःख होगा!—घबराकर लतिका ने कहा।

उसी समय बाथम ने आकर दोनों को चकित कर दिया। उसने कहा—लतिका! मुझे तुमसे कुछ पूछना है।

मैं कल सुनूँगी...फिर कभी...मेरा सिर दुख रहा है...बाथम चला गया। लतिका सोचने लगी—कैसी भयानक बात—उसी को स्वीकार करके क्षमा माँगना। बाथम! कितनी निर्लज्जता है। मैं फिर क्षमा क्यों न करूँगी। परन्तु कर नहीं सकती। आह, बिच्छू के डंक-सी वे बातें! वह विवाद! मैंने ऐसा नहीं किया, तुम्हारा भ्रम था, तुम भूलती हो,—यही न कहना है? कितनी झूठी बात! वह झूठ कहने में संकोच नहीं कर सकता—कितना पतित...

लतिका, चलो सो रहो।—सरला ने कहा।

लतिका ने आँख खोलकर देखा—अँधेरा चाँदनी को पिये जाता है! अस्त-व्यस्त नक्षत्र, शवरी रजनी की टूटी हुई काँचमाला के टुकड़े हैं, उनमें लतिका अपने हृदय का प्रतिबिम्ब देखने की चेष्टा करने लगी। सब नक्षत्रों में विकृत प्रतिबिम्ब! वह डर गई! काँपती हुई उसने सरला का हाथ पकड़ लिया।

सरला ने उसे धीरे-धीरे पलँग तक पहुँचाया। वह जाकर पड़ रही। आँखें बन्द किये थी, डर से खोलती न थी। उसने मेष-शावक और शिशु का ध्यान किया। शावक को गोद में लिये शिशु उसका प्यार कर रहा है; परन्तु यह क्या—यह क्या—वह त्रिशूल-सी कौन विभीषिका उसके पीछे खड़ी है! ओह, उसकी छाया मेष-शावक और शिशु दोनों पर पड़ रही है।

लतिका ने अपनी पलकों पर बल दिया, उन्हें दबाया, वह सो जाने की चेष्टा करने लगी। पलकों पर अत्यन्त बल देने से मुँदी आँखों के सामने एक आलोक-चक्र घूमने लगा। आँखें फटने लगीं। ओह चक्र! क्रमशः यह प्रखर उज्ज्वल आलोक नील हो चला, मेघों के जल में वह शीतल नील हो चला, देखने योग्य—सुदर्शन आँखें ठंडी हुईं, नींद आ गई।

समारोह का तीसरा दिन था। आज गोस्वामी जी अधिक गम्भीर थे। आज श्रोता लोग भी अच्छी संख्या में उपस्थित थे। विजय भी घण्टी के साथ ही आया था। हाँ, एक आश्चर्यजनक बात थी—उसके साथ आज सरला और लतिका भी थीं। बुड्ढा पादरी भी आया था।

गोस्वामी जी का व्याख्यान आरम्भ हुआ—

पिछले दिनों में मैंने पुरुषोत्तम की प्रारम्भिक जीवनी सुनाई थी, आज सुनाऊँगा उनका सन्देश। उनका सन्देश था—आत्मा की स्वतन्त्रता का, साम्य का, कर्मयोग का और बुद्धिवाद का। आज हम धर्म के जिस ढाँचे को—शव को—घेर कर रो रहे हैं, वह उनका धर्म नहीं था। धर्म को वे बड़ी दूर की पवित्र या डरने की वस्तु नहीं बतलाते थे। उन्होंने स्वर्ग का लालच छोड़कर रूढ़ियों के धर्म को पाप कहकर घोषणा की। उन्होंने जीवनमुक्त होने का प्रचार किया। निःस्वार्थ भाव से कर्म की महत्ता बताई और उदाहरणों से भी उसे सिद्ध किया। राजा नहीं थे; पर अनायास ही वे महाभारत के सम्राट् हो सकते थे, पर हुए नहीं। सौन्दर्य, बल, विद्या, वैभव, महत्ता, त्याग कोई भी ऐसे पदार्थ नहीं थे, जो उन्हें अप्राप्य रहे हों। वे पूर्णकाम होने पर भी समाज के एक तटस्थ उपकारी रहे। जंगल के कोने में बैठकर उन्होंने धर्म का उपदेश काषाय ओढ़कर नहीं दिया; वे जीवन-युद्ध के सारथी थे। उसकी उपासना-प्रणाली थी—किसी भी प्रकार चिन्ता का अभाव होकर अन्तःकरण का निर्मल हो जाना, विकल्प और संकल्प में शुद्ध-बुद्धि की शरण जानकर कर्त्तव्य निश्चय करना। कर्म-कुशलता उसका योग है। निष्काम कर्म करना शान्ति है। जीवन-मरण में निर्भय रहना, लोक-सेवा करते रहना, उनका सन्देश है। वे आर्य संस्कृति के शुद्ध भारतीय संस्करण हैं। गोपालों के संग वे पले, दीनता की गोद में दुलारे गये। अत्याचारी राजाओं के सिंहासन उलटे—करोड़ों बलोन्मत्त नृशंसों के मरण-यज्ञ में वे हँसने वाले अध्वर्यु थे। इस आर्यावर्त्त को महाभारत बनाने वाले थे—वे धर्मराज के संस्थापक थे। सबकी आत्मा स्वतंत्र हो, इसलिए, समाज की व्यावहारिक बातों को वे शरीर-कर्म कहकर व्याख्या करते थे—क्या यह पथ सरल नहीं, क्या हमारे वर्तमान दुःखों में वह अवलम्बन न होगा? सब प्राणियों से निर्वैर रखने वाला शान्तिपूर्ण शक्ति-संवलित मानवता का ऋजु पथ, क्या हम लोगों के चलने योग्य नहीं है?

समवेत जनमण्डली ने कहा—है, अवश्य है!

हाँ, और उसमें कोई आडम्बर नहीं। उपासना के लिए एकान्त निश्चिन्त अवस्था, और स्वाध्याय के लिए चुने हुए श्रुतियों के सार-भाग का संग्रह, गुणकर्मों से विशेषता और पूर्ण आत्मनिष्ठा, सबकी साधारण समता—इतनी ही तो चाहिए। कार्यालय मत बनाइए, मित्रों के सृदश एक-दूसरे को समझाइए, किसी गुरुडम की आवश्यकता नहीं। आर्य-संस्कृति अपना तामस त्याग, झूठा विराग छोड़कर जागेगी। भूपृष्ठ के भौतिक देहात्मवादी चौंक उठेंगे। यान्त्रिक सभ्यता के पतनकाल में वही मानव जाति का अवलम्बन होगी।

पुरुषोत्तम की जय!—की ध्वनि से वह स्थान गूँज उठा। बहुत से लोग चले गए।

विजय ने हाथ जोड़कर कहा—महाराज! मैं कुछ पूछना चाहता हूँ। मैं इस समाज से उपेक्षिता—अज्ञातकुलशीला घण्टी से ब्याह करना चाहता हूँ, इसमें आपकी क्या अनुमति है?

मेरा तो एक ही आदर्श है। तुम्हें जानना चाहिए कि परस्पर प्रेम का विश्वास कर लेने पर यादवों के विरुद्ध रहते भी सुभद्रा और अर्जुन के परिणय को पुरुषोत्तम ने सहायता दी। यदि तुम दोनों में परस्पर प्रेम है, तो भगवान को साक्षी मानकर तुम परिणय के पवित्र बन्धन में बँध सकते हो।—कृष्णशरण ने कहा।

विजय बड़े उत्साह से घण्टी का हाथ पकड़े देव-विग्रह के सामने आया, और वह कुछ बोलना ही चाहता था कि यमुना आकर खड़ी हो गई। वह कहने लगी—विजय बाबू, यह ब्याह आप केवल अहंकार से करने जा रहे हैं, आपका प्रेम घण्टी पर नहीं है।

बुड्ढा पादरी हँसने लगा। उसने कहा—लौट जाओ, बेटी! विजय, चलो सब लोग चलें।

विजय ने हतबुद्धि के समान एक बार यमुना को देखा। घण्टी गड़ी जा रही थी। विजय का गला पकड़कर जैसे किसी ने धक्का दिया। वह सरला के पास लौट आया। लतिका घबराकर सबसे पहले ही चली। सब ताँगों पर आ बैठे। गोस्वामी के मुख पर स्मित-रेखा झलक उठी।

तृतीय खण्ड

1

श्रीचन्द्र का एक मात्र अन्तरंग सखा धन था, क्योंकि उसके कौटुम्बिक जीवन में कोई आनन्द नहीं रह गया था। वह अपने व्यवसाय को लेकर मस्त रहता। लाखों का हेर-फेर करने में उसे उतना ही सुख मिलता, जितना किसी विलासी को विलास में।

काम से छुट्टी पाने पर थकावट मिटाने के लिए बोतल, प्याला और व्यक्ति विशेष के साथ थोड़े समय तक आमोद-प्रमोद कर लेना ही उसके लिए पर्याप्त था। चन्दा नाम की एक धनवती रमणी कभी-कभी प्रायः उससे मिला करती; परन्तु यह नहीं कहा जा सकता कि श्रीचन्द्र पूर्ण रूप से उसकी ओर आकृष्ट था। यहाँ यह हुआ कि आमोद-प्रमोद की मात्रा बढ़ चली। कपास के काम में सहसा घाटे की सम्भावना हुई। श्रीचन्द्र किसी का आश्रय-अंक खोजने लगा। चन्दा पास ही थी। धन भी था, और बात यह थी कि चन्दा उसे मानती भी थी। उसे आशा भी थी कि पंजाब-विधवा-विवाह-सभा के नियमानुसार वह किसी दिन श्रीचन्द्र की गृहिणी हो जाएगी। चन्दा को अपनी बदनामी के कारण अपनी लड़की के लिए बड़ी चिन्ता थी। वह उसकी सामाजिकता बनाने के लिए भी प्रयत्नशील थी।

परिस्थिति ने दोनों लोहों के बीच चुम्बक का काम किया। श्रीचन्द्र और चन्दा में भेद तो पहले भी न था; पर अब सम्पत्ति पर भी दोनों का साधारण अधिकार हो चला। वह घाटे के धक्के को सम्मिलित धन से रोकने लगी। बाजार रुका, जैसे आँधी थम गई। तगादे-पुरजे की बाढ़ उतर गई।

पानी बरस गया था। धुले हुए अन्तरिक्ष से नक्षत्र अतीत-स्मृति के समान उज्जवल होकर चमक रहे थे। सुगन्धरा की मधुर गन्ध से मस्तक भरे रहने पर भी श्रीचन्द्र अपने बँगले के चौतरे पर से आकाश के तारों को बिन्दु मानकर उनसे काल्पनिक रेखाएँ खींच रहा था। रेखागणित के असंख्य काल्पनिक त्रिभुज उसकी आँखों में बनते और बिगड़ते थे; पर वह आसन्न समस्या हल करने में असमर्थ था। धन की कठोर आवश्यकता ऐसा वृत्त खींचती कि वह उसके बाहर जाने में

असमर्थ था।

चन्दा थाली लिये आई। श्रीचन्द्र उसकी सौन्दर्य-छटा देखकर पलभर के लिए धन-चिन्ता-विस्मृत हो गया। हृदय एक बार नाच उठा। वह उठ बैठा। चन्दा ने सामने बैठकर उसकी भूख जगा दी। ब्यालू करते-करते श्रीचन्द्र ने कहा—चन्दा, तुम मेरे लिए इतना कष्ट करती हो!

चन्द्रा—और तुमको इस कष्ट में चिन्ता क्यों है?

श्रीचन्द्र—यही कि मैं इसका क्या प्रतिकार कर सकूँगा!

चन्द्रा—प्रतिकार मैं स्वयं कर लूँगी। हाँ, पहले यह तो बताओ—अब तुम्हारे ऊपर किता ऋण है?

श्रीचन्द्र—अभी बहुत है।

चन्दा—क्या कहा! अभी बहुत है?

श्रीचन्द्र—हाँ, अमृतसर की सारी स्थावर सम्पत्ति अभी बन्धक है। एक लाख रुपया चाहिए।

एक दीर्घ निःश्वास लेकर श्रीचन्द्र ने थाली टाल दी। हाथ-मुँह धोकर आराम कुर्सी पर जा लेटा। चन्दा पास ही कुर्सी खींचकर बैठ गई। अभी वह पैंतीस से ऊपर की नहीं है। यौवन है। जाने-जाने कर रहा है, पर उसके सुडौल अंग छोड़कर उससे जाते नहीं बनता। भरी-भरी गोरी बाँहें उसने गले में डालकर श्रीचन्द्र का एक चुम्बन लिया। श्रीचन्द्र को ऋण-चिन्ता फिर सताने लगी। चन्दा ने देखा, श्रीचन्द्र के प्रत्येक श्वास में 'रुपया रुपया!' का नाद हो रहा था। वह चौंक उठी। एक बार स्थिर दृष्टि से उसने श्रीचन्द्र के चिन्तित बदन की ओर देखा, और बोली—एक उपाय है, करोगे?

श्रीचन्द्र ने सीधे होकर बैठते हुए पूछा—वह क्या?

विधवा-विवाह-सभा में चलकर हम लोग...—कहते-कहते चन्दा रुक गई; क्योंकि, श्रीचन्द्र मुस्कराने लगा था। उसकी हँसी में एक मार्मिक व्यंग्य था। चन्दा तिलमिला उठी। उसने कहा—तुम्हारा सब प्रेम झूठा था!

श्रीचन्द्र ने पूरे व्यवसायी के ढंग से कहा—बात क्या है, मैंने तो कुछ भी नहीं कहा और तुम लगीं बिगड़ने!

चन्दा—मैं तुम्हारी हँसी का अर्थ समझती हूँ!

श्रीचन्द्र—कदापि नहीं। स्त्रियाँ प्रायः तुनक जाने का कारण सब बातों में निकाल लेती हैं। मैं तुम्हारे भोलेपन पर हँस रहा था। तुम जानती हो कि ब्याह के व्यवसाय में तो मैंने कभी का दिवाला निकाल दिया है, फिर भी वही प्रश्न।

चन्दा ने अपना भाव सँभालते हुए कहा—ये सब तुम्हारी बनावटी बातें हैं। मैं जानती हूँ कि तुम्हारी पहली स्त्री और संसार तुम्हारे लिए नहीं के बराबर है। उसके लिए कोई बाधा नहीं। हम-तुम जब एक हो जाएँगे, तब सब सम्पत्ति तुम्हारी हो जायगी!

श्रीचन्द्र—यह तो यों भी हो सकता है; पर मेरी एक सम्मति है, उसे मानना-न-मानना तुम्हारे अधिकार में है। है बात बड़ी अच्छी।

चन्दा—वह क्या?

श्रीचन्द्र ने एक क्षण में हिसाब बैठा लिया। उनके लिए रुपयों का नया-नया प्रबन्ध सोचना साधारण बात थी। उसने ठहरकर बड़ी गम्भीरता से कहा—लाली के लिए सम्बन्ध खोज लिया है; पर तुम्हारे प्रस्ताव के अनुसार चलने से न हो सकेगा।

चन्दा—क्यों?

श्रीचन्द्र—तुम जानती हो कि विजय मेरे लड़के के नाम से प्रसिद्ध है और काशी में अमृतसर की गन्ध अभी नहीं पहुँची है। मैं यदि तुमसे विधवा-विवाह कर लेता हूँ, तो इस सम्बन्ध में अड़चन भी होगी, और बदनामी भी। क्या तुमको वह जामाता पसन्द नहीं!

चन्दा ने एक बार उल्लास से बड़ी-बड़ी आँखें खोलकर देखा और बोली—यह तो बड़ी अच्छी बात सोची!

श्रीचन्द्र ने कहा—तुमको यह जानकर और प्रसन्नता होगी कि मैंने जो कुछ रुपये किशोरी को भेजे हैं, उनसे उस चालाक स्त्री ने अच्छी जमींदारी बना ली है। और, काशी में अमृतसर वाली कोठी की बड़ी धाक है। वहीं चलकर लाली का ब्याह हो जाएगा। तब, हम लोग यहाँ की सम्पत्ति और व्यसाय से आनन्द लेंगे। किशोरी धन, बेटा, बहू लेकर सन्तुष्ट हो जायगी! क्यों कैसी रही!

चन्दा ने मन में सोचा, इस प्रकार यह काम हो जाने पर, हर तरह की सुविधा रहेगी। समाज के हम लोग विद्रोही भी नहीं रहेंगे और काम भी बन जाएगा। वह प्रसन्नतापूर्वक सहमत हुई।

दूसरे दिन के प्रभात में बड़ी स्फूर्ति थी! श्रीचन्द्र और चन्दा बहुत प्रसन्न हो उठे। बगीचे की हरियाली पर आँखें पड़ते ही मन हलका हो गया।

चन्दा ने कहा—आज चाय पीकर ही जाऊँगी।

श्रीचन्द्र ने कहा—नहीं, तुम्हें अपने बँगले में उजाले से पहले ही पहुँचना चाहिए। मैं तुम्हें बहुत सुरक्षित रखना चाहता हूँ।

चन्दा ने इठलाते हुए कहा—मुझे इस बँगले की बनावट बहुत सुन्दर लगती है, इसकी ऊँची कुरसी और चारों ओर खुला हुआ उपवन बहुत ही सुहावना है!

श्रीचन्द्र ने कहा—चन्दा, तुमको भूल न जाना चाहिए कि संसार में पाप से उतना डर नहीं, जितना जनरव से! इसलिए तुम चलो, मैं ही तुम्हारे बँगले पर आकर चाय पिऊँगा। अब इस बँगले से मुझे प्रेम नहीं रहा, क्योंकि इसका दूसरे के हाथ में जाना निश्चित है।

चन्दा एक बार घूमकर खड़ी हो गई। उसने कहा—ऐसा कदापि नहीं होगा। अभी मेरे पास एक लाख रुपया है। मैं कम सूद पर तुम्हारी सब संपत्ति अपने यहाँ रख लूँगी। बोलो, फिर तो तुमको किसी दूसरे की बात न सुननी होगी?

फिर हँसते हुए उसने कहा—और मेरा तगादा तो इस जन्म में छूटने का नहीं!

श्रीचन्द्र की धड़कन बढ़ गई। उसने बड़ी प्रसन्नता से चन्दा के कई चुम्बन लिये और कहा—मेरी सम्पत्ति ही नहीं, मुझे भी बन्धक रख लो, प्यारी चन्दा! पर अपनी बदनामी बचाओ। लाली भी हम लोगों का रहस्य न जाने तो अच्छा है, क्योंकि हम लोग चाहे जैसे भी हों, पर सन्तानें तो हम लोगों की बुराइयों से अनभिज्ञ रहें। अन्यथा, उनके मन में बुराइयों के प्रति अवहेलना की धारणा बन जाती है। और वे उन अपराधों को फिर अपराध नहीं समझते--जिन्हें वे जानते हैं कि हमारे बड़े लोगों ने भी किया है।

लाली के जगने का तो अब समय हो रहा है। अच्छा, वहीं चाय पीजिएगा और सब प्रबन्ध भी आज ही ठीक हो जाएगा।

गाड़ी प्रस्तुत थी, चन्दा जाकर बैठ गई। श्रीचन्द्र ने एक दीर्घ निःस्वास लेकर अपने हृदय को सब तरह के बोझों से हलका किया।

2

किशोरी और निरंजन काशी लौट आये; परन्तु उन दोनों के हृदय में शान्ति न थी। क्रोध से किशोरी ने विजय का तिरस्कार किया, फिर भी सहज मातृ-स्नेह विद्रोह करने लगा। निरंजन से दिन में एकाध बार इस विषय को लेकर दो-दो चोंवच हो जाना अनिवार्य हो गया। निरंजन ने एक दिन दृढ़ होकर इसका निपटारा कर लेने का विचार कर लिया; वह अपना सामान बँधवाने लगा। किशोरी ने यह ढंग देखा। वह जल-भुन गई। जिसके लिए उसने पुत्र को छोड़ दिया, वह भी आज जाने को प्रस्तुत है! उसने तीव्र स्वर में कहा—क्या अभी जाना चाहते हो?

हाँ, मैंने जब संसार छोड़ दिया है, तब किसी की बात क्यों सहूँ?

क्यों झूठ बोलते हो, तुमने कब कोई वस्तु छोड़ी थी। तुम्हारे त्याग से तो, भोले-भाले, माया में फँसे हुए गृहस्थ, कहीं ऊँचे हैं! अपनी ओर देखो, हृदय पर हाथ रखकर पूछो! निरंजन, मेरे सामने तुम यह कह सकते हो? संसार आज तुमको और मुझको क्या समझता है--कुछ इसका भी समाचार जानते हो?

जानता हूँ, किशोरी! माया के साधारण झटके में एक सच्चे साधु के फँस जाने, ठगे जाने का यह लज्जित प्रसंग अब किसी से छिपा नहीं—इसीलिए मैं जाना चाहता हूँ।

तो रोकता कौन है, जाओ! परन्तु जिसके लिए मैंने सब कुछ खो दिया है, उसे तुम्हीं ने मुझसे छीन लिया—उसे देकर जाओ! जाओ तपस्या करो, तुम फिर महात्मा बन जाओगे! सुना है, पुरुषों के तप करने से घोर-से-घोर कुकर्मों को भी भगवान् क्षमा करके उन्हें दर्शन देते हैं; पर मैं हूँ स्त्री जाति! मेरा यह भाग्य नहीं, मैंने पाप करके जो पाप बटोरा है, उसे ही मेरी गोद में फेंकते जाओ!

किशोरी का दम घुटने लगा। वह अधीर होकर रोने लगी

निरंजन ने आज अपना नग्न रूप देखा और वह इतना वीभत्स था कि उसने अपने हाथों से आँखों को ढँक लिया। कुछ काल के बाद बोला—अच्छा, तो विजय को खोजने जाता हूँ!

गाड़ी पर निरंजन का सामान लद गया और बिना एक शब्द कहे वह स्टेशन चला गया। किशोरी अभिमान और क्रोध से भरी चुपचाप बैठी रहीं। आज वह अपनी ही दृष्टि में तुच्छ जँचने लगी। उसने बड़बड़ाते हुए कहा—स्त्री कुछ नहीं है, केवल पुरुषों की पूँछ है। विलक्षणता यही है कि यह पूँछ कभी-कभी अलग भी रख दी जा सकती है!

अभी उसे सोचने से अवकाश नहीं मिला था कि गाड़ियों के 'खड़बड़' शब्द, और बक्स-बंडलों के पटकने का धमाका नीचे हुआ। वह मन-ही-मन हँसी कि बाबा जी का हृदय इतना बलवान नहीं कि मुझे यों ही छोड़कर चले जाएँ। इस समय स्त्रियों की विजय उसके सामने नाच उठी। वह फूल रही थी, उठी नहीं; परन्तु जब धनियाँ ने आकर कहा—बहू जी, पंजाब से कोई आये हैं, उनके साथ एक लड़की और उनकी स्त्री है—तब वह एक पल-भर के लिए सन्नाटे में आ गई। उसने नीचे झाँककर देखा, तो—श्रीचन्द्र! उसके साथ शलवार, कुरता ओढ़नी से सजी हुई एक रूपवती रमणी चौदह साल की सुन्दरी कन्या का हाथ पकड़े खड़ी थी। नौकर लोग सामान भीतर रख रहे थे। किंकर्त्तव्यविमूढ़ होकर नीचे होकर उतर आई। न जाने कहाँ की लज्जा और दुविधा उसके अंग को घेरकर हँस रही थी।

श्रीचन्द्र ने इस प्रसंग को अधिक बढ़ाने का अवसर न देकर कहा—यह मेरे पड़ोसी, अमृतसर के व्यापारी, लाला...की विधवा हैं; काशीयात्रा के लिए आई हैं।

ओहो मेरे भाग्य!—कहती हुई किशोरी उनका हाथ पकड़कर भीतर ले चली। श्रीचन्द्र एक बड़ी-सी घटना को यों ही सँवरते देखकर मन-ही-मन प्रसन्न हुए। गाड़ी वाले को भाड़ा देकर घर में आये। सब नौकरों में यह बात गुनगुना गई कि मालिक आ गये हैं।

अलग कोठरी में नवागत रमणी का सब प्रबन्ध ठीक किया गया। श्रीचन्द्र ने नीचे की बैठक में अपना आसन जमाया। नहाने-धोने, खाने-पीने और विश्राम में समस्त दिन बीत गया।

किशोरी ने अतिथि-सत्कार में पूरे मनोयोग से भाग लिया। कोई भी देखकर यह नहीं कह सकता था कि किशोरी और श्रीचन्द्र बहुत दिनों बाद मिले हैं; परन्तु अब तक श्रीचन्द्र ने विजय को नहीं पूछा, उसका मन नहीं करता था, या साहस नहीं होता था।

थके यात्रियों ने निद्रा का अवलम्ब लिया।

प्रभात में जब श्रीचन्द्र की आँखें खुलीं, तब उसने देखा, प्रौढ़ा किशोरी के मुख पर पच्चीस बरस पहले का वही सलज्ज लावण्य अपराधी के सदृश छिपना

चाहता है। अतीत की स्मृति ने श्रीचन्द्र के हृदय पर वृश्चिक-दंशन का काम किया। नींद न खुलने का बहाना करके उन्होंने एक बार फिर आँखें बन्द कर लीं। किशोरी मर्माहत हुई; पर आज नियति ने उसे सब ओर से निरवलम्ब करके श्रीचन्द्र के सामने झुकने के लिए बाध्य किया था। वह संकोच और मनोवेदना से गड़ी जा रही थी।

श्रीचन्द्र साहस संकलित करके उठ बैठा। डरते-डरते किशोरी ने उसके पैर पकड़ लिये। एकांत था। वह जी खोलकर रोई; पर श्रीचन्द्र को उस रोने से क्रोध ही हुआ, करुणा की झलक न आई। उसने कहा—किशोरी! रोने की तो कोई आवश्यकता नहीं।

रोई हुई लाल आँखों को श्रीचन्द्र के मुँह पर जमाते हुए किशोरी ने कहा—आवश्यकता तो नहीं; पर जानते हो स्त्रियाँ कितनी दुर्बल हैं—अबला हैं। नहीं तो मेरे ही जैसा अपराध करने वाले पुरुष के पैरों पर पड़कर मुझे न रोना पड़ता!

वह अपराध यदि तुम्हीं से सीखा गया हो, तो मुझे उत्तर देने की व्यवस्था न खोजनी पड़ेगी।

तो हम लोग क्या इतनी दूर हैं कि मिलना असम्भव है?

असम्भव तो नहीं है, नहीं तो मैं आता कैसे?

अब स्त्री-सुलभ ईर्ष्या किशोरी के हृदय में जगी। उसने कहा—आये होंगे किसी को घुमाने-फिराने—सुख-बहार लेने!

किशोरी के इस कथन में व्यंग्य से अधिक उलाहना था। न जाने क्यों श्रीचन्द्र को इस व्यंग्य से सन्तोष हुआ, जैसे ईप्सित वस्तु मिल गई हो। वह हँसकर बोला—इतना तो तुम भी स्वीकार करोगी कि यह कोई अपराध नहीं है।

किशोरी ने देखा, समझौता हो सकता है, अधिक कहा-सुनी करके इसे गुरुतर न बना देना चाहिए। उसने दीनता से कहा—तो अपराध क्षमा नहीं हो सकता?

श्रीचन्द्र ने कहा—किशोरी! अपराध कैसा? अपराध समझता, तो आज इस बातचीत का अवसर ही नहीं आता। हम लोगों का पथ जब अलग-अलग निर्धारित हो चुका है, तब उसमें कोई बाधक न हो, यही नीति अच्छी रहेगी। यात्रा करने तो हम लोग आये ही हैं; पर एक काम भी है।

किशोरी सावधान होकर सुनने लगी। श्रीचन्द्र ने फिर कहना आरंभ किया—

मेरा व्यवसाय नष्ट हो चुका है, अमृतसर की सब सम्पत्ति इसी स्त्री के यहाँ बन्धक है। उसके उद्धार का यही उपाय है कि इसकी सुन्दरी कन्या लाली से विजय का ब्याह करा दिया जाय।

किशोरी ने सगर्व एक बार श्रीचन्द्र की ओर देखा, फिर सहसा कातरभाव से बोली—विजय रूठकर मथुरा चला गया है!

श्रीचन्द्र ने पक्के व्यापारी के समान कहा—कोई चिन्ता नहीं, वह आ जाएगा। तब तक हम लोग यहाँ रहें, तुम्हें कोई कष्ट तो न होगा?

अब अधिक चोट न पहुँचाओ। मैं अपराधिनी हूँ, मैं सन्तान के लिए अन्धी हो रही थी! क्या मैं क्षमा न की जाऊँगी?—किशोरी की आँखों से आँसू गिरने लगे।

अच्छा तो उसे बुलाने के लिए मुझे जाना होगा।

नहीं, उसे बुलाने के लिए आदमी गया है। चलो, हाथ-मुँह धोकर जलपान कर लो।

अपने ही घर में श्रीचन्द्र एक अतिथि की तरह आदर-सत्कार पाने लगा।

3

निरंजन वृन्दावन में विजय की खोज में घूमने लगा। तार देकर अपने हरद्वार के भण्डारी को रुपये लेकर बुलाया और गली-गली खोज की धूम मच गई। मथुरा में द्वारिकाधीश के मन्दिर में कई दिन टोह लगाया। विश्रामघाट पर आरती देखते हुए कितनी सन्ध्याएँ बिताईं, पर विजय का कुछ पता नहीं।

एक दिन वृन्दावन वाली सड़क पर वह भण्डारी के साथ टहल रहा था। अकस्मात् एक ताँगा तेजी से निकल गया। निरंजन को शंका हुई; पर वह जब तक देखे, तब तक तो ताँगा लोप हो गया। हाँ, गुलाबी साड़ी की झलक आँखों में छा गई।

दूसरे दिन वह नाव पर दुर्वासा के दर्शन को गया। वैशाख पूर्णिमा थी। यमुना से हटने का मन नहीं करता था। निरंजन ने नाव वाले से कहा—किसी अच्छी जगह ले चलो। मैं आज रात भर घूमना चाहता हूँ; तुमको भरपूर इनाम दूँगा, चिन्ता न करना, भला!

उन दिनों कृष्णशरण वाली टेकरी प्रसिद्धि प्राप्त कर चुकी थी। मनचले लोग बहुत उधर घूमने जाते थे। माँझी ने देखा कि अभी थोड़ी देर पहले ही एक नाव उधर जा चुकी थी, वह भी उधर खेने लगा। निरंजन को अपने ऊपर क्रोध हो रहा था, सोचने लगा—"आये थे हरिभजन को ओटन लगे कपास!"

पूर्णिमा की पिछली रात थी। रात-भर का जगा हुआ चन्द्रमा झीम रहा था। निरंजन की आँखें भी कम अलसाई थीं; परन्तु आज नींद उचट गई थी। सैंकड़ों कविताओं में वर्णित यमुना का पुलिन, यौवन-काल की स्मृति जगा देने के लिए कम न था। किशोरी की प्रौढ़ प्रणय-लीला और अपनी साधु की स्थिति, निरंजन के सामने दो प्रतिद्वंद्वियों की भाँति लड़कर उसे अभिभूत बना रही थीं। माँझी भी ऊँघ रहा था। उसके डाँडे बहुत धीरे-धीरे पानी में गिर रहे थे। यमुना के जल में निस्तब्ध शान्ति थी। निरंजन एक स्वप्नलोक में विचर रहा था।

चाँदनी फीकी हो चली। अभी तक आगे जाने वाली नाव पर से मधुर संगीत की स्वर-लहरी मादकता में कम्पित हो रही थी। निरंजन ने कहा—माँझी, उधर ही

ले चलो!—नाव की गति तीव्र हुई। थोड़ी ही देर में आगे वाली नाव के पास ही से निरंजन की नाव बढ़ी। उसमें एक रात्रि-जागरण से क्लान्त युवती गा रही थी और बीच-बीच में पास ही बैठा हुआ युवक वंशी बजाकर साथ देता, तब वह जैसे ऊँघती हुई प्रकृति-जागरण के आनन्द से पुलकित हो जाती। सहसा संगीत की गति रुकी। युवक ने उच्छ्वास लेकर कहा—घण्टी! जो कहते हैं अविवाहित जीवन पाशव है, उच्छृंखल है, वे भ्रान्त हैं। हृदय का सम्मिलन ही तो ब्याह है। मैं सर्वस्व तुम्हें अर्पण करता हूँ और तुम मुझे; इसमें किसी मध्यस्थ की आवश्यकता क्यों—मंत्रों का महत्व कितना! झगड़े की, विनिमय की, यदि संभावना रही तो समर्पण ही कैसा! मैं स्वतन्त्र प्रेम की सत्ता स्वीकार करता हूँ, समाज न करे तो क्या!

निरंजन ने धीरे से अपने माँझी से नाव दूर ले चलने के लिए कहा। इतने में फिर युवक ने कहा—तुम भी इसे मानती होगी? जिसके सब कहते हुए छिपाते हैं, जिसे अपराध कहकर कान पकड़कर स्वीकार करते हैं, वही तो—जीवन का, यौवन काल का ठोस सत्य है। सामाजिक बन्धनों से जकड़ी हुई आर्थिक कठिनाइयाँ, हम लोगों के भ्रम से धर्म का चेहरा लगाकर अपना भयानक रूप दिखाती हैं! क्यों, क्या तुम इसे नहीं मानतीं? मानती हो अवश्य, तुम्हारे व्यवहार से यह बात स्पष्ट है। फिर भी संस्कार और रूढ़ि की राक्षसी प्रतिमा के सामने आज समाज क्यों अल्हड़ रक्तों की बलि चढ़ाया करता है!

घण्टी चुप थी। वह नशे में झूम रही थी। जागरण का भी कम प्रभाव न था। युवक फिर कहने लगा—देखो, मैं समाज के शासन में आना चाहता था; परन्तु आह! मैं भूल करता हूँ।

तुम झूठ बोलते हो, विजय! समाज तुमको आज्ञा दे चुका था; परन्तु तुमने उसकी आज्ञा ठुकराकर यमुना का शासनादेश स्वीकार किया। इसमें समाज का क्या दोष है। मैं उस दिन की घटना नहीं भूल सकती, वह तुम्हारा दोष है। तुम कहोगे कि फिर मैं सब जानकर भी तुम्हारे साथ क्यों घूमती हूँ; इसलिए कि मैं इसे कुछ महत्व नहीं देती। हिन्दू स्त्रियों का समाज ही कैसा है, उसमें कुछ अधिकार हो तब तो उसके लिए कुछ सोचना-विचारना चाहिए। ओर, जहाँ अन्ध-अनुसरण करने का आदेश है, वहाँ प्राकृतिक, स्त्री-जनोचित प्यार कर लेने का जो हमारा नैसर्गिक अधिकार है—जैसा कि घटनावश प्रायः किया करती हैं—उसे क्यों छोड़ दूँ! यह कैसे हो, क्या हो, और क्यों हो—इसका विचार पुरुष करते हैं। वे करें, उन्हें विश्वास बनाना है, कौड़ी-पाई लेना रहता है और स्त्रियों को भरना पड़ता है। तब, इधर-उधर देखने से क्या! 'भरना है'—यही सत्य है, उसे दिखावे के आदर से ब्याह करके भरा लो या व्यभिचार कहकर तिरस्कार से। अधमर्ण की सान्त्वना के लिए यह उत्तमर्ण का शाब्दिक, मौखिक प्रलोभन या तिरस्कार है। समझे? घण्टी ने कहा।

विजय का नशा उखड़ गया। उसने समझा कि मैं मिथ्या ज्ञान को अभी तक समझता हुआ अपने मन को धोखा दे रहा हूँ। यह हँसमुख घण्टी संसार के सब

प्रश्नों को सहन किये बैठी है। प्रश्नों को गम्भीरता से विचारने का मैं जितना ढोंग करता हूँ, उतना ही उपलब्ध सत्य से दूर होता जा रहा हूँ—वह चुपचाप सोचने लगा।

घण्टी फिर कहने लगी—समझे, विजय! मैं तुम्हें प्यार करती हूँ। तुम ब्याह करके यदि उसका प्रतिदान करना चाहते हो, तो भी मुझे कोई चिन्ता नहीं। यह विचार तो मुझे कभी सताता ही नहीं। मुझे जो करना है, वह करती हूँ, करूँगी भी। घूमोगे, घूमूँगी, पिलाओगे पिऊँगी, दुलार करोगे हँस लूँगी, ठुकराओगे रो दूँगी। स्त्री को इन सभी वस्तुओं की आवश्यकता है। मैं इन सबों को समभाव से ग्रहण करती हूँ और करूँगी।

विजय का सिर घूमने लगा। वह चाहता था कि घण्टी अपनी वक्तृता जहाँ तक सम्भव हो शीघ्र बन्द कर दे। उसने कहा—अब तो प्रभात होने में विलम्ब नहीं चलो कहीं किनारे उतरें और हाथ-मुँह धो लें।

घण्टी चुप रही। नाव तट की ओर चली। इसके पहले ही एक दूसरी नाव भी तीर पर लग चुकी थी; परन्तु वह निरंजन की थी। निरंजन दूर था, उसने देखा—विजय ही तो है! अच्छा दूर-दूर रहकर इसे देखना चाहिए, अभी शीघ्रता से काम बिगड़ जाएगा।

विजय और घण्टी नाव से उतरे। प्रकाश हो चला था। रात की उदासी-भरी विदाई ओस के आँसू बहाने लगी। कृष्णशरण की टेकरी के पास ही वह उतारे का घाट था। वहाँ केवल एक स्त्री प्रातःस्नान के लिए अभी आई थी। घण्टी वृक्षों की झुरमुट में गई थी उसके चिल्लाने का शब्द सुन पड़ा। विजय उधर दौड़ा; परन्तु घण्टी भागती हुई उधर ही आती दिखाई पड़ी। अब उजाला हो चला था। विजय ने देखा कि वही ताँगे वाला नवाब उसे पकड़ना चाहता है। विजय ने डाँटकर कहा—खड़ा रह दुष्ट! नवाब अपने दूसरे साथी के भरोसे विजय पर टूट पड़ा। दोनों से गुत्थमगुत्था हो गया। विजय के दोनों पैर उठाकर वह पटकना चाहता था और विजय ने दाहिने बगल में उसका गला दबा लिया था, दोनों ओर से पूर्ण बलप्रयोग हो रहा था कि विजय का पैर उठ जाए कि विजय ने, नवाब के गला दबाने वाले दाहिने हाथ को अपने बाँए हाथ से और भी दृढ़ता से खींचा। नवाब का दम घुट रहा था, फिर भी उसने जाँघ में काट खाया; परन्तु पूर्ण क्रोधावेश में विजय को उसकी वेदना न हुई, वह हाथ की परिधि को नवाब के कण्ठ के लिए यथासम्भव संकीर्ण कर रहा था। दूसरे ही क्षण में नवाब अचेत होकर गिर पड़ा। विजय अत्यन्त उत्तेजित था। सहसा किसी ने उसके कन्धे पर छुरी मारी; पर वह ओछी लगी। चोट खाकर विजय का मस्तक और भी भड़क उठा, उसने पास ही पड़ा हुआ पत्थर उठाकर नवाब का सिर कुचल दिया। घण्टी चिल्लाती हुई नाव पर भागना चाहती थी कि किसी ने उससे धीरे-से कहा—खून हो गया है, तुम यहाँ से हट चलो!

कहने वाला बाथम था। उसके साथ भय-विह्वल घण्टी नाव पर चढ़ गई। डाँडे गिरा दिये गये।

इधर नवाब का सिर कुचलकर जब विजय ने देखा, तब वहाँ घण्टी न थी, परन्तु एक दूसरी स्त्री खड़ी थी। उसने विजय का हाथ पकड़ कर कहा—ठहरो विजय बाबू! क्षण-भर में विजय का उन्माद ठण्डा हो गया। वह एक बार सिर पकड़कर अपनी भयानक परिस्थिति से अवगत हो गया।

निरंजन दूर से यह काण्ड देख रहा था। अब अलग रहना उचित न समझकर वह भी पास गया। उसने कहा—विजय, अब क्या होगा?

कुछ नहीं, फाँसी होगी और क्या!—निर्भीक भाव से विजय ने कहा।

आप इन्हें अपनी नाव दे दें और ये जहाँ तक जा सकें, निकल जायँ। इनका यहाँ ठहरना ठीक नहीं—स्त्री ने निरंजन से कहा।

नहीं, यमुना! तुम अब इस जीवन को बचाने की चिन्ता न करो, मैं इतना कायर नहीं हूँ।—विजय ने कहा।

परन्तु तुम्हारी माता क्या कहेगी, विजय! मेरी बात मानो, तुम इस समय तो हट ही जाओ, फिर देखा जाएगा। मैं भी कह रहा हूँ, यमुना की भी यही सम्मति है। एक क्षण में मृत्यु की विभीषिका नाचने लगी। लड़कपन न करो, भागो।—निरंजन ने कहा।

विजय को सोचते-विचारते और विलम्ब करते देखकर यमुना ने बिगड़कर कहा—विजय बाबू! प्रत्येक अवसर पर लड़कपन अच्छा नहीं लगता। मैं कहती हूँ, आप अभी-अभी चले जाएँ। आह! आप सुनते नहीं?

विजय ने सुना—'अच्छा नहीं लगता!' ऊँह, यह तो बुरी बात है। हाँ ठीक, तो देखा जाएगा। जीवन सहज में दे देने की वस्तु नहीं। और तिस पर भी यमुना कहती है—ठीक उसी तरह जैसे पहले दो खिल्ली पान और खा लेने के लिए, उसने कई बार डाँटने के स्वर में अनुरोध किया था! तो फिर!...

विजय भयभीत हुआ। मृत्यु जब तक कल्पना की वस्तु रहती है, तब तक चाहे उसका जितना प्रत्याख्यान कर लिया जाय; परन्तु यदि वह सामने हो?

विजय ने देखा, यमुना ही नहीं निरंजन भी है, क्या चिन्ता यदि मैं हट जाऊँ! वह मान गया, निरंजन की नाव पर जा बैठा। निरंजन ने रुपयों की थैली नाव वाले को दे दी। नाव तेजी से चल पड़ी।

भण्डारी और निरंजन ने आपस में कुछ मंत्रणा की, और वे—खून हुआ है, अरे बाप रे!—कहते हुए एक ओर चल पड़े। स्नान करने वालों का समय हो चला था। कुछ लोग आ भी चले थे। निरंजन और भण्डारी का पता नहीं। यमुना चुपचाप वहीं बैठी रही। वह अपने पिता भण्डारी जी की बात सोच रही थी। पिता कहकर पुकारने की उसकी इच्छा को किसी ने कुचल दिया। कुछ समय बीतने पर पुलिस ने आकर यमुना से पूछना आरंभ किया—तुम्हारा नाम क्या है?

यमुना।

यह कैसे मरा?

इसने एक स्त्री पर अत्याचार करना चाहा था।

फिर?

फिर यह मारा गया।

किसने मारा?

जिसका इसने अपराध किया।

तो क्या वह स्त्री तुम्हीं तो नहीं हो?

यमुना चुप रही।

सब-इन्सपेक्टर ने कहा—यह स्वीकार करती है। इसे हिरासत में ले लो।

यमुना कुछ न बोली। तमाशा देखने वालों का थोड़े समय के लिए मन-बहलाव हो गया।

कृष्णशरण की टेकरी में हलचल थी। यमुना के सम्बन्ध में अनेक प्रकार की चर्चा हो रही थी। निरंजन और भण्डारी भी एक ओर मौलसिरी के नीचे चुपचाप बैठे थे। भण्डारी ने अधिक गंभीरता से कहा—

पर इस यमुना को मैं पहचान रहा हूँ!

क्या?

नहीं-नहीं, यह ठीक है—तारा ही है?

मैंने इसे कितनी बार काशी में किशोरी के यहाँ देखा है और मैं कह सकता हूँ कि यह उसकी दासी यमुना है; तुम्हारी तारा कदापि नहीं।

परन्तु आप उसको कैसे पहचानते! तारा मेरे घर उत्पन्न हुई, पली और बढ़ी। कभी उसका और आपका सामना तो हुआ नहीं, आपकी आज्ञा भी ऐसी ही थी। ग्रहण में वह भूलकर लखनऊ गई। वहाँ एक स्वयंसेवक उसे हरद्वार ले जा रहा था, मुझसे राह में भेंट हुई, मैं रेल से उतर पड़ा। मैं उसे न पहचानूँगा।

तो तुम्हारा कहना ठीक हो सकता है—कहकर निरंजन ने सिर नीचा कर लिया।

मैंने इसका स्वर, मुख, अवयव पहचान लिया, यह रामा की कन्या है!—भण्डारी ने भारी स्वर से कहा।

निरंजन चुप था। वह विचार में पड़ गया। थोड़ी देर में बड़बड़ाते हुए उसने सिर उठाया—दोनों को बचाना होगा, दोनों ही—हे भगवान्?

इतने में गोस्वामी कृष्णशरण का शब्द उसे सुनाई पड़ा—आप लोग चाहे जो समझें; पर मैं इस पर विश्वास नहीं कर सकता कि यमुना हत्या कर सकती है! वह संसार में सताई हुई एक पवित्र आत्मा है, वह निर्दोष है! आप लोग देखेंगे कि उसे फाँसी न होगी।

आवेश से निरंजन उसके पास जाकर बोला—मैं उसकी पैरवी का सब व्यय दूँगा। यह लीजिए एक हजार के नोट हैं, घटने पर और भी दूँगा। अच्छे-अच्छे वकील

कर लिये जाएँ।

उपस्थित लोगों ने एक अपरिचित की इस उदारता पर धन्यवाद दिया। गोस्वामी कृष्णशरण हँस पड़े। उन्होंने कहा—मंगलदेव को बुलाना होगा, वही सब प्रबन्ध करेगा।

निरंजन उसी आश्रम का अतिथि हो गया और उसी जगह रहने लगा। गोस्वामी कृष्णशरण का उसके हृदय पर प्रभाव पड़ा। नित्य सत्संग होने लगा, प्रतिदिन एक-दूसरे के अधिकाधिक समीप होने लगे।

मौलसिरी के नीचे शिलाखण्ड पर गोस्वामी कृष्णशरण और देवनिरंजन बैठे हुए बातें कर रहे थे। निरंजन ने कहा—

महात्मन्! आज मैं तृप्त हुआ, मेरी जिज्ञासा ने अपना अनन्य आश्रय खोज लिया। श्रीकृष्ण के इस कल्याण-मार्ग पर मेरा पूर्ण विश्वास हुआ।

आज तक जिस रूप में मैं उन्हें देखता था, वह एकांगी था; किन्तु इस प्रेम-पथ का सुधार करना चाहिए। इसके लिए प्रयत्न करने की आज्ञा दीजिए।

प्रयत्न! निरंजन तुम भूल गये। भगवान् की महिमा स्वयं प्रचारित होगी। मैं तो, जो सुनना चाहता है उसे सुनाऊँगा। इससे अधिक कुछ करने का मेरा साहस नहीं।

किन्तु मेरी एक प्रार्थना है। संसार बधिर है, उसको चिल्लाकर सुनाना होगा; इसलिए भारतवर्ष में हुए उस प्राचीन महापर्व को लक्ष्य में रखकर भारत-संघ नाम से एक प्रचार-संस्था बना दी जाय!

संस्थाएँ विकृत हो जाती हैं। व्यक्तियों के स्वार्थ उसे कलुषित कर देते हैं। देवनिरंजन! तुम नहीं देखते कि भारत-भर में साधु-संस्थाओं की क्या...

निरंजन ने क्षण-भर में अपनी जीवनी पढ़ने का उद्योग किया। फिर खीझ कर उसने कहा—महात्मन्। फिर आपने इतने अनाथ स्त्री, बालक और वृद्धों का परिवार क्यों बना लिया है?

निरंजन की ओर देखते हुए क्षण-भर चुप रहकर गोस्वामी कृष्णशरण ने कहा—

अपनी असावधानी तो मैं इसे न कहूँगा, निरंजन! एक दिन मंगलदेव की प्रार्थना से अपने विचारों को उद्घोषित करने के लिए मैंने इस कल्याण की व्यवस्था की थी। उस दिन से मेरी टेकरी में भीड़ होने लगी। जिन्हें आवश्यकता है, दुःख है, अभाव है, वे मेरे पास आने लगे। मैंने किसी को बुलाया नहीं। अब किसी को हटा भी नहीं सकता।

तब आप यह नहीं मानते कि संसार में मानसिक दुःख से पीड़ित प्राणियों को इस संदेश से परिचित करने की आवश्यकता है?

है, किन्तु मैं आडम्बर नहीं चाहता। व्यक्तिगत श्रद्धा से जितना जो कर सके, उतना ही पर्याप्त है।

किन्तु अब यह एक परिवार बन गया है, इसकी कोई निश्चित व्यवस्था करनी ही होगी।

मैं इस झंझट से दूर रहना चाहता हूँ। मंगल को आने दो।

निरंजन ने यहाँ का सब समाचार लिखते हुए किशोरी को यह भी लिखा था—अपने और उसके पाप-चिह्न विजय का जीवन नहीं के बराबर है। हम दोनों को सन्तोष करना चाहिए और मेरी भी इच्छा है कि अब भगवद्भजन करूँ। मैं भारत-संघ के संघटन में लगा हूँ। विजय को खोजकर उसे और भी संकट में डालना होगा। तुम्हारे लिए भी सन्तोष को छोड़कर दूसरा कोई उपाय नहीं।

पत्र पाकर किशोरी खूब रोई।

श्रीचन्द्र अपनी सारी कल्पनाओं पर पानी फिरते देखकर किशोरी की ही चापलूसी करने लगा। उसकी वह पंजाब वाली चन्दा अपनी लड़की को लेकर चली गई, क्योंकि ब्याह होना असम्भव था।

बीतने वाला दिन बातों को भुला देता है।

एक दिन किशोरी ने कहा—

जो कुछ है, हम लोगों के लिए बहुत अधिक है, हाय-हाय कर के क्या होगा।

मैं भी अब व्यवसाय करने पंजाब न जाऊँगा। किशोरी! हम दोनों यदि सरलता से निभा सकें, तो भविष्य जीवन हम लोगों का सुखमय होगा, इसमें कोई संदेह नहीं।

किशोरी ने हँसकर सिर हिला दिया।

संसार अपने-अपने सुख की कल्पना पर खड़ा है—यह भीषण संसार अपनी स्वप्न की मधुरिमा से स्वर्ग है। आज किशोरी को विजय की अपेक्षा नहीं, निरंजन की भी नहीं। और, श्रीचन्द्र को रुपयों के व्यवसाय और चन्दा की नहीं। दोनों ने देखा, इन सबके बिना हमारा काम चल सकता है, सुख मिल सकता है। फिर झंझट करके क्या होगा। दोनों का पुनर्मिलन प्रौढ़ आशाओं से पूर्ण था। श्रीचन्द्र ने गृहस्थी सँभाली। सब प्रबन्ध ठीक करके दोनों विदेश घूमने के लिए निकल पड़े। ठाकुर जी की सेवा का भार एक मूर्ख के ऊपर था, जिसे केवल दो रुपये मिलते थे—वे भी महीने भर में। आहा! स्वार्थ कितना सुन्दर है!

4

तब आपने क्या निश्चय किया?—सरला तीव्र स्वर से बोली।

घण्टी को उस हत्याकाण्ड से बचा लेना भी अपराध है, ऐसा मैंने कभी सोचा भी नहीं।—बाथम ने कहा।

बाथम! तुम जितने भीतर से क्रूर और निष्ठुर हो, यदि ऊपर से भी वही व्यवहार रखते, तो तुम्हारी मनुष्यता का कल्याण होता! तुम अपनी दुर्बलता को परोपकार के पर्दे में क्यों छिपाना चाहते हो! नृशंस! यदि मुझमें विश्वास की तनिक भी मात्रा न होती, तो मैं अधिक सुखी रहती—कहती हुई लतिका हाँफने लगी। सब चुप थे।

कुबड़ी खटखटाते हुए पादरी जॉन ने उस शान्ति को भंग किया और आते ही बोला—मैं समझ चुका हूँ, जब दोनों एक-दूसरे पर अविश्वास करते हों, तब उन्हें अलग हो जाना चाहिए। दबा हुआ विद्वेष छाती के भीतर सर्प के समान फुफकारा करता है; कब अपने ही को वह घायल करेगा, कोई नहीं कह सकता। मेरी बच्ची लतिका! मारगरेट!

हाँ पिता! आप ठीक कहते हैं और अब बाथम को भी इसे स्वीकार कर लेने में कोई विरोध न होना चाहिए।—मारगरेट ने कहा।

मुझे सब स्वीकार है। अब अधिक सफ़ाई देना मैं अपमान समझता हूँ....। बाथम ने रूखेपन से कहा।

ठीक है, बाथम! तुम्हें सफाई देने, अपने को निरपराध सिद्ध करने की क्या आवश्यकता है। पुरुष को, स्वतन्त्र पुरुष को, इन साधारण बातों से घबराने की सम्भावना नहीं, पाखण्ड!—गरजती हुई सरला ने कहा। फिर लतिका से बोली—चलो बेटी! पादरी सब कुछ कर लेगा, सम्बन्ध-विच्छेद और नया सम्बन्ध जोड़ने में वह पटु है।

लतिका और सरला उठकर चली गईं। घण्टी काठ की पुतली-सी बैठी चुपचाप वह अभिनय देख रही थी। पादरी ने उसके सिर पर दुलार से हाथ फेरते हुए कहा—चलो बेटी! मसीह-जननी की छाया में; तुमने समझ लिया होगा कि उसके बिना तुम्हें शान्ति न मिलेगी।

बिना एक शब्द कहे पादरी के साथ बाथम और घण्टी दोनों उठकर चले। जाते हुए बाथम ने एक बार उस बँगले को निराश दृष्टि से देखा। धीरे-धीरे तीनों चले गए।

आरामकुर्सी पर पड़ी हुई लतिका ने एक दिन जिज्ञासा-भरी दृष्टि से सरला की ओर देखा, तो वह निर्भीक रमणी अपनी दृढ़ता में महिमापूर्ण थी। लतिका का धैर्य लौट आया। उसने कहा—अब?

कुछ चिन्ता नहीं बेटी, मैं हूँ! सब वस्तु बेचकर बैंक में रुपये जमा कर दो, चुपचाप भगवान् के भरोसे रूखी-सूखी खाकर दिन बीत जाएगा।—सरला ने कहा।

मैं एक बार उस वृन्दावन वाले गोस्वामी के पास चलना चाहती हूँ, तुम्हारी क्या सम्मति है?—लतिका ने पूछा।

पहले यह प्रबन्ध कर लेना होगा, फिर वहाँ भी चलूँगी। चाय पिओगी? आज

दिन-भर तुमने कुछ नहीं खाया, मैं ले आऊँ—बोलो? हम लोगों को जीवन के नवीन अध्याय के लिए प्रस्तुत होना चाहिए। लतिका! 'सदैव प्रस्तुत रहो' का महामन्त्र मेरे जीवन का रहस्य है—दुःख के लिए, सुख के लिए, जीवन के लिए और मरण के लिए! उसमें शिथिलता न आनी चाहिए! विपत्तियाँ वायु की तरह निकल जाती हैं; सुख के दिन प्रकाश के सदृश पश्चिमी समुद्र में भागते रहते हैं। समय काटना होगा, बिताना होगा, और यह ध्रुव-सत्य है कि दोनों का अन्त है।

लतिका के मुख पर स्फूर्ति की रेखा फूट उठी।

कई महीने बीत गए। लतिका और बाथम का सम्बन्ध-विच्छेद हो गया था। बाथम अब पादरी के बँगले में रहता था, और घण्टी भी वहीं रहती। बाथम किसी काम में लग जाने के लिए जी-तोड़ परिश्रम कर रहा था। वह अपनी जीविका स्थिर करने के लिए प्रयत्नशील था। और, पादरी घण्टी को बपतिस्मा देकर जीवन का कर्त्तव्य पूरा कर लेने की प्रसन्नता से कुछ सीधा हो गया, अब वह उतना झुककर नहीं चलता।

परन्तु घण्टी!—आज अँधेरा हो जाने पर भी, गिरजा के समीप वाले नाले के पुल पर बैठी, अपनी उधेड़-बुन में लगी है। अपने हिसाब-किताब में लगी है—

मैं भीख माँगकर खाती थी, तब मेरा कोई अपना नहीं था। लोग दिल्लगी करते और मैं हँसती, हँसाकर हँसती। पहले तो पैसे के लिए, फिर, फिर चसका लग गया—हँसने का आनन्द मिल गया। मुझे विश्वास हो गया कि इस विचित्र भूतल पर हम लोग केवल हँसी की लहरों में हिलने-डोलने के लिए आ रहे हैं। आह! मैं दरिद्र थी, पर मैं उन रोनी सूरत वाले गम्भीर विद्वान या रुपयों के बोरों पर बैठे हुए भनभनाने वाले मच्छरों को देखकर घृणा करती, या उनका अस्तित्व ही न स्वीकार करती, जो जी खोलकर हँसते न थे! मैं वृन्दावन की गली की एक हँसोड़ पागल थी; पर उस हँसी ने रंग पलट दिया; वही हँसी अपना कुछ और उद्देश्य रखने लगी। फिर विजय; धीर-धीरे जैसे सावन की हरियाली पर प्रभात का बादल बनकर छा गया—मैं नाचने लगी मयरू-सी! और, वह यौवन का मेघ बरसने लगा। भीतर-बाहर रंग से छक गया। मेरा अपना कुछ न रहा। मेरा आहार, विचार, वेश और भूषा सब बदला, और खूब बदला। वह बरसात के बादलों की रंगीन सन्ध्या थी; परन्तु यमुना पर विजय पाना साधारण काम न था। असम्भव था। मैंने संचित शक्ति से विजय को छाती से दबा लिया था और यमुना... वह तो स्वयं राह छोड़कर हट गई थी। पर मैं बनकर भी न बन सकी—नियति चारों ओर से दबा रही थी। और मैंने अपना कुछ न रखा था; जो कुछ था, सब दूसरी धातु का था; मेरे उपादान में कुछ ठोस न था। लो—मैं चली; बाथम...उस पर भी लतिका रोती होगी—यमुना सिसकती होगी... दोनों मुझे गाली देती होंगी; अरे-अरे; मैं हँसने वाली सबको रुलाने

लगी! मैं उसी दिन धर्म से च्युत हो गई—मर गई, घण्टी मर गई!... पर, यह कौन सोच रही है! हाँ, वह मरघट की ज्वाला धधक रही है—ओ, ओ मेरा शव! वह देखो—विजय लकड़ी के कुन्दे पर बैठा हुआ रो रहा है और बाथम हँस रहा है। हाय! मेरा शव कुछ नहीं करता है—न रोता है, न हँसता है, तो मैं क्या हूँ! जीवित हूँ। चारों ओर ये कौन नाच रहे हैं, ओह! सिर में कौन धक्के मार रहा है! मैं भी नाचूँ—ये चुड़ैलें हैं और मैं भी! तो चलूँ वहाँ, आलोक है।

घण्टी अपना नया रेशमी साया नोचती हुई दौड़ पड़ी। अन्धकार में चल पड़ी। बाथम उस समय क्लब में था। मजिस्ट्रेट की सिफारिशी चिट्ठी की उसे अत्यन्त आवश्यकता थी। पादरी जॉन सोच रहा था—अपनी समाधि पर पत्थर कहाँ से मँगाऊँ, उस पर क्रॉस कैसा हो!

उधर घण्टी—पागल घण्टी—अँधेरे में भाग रही थी।

5

फतेहपुर सीकरी में अछनेरा जाने वाली सड़क के सूने अँचल में एक छोटा-सा जंगल है। हरियाली दूर तक फैली है। यहाँ खारी नदी एक छोटी-सी पहाड़ी से टकराती हुई बहती है। यह पहाड़ी सिलसिला अछनेरा और सिंघापुर के बीच में है। जनसाधारण उस सूने कानन में नहीं जाते। कहीं-कहीं बरसाती पानी बहने के सूखे नाले अपना जर्जर कलेवर फैलाए पड़े हैं। बीच-बीच में ऊपर के टुकड़े निर्जल नालों से सहानुभूति करते हुए दिखाई दे जाते हैं। केवल ऊँची-ऊँची टेकरियों से उसकी बस्ती बसी है। वृक्षों के एक घने झुरमुट में लता-गुल्मों से ढँकी एक सुन्दर झोंपड़ी है। उसमें कई विभाग हैं। बड़े-बड़े वृक्षों के नीचे पशुओं के झुण्ड बँधे हैं; उनमें गाय, भैंस और घोड़े भी हैं। तीन-चार भयावने कुत्ते अपनी सजग आँखों से दूर-दूर बैठे पहरा दे रहे हैं। एक पूरा पशु-परिवार लिए गाला उस जंगल में सुखी और निर्भर रहती है। बदन गूजर, उस प्रान्त के भयानक मनुष्यों का मुखिया गाला का सत्तर बरस का बूढ़ा पिता है। वह अब भी अपने साथियों के साथ चढ़ाई पर जाता है। गाला की वयस यद्यपि बीस के ऊपर है, फिर भी कौमार्य के प्रभाव से वह किशोरी ही जान पड़ती है।

गाला अपने पक्षियों के चारे-पानी का प्रबन्ध कर रही थी। देखा तो एक बुलबुल उस टूटे हुए पिंजड़े से निकल भागना चाहता है। अभी कल ही गाला ने उसे पकड़ा था। वह पशु-पक्षियों को पकड़ने और पालने में बड़ी चतुर थी। उसका यही खेल था। बदन गूजर जब बटेसर के मेले में सौदागर बनकर जाता, तब इसी गाला की देख-रेख में पले हुए जानवर उसे मुँहमाँगा दाम दे जाते। गाला अपने टूटे हुए पिंजड़े को तारों के टुकड़े और मोटे सूत से बाँध रही थी। सहसा एक बलिष्ठ युवक ने मुस्कराते हुए कहा—कितनों को पकड़कर सदैव के लिए बन्धन

में जकड़ती रहोगी, गाला!

हम लोगों की पराधीनता से बड़ी मित्रता है नये! इसमें बड़ा सुख मिलता है। वही सुख औरों को भी देना चाहती हूँ—किसी से पिता, किसी से भाई, ऐसा ही कोई सम्बन्ध जोड़कर उन्हें उलझाना चाहती हूँ! पुरुष इस जंगली बुलबुल से भी अधिक स्वतन्त्रता प्रेमी हैं। वे सदैव छुटकारे का अवसर खोज लिया करते हैं। देखा न, बाबा जब होता है, चले जाते हैं। कब तक आवेंगे तुम जानते हो?

नहीं, भला मैं क्या जानूँ! पर, तुम्हारे भाई को मैंने कभी नहीं देखा।

इसी से तो कहती हूँ नये! मैं जिसको पकड़कर रखना चाहती हूँ, वे ही लोग तो भागते हैं। जाने कहाँ संसार-भर का काम उन्हीं के सिर पर आ पड़ा है! मेरा भाई?—आह, कितनी चौड़ी छाती वाला युवक था! अकेले चार-चार घोड़ों को बीसों कोस सवारी में ले जाता। आठ-दस सिपाही कुछ न कर सकते। वह शेर-सा उनमें से तड़पकर निकल जाता। उसके सिखाए घोड़े सीढ़ियों पर चढ़ जाते। घोड़े उससे बातें करते, वह उनके मरम को जानता था।

तो क्या अब नहीं है?

नहीं है। मैं रोकती थी, बाबा ने न माना। एक लड़ाई में वह मारा गया! अकेले बीस सिपाहियों को उसने उलझा लिया, और सब निकल आए।

तो क्या मुझे आश्रय देने वाले डाकू हैं?

तुम देखते नहीं, मैं जानवरों को पालती हूँ, और मेरे बाबा उन्हें मेले में ले जाकर बेचते हैं!—गाला का स्वर तीव्र और सन्देहजनक था।

और तुम्हारी माँ?

ओह! वह बड़ी लम्बी कहानी है, उसे न पूछो!—कहकर गाला उठ गई। एक बार अपने कुरते के अंचल से उसने आँख पोंछी, और एक श्यामा गौ के पास जा पहुँची। गौ ने सिर झुका दिया, गाला उसका सिर खुजलाने लगी। फिर उसके मुँह-से-मुँह सटाकर दुलार किया। उसके बछड़े का गला चूमने लगी। उसे भी छोड़कर एक साल-भर के बछड़े को जा पकड़ा। उसके बड़े-बड़े अयालों को अपनी उँगलियों से सुलझाने लगी। एक बार वह फिर अपने पशु-मित्रों में प्रसन्न हो गई। युवक चुपचाप एक वृक्ष की जड़ पर जा बैठा। आधा घण्टा न बीता होगा कि टापों के शब्द सुनकर गाला मुस्कराने लगी। उत्कण्ठा से उसका मुख प्रसन्न हो गया।

अश्वारोही आ पहुँचे। उनमें सबसे आगे उमर में सत्तर बरस का वृद्ध, परन्तु दृढ़ पुरुष था। क्रूरता उसकी घनी दाढ़ी और मूँछों के तिरछेपन से टपक रही थी। गाला ने उसके पास पहुँचकर घोड़े से उतरने में सहायता दी। वह भीषण बुड्ढा अपनी युवती कन्या को देखकर पुलकित हो गया। क्षण भर के लिए न जाने कहाँ छिपी हुई मानवीय कोमलता उसके मुँह पर उमड़ आई! उसने पूछा—सब ठीक है न, गाला!

हाँ, बाबा!

बुड्ढे ने पुकारा—नये!

युवक समीप आ गया। बुड्ढे ने एक बार नीचे से ऊपर तक उसे देखा। युवक के ऊपर सन्देह का कोई कारण न मिला। उसने कहा—सब घोड़ों को मलवाकर चारे-पानी का प्रबन्ध कर दो।

बुड्ढे के तीन साथी और उस युवक ने मिलकर घोड़ों को मलना आरम्भ किया। बुड्ढा एक छोटी-सी मँचिया पर बैठकर तमाखू पीने लगा। गाला उसके पास खड़ी होकर उससे हँस-हँसकर बातें करने लगी। पिता और पुत्री दोनों प्रसन्न थे। बुड्ढे ने पूछा—गाला! यह युवक कैसा है?

गाला न जाने क्यों इस प्रश्न पर पहली बार लज्जित हुई। फिर सँभलकर उसने कहा—देखने में तो यह बड़ा सीधा और परिश्रमी है।

मैं भी ऐसा ही समझता हूँ। प्रायः जब हम लोग बाहर चले जाते हैं, तब तुम अकेली रहती हो।

बाबा! अब बाहर न जाया करो।

तो क्या यहीं बैठा रहूँ, गाला। मैं इतना बूढ़ा नहीं हो गया!

नहीं, बाबा! मुझे अकेली छोड़कर न जाया करो।

पहले तू जब छोटी थी, तब तो नहीं डरती थी। अब क्या हुआ? और, अब तो यह 'नये' भी यहाँ रहा करेगा। बेटी! यह कुलीन युवक जान पड़ता है।

हाँ, बाबा! किन्तु यह घोड़ों को मलना नहीं जानता—देखो सामने। पशुओं से इसे तनिक भी स्नेह नहीं है। बाबा! तुम्हारे साथी भी बड़े निर्दयी हैं। एक दिन मैंने देखा कि सुख से चरते हुए एक बकरी के बच्चे को इन लोगों ने समूचा ही भून डाला! ये सब बड़े डरावने लगते हैं। तुम भी उन्हीं में मिल जाते हो।

चुप पगली! अब बहुत विलम्ब नहीं—मैं इन सबसे अलग हो जाऊँगा। अच्छा तो बता, इस 'नये' को रख लूँ न?—बदन गम्भीर दृष्टि से गाला की ओर देख रहा था।

गाला ने कहा—अच्छा तो है, बाबा! बेचारा दुख का मारा है।

एक चाँदनी रात थी। बरसात से धुला हुआ जंगल अपनी गम्भीरता में डूब रहा था। नाले के तट पर बैठा हुआ 'नये' निर्निमेष दृष्टि से इस हृदय-विमोहन चित्र-पट को देख रहा था। उसके मन में कितनी बीती हुई स्मृतियाँ स्वर्गीय नृत्य करती हुई चली जा रही थीं। वह अपने फटे हुए कोट को टटोलने लगा। सहसा उसे एक बाँसुरी मिल गई—जैसे कोई खोई हुई निधि मिली। वह प्रसन्न होकर बजाने लगा। बंसी के विलम्बित मधुर स्वर से सोई हुई वनलक्ष्मी को जगाने लगा। वह अपने स्वर में आप ही मस्त हो रहा था। उसी समय गाला न जाने कैसे उसके समीप आकर खड़ी हो गई। नये ने बंसी बन्द कर दिया। वह भयभीत होकर देखने लगा।

गाला ने कहा—तुम जानते हो कि यह कौन स्थान है?

जंगल है, मुझसे भूल हुई।

नहीं, यह ब्रज की सीमा के भीतर है। यहाँ चाँदनी रात में बाँसुरी बजाने से गोपियों की आत्माएँ, मचल उठती हैं।

तुम कौन हो, गाला!

मैं नहीं जानती; पर मेरे मन में भी ठेस पहुँचती है।

तब मैं न बजाऊँगा।

नहीं, नये! तुम बजाओ, बड़ी सुन्दर बजती थी। हाँ, बाबा कदाचित् क्रोध करें।

अच्छा, तुम रात को यों ही निकलकर घूमती हो। इस पर तुम्हारे बाबा न क्रोध करेंगे?

हम लोग जंगली हैं। अकेले तो मैं कभी-कभी आठ-आठ दस-दस दिन इसी जंगल में रहती हूँ।

अच्छा, तुम्हें गोपियों की बात कैसे मालूम हुई? क्या तुम लोग हिन्दू हो? इन गूजरों से तो तुम्हारी भाषा भिन्न है।

आश्चर्य से देखती हुई गाला ने कहा—क्यों, इसमें भी तुमको सन्देह है! मेरी माँ मुगल होने पर भी कृष्ण से अधिक प्रेम करती थी। अहा नये! मैं किसी दिन उसकी जीवनी सुनाऊँगी। वह....

गाला! तब तुम मुगलानी माँ से उत्पन्न हुई हो!

क्रोध से देखती हुई गाला ने कहा—तुम यह क्यों नहीं कहते कि हम लोग मनुष्य हैं।

जिस सहृदयता से तुमने मेरी विपत्ति में सेवा की है, गाला! उसे देखकर तो मैं कहूँगा कि तुम देव-बालिका हो!—नये का हृदय सहानुभूति की स्मृति से भर उठा था।

नहीं-नहीं, मैं तुमको अपनी माँ की लिखी हुई जीवनी पढ़ने को दूँगी और तब तुम समझ जाओगे। चलो, रात अधिक बीत रही है, पुआल पर सो रहो।—गाला ने नये का हाथ पकड़ लिया; दोनों उस चन्द्रिका-धौत शुभ्र रजनी से भीगती हुई झोंपड़ी की ओर लौटे। उनके चले जाने के बाद वृक्षों की आड़ से बढ़ा बदन गूजर भी निकला और उनके पीछे-पीछे चला।

प्रभात चमकने लगा था। जंगल पक्षियों के कलनाद से कानन-प्रदेश गुंजरित था। गाला चारे-पानी के प्रबन्ध में लगी थी। बदन ने नये को बुलाया। वह आकर सामने खड़ा हो गया। बदन ने उससे बैठने के लिए कहा। उसके बैठ जाने पर गूजर कहने लगा—

जब तुम भूख से व्याकुल, थके हुए, भयभीत, सड़क से हटकर पेड़ के नीचे पड़े हुए आधे सचेत थे, उस समय किसने तुम्हारी रक्षा की थी?

आपने!—नये ने कहा।

तुम जानते हो कि हम लोग डाकू हैं, हम लोगों को माया-ममता नहीं! परन्तु हमारी निर्दयता भी अपना निर्दिष्ट पथ रखती है, वह है केवल धन लेने के लिए। भेद यही है कि धन लेने का दूसरा उपाय हम लोग काम में नहीं लाते, दूसरे उपायों को हम लोग अधम समझते हैं—धोखा देना, चोरी करना, विश्वासघात करना, यह सब जो तुम्हारे नगरों के सभ्य मनुष्यों की जीविका के सुगम उपाय हैं, हम लोग उनसे घृणा करते हैं।

और भी, तुम वृन्दावन वाले खून के एक भागे हुए असामी हो—हो न?

—कहकर बदन तीखी दृष्टि से नये को देखने लगा। वह सिर नीचा किए खड़ा रहा। बदन फिर कहने लगा—तो तुम छिपना चाहते हो। अच्छा सुनो, हम लोग जिसे अपनी शरण में ले लेते हैं, उससे विश्वासघात नहीं करते। आज तुमसे एक बात साफ कह देना चाहता हूँ। देखो, गाला सीधी लड़की है, संसार के कतर-ब्योंत वह नहीं जानती, तथापि यदि वह निसर्ग-नियम से किसी युवक को प्यार करने लगे, तो इसमें आश्चर्य नहीं। सम्भव है, वह मनुष्य तुम्हीं हो जाओ, इसलिए तुम्हें सचेत करता हूँ कि सावधान! उसे धोखा न देना। हाँ, यदि तुम कभी प्रमाणित कर सकोगे कि तुम उसके योग्य हो, तो फिर देखा जाएगा! समझा!

बदन चला गया। उसकी प्रौढ़ कर्कश वाणी, नये के कानों में वज्र-गम्भीर स्वर से गूँजने लगी। वह बैठ गया और अपने जीवन का हिसाब लगाने लगा।

बहुत विलम्ब तक वह बैठा रहा। तब गाला ने उससे कहा—आज तुम्हारी रोटी पड़ी रहेगी, क्या खाओगे नहीं?

नये ने कहा—मैं तुम्हारी माता की जीवनी पढ़ना चाहता हूँ। तुमने मुझे दिखाने के लिए कहा था न!

ओहो, तो तुम रूठना भी जानते हो! अच्छा खा लो, मान जाओ, मैं तुम्हें दिखला दूँगी।—कहती हुई गाला ने वैसा ही अभिनय किया, जैसे किसी बच्चे को मनाते हुए स्त्रियाँ करती हैं। यह देखकर नये हँस पड़ा। उसने पूछा—अच्छा कब दिखाओगी?

लो तुम खाने लगो, मैं जाकर ले आती हूँ।

नये अपने रोटी-माठे की ओर चला और गाला अपने घर में।

6

शीतकाल में वृक्षों से छनकर आती हुई धूप, बड़ी प्यारी लग रही थी। नये पैरों पर पैर धरे, चुपचाप गाला की दी हुई, चमड़े से बँधी एक छोटी-सी पुस्तक को आश्चर्य

से देख रहा था। वह प्राचीन नागरी में लिखी हुई थी। उसके अक्षर सुन्दर तो न थे; पर थे बहुत स्पष्ट। नये कौतूहल से उसे पढ़ने लगा—

मेरी कथा

बेटा गाला! तुझे कितना प्यार करती हूँ, इसका अनुमान तुझे छोड़कर दूसरा नहीं कर सकता। बेटा भी मेरे ही हृदय का टुकड़ा है; पर वह अपने बाप के रंग में रंग गया—पक्का गूजर हो गया! पर मेरी प्यारी गाला! मुझे भरोसा है कि तू मुझे न भूलेगी। जंगल के कोने में बैठी हुई, एक भयानक पति की पत्नी अपने बाल्यकाल की मीठी-स्मृति से यदि अपने मन को न बहलावे, तो दूसरा उपाय क्या है? गाला! सुन, वर्तमान सुख के अभाव में पुरानी स्मृतियों का धन, मनुष्य को पल-भर के लिए सुखी कर सकता है, और तुझे भी अपने जीवन में आगे चलकर कदाचित् इससे सहायता मिले, इसीलिए मैंने तुझे थोड़ा-सा पढ़ाया और इसे लिखकर छोड़ जाती हूँ—

मेरी माँ मुझे बड़े गर्व से गोद में बैठाकर बड़े दुलार से मुझे अपनी बीती सुनाती, उन्हीं बिखरी हुई बातों को इकट्ठी करती हूँ। अच्छा लो सुनो मेरी कहानी—

मेरे पिता का नाम मिरजा जमाल था। वे मुगल-वंश के एक शहजादे थे। मथुरा और आगरा के बीच में, उनकी जागीर के कई गाँव थे; पर वे प्रायः दिल्ली में ही रहते। कभी-कभी सैर-शिकार के लिए जागीर पर चले आते। उन्हें प्रेम था शिकार से और हिन्दी-कविता से। सोमदेव नामक एक चौबे उनका मुसाहिब और कवि था। वह अपनी हिन्दी-कविता सुनाकर उन्हें प्रसन्न रखता। मेरे पिता को संस्कृत और फारसी से भी प्रेम था। वे हिन्दी के मुसलमान कवि जायसी के पूरे भक्त थे। सोमदेव इसमें उनका बराबर साथ देता। मैंने भी उसी से हिन्दी पढ़ी। क्या कहूँ, वे दिन बड़े चैन के थे! पर आपदाएँ भी पीछा कर रही थीं।

एक दिन मिरजा जमाल अपनी छावनी से दूर ताम्बूल-वीथी में बैठे हुए, बैसाख के पहले के कुछ-कुछ गरम पवन से सुख का अनुभव कर रहे थे। ढालुवें टीले पर पान की खेती, उन पर सुढार छाजन, देहात के निर्जन वातावरण को सचित्र बना रही थी। उसी से सटा हुआ, कमलों से भरा एक छोटा-सा ताल था, जिसमें से भीनी-भीनी सुगन्ध उठकर मस्तक को शीतल कर देती। कलनाद करते हुए कभी-कभी पुरइनों से उड़ जाने पर ही जलपक्षी अपने अस्तित्व का परिचय दे देते। सोमदेव ने जलपान की सामग्री सामने रख कर पूछा—क्या आज यहीं दिन बीतेगा?

हाँ, देखो, ये लोग कितने सुखी हैं सोमदेव! इन देहाती गृहस्थों में भी कितनी आशा है, कितना विश्वास है। अपने परिश्रम से इन्हें कितनी तृप्ति है!

यहाँ छावनी है, अपनी जागीर में सरकार? रौब से रहना चाहिए। दूसरे स्थान पर चाहे जैसे रहिए।—सोमदेव ने कहा।

सोमदेव सहचर, सेवक और उनकी सभा का पण्डित भी था। वह मुँहलगा

भी था, कभी-कभी उनसे उलझ भी जाता; परन्तु वह हृदय से उनका भक्त था। उनके लिए प्राण दे सकता था।

चुप रहो सोमदेव? यहाँ मुझे, हृदय की खोई हुई शान्ति का पता चल रहा है। तुमने देखा होगा, पिताजी कितने यत्न से संचय कर यह सम्पत्ति छोड़ गए हैं। मुझे उस धन से प्रेम करने की शिक्षा, वे उच्चकोटि की दार्शनिक शिक्षा की तरह गम्भीरता से आजीवन देते रहे। आज उसकी परीक्षा हो रही है। मैं पूछता हूँ कि हृदय में जितनी मधुरिमा है, कोमलता है, वह सब क्या केवल एक तरुणी सुन्दरता की उपासना की सामग्री है? इसका और कोई उपयोग नहीं? हँसने के जो उपकरण हैं, वे किसी झलमले अंचल में ही अपना मुँह छिपाए किसी आशीर्वाद की आशा में पड़े रहते हैं? ससांर में स्त्रियों का क्या इतना व्यापक अधिकार है?

सोमदेव ने कहा—आपके पास इतनी सम्पत्ति है कि अभाव की शंका व्यर्थ है जो चाहिए कीजिए। वर्तमान जगत् का शासक, प्रत्येक प्रश्नों का समाधान करने वाला विद्वानू, धन तो आपका चिर सहचर और विश्वस्त है ही? चिन्ता क्या है?

मिरजा जमाल ने जलपान करते हुए प्रसंग बदल दिया। कहा—आज तुम्हारे बादाम की बरफी में कुछ कड़वे बादाम थे।

तमोली ने टट्टर के पास ही भीतर, दरी बिछा दी थी। मिरजा चुपचाप सामने फूले हुए कमलों को देखते थे। ईख की सिंचाई के पुरवट के शब्द दूर से उस निस्तब्धता को भंग कर देते थे। पवन की गरमी से टट्टर बन्द कर देने पर भी उस सरपत की झँझरी से बाहर का दृश्य दिखलाई पड़ता था। ढालुवीं भूमि में तकिये की आवश्यकता न थी। पास ही आम के नीचे कम्बल बिछाकर दो सेवकों के साथ सोमदेव बैठा था। मन में सोच रहा था—यह सब रुपये की सनक है!

ताल के किनारे, पत्थर की शिला पर, महुए की छाया में, एक किशोरी और एक खसखसी दाढ़ी वाला मनुष्य, लम्बी सारंगी लिए विश्राम कर रहे थे। बालिका की वयस चौदह से ऊपर नहीं; पुरुष पचास के समीप। वह देखने से मुसलमान जान पड़ता था। देहाती दृढ़ता उसके अंग-अंग से झलकती थी। घुटनों तक हाथ-पैर धो, मुँह पोंछकर एक बार अपने में आकर उसने आँखें फाड़कर देखा—उसने कहा—शबनम! देखो, यहाँ कोई अमीर टिका मालूम पड़ता है। ठण्डी हो चुकी हो, तो चलो बेटी! कुछ मिल जाए तो अचरज नहीं।

शबनम वस्त्र सँवारने लगी, उसकी सिकुड़न छुड़ाकर अपनी वेषभूषा को ठीक कर लिया। आभूषणों में दो-चार काँच की चूडियाँ और नाक में नथ, जिसमें मोती लटककर अपनी फाँसी छुड़ाने के लिए छटपटाता था। टट्टर के पास पहुँच गए। मिरजा ने देखा—बालिका की वेशभूषा में कोई विशेषता नहीं; परन्तु परिष्कार था। उसके पास कुछ नहीं था—वसन, अलंकार या भादों की भरी हुई नदी-सा यौवन। कुछ नहीं, थीं केवल दो-तीन कलामयी मुख-रेखाएँ—जो आगामी सौन्दर्य की बाह्य रेखाएँ थीं, जिनमें यौवन का रंग भरना कामदेव ने अभी बाकी रख छोड़ा था। कई

दिन का पहना हुआ वसन भी मलिन हो चला था; पर कौमार्य में उज्ज्वलता थी। और यह क्या!—सूखे कपोलों में दो-दो तीन-तीन लाल मुँहासे। तारुण्य जैसे अभिव्यक्ति का भूखा था, 'अभाव-अभाव'!'—कहकर जैसे कोई उसकी सुरमई आँखों में पुकार उठता था। मिरजा कुछ सिर उठाकर झँझरी से देखने लगा।

सरकार! कुछ सुनाऊँ?—दाढ़ी वाले ने हाथ जोड़कर कहा।

सोमदेव ने बिगड़कर कहा—जाओ, अभी सरकार विश्राम कर रहे हैं।

तो हम लोग भी बैठ जाते हैं, आज तो पेट भर जाएगा--कहकर वह सारंगी वाला वहाँ की भूमि झाड़ने लगा।

झुँझलाकर सोमदेव ने कहा—तुम भी एक विलक्षण मूर्ख हो! कह दिया न, जाओ।

सेवक ने भी गर्व से कहा—तुमको मालूम नहीं, सरकार भीतर लेटे हैं। घबराकर सारंगी वाले ने पूछा—कौन सरकार?

शहजादे मिरजा जमाल।

कहाँ हैं?

यहीं, इसी टट्टी में हैं, धूप कम होने पर बाहर निकलेंगे।

भाग खुल गए भय्या! मैं चुपचाप बैठता हूँ—कहकर दाढ़ी वाला बिना परिष्कृत की हुई भूमि पर बैठकर आँखें मटकाकर शबनम को संकेत करने लगा।

शबनम अपने एक ही वस्त्र को और भी मलिन होने से बचाना चाहती थी, उसकी आँखें स्वच्छ स्थान और आड़ खोज रही थीं। उसके हाथ में अभी का तोड़ा हुआ कमलगट्टा था। सबकी आँखें बचाकर वह उसे चख लेना चाहती थी। सहसा टट्टर खुला।

मिरजा ने कहा—सोमदेव!

सेवक दौड़ा, सोमदेव उठ खड़ा हुआ। मिरजा ने आँखों से पूछा—ये कौन लोग हैं? जैसे बिलकुल अनजान।

सारंगी वाला उठ खड़ा हुआ था। उसने कई आदाब बजाकर और सोमदेव को कुछ बोलने का अवसर न देते हुए कहा—सरकार! जाचक हूँ, बड़े भाग से दर्शन हुए।

मिरजा को इतने से सन्तोष न हुआ। उन्होंने मुँह बन्द किए, फिर सिर हिलाकर कुछ और जानने की इच्छा प्रकट की। सोमदेव ने दरबारी ढंग से डाँटकर कहा—तुम कौन हो जी, साफ-साफ क्यों नहीं बताते?

मैं ढाढी हूँ।

और, यह कौन है?

मेरी लड़की शबनम।

शबनम क्या?

शबनम ओस को कहते हैं पण्डित जी।—मुस्कराते हुए मिरजा ने कहा और एक बार शबनम की ओर भली-भाँति देखा। तेजस्वी श्रीमान् की आँखों से मिलते

ही, दरिद्र शबनम की आँखें पसीने-पसीने हो गईं। मिरजा ने देखा उन आकाश-सी नीली आँखों में सचमुच ओस की बूँदें छा गई थीं।

अच्छा, तुम लोग क्या करते हो?—मिरजा ने पूछा।

यही गाती है, इसी से हम दोनों का पापी पेट पलता है।

मिरजा की इच्छा गाना सुनने की न थी; परन्तु शबनम अब तक कुछ बोली नहीं थी; केवल इसीलिए सहसा उन्होंने कहा—अच्छा सुनूँ तो तुम लोगों का गाना। तुम्हारा नाम क्या है जी?

रहमत खाँ, सरकार!—कहकर वह अपनी सारंगी मिलाने लगा। शबनम बिना किसी से कुछ पूछे, आकर कम्बल पर बैठ गई। सोमदेव झुँझला उठा; पर कुछ बोला नहीं।

शबनम गाने लगी—

पसे मर्ग मेरी मजार पर जो दिया किसी ने जला दिया।
उसे आह! दामने बाद ने सरेशाम ही से बुझा दिया!

इसके आगे जैसे शबनम को भूल गया था। वह इसी पद्य को कई बार गाती रही। उसके संगीत में कला न थी, करुणा थी। पीछे से रहमत उसके भूले हुए अंश को स्मरण दिलाने के लिए गुनगुना रहा था; पर शबनम के हृदय का रिक्त अंश मूर्त्तिमान होकर जैसे उसकी स्मरण-शक्ति के सामने अड़ जाता था। झुँझलाकर रहमत ने सारंगी रख दी। विस्यम से शबनम ने पिता की ओर देखा, उसकी भोली-भोली आँखों ने पूछा—क्या कुछ भूल हो गई। चतुर रहमत उस बात को पी गया। मिरजा जैसे स्वप्न से चौंके, उन्होंने देखा—सचमुच सन्ध्या से ही बुझा हुआ स्नेह विहीन दीपक सामने पड़ा है। मन में आया, उसे भर दूँ। कहा—रहमत, तुम्हारी जीविका का अवलम्ब तो बड़ा दुर्बल है।

सरकार; पेट नहीं भरता, दो बीघा जमीन से क्या होता है।

मिरजा ने कौतुक से कहा—तो तुम लोगों को कोई सुखी रखना चाहे, तो रह सकते हो?

रहमत के लिए जैसे छप्पर फाड़कर किसी ने आनन्द बरसा दिया। वह भविष्य की सुखमयी कल्पनाओं से पागल हो उठा—क्यों नहीं, सरकार! आप गुनियों की परख रखते हैं।

सोमदेव ने धीरे से कहा—वेश्या है, सरकार।

मिरजा ने कहा—दरिद्र हैं।

सोमदेव ने विरक्त होकर सिर झुका लिया।

कई बरस बीत गए।

शबनम मिरजा के महल में रहने लगी थी।

सुन्दरी! सुन्दरी! ओ बँदरी! यहाँ तो आ!

आई!—कहती हुई एक चंचल छोकरी हाथ बाँधे सामने आकर खड़ी हो गई। उसकी भवें हँस रही थीं! वह अपने होंठों को बड़े दबाव से रोक रही थी।

देखो तो आज इसे क्या हो गया है। बोलती ही नहीं, मन मारे बैठी है।

नहीं मलका! चारा-पानी रख देती हूँ। मैं तो इससे डरती हूँ! और कुछ नहीं करती।

फिर इसको क्या हो गया है, बतला नहीं तो सिर के बाल नोच डालूँगी।

सुन्दरी को विश्वास था कि मलका कदापि ऐसा नहीं कर सकती। वह ताली पीटकर हँसने लगी और बोली—मैं समझ गई!

उत्कण्ठा से मलका ने कहा—तो बताती क्यों नहीं?

जाऊँ सरकार को बुला लाऊँ, वे ही इसके मरम की बात जानते हैं।

सच कह, वे कभी इसे दुलार करते हैं, पुचकारते हैं? मुझे तो विश्वास नहीं होता।

हाँ।

तो मैं ही चलती हूँ, तू इसे उठा ले।

सुन्दरी ने महीन सोने के तारों से बना हुआ पिंजरा उठा लिया, और शबनम आरक्त कपोलों पर का श्रम-सीकर पोंछती हुई, उसके पीछे-पीछे चली।

उपवन की कुंज गली परिमल से मस्त हो गई। फूलों ने मकरन्द-पान करने के लिए अधरों-सी पंखड़ियाँ खोलीं। मधुप लड़खड़ाए। मलयानिल सूचना देने के लिए आगे-आगे दौड़ने लगा।

लोभ! सो भी धन का! ओह। कितना सुन्दर सर्प भीतर फुफकार रहा है। कोहनूर का सीसफूल गजमुक्ताओं की एकावली बिना अधूरा है, क्यों? वह तो कंगाल थी। वह मेरी कौन है?

कोई नहीं, सरकार!—कहते हुए सोमदेव ने विचार में बाधा उपस्थित कर दी!

हाँ, सोमदेव मैं भूल कर रहा था।

बहुत-से लोग वेदान्त की व्याख्या करते हुए ऊपर से देवता बन जाते हैं और भीतर उसके वह नोच-खसोट चला करता है। जिसकी सीमा नहीं।

वही तो सोमदेव! कंगाल को सोने से नहला दिया; पर उसका कोई तत्काल फल न हुआ—मैं समझता हूँ वह सुखी न हो सकी।

सोने की परिभाषा कदाचित् सबके लिए भिन्न-भिन्न हो! कवि कहते हैं—सेवेरे की किरणें सुनहली हैं, राजनीति-विशारद्—सुन्दर राज्य को, सुनहला शासन कहते हैं। प्रणयी यौवन में सुनहरा पानी देखते हैं, और माता अपने बच्चे के सुनहले बालों के गुच्छों पर सोना लुटा देती है। यह कठोर, निर्दय, प्राणहारी पीला सोना ही तो सोना नहीं है।—सोमदेव ने कहा।

सोमदेव! कठोर परिश्रम से, लाखों बरस से, नए-नए उपाय से, मनुष्य पृथ्वी

से सोना निकाल रहा है; पर वह भी किसी-न-किसी प्रकार फिर पृथ्वी में जा घुसता है। मैं सोचता हूँ कि इतना धन क्या होगा! लुटाकर देखूँ?

सब तो लुटा दिया, अब कुछ कोष में है भी!

क्या!–आश्चर्य से मिरजा ने पूछा।

संचित धन अब नहीं रहा।

क्या वह सब प्रभात के झरते हुए ओस की बूँदों में अरुण किरणों की छाया थी! और, मैंने जीवन का कुछ सुख भी नहीं लिया!

सरकार! सब सुख सब के पास एक साथ नहीं आते, नहीं तो विधाता को सुख बाँटने में बड़ी बाधा उपस्थित हो जाती!

चिढ़कर मिरजा ने कहा–जाओ!

सोमदेव चला गया, और मिरजा एकान्त में जीवन की गुत्थियों को सुलझाने लगे। वापी के मरकत जल को निर्निमेष देखते हुए वे संगमर्मर के उसी प्रकोष्ठ के समान निश्चेष्ट थे, जिसमें बैठे थे।

नूपुर की झनकार ने स्वप्न भंग कर दिया–

देखो तो इसे हो क्या गया है, बोलता नहीं क्यों! तुम चाहो तो यह बोल दे।

ऐं! इसका पिंजड़ा तो तुमने सोने से लाद लिया है! मलका! बहुत हो जाने पर भी सोना-सोना ही है! ऐसा दुरुपयोग!

तुम इसे देखो तो, क्यों दुःखी है?

ले जाओ, जब मैं अपने जीवन के प्रश्नों पर विचार कर रहा हूँ, तब तुम यह खिलवाड़ दिखाकर मुझे भुलवाना चाहती हो!

'मैं तुम्हें भुलवा सकती हूँ!'–मिरजा का यह रूप शबनम ने कभी नहीं देखा था। वह उनके गर्म आलिंगन, प्रेम-पूर्ण चुम्बन और स्निग्ध दृष्टि से सदैव ओत-प्रोत रहती थी–आज अचानक यह क्या! संसार अब तक उसके लिए एक सुनहली छाया और जीवन एक मधुर स्वप्न था। खंजरीट मोती उगलने लगे।

मिरजा को चेतना हुई–इसी शबनम को प्रसन्न करने के लिए वह कुछ विचारता-सोचता है, फिर यह क्या! यह क्या–मेरी एक बात भी यह हँसकर नहीं उड़ा सकती, झट उसका प्रतिकार! उन्होंने उत्तेजित होकर कहा–

सुन्दरी! उठा ले मेरे सामने से पिंजरा, नहीं तो तेरी भी खोपड़ी फूटेगी और यह तो टूटेगा ही!

सुन्दरी ने बेढब रंग देखा, वह पिंजरा लेकर चली। मन में सोचती जाती थी–आज यह क्या! मन-बहलाव न होकर यह काण्ड कैसा!

शबनम तिरस्कार न सह सकी, मर्माहत होकर श्वेत प्रस्तर के स्तम्भ से टिककर सिसकने लगी। मिरजा ने अपने मन को धिक्कारा। रोने वाली मलका ने उसे अकारण अकरुण हृदय को द्रवित कर दिया। उन्होंने मलका को मनाने की चेष्टा की; पर

मानिनी का दुलार हिचकियाँ लेने लगा। कोमल उपचारों ने मलका को जब बहुत समय बीतने पर स्वस्थ किया, तब आँसू के सूखे पद-चिह्न पर हँसी की दौड़ धीमी थी, बात बदलने के लिए मिरजा ने कहा—मलका, आज अपना सितार सुनाओ, देखें अब तुम कैसा बजाती हो?

नहीं, तुम हँसी करोगे और मैं फिर दुखी होऊँगी।

तो मैं समझ गया, जैसे तुम्हारा बुलबुल एक ही आलाप जानता है—वैसे ही तुम अभी तक वही भैरवी की एक तान जानती होगी—कहते हुए मिरजा बाहर चले गए। सामने सोमदेव मिला, मिरजा ने कहा—सोमदेव! कंगाल धन का आदर करना नहीं जानते।

ठीक है श्रीमान्, धनी भी तो सबका आदर करना नहीं जानते, क्योंकि सबके आदरों के प्रकार भिन्न हैं। जो सुख-सम्मान आपने शबनम को दे रखा है, वही यदि किसी कुलवधू को मिलता!

यह वेश्या तो नहीं है....। फिर भी सोमदेव, सब वेश्याओं को देखो—उनमें कितनों के मुख सरल हैं, उनकी भोली-भाली आँखें रो-रोकर कहती हैं, मुझे पीट-पीटकर चंचलता सिखाई गई है। मेरा विश्वास है कि उन्हें अवसर दिया जाए तो वे कितनी ही कुलवधुओं से किसी बात में कम न होतीं!

मेरा ऐसा अनुभव नहीं, परीक्षा करके देखिए।

अच्छा तो तुमको पुरोहिती करनी होगी। निकाह कराओगे न?

अपनी कमर टटोलिए, मैं प्रस्तुत हूँ।—कहकर सोमदेव हँस दिया।

मिरजा मलका के प्रकोष्ठ की ओर चले।

सब आभूषण और मूल्यवान वस्तु सामने एकत्र कर मलका बैठी है। रहमत ने सहसा आकर देखा, उसकी आँखें चमक उठीं। उसने कहा—बेटी, यह सब क्या?

इन्हें सहेज देना होगा।

किसे? क्या मैं इन्हें घर ले जाऊँ?

नहीं, जिसका है उसे।

पागल तो नहीं हो गई है—मिला हुआ भी कोई यों ही लौटा देता है।

चुप रहो, बाबा!

उसी समय मिरजा ने भीतर आकर यह देखा। उसकी समझ में कुछ न आया। उत्तेजित होकर उन्होंने कहा—रहमत! क्या यह सब घर बाँध ले जाने का ढंग था।

रहमत आँखें नीची किए चला गया; पर मलका शबनम लाल हो गई। मिरजा ने सँभलकर उससे पूछा—यह सब क्या है, मलका!

तेजस्विता से शबनम ने कहा—यह सब मेरी वस्तुएँ हैं, मैंने रूप बेच कर पायी हैं, क्या इन्हें घर न भेजूँ!

चोट खाकर मिरजा ने कहा—अब तुम्हारा दूसरा घर कौन है, शबनम! मैं तुमसे निकाह करूँगा।

ओह! तुम अपनी मूल्यवान वस्तुओं के साथ मुझे भी सन्दूक में बन्द करना चाहते हो! तुम अपनी सम्पत्ति सहेज लो, मैं अपने को सहेजकर देखूँ!

मिरजा मर्माहत होकर चले गए।

सादी धोती पहने सारंगी उठाकर हाथ में देते हुए, रहमत से शबनम ने कहा—चलो बाबा।

कहाँ, बेटी! अब तो मुझसे यह न हो सकेगा, और तुमने भी कुछ न सीखा—क्या करोगी, मलका?

नहीं, बाबा! शबनम कहो। चलो, जो सीखा है वह गाना तो मुझे भूलेगा नहीं, और भी सिखा देना। अब यहाँ एक पल नहीं ठहर सकती!

बुड्ढे ने दीर्घ निःश्वास लेकर सारंगी उठाई, वह आगे-आगे चला।

उपवन में आकर शबनम रुक गई। मधुमास था, चाँदनी रात थी। वह निर्जनता सौरभ-व्याप्त हो रही थी। शबनम ने देखा, ऋतुरानी शिरिस के फूलों की कोमल तूलिका से विराट् शून्य से अलक्ष्य चित्र बना रही थी। वह खड़ी न रह सकी, जैसे किसी धक्के से खिड़की से बाहर हो गई।

इस घटना को बारह बरस बीत गए थे; रहमत अपनी कच्ची दालान में बैठा हुआ हुक्का पी रहा था। उसने अपने इकट्ठे किए हुए रुपयों से और भी बीस बीघा खेत ले लिया था। गाँव में अब वह एक अच्छा किसान था। मेरी माँ शबनम चावल फटक रही थी और मैं बैठी हुई अपनी गुड़ियाँ से खेल रही थी। अभी सन्ध्या नहीं हुई थी। मेरी माँ ने कहा—बानो, तू अभी खेली ही रहेगी, आज तूने कुछ भी न पढ़ा।—रहमत खाँ मेरे नाना ने कहा—शबनम, उसे खेल लेने दे बेटी; खेलने के दिन फिर नहीं आते—मैं यह सुनकर प्रसन्न हो रही थी, कि एक सवार नंगे सिर अपना घोडा दौड़ाता हुआ दालान के सामने आ पहुँचा और उसने बड़ी दीनता से कहा—मियाँ, रात-भर के लिए मुझे जगह दो, मेरे पीछे डाकू लगे हैं!

रहमत ने धुआँ छोड़ते हुए कहा—भई, थके हो तो थोड़ी देर ठहर सकते हो, पर डाकुओं से तो तुम्हें हम बचा नहीं सकते।

यही सही—कहकर सवार घोड़े से कूद पड़ा। मैं भी बाहर ही थी, कुतूहल से पथिक का मुँह देखने लगी। बाध की खाट पर वह हाँफते हुए बैठा। सन्ध्या हो रही थी। तेल का दीपक लेकर मेरी माँ उस दालान में आई। वह मुँह फिराए हुए दीपक रखकर चली गई। सहसा मेरे बुड्ढे नाना को जैसे पागलपन हो गया,

खड़े होकर पथिक को घूरने लगे। पथिक ने भी देखा और चौंककर पूछा—रहमत! यह तुम्हारा ही घर है?

हाँ, मिरजा साहब!

इतने में एक और मनुष्य हाँफता हुआ आ पहुँचा; वह कहने लगा—सब उलट-पलट हो गया। मिरजा! आज देहली का सिंहासन मुगलों के हाथ से बाहर है। फिरंगी की दोहाई है, कोई आशा न रही।

मिरजा जमाल मानसिक पीड़ा से तिलमिलाकर उठ खड़े हुए, मुट्ठी बाँधे टहलने लगे और बुड्ढा रहमत हतबुद्धि होकर उन्हें देखने लगा। भीतर मेरी माँ यह सब सुन रही थी, वह बाहर झाँककर देखने लगी। मिरजा की आँखें क्रोध से लाल हो रही थीं। तलवार की मूठों पर, कभी मूछों पर, हाथ चंचल हो रहा था। सहसा वे बैठ गए और उनकी आँखों से आँसू की धारा बहने लगी। वे बोल उठे—मुगलों की विलासिता ने राज को खा डाला। क्या हम सब बाबर की सन्तान हैं? आह!

मेरी माँ बाहर चली आई। रात की अँधेरी बढ़ रही थी। भयभीत होकर यह सब आश्चर्यमय व्यापार देख रही थी! माँ धीरे-धीरे आकर मिरजा के सामने खड़ी हो गई और उनके आँसू पोंछने लगी। उस स्पर्श से मिरजा के शोक की ज्वाला जब शान्त हुई, तब उन्होंने क्षीण स्वर में कहा—शबनम!

वह बड़ा करुणाजनक दृश्य था। मेरे नाना रहमत खाँ ने कहा—आओ सोमदेव! हम लोग दूसरी कोठरी में चलें। वे दोनों चले गए। मैं चुप बैठी थी। मेरी माँ ने कहा—अब शोक करके क्या होगा, धीरज को आपदा में न छोड़ना चाहिए। यह तो मेरा भाग्य है कि इस समय मैं तुम्हारी सेवा के लिए किसी तरह मिल गई। अब सब भूल जाना चाहिए। जो दिन बचे हैं, मालिक के नाम पर काट लिए जाएँगे।

मिरजा ने एक लम्बी साँस लेकर कहा—शबनम! मैं एक पागल था—मैंने समझा था, मेरे सुखों का अन्त नहीं; पर आज?

कुछ नहीं, कुछ नहीं, मेरे मालिक! सब अच्छा है, सब अच्छा होगा। उसकी दया में सन्देह न करना चाहिए।

अब मैं भी पास चली आई थी, मिरजा ने मुझे देखकर संकेत से पूछा। माँ ने कहा—इसी दुखिया को छः महीने का पेट में लिए मैं यहाँ आई थी, और यहीं धूल-मिट्टी से खेलती हुई यह इतनी बड़ी हुई। मेरे मालिक! तुम्हारे विरह में यही तो मेरी आँखों की ठण्डक थी—तुम्हारी निशानी! मिरजा ने मुझे गले से लगा लिया। माँ ने कहा—बेटी! यही तेरे पिता हैं। मैं न जाने क्यों रोने लगी। हम सब मिलकर बहुत रोये। उस रोने में बड़ा सुख था। समय ने एक साम्राज्य को हाथों से लेकर चूर कर दिया, बिगाड़ दिया; पर उसने एक झोंपड़ी के कोने में एक उजड़ा हुआ स्वर्ग बसा दिया। हम लोगों के दिन सुख से बीतने लगे।

गाँव भर में मिरजा के आ जाने से एक आतंक छा गया। मेरे नाना का बुढ़ापा

चैन से कटने लगा। सोमनाथ मुझे हिन्दी पढ़ाने लगे, और मैं, माता-पिता की गोद के सुख में बढ़ने लगी।

सुख के दिन बड़ी शीघ्रता से खिसकते हैं। एक बरस के सब महीने देखते-देखते बीत गए। एक सन्ध्या में हम सब लोग अलाव के पास बैठे थे। किवाड़ बन्द थे, सरदी से कोई उठना नहीं चाहता था। ओस से भीगी रात भारी मालूम होती थी। धुआँ ओस के बोझ से ऊपर नहीं उठ सकता था। सोमनाथ ने कहा—आज बरफ पड़ेगा, ऐसा रंग है। उसी समय बुधुआ ने आकर कहा—और डाका भी।

सब लोग चौकन्ने हो गए। मिरजा ने हँसकर कहा—तो क्या तू ही उन सबबों का भेदिया है।

नहीं, सरकार! यह देश ही ऐसा है, इसमें गूजरों की...

बुधुआ की बात काटते हुए सोमदेव ने कहा—हाँ-हाँ, यहाँ के गूजर बड़े भयानक हैं।

तो हम लोगों को भी तैयार रहना चाहिए?....कहकर मिरजा ने अपनी सिरोही उठा ली। रहमत ने कहा—आप भी किसकी बात में आते हैं, जाइए, आराम कीजिए।

सब लोग उस समय तो हँसते हुए उठे; पर अपनी कोठरी में आते समय सबके हाथ-पैर बोझ से लदे हुए थे। मैं भी माँ के साथ कोठरी में जाकर सो रही।

रात को अचानक कोलाहल सुन कर मेरी आँख खुल गई। मैं पहले सपना समझकर फिर आँख बन्द करने लगी; पर झुठलाने से कठोर आपत्ति कहीं झूठी हो सकती है। सचमुच डाका पड़ा था, गाँव के सब लोग भय से अपने-अपने घरों में घुसे थे। मेरा हृदय धड़कने लगा। माँ भी उठकर बैठी थी। वह भयानक आक्रमण मेरे नाना के ही घर पर हुआ था। रहमत खाँ, मिरजा और सोमदेव ने कुछ काल तक उन लोगों को रोका, एक भीषण काण्ड उपस्थित हुआ। हम माँ-बेटियाँ एक-दूसरे के गले से लिपटी हुई थर-थर काँप रही थीं। रोने का भी साहस न होता था। एक क्षण के लिए बाहर का कोलाहल रुका। अब उस कोठरी के किवाड़ तोड़े जाने लगे, जिनमें हम लोग थे। भयानक शब्द से किवाड़ टूटकर गिरे। मेरी माँ ने साहस किया, वह उन लोगों से बोली—तुम लोग क्या चाहते हो?

नवाबी का माल दो, बीबी! बताओ कहाँ है? एक ने कहा। मेरी माँ बोली—हम लोगों की नवाबी उसी दिन गई, जब मुगलों का राज्य गया! अब क्या है, किसी तरह दिन काट रहे हैं।

यह पाजी भला बताएगी—कहकर दो नर-पिशाचों ने उसे घसीटा। वह विपत्ति की सताई मेरी माँ मूर्च्छित हो गई; पर डाकुओं में से एक ने कहा—नकल कर रही है—और उसी अवस्था में उसे पीटने लगे। पर वह फिर न बोली। मैं अवाक् कोने में काँप रही थी। मैं भी मूर्च्छित हो रही थी कि मेरे कानों में सुनाई पड़ा—इसे

न छुओ, मैं इसे देख लूँगा। मैं अचेत थी।

इसी झोंपड़ी के कोने में मेरी आँखें खुलीं। मैं भय से अधमरी हो रही थी। मुझे प्यास लगी थी। ओंठ चाटने लगी। एक सोलह बरस के युवक ने मुझे थोड़ा दूध पिलाया और कहा—घबराओ न, तुम्हें कोई डर नहीं है।—मुझे आश्वासन मिला। मैं उठ बैठी। मैंने देखा, उस युवक की आँखों में मेरे लिए स्नेह है! हम दोनों के मन में प्रेम का षड्यन्त्र चलने लगा और उस सोलह बरस के बदन गूजर की सहानुभूति उसमें उत्तेजना उत्पन्न कर रही थी। कई दिनों तक जब मैं पिता और माता का ध्यान करके रोती, तो बदन मेरे आँसू पोंछता और मुझे समझाता। अब धीरे-धीरे मैं उसके साथ जंगल के अंचलों में घूमने लगी।

गूजरों ने नवाब का नाम सुनकर बहुत धन की आशा में डाका डाला था, पर कुछ हाथ न लगा। बदन का पिता सरदार था! वह प्रायः कहता—मैंने इस बार व्यर्थ इतनी हत्या की। अच्छा मैं इस लड़की को जंगल की रानी बनाऊँगा।

बदन सचमुच मुझसे स्नेह करता। उसने कितने ही गूजर कन्याओं के ब्याह लौटा दिए, उसके पिता ने भी कुछ न कहा। हम लोगों का स्नेह देखकर वह अपने अपराधों का प्रायश्चित करना चाहता था; परन्तु बाधक था हम लोगों का धर्म। बदन ने कहा—हम लोगों को इससे क्या? तुम जैसे चाहो भगवान को मानो, मैं जिसके सम्बन्ध में स्वयं कुछ समझता ही नहीं, तब तुम्हें क्यों समझाऊँ। सचमुच वह इन बातों को समझाने की चेष्टा भी नहीं करता। वह पक्का गूजर जो पुराने संस्कार और आचार चले आए थे—उन्हीं कुल परम्परा के कामों के कर लेने से कृतकृत्य हो जाता। मैं इस्लाम के अनुसार प्रार्थना करती; पर इससे हम लोगों के मन में सन्देह न हुआ। हमारे प्रेम ने हम लोगों को एक बन्धन में बाँध दिया और जीवन कोमल होकर चलने लगा। बदन ने अपना पैतृक व्यवसाय न छोड़ा, मैं उससे केवल इसी बात से असन्तुष्ट रहती।

यौवन की पहली ऋतु हम लोगों के लिए जंगली उपहार लेकर आई। मन में नवाबी का नशा और माता की सरल सीख—इधर गूजर पति की कठोर दिनचर्या! एक विचित्र सम्मेलन था। फिर भी मैं अपना जीवन बिताने लगी हूँ।

बेटी गाला! तू जिस अवस्था में रह; जगत्पिता को न भूल? राजा कंगाल होते हैं और कंगाल राजा हो जाते हैं; पर वह सबका मालिक अपने सिंहासन पर अटल बैठा रहता है। जिसे हृदय देना, उसी को शरीर अर्पण करना—उसमें एकनिष्ठा बनाए रखना। मैं बराबर जायसी की *पद्मावत* पढ़ा करती हूँ। वह स्त्रियों के लिए तो जीवन-यात्रा में पथ-प्रदर्शक है। स्त्रियों को प्रेम करने के पहले यह सोच लेना चाहिए—मैं पद्मावती हो सकती हूँ कि नहीं? गाला! संसार दुख से भरा है। सुख के छींटें कहीं से परमपिता की दया से आ जाते हैं। उसकी चिन्ता मत करना,

उसके न पाने से दुख भी न मानना। मैंने अपने कठोर और भीषण पति की सेवा सच्चाई से की है, और चाहती हूँ कि तू भी मेरी जैसी हो। परमपिता तेरा मंगल करे। पद्मावत पढ़ना कभी न छोड़ना। उसके गूढ़ तत्त्व जो मैं तुझे बराबर समझाती आई हूँ, तेरी जीवन-यात्रा की मधुरता और कोमलता से भर देंगे। अन्त में फिर तेरे लिए मैं प्रार्थना करती हूँ—तू सुखी रहे।

नये ने पुस्तक बन्द करते हुए एक दीर्घ निःश्वास लिया। उसकी संचित स्नेह राशि में उस राजवंश की जंगली लड़की के लिए हलचल मच गई। विरस जीवन में एक नवीन स्फूर्ति हुई। वह हँसते हुए गाला के पास पहुँचा। गाला इस समय अपने नए बुलबुल को चारा दे रही थी।

पढ़ चुके! कहानी अच्छी है न?—गाला ने पूछा।

बड़ी करुण और हृदय में टीस उत्पन्न करने वाली कहानी है, गाला! तुम्हारा सम्बन्ध दिल्ली के राज-सिंहासन से है—आश्चर्य!

आश्चर्य किस बात का, नये? क्या तुम समझते हो कि यह कोई बड़ी भारी घटना है। कितने राजरक्तपूर्ण शरीर, परिश्रम करते-करते मर-पच गए—उस अनन्त अनलशिखा में—जहाँ चरम शीतलता है, परम विश्राम है, वहाँ किसी तरह पहुँच जाना ही तो इस जीवन का लक्ष्य है।

नये अवाक् होकर उसका मुँह देखने लगा। गाला सरल जीवन की जैसे प्राथमिक प्रतिमा थी। नये ने साहस कर पूछा—फिर गाला, जीवन के प्रकारों में तुम्हारे लिए चुनाव का कोई विषय नहीं, उसे बिताने के लिए कोई निश्चित कार्यक्रम नहीं।

है तो नये! समीप के प्राणियों में सेवा-भाव, सबसे स्नेह-सम्बन्ध रखना, यह क्या मनुष्य के लिए पर्याप्त कर्तव्य नहीं।

तुम अनायास ही इस जंगल में पाठशाला खोलकर यहाँ के दुर्दान्त प्राणियों के मन में कोमल मानव-भाव भर सकती हो!

ओहो। तुमने सुना नहीं, सीकरी में एक साधु आया है, हिन्दू-धर्म का तत्त्व समझाने के लिए। जंगली बालकों की एक पाठशाला उसने खोल दी है। वह कभी-कभी यहाँ भी आता है, मुझसे भी कुछ ले जाता है; पर मैं देखती हूँ कि मनुष्य बड़ा ढोंगी जीव है—वह दूसरों को वही सिखाने का उद्योग करता है, जिसे स्वयं कभी भी नहीं समझता। मुझे यह नहीं रुचता! मेरे पुरखे तो बहुत पढ़े-लिखे और समझदार थे, उनके मन की ज्वाला कभी शान्त हुई?

यह एक विकट प्रश्न है, गाला! जाता हूँ अभी मुझे घास काटना है। यह बात तो मैं धीरे-धीरे समझने लगा हूँ कि शिक्षितों और अशिक्षितों के कर्मों में अन्तर नहीं है। जो कुछ भेद है वह उनके काम करने के ढंग का है।

तो तुमने अभी अपनी कथा मुझे नहीं सुनाई।

किसी अवसर पर सुनाऊँगा—कहता हुआ नये चला गया।

गाला चुपचाप अस्त होते हुए दिनकर को देख रही थी। बदन दूर से टहलता

हुआ आ रहा था। आज उसका मुँह सदा की भाँति प्रसन्न न था। गाला उसे देखते ही उठ खड़ी हुई, बोली—बाबा! तुमने कहा था, आज मुझे बाजार लिवा चलने को, अब तो रात हुआ चाहती है?

कल चलूँगा, बेटी?—कहते हुए बदन ने अपने मुँह पर हँसी ले आने की चेष्टा की, क्योंकि यह उत्तर सुनने के लिए गाला के मान का रंग गहरा हो चला था। वह बालिका के सदृश ठुनककर बोली—तुम तो बहाना करते हो।

नहीं, नहीं, कल तुझे लिवा ले चलूँगा। तुझे क्या लेना है, सो तो बता!

मुझे तो पिंजड़े चाहिए, कुछ सूत और रंगीन कागज।

अच्छा कल ले आना।

बेटी और बाप का यह मान निपट गया। अब दोनों अपनी झोंपड़ी में आए और रूखा-सूखा खाने-पीने में लग गए।

7

सीकरी की बस्ती से कुछ हटकर एक ऊँचे टीले पर फूस का बड़ा-सा छप्पर पड़ा है और नीचे कई चटाइयाँ पड़ी हैं। एक चौकी पर मंगलदेव लेटा हुआ, सवेरे की—छप्पर के नीचे आती हुई—शीतकाल की प्यारी धूप से अपनी पीठ में गर्मी पहुँचा रहा है। आठ-दस मैंले-कुचले लड़के भी उसी टीले के नीचे-ऊपर हैं। कोई मिट्टी बराबर कर रहा है, कोई अपनी पुस्तकों को बेटन में बाँध रहा है। कोई इधर-उधर नए पौधों में पानी दे रहा है। मंगलदेव ने यहाँ भी पाठशाला खोल रखी है। कुछ थोड़े से जाट-गूजरों के लड़के यहाँ पढ़ने आते हैं। मंगल ने बहुत चेष्टा करके उन्हें स्नान करना सिखाया; परन्तु कपड़ों के भाव ने उनकी मलिनता रख छोड़ी है। कभी-कभी उनके क्रोधपूर्ण झगड़ों में मंगल का मन ऊब जाता है। वह अत्यन्त कठोर और तीव्र स्वभाव के हैं।

जिस उत्साह से वृन्दावन की पाठशाला चलती थी, वह यहाँ नहीं है। बड़े परिश्रम से उजाड़ देहातों में घूमकर उसने इतने लड़के एकत्र किए हैं। मंगल आज गम्भीर चिन्ता में निमग्न है। वह सोच रहा था—क्या मेरी नियति इतनी कठोर है कि मुझे कभी चैन न लेने देगी। एक निश्छल परोपकारी हृदय लेकर मैंने संसार में प्रवेश किया और चला था भलाई करने। पाठशाला का सुन्दर जीवन छोड़कर मैंने एक भोली-भाली बालिका के उद्धार करने का संकल्प किया, यही सत्संकल्प मेरे जीवन की चक्करदार पगडण्डियों में घूमता-फिरता मुझे कहाँ ले आया! कलंक, पश्चात्ताप और प्रवंचनाओं की कमी नहीं। उस अबला की भलाई करने के लिए जब-जब मैंने पैर बढ़ाया, धक्के खाकर पीछे हटा और उसे भी ठोकरें लगाईं। यह किसकी अज्ञात प्रेरणा है? मेरे दुर्भाग्य की? मेरे मन में धर्म का दम्भ था। बड़ा उग्र प्रतिफल मिला। आर्यसमाज के प्रति जो मेरी प्रतिकूल सम्मति थी, उसी ने....सब

कराया। हाँ, मानना पड़ेगा, धर्म-सम्बन्धी उपासना के नियम उसके चाहे जैसे हों—परन्तु सामाजिक परिवर्तन उसके माननीय हैं। यदि मैं पहले ही समझता! आह! कितनी भूल हुई। मेरी मानसिक दुर्बलता ने मुझे यह चक्कर खिलाया।

मिथ्या-धर्म का संचय और प्रायश्चित, पश्चात्ताप, और आत्म-प्रताड़णा—क्यों? शान्ति तो नहीं मिली। मैंने साहस किया होता, तारा को न छोड़ देता, तो क्या समाज और धर्म मुझे इससे भी भीषण दण्ड देता? कायर मंगल! तुझे लज्जा नहीं आती?—सोचते-सोचते वह उठ खड़ा हुआ और धीरे-धीरे टीले से उतरा।

शून्य पथ पर निरुद्देश्य चलने लगा। चिन्ता जब अधिक हो जाती है, तब उसकी शाखा-प्रशाखाएँ इतनी निकलती हैं कि मस्तिष्क उनके साथ दौड़ने में थक जाता है। किसी विशेष चिन्ता की वास्तविक गुरुता लुप्त होकर विचार को यान्त्रिक और चेतना-विहीन बना देती है तब पैरों से चलने में, मस्तिष्क से विचार करने में, कोई विशेष भिन्नता नहीं रह जाती। मंगलदेव की वही अवस्था थी। वह बिना संकल्प के ही बाजार पहुँच गया, तब खरीदने-बेचने वालों की बातचीत उसे केवल भन्नाहट-सी सुनाई पड़ती। वह कुछ समझने में असमर्थ था। सहसा किसी ने उसका हाथ पकड़ कर खींच लिया। उसने क्रोध से उस खींचने-वाले की ओर देखा—लहँगा-कुरता और ओढ़नी में एक गूजरी युवती! दूसरी ओर से एक बैल बड़ी निश्चिन्तता से सींघ हिलाता, दौड़ता निकल गया। मंगल ने अब उस युवती को धन्यवाद देने के लिए मुँह खोला; पर तब तक वह चार हाथ आगे निकल गई थी। विचारों में बौखलाए हुए मंगल ने अब पहचाना—यह तो गाला है! वह कई बार उसे झोंपड़े तक जा चुका था। मंगल के हृदय में एक नवीन स्फूर्ति हुई, वह डग बढ़ाकर गाला के पास पहुँच गया और घबराए हुए शब्दों में उसे धन्यवाद दे ही डाला। गाला भौंचक्की-सी उसे देखकर हँस पड़ी।

अप्रतिभ होकर मंगल ने कहा—अरे, यह तुम हो गाला!

उसने कहा—हाँ, आज सनीचर है न! हम लोग बाजार करने आए हैं। अब मंगल ने उसके पिता बदन को देखा। मुख पर स्वाभाविक हँसी ले आने की चेष्टा करते हुए मंगल ने कहा—आज बड़ा अच्छा दिन है कि आपका यहीं दर्शन हो गया।

नीरसता से बदन ने कहा—क्यों, अच्छे तो हो?

आप लोगों की कृपा से—कहकर मंगल ने सिर झुका लिया।

बदन बढ़ता चला जाता था और बातें भी करता जाता था। वह एक जगह बिसाती की दुकान पर खड़ा होकर गाला की आवश्यक वस्तुएँ लेने गया। मंगल ने अवसर देखकर कहा—आज तो अचानक भेंट हो गई है, समीप ही मेरा आश्रम है, यदि उधर भी चलिएगा तो आपको विश्वास हो जाएगा कि आप लोगों की भिक्षा व्यर्थ नहीं फेंकी जाती।

गाला समीप के कपड़े की दुकान देख रही थी, वृन्दावनी धोती की छींट उसकी आँखों में कुतूहल उत्पन्न कर रही थी। उसकी भोली दृष्टि उस पर से न हटती

थी। सहसा बदन ने कहा—सूत और कागज ले लिए, किन्तु पिंजड़े तो यहाँ नहीं दिखाई देते, गाला!

तो न सही, दूसरे दिन आकर ले लूँगी—गाला ने कहा; पर वह देख रही थी धोती। बदन ने कहा—क्या देख रही है? दुकानदार था चतुर, उसने कहा—ठाकुर! यह धोती लेना चाहती है, बची भी इस छापे की एक ही है।

जंगली बदन इस नागरिक प्रगल्भता पर लाल तो हो गया, पर बोला नहीं। गाला ने कहा—नहीं, नहीं, मैं भला इसे लेकर क्या करूँगी! मंगल ने कहा—स्त्रियों के लिए इससे पूर्ण वस्त्र और कोई हो ही नहीं सकता! कुरते के ऊपर से इसे पहन लिया जाए, तो यह अकेला सब काम दे सकता है। बदन को मंगल का बोलना बुरा तो लगा, पर वह गाला का मन रखने के लिए बोला—तो ले ले, गाला!

गाला ने अल्हड़पन से कहा—अच्छा तो!

मंगल ने मोल ठीक किया। धोती लेकर गाला के सरल मुख पर एक बार कुतूहल की प्रसन्नता छा गई। तीनों बात करते-करते उस छोटे से बाजार से बाहर हो गए। धूप कड़ी हो चली थी। मंगल ने कहा—मेरी कुटी ही पर विश्राम कीजिए न! धूप कम होने पर चले जाइएगा। गाला ने कहा—हाँ बाबा, हम लोग पाठशाला भी देख लेंगे। बदन ने सिर हिला दिया। मंगल के पीछे दोनों चलने लगे।

बदन इस समय कुछ चिन्तित था। वह चुपचाप जब मंगल की पाठशाला में पहुँच गया, तब उसे एक आश्चर्यमय क्रोध हुआ। किन्तु वहाँ का दृश्य देखते ही उसका मन बदल गया। वह कुतूहल से काले बोर्डों और स्टूलों के सम्बन्ध में पूछने लगा। क्लास का समय हो गया था, मंगल के संकेत से एक बालक ने घण्टा बजा दिया। पास ही खेलते हुए बालक दौड़ आए; अध्ययन आरम्भ हुआ। मंगल को यत्न-सहित उन बालकों को पढ़ाते देखकर गाला को एक तृप्ति हुई। बदन भी अप्रसन्न न रह सका। उसने हँसकर कहा—भई, तुम पढ़ाते हो, सो तो अच्छा करते हो; पर यह पढ़ना किस काम का होगा? मैं तुमसे कई बार सुन चुका हूँ कि पढ़ने से, शिक्षा से, मनुष्य सुधरता है; पर मैं समझता हूँ—ये किसी काम के न रह जाएँगे। इतना परिश्रम करके तो जीने के लिए मनुष्य कोई भी काम कर सकता है।

बाबा! पढ़ाई सब कामों का सुधार करना सिखाती है। यह तो बड़ा अच्छा काम है, देखिए मंगल के त्याग और परिश्रम को!—गाला ने कहा।

हाँ, तो यह अच्छी बात है। कह कर बदन चुप हो रहा।

मंगल ने कहा—ठाकुर! मैं चाहता हूँ कि एक लड़कियों की भी पाठशाला हो जाती; पर उनके लिए स्त्री अध्यापिका की आवश्यकता होगी, और वह दुर्लभ है।

गाला जो यह दृश्य देखकर बहुत उत्साहित हो रही थी, बोली—बाबा! तुम कहते हो तो मैं ही लड़कियों को पढ़ाती। बदन ने आश्चर्य से गाला की ओर देखा;

पर वह कहती ही रही—जंगल में तो मेरा मन भी नहीं लगता। मैं बहुत विचार कर चुकी हूँ, मेरा उस खारी नदी के पहाड़ी अंचल से जीवन भर निभने का नहीं!

तो क्या तू मुझे छोड़कर....कहते-कहते बदन का हृदय भर उठा, आँखें डब-डबा आईं। वह दुर्दान्त मनुष्य मोम के समान पिघलने लगा। गाला ने कहा—नहीं बाबा, तुम भी मेरे ही साथ रहो न!

बदन ने कहा—ऐसा नहीं हो सकता, गाला! तुझे मैं अधिक-से-अधिक चाहता हूँ; पर कुछ और भी ऐसी वस्तुएँ हैं, जिन्हें मैं इस जीवन में छोड़ नहीं सकता। मैं समझता हूँ, उनसे पीछा छुड़ा लेने से तेरी भीतरी इच्छा है, क्यों?

गाला ने कहा—अच्छा तो घर चलकर इस पर फिर विचार किया जाएगा। —मंगल के सामने वह इस विवाद को बन्द कर देने के लिए अधीर थी।

रूठने के स्वर में बदन ने कहा—तेरी ऐसी ही इच्छा है, तो घर ही न चल!—यह बात कुछ कड़ी और अचानक बदन के मुँह से निकल पड़ी।

मंगल जल के लिए इसी बीच से चला गया था, तो भी गाला बहुत घायल हो गई। हथेलियों पर मुँह धरे हुए, वह टपाटप आँसू गिराने लगी; पर न जाने क्यों उस गूजर का मन अधिक कठोर हो गया था। सान्त्वना का एक शब्द भी न निकला। वह तब तक चुप रहा, जब तक मंगल ने आकर कुछ मिठाई और जल सामने नहीं रखा। मिठाई देखते ही बदन बोल उठा—मुझे यह नहीं चाहिए। वह जल का लोटा उठाकर चुल्लू से पी गया और उठ खड़ा हुआ, मंगल की ओर देखता हुआ बोला—कई मील जाना है, बूढ़ा आदमी हूँ! तो चलता हूँ। वह सीढ़ियाँ उतरने लगा। गाला से उसने चलने के लिए नहीं कहा। वह बैठी रही। क्षोभ से भरी हुई तड़प रही थी; पर ज्योंही उसने देखा कि, बदन टेकरी से उतर चुका, अब भी वह लौटकर नहीं देख रहा है, तब वह आँसू बहाती उठ खड़ी हुई। मंगल ने कहा—गाला! तुम इस समय बाबा के साथ जाओ, मैं आकर उन्हें समझा दूंगा। इसके लिए झगड़ना कोई अच्छी बात नहीं।

गाला निरुपाय नीचे उतरी और बदन के पास पहुँचकर भी कई हाथ पीछे-ही-पीछे चलने लगी; परन्तु उस कट्टर बुड्ढे ने घूमकर देखा भी नहीं।

नये के मन में गाला का एक आकर्षण जाग उठा था। वह कभी-कभी अपनी बाँसुरी लेकर खारी के तट पर चला जाता और बहुत धीरे-धीरे उसे फूँकता। उसके मन में भय उत्पन्न हो गया था, अब वह नहीं चाहता था कि वह किसी की ओर अधिक आकर्षित हो, और सबकी आँखों से अपने को बचाना चाहता। इन सब कारणों से उसने एक कुत्ते को प्यार करने का अभ्यास किया। बड़े दुलार से, उसका नाम रखा था भालू। वह था भी झबरा। निःसंदिग्ध आँखों से अपने कानों को गिराकर, अगले दोनों पैर खड़े किए हुए, वह नये के पास बैठा है; विश्वास उसकी मुद्रा

से प्रकट हो रहा है। वह बड़े ध्यान से बंसी की पुकार समझना चाहता है। सहसा नये ने बंसी बन्द करके उससे पूछा–

भालू! तुम्हें यह गीत अच्छा लगा?

भालू ने कहा–भुँह!

ओहो, अब तो तुम बड़े समझदार हो गए हो?–कहकर नये ने एक चपत धीरे से लगा दी; वह प्रसन्नता से सिर झुकाकर पूंछ हिलाने लगा। सहसा उछलकर वह सामने की ओर भागा। नये उसे पुकारता ही रहा; पर वह चला गया। नये चुपचाप बैठा उस पहाड़ी सन्नाटे को देखता रहा। कुछ ही क्षण में भालू आगे दौड़ता फिर पीछे लौटता दिखाई पड़ा, ओर उसके पीछे-पीछे गाला उसके दुलार में व्यस्त दिखाई पड़ी। गाला की वृन्दावनी साड़ी जब वह पकड़कर अगले दोनों पंजों से पृथ्वी पर चिपक जाता और गाला उसे चिड़कती, तो वह खिलवाड़ी लड़के के समान उछलकर दूर जा खड़ा होता और दुम हिलाने लगता। नये उसकी क्रीड़ा देखकर मुस्कराता हुआ चुप बैठा रहा। गाला ने बनावटी क्रोध से कहा–मना करो अपने दुलारे को, नहीं तो–

वह भी दुलार ही तो करता है। बेचारा जो कुछ पाता है, वही तो देता है, फिर इसमें उलाहना कैसा, गाला!

जो पावे उसे बाँट दे। गाला ने गम्भीर होकर कहा।

यही तो उदारता है! कहो, आज तो तुमने साड़ी पहन ही ली, बहुत भली लगती हो!

बाबा बहुत बिगड़े हैं–आज तीन दिन हुए, मुझसे बोलते नहीं। नये! तुमको स्मरण होगा कि मेरा पढ़ना-लिखना जानकर तुम्हीं ने एक दिन कहा था कि तुम अनायास ही जंगल में शिक्षा का प्रचार कर सकती हो–भूल तो नहीं गए?

नहीं; मैंने अवश्य कहा था।

तो फिर मेरे विचार पर बाबा इतने दुःखी क्यों हैं?

उन्होंने उसे अच्छा न समझा होगा।

तब मुझे क्या करना चाहिए?

जिसे तुम अच्छा समझो।

नये! तुम बड़े दुष्ट हो–मेरे मन में एक आकांक्षा उत्पन्न करके अब उसका कोई उपाय नहीं बताते!

जो आकांक्षा उत्पन्न कर देता है, वह उसकी पूर्ति भी कर देता है ऐसा तो नहीं देखा गया! तब भी तुम क्या चाहती हो?

मैं इस जंगली जीवन से ऊब गई हूँ, मैं कुछ और ही चाहती हूँ–वह क्या है? तुम्हीं बता सकते हो।

मैंने जिसे जो बताया, उसे वह समझ न सका, गाला!–मुझसे न पूछो, मैं आपत्ति का मारा तुम लोगों की शरण में जी रहा हूँ–कहते-कहते नये ने सिर नीचा

कर लिया। वह विचारों में डूब गया। गाला चुप थी। सहसा भालू जोर से भूँक उठा, दोनों ने घूमकर देखा कि बदन चुपचाप खड़ा है! जब नये उठकर खड़ा होने लगा, तो वह बोला—गाला! मैं दो बातें तुम्हारे हित की कहना चाहता हूँ, और तुम भी सुनो नये।

दोनों ने सिर नीचा कर लिया।

मेरा अब समय हो चला। इतने दिनों तक मैंने तुम्हारी इच्छा में कोई बाधा नहीं दी, यों कहो कि तुम्हारी कोई वास्तविक इच्छा ही नहीं हुई; पर अब तुम्हारा जीवन चिरपरिचित देश की सीमा पार कर रहा है। मैंने जहाँ तक उचित समझा, तुमको अपने शासन में रखा, पर अब मैं यह चाहता हूँ कि तुम्हारा पथ नियत कर दूं और किसी उपयुक्त पात्र की संरक्षता में तुम्हें छोड़ जाऊँ।—इतना कहकर उसने एक भेदभरी दृष्टि नये के ऊपर डाली। गाला कनखियों से देखती हुई चुप थी। बदन फिर कहने लगा—मेरे पास इतनी सम्पत्ति है कि गाला और उसका पति जीवन भर सुख से रह सकते हैं—यदि उनकी संसार में सरल जीवन बिता लेने से अधिक इच्छा न हो। नये! मैं तुमको उपयुक्त समझता हूँ—गाला के जीवन की धारा सरल पथ से बहा ले चलने की क्षमता तुम में है! तुम्हें यदि स्वीकार हो तो—

मुझे इसकी आशंका पहले से थी। आपने मुझे शरण दी है। इसलिए गाला को मैं प्रतारित नहीं कर सकता। क्योंकि, मेरे हृदय में दाम्पत्य जीवन की सुख-साधना की सामग्री बची न रही। तिस पर भी आप जानते हैं कि मैं एक सन्दिग्ध हत्यारा मनुष्य हूँ!—नये ने इन बातों को कहकर जैसे एक बोझ उतार फेंकने की सांस ली हो।

बदन निरुपाय और हताश हो गया। गाला जैसे इस विवाद से एक अपरिचित असमंजस में पड़ गई। उसका दम घुटने लगा; लज्जा, क्षोभ और अपनी दयनीय दशा से ऐसे अपने स्त्री होने का ज्ञान अधिक वेग से धक्के देने लगा; वह उसी क्षण नये से अपना सम्बन्ध हो जाना, जैसे अत्यन्त आवश्यक समझने लगी थी। फिर भी यह उपेक्षा वह सह न सकी। उसने रोकर बदन से कहा—आप मुझे अपमानित कर रहे हैं, मैं अपने यहाँ पले हुए मनुष्य से कभी ब्याह न करूँगी। यह तो क्या, मैंने अभी ब्याह करने का विचार भी नहीं किया है! मेरा उद्देश्य है—पढ़ना और पढ़ाना। मैं निश्चय कर चुकी हूँ कि मैं किसी बालिका-विद्यालय में पढ़ाऊंगी।

एक क्षणभर के लिए बदन के मुंह पर भीषण भाव नाच उठा। वह दुर्दान्त मनुष्य हथकड़ियों से जकड़े हुए बन्दी के समान किटकिटा कर बोला—तो आज से मेरा-तेरा कोई सम्बन्ध नहीं—और एक ओर चल पड़ा।

नये चुपचाप पश्चिम के आरक्तिम आकाश की ओर देखने लगा। गाला रोष और क्षोभ से फूल रही थी, अपमान ने उसके हृदय को क्षत-विक्षत कर दिया था।

यौवन से भरे हृदय की महिमामयी कल्पना, गोधूली की धूप में बिखरने लगी। नये अपराधी की तरह इतना ही साहस न कर सका कि गाला को कुछ सान्त्वना देता। वह भी उठा और एक ओर चला गया।

चतुर्थ खण्ड

1

वह दरिद्रता और अभाव को गृहस्थ जीवन की कटुता में दुलारा गया था। उसकी माँ चाहती थी कि वह अपने हाथ दो रोटी कमा लेने के योग्य बन जाय, इसलिए वह बार-बार झिड़की सुनता। जब क्रोध से उसके आँसू निकलते और जब उन्हें अधरों से पोंछ लेना चाहिए था, तब भी वे रूखे कपोलों पर आप-ही-आप सूखकर एक मिलन-चिह्न छोड़ जाते थे।

कभी वह पढ़ने के लिए पिटता, कभी काम सीखने के लिए डांटा जाता; यही थी उसकी दिनचर्या। फिर वह चिड़चिड़े स्वभाव का क्यों न हो जाता। वह क्रोधी था, तो भी उसके मन में स्नेह था, प्रेम था और था नैसर्गिक आनन्द—शैशव का उल्लास; रो लेने पर भी जी खोलकर हँस लेना; पढ़ने पर खेलने लगना! बस्ता खुलने के लिए सदैव प्रस्तुत रहता। पुस्तकें गिरने के लिए निकल पड़ती थीं। टोपी असावधानी से टेढ़ी और कुरते का बटन खुला हुआ। आँखों में सूखते हुए आँसू और अधर पर मुस्कराहट।

उसकी गाड़ी चल रही थी; वह एक पहिया ढुलका रहा था। उसे चलाकर उल्लास से बोल उठा—हटो सामने से, गाड़ी जाती है।

सामने से आती हुई युवती पगली ने उस गाड़ी को उठा लिया। बालक के निर्दोष विनोद में बाधा पड़ी। वह सहमकर उस पगली की ओर देखने लगा। निष्फल क्रोध का परिणाम होता है रो देना। बालक रोने लगा; म्यूनिसिपल स्कूल भी पास न था, जिसकी 'अ'-कक्षा में वह पढ़ता था। कोई सहायक न पहुँच सका। पगली ने उसे रोते देखा, वह जैसे अपनी भूल समझ गई। बोली—आं! अमको न खेलाओगे; आं-आं,—मैं भी रोने लगूंगी, आं-आं-आं! बालक हँस पड़ा। वह उसे गोद में लेकर झिंझोड़ने लगी; अबकी वह फिर घबराया। उसने रोने के लिए मुंह बनाया ही था कि पगली ने उसे गोद से उतार दिया और वह बड़बड़ाने लगी—राम, कृष्ण और बुद्ध सभी तो पृथ्वी पर लोटते थे! मैं खोजती थी आकाश में! ईसा की जननी से पूछती थी। इतना खोजने की क्या आवश्यकता? कहीं तो नहीं, वह देखो कितनी चिन्गारी निकल रही है; सब एक-एक प्राणी हैं, चमकना, फिर लोप हो जाना! किसी के बुझने में रोना है और किसी के जल उठने में हँसी। हा-हा-हा-हा!...

तब तो बालक और भी डरा। वह त्रस्त था, उसे भी शंका होने लगी कि यह पगली तो नहीं है। वह हतबुद्धि-सा इधर-उधर देख रहा था। दौड़कर भाग जाने का साहस भी न था; अभी तक उसकी गाड़ी पगली लिए थीं दूर से एक स्त्री और पुरुष, यह घटना कुतूहल से देखते चले आ रहे थे। उन्होंने बालक को विपत्ति में पड़ा देखकर सहायता करने की इच्छा की। पास आकर पुरुष ने कहा—क्यों जी, तुम पागल तो नहीं हो! क्यों इस लड़के को तंग कर रही हो?

तंग कर रही हूँ। पूजा कर रही हूँ पूजा! राम, कृष्ण, बुद्ध, ईसा की सरलता की पूजा कर रही हूँ। इन्हें रुला देने से इनकी एक कसरत हो जाती है, फिर हँसा दूंगी; और, तुम तो कभी भी जी खोलकर न हँस सकोगे और न रो सकोगे!

बालक को कुछ साहस हो चला था। वह अपना सहायक देखकर बोल उठा—मेरी गाड़ी छीन ली है! पगली ने पुचकारते हुए कहा—चित्र लोगे?—देखो पश्चिम से सन्ध्या कैसा अपना रंगीन चित्र फैलाए बैठी है!—पगली के साथ ही और उन तीनों ने भी देखा। पुरुष ने कहा—मुझसे बातें करो, उस बालक को जाने दो। पगली हंस पड़ी। वह बोली—तुमसे बात! बातों का कहाँ अवकाश! चालबाजियों से कहा अवसर! ऊँह, देखो उधर काले पत्थरों की एक पहाड़ी, उसके बाद एक लहराती हुई झील, फिर नारंगी रंग की एक जलती हुई पहाड़ी—जैसे उसकी ज्वाला ठण्डी नहीं होती! फिर एक सुनहला मैदान!—वहाँ चलोगे?

उधर देखने में सब विवाद बन्द हो गया, बालक भी चुप था; उस स्त्री और पुरुष ने भी निसर्ग-स्मरणीय दृश्य देखा। पगली संकेत करने वाला हाथ फैलाये अभी तक वैसे ही खड़ी थी। पुरुष ने देखा, उसका सुन्दर शरीर कृश हो गया था और बड़ी-बड़ी आँखें क्षुधा से व्याकुल थीं। जाने वह कब से अनाहार का कष्ट उठा रही थी। साथ वाली स्त्री से पुरुष ने कहा—किशोरी! इसे कुछ खिलाओ! किशोरी उस बालक को देख रही थी, अब श्रीचन्द्र का ध्यान भी उसकी ओर गया। वह बालक उस पगली की उन्मत्त क्रीड़ा से रक्षा पाने की आशा में विश्वासपूर्ण नेत्रों से, इन्हीं दोनों की ओर देख रहा था। श्रीचन्द्र ने उसे गोद में उठाते हुए कहा—चलो, तुम्हें गाड़ी दिला दूं!

किशोरी ने पगली से कहा—तुम्हें भूख लगी है, कुछ खाओगी?

पगली और बालक दोनों ही उनके प्रस्तावों से सहमत थे; पर बोले नहीं। इतने में श्रीचन्द्र का पण्डा आ गया, और बोला—बाबू जी आप कब से यहाँ फंसे हैं। यह तो चाची का पालित पुत्र है, क्यों रे मोहन! तू अभी से स्कूल जाने लगा है? चल, तुझे घर पहुँचा दूं?—वह श्रीचन्द्र की गोद से उसे लेने लगा; परन्तु मोहन वहाँ से उतरना नहीं चाहता था।

मैं तुझको कब से खोज रही हूँ, तू बड़ा दुष्ट है रे।—कहती हुई चाची ने आकर उसे अपनी गोद में ले लिया। सहसा पगली हँसती हुई भाग चली। वह कह रही थी—वह देखो, प्रकाश भागा जाता है...अन्धकार...!—कहकर पगली वेग

से दौड़ने लगी थी। कंकड़, पत्थर और गड्ढों का ध्यान नहीं। अभी थोड़ी भी दूर वह न जा सकी थी कि उसे ठोकर लगी, वह गिर पड़ी। गहरी चोट लगने से वह मूर्छित-सी हो गई।

यह दल उसके पास पहुँचा। श्रीचन्द्र ने पण्डा जी से कहा—इसकी सेवा होनी चाहिए, बेचारी दुखिया है! पण्डा जी अपने धनी यजमान की प्रत्येक आज्ञा पूरी करने के लिए प्रस्तुत थे। उन्होंने कहा—चाची का घर तो पास ही है, वहाँ उसे उठा ले चलता हूँ। चाची ने मोहन और श्रीचन्द्र के व्यवहार को देखा था, उसे अनेक आशा थी। उसने कहा—हां, हां, बेचारी को बड़ी चोट लगी है, उतर तो मोहन!—मोहन को उतारकर वह पण्डा जी की सहायता से पगली को अपने पास के घर में ले चली। मोहन रोने लगा। श्रीचन्द्र ने कहा—ओहो, तुम बड़े रोते हो जी? गाड़ी लेने न चलोगे?

चलूंगा—चुप होते हुए मोहन ने कहा।

मोहन के मन में पगली से दूर रहने की बड़ी इच्छा थी। श्रीचन्द्र ने पण्डा को कुछ रुपये दिये कि पगली के आराम का कुछ उचित प्रबन्ध किया जाय; और बोले—चाची, मैं मोहन को गाड़ी दिलाने के लिए बाजार लिवाता जाऊँ?

चाची ने कहा—हाँ, हाँ, आपका ही लड़का है।

मैं फिर अभी आता हूँ, आपके पड़ोस में ही तो ठहरा हूँ।—कह कर श्रीचन्द्र, किशोरी और मोहन बाजार की ओर चले।

ऊपर लिखी हुई घटना को महीनों बीत चुके थे। अभी तक श्रीचन्द्र और किशोरी अयोध्या में ही रहे। नागेश्वरनाथ के मन्दिर के पास ही डेरा था। सरयू की तीव्र धारा सामने बह रही थी; स्वर्गद्वार के घाट पर स्नान कर के श्रीचन्द्र, किशोरी बैठे थे। पास ही एक वैरागी रामायण की कथा कह रहा था—

'राम एक तापस-तिय तारी।
नाम कोटि खल कुमति सुधारी।।'

तापस-तिय तारी—गौतम की पत्नी अहल्या को अपनी लीला करते समय भगवान् ने तार दिया। वह यौवन के प्रमाद से, इन्द्र के दुराचार से, छली गई। उसने पति से—इस लोक के देवता से—छल किया। वह पामरी इस लोक के सर्वश्रेष्ठ रत्न सतीत्व से वंचित हुई। उसके पति ने शाप दिया, वह पत्थर हो गई। बाल्मीकि ने इस प्रसंग पर लिखा है—**बातभक्षा निराहारा तप्यन्ती भस्मशायिनी**। ऐसी कठिन तपस्या करते हुए, पश्चात्ताप का अनुभव करते हुए वह पत्थर नहीं तो और क्या थी! पतितपालन ने उसे शाप-विमुक्त किया। प्रत्येक पापों के दण्ड की सीमा होती है। सब काल में अहल्या-सी स्त्रियों के होने की सम्भावना है, क्योंकि कुमति तो बची है, वह जब चाहे किसी को अहल्या बना सकती है। उसके लिए उपाय है—**भगवान्** का नाम-स्मरण। आप लोग नाम-स्मरण का अभिप्राय यह न समझ लें कि राम-राम चिल्लाने से नाम-स्मरण हो गया—

'नाम निरूपन नाम जतन से।
सोप्रकटत जिमि मोल रतन ते।।'

इस 'राम' शब्दावाची उस अखिल ब्रह्माण्ड में रमण करने वाले पतितपावन की सत्ता को सर्वत्र स्वीकार करते हुए सर्वस्व समर्पण करने वाली भक्ति के साथ उसका स्मरण करना ही यथार्थ में नाम-स्मरण है!

वैरागी ने कथा समाप्त की। तुलसी बँटी। सब लोग जाने लगे। श्रीचन्द्र भी चलने के लिए उत्सुक था; परन्तु किशोरी का हृदय काँप रहा था अपनी दशा पर, और पुलकित हो रहा था भगवान् की महिमा पर। उसने विश्वासपूर्ण नेत्रों से देखा कि सरयू प्रभात के तीव्र आलोक में लहराती हुई बह रही है। उसे साहस हो चला था। आज उसे पाप और उससे मुक्ति का नवीन रहस्य प्रतिभासित हो रहा था। पहली ही बार उसने अपना अपराध स्वीकार किया, और यह उसके लिए अच्छा अवसर था कि उसी क्षण उसे उद्धार की भी आशा थी। वह व्यस्त हो उठी।

पगली अब स्वस्थ हो चली थी। विकार तो दूर हो गए थे, किन्तु दुर्बलता बनी थी। वह हिन्दूधर्म की ओर अपरिचित कुतूहल से देखने लगी थी, उसे वह मनोरंजक दिखलाई पड़ता था। वह भी चाची के साथ श्रीचन्द्र वाले घाट से दूर बैठी हुई, सरयू-तट का प्रभात और उसमें हिंदूधर्म के आलोक को सकुतूहल देख रही थी।

इधर श्रीचन्द्र का मोहन से हेलमेल बढ़ गया था और चाची भी उसकी रसोई बनाने का काम करती थी। वह हरद्वार से अयोध्या चली आई थी, क्योंकि वहाँ उसका मन न लगा।

चाची का वह रूप पाठक भूले न होंगे; जब वह हरद्वार में तारा के साथ रहती थी; परन्तु तब से अब अन्तर था। मानव मनोवृत्तियां प्रायः अपने लिए एक केन्द्र बना लिया करती हैं, जिसके चारों ओर वह आशा और उत्साह से नाचती रहती हैं। चाची तारा के उस पुत्र को–जिसे यह अस्पताल में छोड़कर चली आई थी–अपना ध्रुव नक्षत्र समझने लगी थी। मोहन को पालने के लिए उसने अधिकारियों से मांग लिया था;

पगली और चाची जिस घाट पर बैठी थीं; वहाँ एक अन्धा भिखारी लठिया टेकता हुआ, उन लोगों के समीप आया। उसने कहा–भीख दो, बाबा! इस जन्म में कितने अपराध किए हैं–हे भगवान्! अभी मौत भी नहीं आती। चाची चमक उठीं। एक बार उसे ध्यान से देखने लगीं। सहसा पगली ने कहा–अरे, तुम मथुरा से यहाँ भी आ पहुँचे।

तीर्थों में घूमता हूँ, बेटी! अपना प्रायश्चित्त करने के लिए, दूसरा जन्म बनाने के लिए! इतनी ही तो आशा है–भिखारी ने कहा।

पगली उत्तेजित हो उठी। अभी उसके मस्तिष्क की दुर्बलता गई न थी। उसने समीप जाकर उसे झकझोर कर पूछा–गोविन्दी चौबाइन की पाली हुई बेटी को तुम

भूल गए! पण्डित, मैं वही हूँ; तुम बताओगे मेरी मां को? अरे घृणित नीच अन्धे! मेरी माता से मुझे छुड़ाने वाले हत्यारे! तू कितना निष्ठुर है!

क्षमा कर बेटी! क्षमा में भगवान् की शक्ति है, उनकी अनुकम्पा है। मैंने अपराध किया था, उसी का तो फल भोग रहा हूँ! यदि तू सचमुच वही गोविन्दी चौबाइन की पाली हुई लड़की है, तो तू प्रसन्न हो जा—अपने अभिशाप की ज्वाला में मुझे जलता हुआ देखकर प्रसन्न हो जा! बेटी, हरद्वार तक तो तेरी मां का पता था, पर मैं बहुत दिन से नहीं जानता कि वह अब कहाँ है! नन्दो कहाँ है?—यह बताने में अब अन्धा रामदेव असमर्थ है, बेटी!

चाची ने उठकर सहसा उस अन्धे का हाथ पकड़कर कहा—रामदेव!

रामदेव ने एक बार अपनी अन्धी आँखों से देखने की भरपूर चेष्टा की, फिर विफल होकर आँसू बहाते हुए बोला—नन्दो का-सा स्वर सुनाई पड़ता है! नन्दो, तुम्हीं हो? बोलो ! हरद्वार से तुम यहाँ आ गई हो? हे राम! आज तुमने मेरा अपराध क्षमा किया,—नन्दो! यही तुम्हारी लड़की है! रामदेव की फूटी आँखों से आँसू बह रहे थे।

एक बार पगली ने नन्दो चाची की ओर देखा और नन्दो ने पगली की ओर—रक्त का आकर्षण तीव्र हुआ, दोनों गले से मिलकर रोने लगीं। यह घटना दूर हो रही थी। किशोरी और श्रीचन्द्र का उससे कुछ सम्बन्ध न था।

अकस्मात् अन्धा रामदेव उठा और चिल्लाकर कहने लगा—पतितपावन की जय हो! भगवान् मुझे शरण में लो!—जब तक उसे सब लोग देखें, तब तक वह सरयू की प्रखर धारा में बहता हुआ—फिर डूबता हुआ, दिखाई पड़ा।

घाट पर हलचल मच गई। किशोरी कुछ व्यस्त हो गई। श्रीचन्द्र भी इस आकस्मिक घटना से चकित-सा हो रहा था।

अब यह एक प्रकार से निश्चित हो गया कि श्रीचन्द्र, मोहन को पालेंगे, और वे उसे दत्तक रूप से भी ग्रहण कर सकते हैं। चाची को सन्तोष हो गया था, वह मोहन के धनी होने की कल्पना से सुखी हो सकी। उसका और भी एक कारण था—पगली का मिल जाना। वह आकस्मिक मिलन उन लोगों के लिए अत्यन्त हर्ष का विषय था। किन्तु पगली अब तक पहचानी न जा सकी थी, क्योंकि वह बीमारी की अवस्था में बराबर चाची के घर पर ही रही। श्रीचन्द्र से चाची को उसकी सेवा के लिए रुपये मिलते। वह धीरे-धीरे स्वस्थ हो चली, परन्तु वह किशोरी के पास न जाती। किशोरी को केवल इतना मालूम था कि नन्दो की पगली लड़की मिल गई है। एक दिन यह निश्चय हुआ कि अब सब लोग काशी चलें; पर पगली अभी जाने के लिए सहमत न थी। मोहन श्रीचन्द्र के यहाँ रहता था; पगली भी किशोरी का समाना करना नहीं चाहती थी; पर उपाय क्या था! उसे उन लोगों के

साथ जाना ही पड़ा। उसके पास केवल एक अस्त्र बचा था, वह था घूंघट! वह उसी की आड़ में काशी आई। किशोरी के सामने भी हाथों घूंघट निकाले रहती। किशोरी नन्दो के चिढ़ने के डर से उससे कुछ न बोलती। मोहन को दत्तक लेने का समय समीप था, वह अब तक चाची को चिढ़ाना भी न चाहती, यद्यपि पगली का घूँघट उसे बहुत खलता था।

किशोरी को विजय की स्मृति प्रायः चौंका देती। एकान्त में वह रोती रहती। उसकी वही तो सारी कमाई, जीवन भर के पाप-पुण्य का संचित धन विजय! आह, माता का हृदय रोने लगता।

काशी आने पर एक दिन पण्डित जी के कुछ मन्त्रों ने प्रकट रूप से श्रीचन्द्र को मोहन का पिता बना दिया। नन्दो चाची को अपनी बेटी मिल चुकी थी, अब मोहन के लिए उसके मन में उतनी व्यथा न थी। मोहन भी श्रीचन्द्र को बाबू जी कहने लगा था। वह सुख में पलने लगा।

किशोरी पारिजात के पास बैठी हुई अपनी अतीत-चिन्ता में निमग्न थी। नन्दो के साथ पगली स्नान करके लौट आई थी। चादर उतारते हुए नन्दो ने पगली से कहा—बेटी!

उसने कहा—मां!

तुमको सब किस नाम से पुकारते थे, यह तो मैंने आज तक न पूछा। बतलाओ बेटी वह प्यारा नाम!

मां, मुझे चौबाइन 'घण्टी' नाम से बुलाती थी।

चांदी की सुरीली घण्टी-सी ही तेरी बोली है, बेटी!

किशोरी सुन रही थी। उसने पास आकर एक बार आँख गड़ा कर देखा और पूछा—क्या कहा! घण्टी?

हां बहू जी—वही वृन्दावन वाली घण्टी!

किशोरी आग हो गई। वह भभक उठी—निकल जा डायन! मेरे विजय को खा डालने वाली चुड़ैल!

नन्दो तो पहले एक बार किशोरी की डाँट पर स्तब्ध रही; पर वह कब सहने वाली! उसने कहा—मुंह संभालकर बातें करो, बहू! मैं किसी से दबनेवाली नहीं। मेरे सामने किसका साहस है, जो मेरी बेटी—मेरी घण्टी—को आँख दिखलावे! आँख निकाल लूं!

तुम—दोनों अभी निकल जाओ—अभी जाओ, नहीं तो नौकरों से धक्के देकर निकलवा दूंगी।—हांफती हुई किशोरी ने कहा।

बस इतना ही तो—गौरी रूठे अपना सुहाग ले! हम लोग जाती हैं, मेरे रुपये अभी दिलवा दो, बस अब एक शब्द भी मुँह से न निकालना—समझी!—नन्दो ने

तीखेपन से कहा।

किशोरी क्रोध में उठी और अलमारी खोलकर नोटों का बण्डल उसके सामने फेंकती हुई बोली—लो सहेजो अपना रुपया, भागो!

नन्दो ने घण्टी से कहा—चलो बेटी! अपना सामान ले लो।

दोनों ने तुरन्त गठरी दबाकर बाहर की राह ली। किशोरी ने एक बार भी उन्हें ठहरने के लिए न कहा। उस समय श्रीचन्द्र और मोहन गाड़ी पर चढ़कर हवा खाने गए थे।

किशोरी का हृदय नवागन्तुक कल्पित सन्तान से विद्रोह तो कर ही रहा था, वह अपना सच्चा धन गंवाकर इस दत्तक पुत्र से मन भुवनाने में असमर्थ थी। नियति की इस आकस्मिक विडम्बना ने उसे अधीर बना दिया। जिस घण्टी के कारण विजय अपने सुखमय संसार को खो बैठा और किशोरी ने अपने पुत्र विजय को; उसी घण्टी का भाई आज उसके सर्वस्व का मालिक है, उत्तरधिकारी है। दुर्दैव का यह कैसा परिहास है! वह छटपटाने लगी, मसोसने लगी; परन्तु अब कर ही क्या सकती थी। धर्म के विधान से दत्तक पुत्र उसका अधिकारी था और विजय नियम के विधान से निर्वासित—मृतक-तुल्य!

2

मंगलदेव की पाठशाला में अब दो विभाग हैं—एक लड़कों का, दूसरा लड़कियों का। गाला लड़कियों की शिक्षा का प्रबन्ध करती। वह अब एक प्रभावशाली गम्भीर युवती दिखलाई पड़ती, जिसके चारों ओर पवित्रता और ब्रह्मचर्य का मण्डल घिरा रहता! बहुत-से लोग जो पाठशाला में आते, वे इस जोड़ी को आश्चर्य से देखते। पाठशाला के बड़े छप्पर के पास ही गाला की भी झोंपड़ी थी, जिसमें एक चटाई; तीन-चार कपड़े, एक पानी का बरतन और कुछ पुस्तकें थीं। गाला एक पुस्तक मनोयोग से पढ़ रही थी। कुछ पन्ने उलटते हुए उसने सन्तुष्ट होकर पुस्तक रख दी। वह सामने की सड़क की ओर देखने लगी। फिर भी कुछ समझ में न आया। उसने बड़बड़ाते हुए कहा—पाठ्यक्रम इतना असम्बद्ध है कि यह मनोविकास में सहायक होने के बदले, स्वयं भार हो जाएगा। वह फिर पुस्तक पढ़ने लगी—‘रानी ने उन पर कृपा दिखाते हुए छोड़ दिया और राजा ने भी रानी की उदारता पर हंसकर प्रसन्नता प्रकट की...’ राजा और रानी, इसमें स्त्री और पुरुष बनाने का, संसार का सहनशील साझीदार होने का, सन्देश कहीं नहीं। केवल महत्ता का प्रदर्शन, मन पर अनुचित प्रभाव का बोझ! उसने झुंझलाकर पुस्तक पटककर एक निःश्वास लिया। उसे बदन का स्मरण हुआ, ‘बाबा’—कहकर एक बार चिहुंक उठी। वह अपनी ही भर्त्सना प्रारम्भ कर चुकी थी; सहसा मंगलदेव मुस्कराता हुआ सामने दिखाई पड़ा। मिट्टी के दीप की लौ भक-भक करती हुई जलने लगी।

तुमने कई दिन लगा दिए, मैं तो अब सोने जा रही थी।

क्या करूँ, आश्रम की एक स्त्री पर हत्या का भयानक अभियोग था। गुरुदेव ने उसकी सहायता के लिए बुलाया था।

तुम्हारा आश्रम हत्यारों की भी सहायता करता है?

नहीं, गाला! वह हत्या उसने नहीं की थी, वस्तुतः एक दूसरे पुरुष ने की; पर, वह स्त्री उसे बचाना चाहती है।

क्यों?

यही तो मैं समझ न सका।

तुम न समझ सके! स्त्री एक पुरुष को फाँसी से बचाना चाहती है और इसका कारण तुम्हारी समझ में न आया—इतना स्पष्ट कारण!

तुम क्या समझती हो?

स्त्री जिससे प्रेम करती है, उसी पर सरबस वार देने को प्रस्तुत हो जाती है, यदि वह भी उसका प्रेमी हो तो! स्त्री वय के हिसाब से सदैव शिशु, कर्म में वयस्क और अपनी असहायता में निरीह है। विधाता का ऐसा ही विधान है।

मंगल ने देखा कि अपने कथन में गाला एक सत्य का अनुभव कर रही है। उनसे कहा—तुम स्त्री-मनोवृत्ति को अच्छी तरह समझ सकती हो; परन्तु सम्भव है यहां भूल कर रही हो। सब स्त्रियाँ एक ही धातु की नहीं। देखो, मैं जहाँ तक उसके सम्बन्ध में जानता हूँ, तुम्हें सुनाता हूँ—वह एक निश्छल प्रेम पर विश्वास रखती थी और प्राकृतिक नियम से आवश्यक था कि एक युवती किसी भी युवक पर विश्वास करे; परन्तु वह अभागा युवक उस विश्वास का पात्र नहीं था। उसकी अत्यन्त आवश्यक और कठोर घड़ियों में युवक विचलित हो उठा। कहना न होगा कि उस युवक ने उसके विश्वास को बुरी तरह ठुकराया। एकाकिनी उस आपत्ति की कटुता झेलने के लिए छोड़ दी गयी। बेचारी को एक सहारा भी मिला; परन्तु यह दूसरा युवक भी उसके साथ वही करने के लिए प्रस्तुत था, जो पहले युवक ने किया। वह फिर अपना आश्रय छोड़ने के लिए बाध्य हुई। उसने संघ की छाया में दिन बिताना निश्चित किया। एक दिन उसने देखा कि यही दूसरा युवक एक हत्या करके फांसी पाने की आशा में हठ कर रहा है। उसने उसे हटा दिया, आप शव के पास बैठी रही। पकड़ी गई, तो हत्या का भार अपने सिर ले लिया। यद्यपि उसने स्पष्ट स्वीकार नहीं किया; परन्तु शासन को तो एक हत्या के बदले दूसरी हत्या करनी ही है। न्याय को यही समीप मिली, उसी पर अभियोग चल रहा है। मैं तो समझता हूँ कि वह हताश होकर जीवन दे रही है। उसका कारण प्रेम नहीं है, जैसा तुम समझ रही हो।

गाला ने एक दीर्घ निःश्वास लिया। उसने कहा—नारी जाति का निर्माण विधाता की एक झुँझलाहट है। मंगल! उससे संसार-भर के पुरुष कुछ लेना चाहते हैं, एक माता ही कुछ सहानुभूति रखती है, इसका कारण है उसका भी स्त्री होना। हाँ, तो

उसने न्यायालय में अपना क्या वक्तव्य दिया?

उसने कहा—पुरुष स्त्रियों पर सदैव अत्याचार करते हैं, कहीं नहीं सुना गया कि अमुक स्त्री ने अमुक पुरुष के प्रति ऐसा ही अन्याय किया; परन्तु पुरुषों का यह साधारण व्यवसाय है—स्त्रियों पर आक्रमण करना! जो अत्याचारी है, वह मारा गया। कहा जाता है कि न्याय के लिए न्यायालय सदैव प्रस्तुत रहता है; परन्तु अपराध हो जाने पर ही विचार करना उसका काम है। उस न्याय का अर्थ है कि किसी को दण्ड दे देना! किन्तु उसके नियम उस आपत्ति से नहीं बचा सकते। सरकारी वकील कहते हैं—न्याय को अपने हाथ में लेकर तुम दूसरा अन्याय नहीं कर सकते; परन्तु उस एक क्षण की कल्पना कीजिए कि उसका सर्वस्व लुटा चाहता है और न्याय के रक्षक अपने आराम में हैं। वहाँ एक पत्थर का टुकड़ा ही आपत्ति-ग्रस्त की रक्षा कर सकता है। तब वह क्या करे, उसका भी उपयोग न करे! यदि आपके सुव्यवस्थित शासन में कुछ दूसरा नियम है, तो आप प्रसन्नता से मुझे फाँसी दे सकते हैं; मुझे और कुछ नहीं कहना है।—वह निर्भीक युवती इतना कहकर चुप हो गई। न्यायाधीश दाँतों-तले ओंठ दबाए चुप थे। साक्षी बुलाये गए हैं; पुलिस ने दूसरे दिन उन्हें ले आने की प्रतिज्ञा की है। गाला! मैं तुमसे भी कहता कि चलो, इस विचित्र अभियोग को देखो; परन्तु यहाँ पाठशाला भी तो देखनी है। अबकी बार मुझे कई दिन लगेंगे!

आश्चर्य है; परन्तु मैं कहती हूँ कि वह स्त्री अवश्य उस युवक से प्रेम करती है, जिसने हत्या की है। जैसा तुमने कहा, उससे तो यही मालूम होता है कि वही दूसरा युवक उसका प्रेम-पात्र है, जिसने उसे सताना चाहा था।

गाला! पर मैं कहता हूँ कि वह उससे घृणा करती थी। ऐसा क्यों! मैं न कह सकूंगा; पर है बात कुछ ऐसी ही। सहसा रुककर मंगल चुपचाप सोचने लगा—हो सकता है! ओह! अवश्य विजय और यमुना!—यही तो, मानता हूँ कि हृदय में एक आँधी रहती है; एक हलचल लहराया करती है, जिसके प्रत्येक धक्के में—बढ़ो! बढ़ो!'—की घोषणा रहती है। वह पागलपन संसार को तुच्छ लघुकण समझकर उसकी ओर उपेक्षा से हंसने का उत्साह देता है। संसार का कर्त्तव्य, धर्म का शासन, केले के पत्ते की तरह धज्जी-धज्जी उड़ जाता है। यही तो प्रणय है। नीति की सत्ता ढोंग मालूम पड़ती है और विश्वास होता है कि समस्त सदाचार उसी की साधना है...हां, वही सिद्धि है, वही सत्य है। आह, अबोध मंगल! तुने उसे पाकर भी न पाया। नहीं-नहीं, वह पतन था, अवश्य माया थी। अन्यथा, विजय की ओर इतनी प्राण दे देने वाली सहानुभूति क्यों? आह, पुरुष-जीवन के कठोर सत्य! क्या इस जीवन में नारी को प्रणय-मदिरा के रूप में गलकर तू कभी न मिलेगी? परन्तु स्त्री, जल-सदृश कोमल एवं अधिक-से-अधिक निरीह है। बाधा देने की सामर्थ्य नहीं; तब भी उसमें एक धारा है, एक गति है, पत्थरों की रुकावट की भी उपेक्षा कर के कतराकर वह चली ही जाती है। अपनी सन्धि खोज ही लेती है, और सब उसके

लिए पथ छोड़ देते हैं, सब झुकते हैं; सब लोहा मानते हैं। किन्तु सदाचार की प्रतिज्ञा...तो अर्पण करना होगा धर्म की बलिवेदी पर मन का स्वातन्त्र्य! कर तो दिया, मन कहाँ स्वतन्त्र रहा! अब उसे एक राह पर लगाना होगा।—वह जोर से बोल उठा—गाला! क्या यही!

गाला चिन्तित मंगल का मुँह देख रही थी। वह हँस पड़ी, बोली—कहाँ घूम रहे हो, मंगल?

मंगल चौंक उठा। उसने देखा, जिसे खोजता था वही कब से मुझे पुकार रही है। वह तुरन्त बोला--कहीं तो नहीं, गाला!

आज पहला अवसर था, जब गाला ने मंगल को उसके नाम से पुकारा। उसमें सरलता थी, हृदय की छाया थी। मंगल ने अभिन्नता का अनुभव किया। हंस पड़ा।

तुम कुछ सोच रहे थे; यही कि स्त्रियाँ ऐसा प्रेम कर सकती हैं? तर्क ने कहा होगा—नहीं! व्यवहार ने समझाया होगा—यह सब स्वप्न है! यही न? पर मैं कहती हूँ सब सत्य है...स्त्री का हृदय...प्रेम का रंगमंच है! तुमने शास्त्र पढ़ा है, फिर भी तुम स्त्रियों के हृदय को परखने में उतने कुशल नहीं हो, क्योंकि...

बीच में रोककर मंगल ने पूछा—और तुम कैसे प्रेम का रहस्य जानती हो, गाला! तुम भी तो...

स्त्रियों का यह जन्मसिद्ध उत्तराधिकार है, मंगल! उसे खोजना, परखना नहीं होता, कहीं से ले आना नहीं होता। वह बिखरा रहता है असावधानी से—धनकुबेर की विभूति के समान! उसे सम्हालकर केवल एक ओर व्यय करना पड़ता है—इतना ही तो! हंसकर गाला ने कहा।

और पुरुष को...?—मंगल ने पूछा।

हिसाब लगाना पड़ता है, उसे सीखना पड़ता है। संसार में जैसे उसकी महत्त्वाकांक्षा की और भी बहुत-सी विभूतियां हैं, वैसे ही यह भी एक है। पद्मिनी के समान जल-मरना स्त्रियाँ ही जानती हैं, और पुरुष केवल उसी जली हुई राख को उठाकर अलाउद्दीन के सदृश बिखेर देना ही तो जानते हैं!—कहते-कहते गाला तन गई थी। मंगल ने देखा—वह ऊर्जस्वित सौन्दर्य!

बात बदलने के लिए गाला ने पाठ्यक्रम-सम्बन्धी अपने उपालम्भ कह सुनाये और पाठशाला के शिक्षाक्रम का मनोरंजक विवाद छिड़ा। मंगल उस कानन-वासिनी के तर्कजालों में बार-बार जान-बूझकर अपने को फंसा देता। अन्त में मंगल ने स्वीकार किया कि वह पाठ्यक्रम बदला जाएगा। सरल पाठों में बालकों के चारित्र्य, स्वास्थ्य और साधारण ज्ञान को विशेष सहायता देने का उपकरण जुटाया जायगा। स्वावलम्बन का व्यावहारिक विषय निर्धारित होगा।

गाला ने सन्तोष की साँस लेकर देखा—आकाश का सुन्दर शिशु, बैठा हुआ बादलों की क्रीड़ा-शैली पर हँस रहा था और रजनी शीतल हो चली थी। रोए अनुभूति में सगबगाने लगे थे। दक्षिण पवन जीवन का सन्देह लेकर टेकरी पर विश्राम करने

लगा था। मंगल की पलकें भारी थीं और गाला झीम रही थी। कुछ ही देर में दोनों अपने-अपने स्थान पर बिना किसी शैया के आडम्बर के सो गए।

3

एक दिन सवेरे की गाड़ी से वृन्दावन के स्टेशन पर नन्दो और घण्टी उतरीं। बाथम स्टेशन के समीप ही, सड़क पर ईसाई-धर्म पर व्याख्यान दे रहा था—

यह देवमन्दिरों की यात्राएं तुम्हारे मन में क्या भाव लाती हैं—पाप का या पुण्य का? तुम जब पापों के बोझ से लदकर, एक मन्दिर की दीवार से टिककर लम्बी साँस, खींचते हुए सोचेगा कि मैं इससे छू जाने पर पवित्र हो गया, तो तुम्हारे में फिर से पाप करने की प्रेरणा बढ़ेगी! यह विश्वास कि देवमन्दिर मुझे पाप से मुक्त कर देंगे, भ्रम है।

सहसा सुनने वालों में से मंगल ने कहा—ईसाई! तुम जो कह रहे हो, यदि वही ठीक है, तो इस भाव के प्रचार का सबसे बड़ा दायित्व तुम लोगों पर है, जो कहते हैं कि पश्चात्ताप करो, तुम पवित्र हो जाओगे। भाई, हम लोग तो इस सम्बन्ध में ईश्वर को भी इस झंझट से दूर रखना चाहते हैं—

'जो जस करे तो तस फल चाखा!

सुनने वालों ने ताली पीट दी। बाथम एक घोर सैनिक की भांति प्रत्यावर्त्तन कर गया। वह भीड़ में से निकलकर अभी स्टेशन की ओर चला था कि सिर पर गठरी लिए हुए नन्दो के पीछे घण्टी जाती हुई दिखाई पड़ी। वह उत्तेजित होकर लपका, उसने पुकारा,—घण्टी!

घण्टी के हृदय में सनसनी दौड़ गई। उसने नन्दो का कन्धा पकड़ लिया। धर्म का व्याख्याता ईसाई, पशु के फन्दे में अपना गला फांसकर उछलने लगा। उसने कहा—घण्टी! चलो, हम तुमको खोज कर लाचार हो गए—आह डार्लिंग!

भयभीतर घण्टी सिकुड़ी जाती थी। नन्दो ने डपटकर कहा—तू कौन है रे! क्या सरकारी राज नहीं रहा! आगे बढ़ा, तो ऐसा झापड़ लगेगा कि तेरा टोप उड़ जायगा!

दो-चार मनुष्य और इकट्ठे हो गए। बाथम ने कहा—मां जी, यह मेरी विवाहिता स्त्री है; यह ईसाई है, आप नहीं जानतीं।

नन्दो तो घबरा गई। और लोगों ने भी कान सगबगाये; पर सहसा फिर मंगल बाथम के सामने लेट गया। उसने घण्टी से पूछा—क्या तुम ईसाई-धर्म ग्रहण कर चुकी हो?

मैं धर्म-कर्म कुछ नहीं जानती। मेरा कोई आश्रय न था, तो इन्होंने मुझे कई दिन खाने को दिया था।

ठीक है; पर तुमने इनके साथ ब्याह किया था?

नहीं, यह मुझे दो-एक दिन गिरजाघर में ले गए थे, ब्याह-वयाह मैं नहीं जानती।

मिस्टर बाथम, यह क्या कहती है? क्या आप लोगों का ब्याह चर्च में नियमानुसार हो चुका है—आप प्रमाण दे सकते हैं?

नहीं, जिस दिन होने वाला था, उसी दिन तो यह भागी। हां, यह बपतिस्मा अवश्य ले चुकी है।

क्यों, तुम ईसाई हो चुकी हो?

मैं नहीं जानती।

अच्छा मिस्टर बाथम! अब आप एक भद्र पुरुष होने के कारण इस तरह एक स्त्री को अपमानित न कर सकेंगे। इसके लिए आप पश्चात्ताप तो करेंगे ही, चाहे वह प्रकट न हो। छोड़िए, राह छोड़िए, जाओ देवी!

मंगल के इस कहने पर भीड़ हट गई। बाथम भी चला। अभी वह अपनी धुन में थोड़ी दूर गया था कि चर्च का बुढ्ढा चपरासी मिला। बाथम चौंक पड़ा। चपरासी ने कहा—बड़े साहब की चलाचली है; चर्च को सँभालने के लिए आपको बुलाया है।

बाथम किंकर्तव्य-विमूढ़-सा चर्च के ताँगे पर जा बैठा।

पर नन्दो का तो पैर ही आगे न पड़ता था। वह एक बार घण्टी को देखती, फिर सड़क को। घण्टी के पैर उसी पृथ्वी में गड़े जा रहे थे। दुःख से दोनों के आँसू छलक आये थे। दूर खड़ा मंगल भी यह सब देख रहा था, वह फिर पास आया, बोला—आप लोग अब यहाँ क्यों खड़ी हैं?

नन्दो रो पड़ी, बोली—बाबूजी, बहुत दिन बाद मेरी बेटी मिली भी, तो बेधरम होकर! हाय, अब मैं क्या करूँ?

मंगल के मस्तिष्क में सारी बातें दौड़ गईं, वह तुरन्त बोल उठा—आप लोग गोस्वामी जी के आश्रम में चलिए, वहाँ सब प्रबन्ध हो जायगा, सड़क पर खड़ी रहने से फिर भीड़ लग जायगी। आइए, मेरे पीछे-पीछे चली आइए!—मंगल ने आज्ञापूर्ण स्वर में ये शब्द कहे। दोनों उसके पीछे-पीछे आँसू पोंछती हुई चलीं।

मंगल को गम्भीर दृष्टि से देखते हुए गोस्वामी जी ने पूछा—तो तुम क्या चाहते हो?

गुरुदेव! आपकी आज्ञा का पालन करना चाहता हूँ; सेवा-धर्म की जो दीक्षा आपने मुझे दी है, उसको प्रकाश्य रूप में व्यवहृत करने की मेरी इच्छा है। देखिए, धर्म के नाम पर हिन्दू स्त्रियों, शूद्रों, अछूतों—नहीं, वही प्राचीन शब्दों में कहे जाने वाली पापयोनियों—की क्या दुर्दशा हो रही है! क्या इन्हीं के लिए भगवान् श्रीकृष्ण ने परागति पाने की व्याख्या नहीं दी है? क्या वे सब उनकी दया से वंचित ही रहें!

मैं आर्यसमाज का विरोध करता था—मेरी धारणा थी कि धार्मिक समाज में कुछ भीतरी सुधार कर देने से काम चल जाएगा; किन्तु गुरुदेव! यह आपका शिष्य मंगल आप ही की शिक्षा से आज यह कहने का साहस करता है कि परिवर्तन आवश्यक है; एक दिन मैंने अपने मित्र विजय का इन्हीं विचारों के लिए विरोध किया था; पर नहीं, अब मेरी यही दृढ़ धारणा हो गई है कि इस जर्जर धार्मिक समाज में जो पवित्र हैं—वे अलग पवित्र बने रहें, मैं उन पतितों की सेवा करूँ, जिन्हें ठोकरें लग रही हैं—जो बिलबिला रहे हैं!

मुझे पतितपावन के पदांक का अनुसरण करने की आज्ञा दीजिए। गुरुदेव, मुझसे बढ़कर कौन पतित होगा? कोई नहीं, आज मेरी आँखें खुल गई हैं, मैं अपने समाज को एकत्र करूँगा और गोपाल से तब प्रार्थना करूँगा कि भगवान तुममें यदि पावन करने की शक्ति हो, तो आओ। अहंकारी समाज के दम्भ से पद-दलितों पर अपनी करुणा-कादम्बिनी बरसाओ।

मंगल की आँखों में उत्तेजना के आँसू थे। उसका गला भर आया था। वह फिर कहने लगा—गुरुदेव! उन स्त्रियों की दशा पर विचार कीजिए, जिन्हें कल ही आश्रम में आश्रय मिला है।

मंगल ! क्या तुमने भली-भांति विचार कर लिया, और विचार करने पर भी तुमने यही कार्यक्रम निश्चित किया है?—गम्भीरता से कृष्णशरण ने पूछा।

गुरुदेव! जब कार्य करना ही है, तब उसे उचित रूप क्यों न दिया जाय! देवनिरंजन जी से परामर्श करने पर मैंने तो यही निष्कर्ष निकाला है कि भारतसंघ स्थापित होना चाहिए।

परन्तु तुम मेरा सहयोग उसमें न प्राप्त कर सकोगे। मुझे इस आडम्बर में विश्वास नहीं है, यह मैं स्पष्ट कह देना चाहता हूँ। मुझे फिर कोई एकान्त कुटिया खोजनी पड़ेगी—मुस्कराते हुए कृष्णशरण ने कहा।

कार्य आरम्भ हो जाने दीजिए। गुरुदेव ! तब यदि आप उसमें अपना निर्वाह न देखें, तो दूसरा विचार करें। इस कल्याण-धर्म के प्रचार में क्या आप ही विरोधी बनिएगा! मुझे जिस दिन आपने सेवाधर्म का उपदेश देकर वृन्दावन से निर्वासित किया था, उसी दिन से मैं इसके लिए उपाय खोज रहा था; किन्तु आज जब सुयोग उपस्थित हुए, देवनिरंजन जी जैसा सहयोगी मिल गया, तब आप ही मुझे पीछे हटने को कह रहे हैं।

पूर्ण गम्भीर हंसी के साथ गोस्वामी जी कहने लगे—जब निर्वासन का बदला लिए बिना तुम कैसे मानोगे? मंगल, अच्छी बात है, मैं शीघ्र प्रतिफल का स्वागत करता हूँ। किन्तु, मैं एक बात फिर कह देना चाहता हूँ कि मुझे व्यक्तिगत पवित्रता के उद्योग में विश्वास है, मैंने उसी को सामने रखकर उन्हें प्रेरित किया था। मैं यह न स्वीकार करूँगा कि वह भी मुझे न करना चाहिए था। किन्तु, जो कर चुका, वह लौटाया नहीं जा सकता। तो फिर करो, जो तुम लोगों की इच्छा!

मंगल ने कहा—गुरुदेव, क्षमा कीजिए—आशीर्वाद दीजिए।

अधिक न कहकर वह चुप हो गया। वह इस समय किसी भी तरह गोस्वामी जी के भारत-संघ का आरम्भ करा लेना चाहता था।

निरंजन ने जब वह समाचार सुना, तो उसे अपनी विजय पर प्रसन्नता हुई—दोनों उत्साह से आगे का कार्यक्रम बनाने लगे।

4

कृष्णशरण की टेकरी ब्रज-भर में रहस्यमय कुतुहल और सनसनी का केन्द्र बन रही थी। निरंजन के सहयोग से उसमें नवजीवन का संचार होने लगा। कुछ ही दिनों से सरला और लतिका भी उस विश्राम-भवन में आ गयी थीं।

लतिका बड़े चाव से वहाँ उपदेश सुनती। सरला तो एक प्रधान महिला कार्यकर्त्री थी। उसके हृदय में नई स्फूर्ति थी और शरीर में नए साहस का संचार था। संघ में बड़ी सजीवता आ चली। इधर यमुना के अभियोग में भी संघ प्रधान भाग ले रहा था, इसलिए बड़ी चहल-पहल रहती।

एक दिन वृन्दावन की गलियों में सब जगह बड़े-बड़े विज्ञापन चिपक रहे थे। उन्हें लोग भय और आश्चर्य से पढ़ने लगे—

भारत-संघ

हिंदू-धर्म का सर्वसाधारण के लिए
खुला हुआ द्वार
ब्राह्मण, क्षत्रिय, वैश्यों से
(जो किसी विशेष कुल में जन्म लेने के कारण संसार में सबसे अलग रहकर; निस्सार महत्ता में फंसे हैं)
भिन्न एक नवीन हिन्दू जाति का
संगठन कराने वाला सुदृढ़ केन्द्र
जिसका आदर्श प्राचीन है—
राम, कृष्ण, बुद्ध की आर्य-संस्कृति का प्रचारक वही

भारत-संघ

सबको आमन्त्रित करता है!

दूसरे दिन नया विज्ञापन लगा—

भारत-संघ

वर्तमान कष्ट के दिनों में
श्रेणीवाद

धार्मिक पवित्रतावाद,
अभिजात्यवाद, इत्यादि अनेक रूपों में
फैले हुए सब देशों के भिन्न प्रकारों के जातिवाद
की
अत्यन्त उपेक्षा करता है!
श्रीराम ने शबरी का आतिथ्य स्वीकार किया था
श्रीकृष्ण ने दासी-पुत्र विदुर का आतिथ्य ग्रहण किया था,
बुद्धदेव ने वेश्या के निमन्त्रण की रक्षा की थी;
इन घटनाओं को स्मरण करता हुआ
भारत-संघ मानवता के नाम पर
सबको गले से लगाता है!
राम, कृष्ण और बुद्ध महापुरुष थे
इन लोगों ने सत्साहस का पुरस्कार पाया था—
'कष्ट, तीव्र उपेक्षा और तिरस्कार!'

भारत-संघ भी
आप लोगों की ठोकरों की धूल
सिर से लगावेगा।

वृन्दावन उत्तेजना की उंगलियों पर नाचने लगा। विरोध में और पक्ष में—देवमन्दिरों, कुंजों, गलियों और घाटों पर बातें होने लगीं।

तीसरे दिन फिर विज्ञापन लगा—

मनुष्य अपनी सुविधा के लिए
अपने और ईश्वर के सम्बन्ध को

धर्म,

अपने और अन्य मनुष्यों के सम्बन्ध को

नीति,

और रोटी-बेटी के सम्बन्ध को

समाज,

कहने लगता है, कम-से-कम
इसी अर्थ में इन शब्दों का व्यवहार करता है।
धर्म और नीति में शिथिल
हिन्दुओं का समाज-शासन

कठोर हो चला है!

क्योंकि, दुर्बल स्त्रियों पर ही शक्ति का उपयोग करने की
उसके पास क्षमता बच रही है–
और यह अत्याचार प्रत्येक काल और देश के
मनुष्यों ने किया है;
स्त्रियों की
निसर्ग-कोमल प्रकृति और उनकी रचना
इसका कारण है

भारत-संघ

ऋषि-वाणी को दोहराता है
'यत्र नार्यस्तु पूज्यन्ते रमन्ते तत्र देवता
कहता है–

स्त्रियों का सम्मान करो!

वृन्दावन में एक भयानक हलचल मच गई। सब लोग आज-कल भारत-संघ और यमुना के अभियोग की चर्चा में संलग्न हैं। भोजन करके, पहले की आधी छोड़ी हुई बात फिर आरम्भ हो जाती है—वही भारत-संघ और यमुना!

मन्दिर के किसी-किसी मुखिया को शास्त्रार्थ की सूझी। भीतर-भीतर आयोजन होने लगा। पर, अभी खुलकर कोई प्रस्ताव नहीं आया था। उधर यमुना के अभियोग के लिए सहायतार्थ चन्दा भी आने लगा। वह दूसरी ओर की प्रतिक्रिया थी।

5

कई दिन हो गए थे। मंगल नहीं था। अकेले गाला उस पाठशाला का प्रबन्ध कर रही थी। उसका नवीन उत्साह उसे नित्य बल दे रहा था; पर उसे कभी-कभी ऐसा प्रतीत होता है कि उसने कोई वस्तु खो दी है। इधर एक पण्डित जी भी उस पाठशाला में पढ़ाने लगे थे। उनका गाँव दूर था; अतः गाला ने कहा—पण्डित जी, आप भी यहाँ रहा करें तो अधिक सुविधा हो। रात को छात्रों के कष्ट इत्यादि का समुचित प्रबन्ध भी कर दिया जाता और सूनापन उतना न अखरता।

पण्डित जी सात्विक बुद्धि के एक अधेड़ व्यक्ति थे। उन्होंने स्वीकार कर लिया। एक दिन वे बैठे हुए रामायण की कथा गाला को सुना रहे थे, गाला ध्यान से सुन रही थी। राम-वनवास का प्रसंग था। रात अधिक हो गई थी, पण्डित जी ने कथा बन्द कर दी। सब छात्रों ने फूस की चटाई पर पैर फैलाए और पण्डित जी ने भी कम्बल सीधा किया।

आज गाला की आँखों में नींद न थी। वह चुपचाप नेश पवन-विकम्पित लता की तरह कभी-कभी विचार में झीम जाती, फिर चौंककर अपनी विचार परम्परा की विशृंखल लड़ियों को सम्हालने लगती। उसके सामने आज रह-रह कर बदन का चित्र प्रस्फुटित हो उठता। वह सोचती—पिता की आज्ञा मानकर राम वनवासी हुए और मैंने पिता की क्या सेवा की? उलटा उनके वृद्ध जीवन में कठोर आघात पहुँचाया! और यह मंगल! किस माया में पड़ी हूँ! बालक पढ़ते हैं, मैं पुण्य कर रही हूँ, कर्तव्य कर रही हूँ; परंतु क्या यह ठीक है? मैं एक दुर्दान्त दस्यु और यवनी की बालिका—हिन्दू समाज मुझे किस दृष्टि से देखेगा? ओह, मुझे इसकी क्या चिन्ता! समाज से मेरा क्या सम्बन्ध! फिर भी मुझे चिन्ता करनी ही पड़ेगी...क्यों? इसका कोई स्पष्ट उत्तर नहीं दे सकती; पर यह मंगल भी एक विलक्षण...आहा, बेचारा कितना परोपकारी है, तिस पर उसकी खोज करने वाला कोई नहीं। न खाने की सुध, न अपने शरीर की। सुख क्या है—वह जैसे भूल गया है। और मैं भी कैसी हूँ—पिताजी को कितनी पीड़ा मैंने दी, वे मसोसते होंगे! मैं जानती हूँ, लोहे से भी कठोर मेरे पिता अपने दुःख में भी किसी की सेवा-सहायता न चाहेंगे। तब यदि उन्हें ज्वर आ गया हो—उस जंगल के एकान्त में पड़े कराहते होंगे?

सहसा जैसे गाला के हृदय की गति रुकने लगी। उसके कान में बदन के कराहने का स्वर सुनाई पड़ा, जैसे पानी के लिए खाट के नीचे हाथ बढ़ाकर वह टटोल रहा हो। गाला से न रहा गया, वह उठ खड़ी हुई। फिर निस्तब्ध आकाश की नीलिमा में वह बन्दी बना दी गई। उसकी इच्छा हुई कि चिल्लाकर रो उठे; परन्तु निरुपाय थी। उसने अपने रोने का मार्ग भी बन्द कर दिया था! बड़ी बेचैनी थी; वह तारों को गिन रही थी, पवन की लहरों को पकड़ रही थी।

सचमुच गाला आज अपने विद्रोही हृदय पर खीज उठी। वह अथाह अन्धकार के समुद्र में उभचुभ हो रही थी—नाक में, आँख में, हृदय में जैसे अन्धकार भरा जा रहा था। अब उसे निश्चय हो गया कि वह डूब गई! वास्तव में वह विचारों से थककर सो गई।

अभी पूर्व में प्रकाश नहीं फैला था। गाला की नींद उचट गई। उसने देखा, कोई बड़ी दाढ़ी और मूँछों वाला लम्बा-चौड़ा मनुष्य खड़ा है। चिन्तित रहने से गाला का मन दुर्बल हो ही रहा था, उस आकृति को देखकर वह सहम गई। वह चिल्लाना ही चाहती थी कि उस व्यक्ति ने कहा—गाला, मैं हूँ नये!

तुम हो! मैं तो चौंक उठी थी, भला तुम इस समय क्यों आये!

तुम्हारे पिता कुछ घण्टों के लिए संसार में जीवित हैं, यदि चाहो तो देख सकती हो!

क्या सच! तो मैं चलती हूँ—कहकर गाला ने सलाई जलाकर आलोक किया। वह एक चिट पर कुछ लिखकर पण्डित जी के कम्बल के पास गई। वे अभी सो रहे थे; गाला चिट उनके सिरहाने रखकर नये के पास गई, दोनों टेकरी से उतरकर

सड़क पर चलने लगे।

नये कहने लगे—

बदन के घटुने में गोली लगी थी। रात को पुलिस ने डाके के माल के सम्बन्ध में उस जंगल की तलाशी ली; पर कोई वस्तु वहाँ न मिली। हाँ अकेले बदन ने वीरता से पुलिस-दल का विरोध किया, तब उस पर गोली चलाई गई। वह गिर पड़ा। वृद्ध बदन में इसको अपना कर्तव्य-पालन समझा। पुलिस ने फिर कुछ न पाकर घायल बदन को उसके भाग्य पर छोड़ दिया। यह निश्चय था कि वह मर जायगा, तब उसे ले जाकर वह क्या करती!

सम्भवतः पुलिस ने रिपोर्ट दी—डाकू अधिक संख्या में थे। दोनों ओर से खूब गोलियाँ चलीं; पर मरा कोई नहीं। माल उन लोगों के पास न था। पुलिस दल कम होने के कारण लौट आई; उन्हें घेर न सकी। डाकू लोग निकल भागे—इत्यादि-इत्यादि।

गोली का शब्द सुनकर पास ही सोया हुआ भालू भूँक उठा, मैं भी चौंक पड़ा। देखा कि निस्तब्ध अँधेरी रजनी में यह कैसा शब्द! मैं कल्पना से बदन को संकट में समझने लगा।

जब से विवाह-सम्बन्ध को मैंने अस्वीकार किया, तब से बदन के यहाँ नहीं जाता था। इधर-उधर उसी खारी के तट पर पड़ा रहता। कभी सन्ध्या के समय पुल के पास जाकर कुछ माँग लाता, उसे खाकर भालू और मैं दोनों ही सन्तुष्ट हो जाते। क्योंकि खारी में जल की कमी तो थी नहीं। आज सड़क पर सन्ध्या को कुछ असाधारण चहल-पहल देखी; इसलिए बदन के कष्ट की कल्पना कर सका।

सिंवारपुर के गांव के लोग मुझे औघड़ समझते—क्योंकि मैं कुत्ते के साथ ही खाता हूँ। कम्बल बगल में दबाये, भालू के साथ मैं, जानता की आँखों का एक आकर्षक विषय हो गया हूँ।

हाँ, तो बदन के संकट की कल्पना ने मुझको उत्तेजित कर दिया। उसके झोंपड़े की ओर चला। वहाँ जाकर जब बदन को घायल कराहते देखा, तब तो मैं जमकर उसकी सेवा करने लगा। तीन दिन बीत गए, बदन का ज्वर भीषण हो चला। उसका घाव भी असाधारण था, गोली तो निकल गई थी, पर चोट गहरी थी। बदन ने एक दिन भी तुम्हारा नाम न लिया। सन्ध्या को जब मैं उसे जल पिला रहा था, मैंने वाय-विकार बदन की आँखों में स्पष्ट देखा। उससे धीरे से पूछा—गाला को बलाऊँ! बदन ने मुँह फेर लिया। मैं अपना कर्तव्य सोचने लगा, फिर निश्चय किया कि आज तुम्हें बुलाना ही चाहिए।

गाला पथ चलते-चलते यह कथा संक्षेप में सुन रही थी; पर कुछ न बोली। उसे इस समय केवल चलना ही सूझता था।

नये जब गाला को लेकर पहुँचा, तब बदन की अवस्था अत्यन्त भयानक हो चली थी। गाला उसके पैर पकड़कर रोने लगी। बदन ने कष्ट से दोनों हाथ उठाये, गाला ने अपने शरीर को अत्यन्त हलका करके बदन के हाथ में दिया।

मरणोन्मुख वृद्ध पिता ने अपनी कन्या का सिर चूम लिया।

नये उस समय हट गया था। बदन ने धीरे से उसके कान में कुछ कहा, गाला ने भी समझ लिया अब अन्तिम समय है। वह डटकर पिता के खाट के पास बैठ गई।

हाय, उस दिन की भूखी सन्ध्या ने उसके पिता को छीन लिया।

गाला ने बदन का शव-दाह किया। वह बाहर तो खुलकर रोती न थी, पर उसके भीतर की ज्वाला का ताप उसकी आरक्त आँखों में दिखाई देता था। उसके चारों ओर सूना था। उसने नये से कहा—मैं तो यह धन का सन्दूक न ले जा सकूंगी, तुम इसे ले लो।

नये ने कहा—भला मैं क्या करूंगा, गाला! मेरा जीवन संसार के भीषण कोलाहल से, उत्सव से और उत्साह से ऊब गया है। अब तो मुझे भीख मिल जाती है। तुम तो इससे पाठशाला की सहायता पहुँचा सकती हो। मैं इसे वहाँ पहुँचा सकता हूँ।—फिर वह सिर झुकाकर मन-ही-मन सोचने लगा—जिसे मैं अपना कह सकता था, जिसे माता-पिता समझता था, वे ही जब अपने नहीं तो दूसरो की क्या!

गाला ने देखा, नये के मन में एक तीव्र विराग और वाणी में व्यंग है! वह चुपचाप दिनभर खारी के तट पर बैठी हुई सोचती रही। सहसा उसने घूमकर देखा, नये अपने कुत्ते के साथ कम्बल पर बैठा है। उसने पूछा—तो नये! यही तुम्हारी सम्मति है न!

हाँ, इससे अच्छा इसका दूसरा उपयोग हो ही नहीं सकता। और, यहाँ। तुम्हारा अकेले रहना ठीक नहीं।—नये ने कहा।

हाँ, पाठशाला भी सूनी है—मंगलदेव वृन्दावन की एक हत्या में फँसी हुई यमुना नाम की एक स्त्री के अभियोग की देख-रेख करने गए हैं, उन्हें अभी कई दिन लगेंगे।

बीच ही में टोककर नये ने पूछा—क्या कहा, यमुना? वह हत्या में फँसी है?

हाँ, पर तुम क्या पूछते हो?

मैं भी हत्यारा हूँ गाला, इसी से पूछता हूँ। फैसला किस दिन होगा? कब तक मंगलदेव आवेंगे?

परसों न्याय का दिन नियत है।—गाला ने कहा।

तो चलो, आज ही तुम्हें पाठशाला पहुंचा दूँ। अब यहाँ रहना ठीक भी नहीं।

अच्छी बात है जाओ, वह सन्दूक लेते जाओ।

नये अपना कम्बल उठाकर चला। और गाला चुपचाप सुनहली किरणों को खारी के जल मे बुझती हुई देख रही थी—दूर एक स्यार दौड़ा हुआ जा रहा था। उस निर्जन स्थान में पवन रुक-रुक कर बह रहा था। खारी बहुत धीरे-धीरे अपने करुण-प्रवाह में बहती जाती थी; पर जैसे उसका पति स्थिर हो—कहीं से आता-जाता न हो! एक स्थितरता और स्पन्दन-हीन विवशता गाला को घेरकर मुस्कराने लगी।

वह सोच रही थी—शैशव से परिचित इस जंगली भूखण्ड को छोड़ने की बात!

गाला के सामने अन्धकार ने परदा खींच दिया। तब वह घबराकर उठ खड़ी हुई। इतने में कम्बल और सन्दूक सिर पर धरे नये वहाँ आ पहुँचा। गाला ने कहा—तुम आ गए!

हाँ चलो, बहुत दूर चलना है!

दूर चले, भालू भी पीछे-पीछे था।

6

जज के साथ पाँच जूरी बैठे थे। सरकारी वकील ने अपना वक्तव्य समाप्त करते हुए कहा—जूरी सज्जनों से मेरी प्रार्थना है कि अपना मत देते हुए वे इस बात का ध्यान रखें कि वे लोग हत्या जैसे एक भीषण अपराध पर अपना मत दे रहे हैं। स्त्री, साधारणतः मनुष्य की दया को अपनी ओर आकर्षित कर सकती है, फिर जब कि उसके साथ उसकी स्त्री-जाति की मर्यादा का प्रश्न भी लग जाता हो। तब यह बड़े साहस का काम है कि न्याय की पूरी सहायता हो। समाज में हत्या का रोग बहुत जल्द फैल सकता है, यदि अपराधी इस...

जज ने वक्तव्य समाप्त करने का संकेत किया। सरकारी वकील ने केवल—अच्छा तो आप लोग शान्त हृदय से अपराध का गुरुत्व विचारकर न्यायालय को न्याय करने में सहायता दीजिए।—कहकर वक्तव्य समाप्त किया।

जज ने जूरियों को सम्बोधन करके कहा—सज्जनो, यह एक हत्या का अभियोग है, जिसमें नवाब नाम का मनुष्य वृन्दावन के समीप यमुना के किनारे मारा गया। इसमें तो सन्देह नहीं कि वह मारा गया—डॉक्टर का कहना है कि गला घोंटने और पत्थर से सिर फोड़ने से उसकी मृत्यु हुई। गवाह कहते हैं—जब हम लोगों ने देखा, तो यह यमुना उस मृत व्यक्ति पर झुकी हुई थी; पर, यह कोई नहीं कहता कि मैंने उसे मारते देखा। यमुना कहती है कि स्त्री की मर्यादा नष्ट करने जाकर नवाब मारा गया; पर सरकारी वकील का यह कहना बिलकुल निरर्थक है कि उसने मारना स्वीकार किया है। यमुना के वाक्यों से यह अर्थ कदापि नहीं निकाला जा सकता। इस विशेष बात को समझा देना आवश्यक था। यह दूसरी बात है कि वह स्त्री अपनी मर्यादा के लिए हत्या कर सकती है या नहीं, यद्यपि नियम इसके लिए बहुत स्पष्ट है। विचार करने के समय आप लोग इन बातों का ध्यान रखेंगे। अब आप लोग एकान्त में जा सकते हैं।

जूरी लोग एक कमरे में जा बैठे। यमुना निर्भीक होकर जज का मुँह देख रही थी। न्यायालय में दर्शक बहुत थे। उस भीड़ में मंगल, निरंजन इत्यादि भी थे। सहसा द्वार पर हचचल हुई, कोई भीतर घुसना चाहता था। रक्षियों ने शान्ति की घोषणा की। जूरी लोग आये।

दो ने कहा—हम लोग यमुना को हत्या का अपराधी समझते हैं; पर दण्ड इसे कम दिया जाय।—जज ने मुस्करा दिया।

अन्य तीन सज्जनों ने कहा—प्रमाण अभियोग के लिए पर्याप्त नहीं है।

अभी वे पूरा कह नहीं पाए थे कि एक लम्बा-चौड़ा, दाढ़ी-मूँछ वाला युवक, कम्बल बगल में दबाये, कितनों ही को धक्का देता, जज की कुरसी की बगल वाली खिड़की से कब घुस आया, यह किसी ने नहीं देखा। वह सरकारी वकील के पास आकर बोला—मैं हूँ हत्यारा! मुझको फाँसी दो? यह स्त्री निरपराध है!

जज ने चपरासियों की ओर देखा। पेशकार ने कहा—पागलों को भी तुम नहीं रोकते! ऊँघते रहते हो क्या?

इसी गड़बड़ी में बाकी तीन जूरी सज्जनों ने अपना वक्तव्य पूरा किया—हम लोग यमुना को निरपराध समझते हैं।

उधर वह पागल भीड़ में से निकला जा रहा था। उसका कुत्ता भौंककर हल्ला मचा रहा था। इसी बीच में जज ने कहा—हम इन तीन जूरियों से सहमत होते हुए यमुना को छोड़ देते हैं।

एक हलचल मच गई। मंगल और निरंजन—जो अब तक दुश्चिन्ता और सन्देह से कमरे के बाहर थे—यमुना के समीप आये। वह रोने लगी। उसने मंगल से कहा—मैं नहीं चल सकती। मंगल मन-ही-मन कट गया। निरंजन उसे सान्त्वना देकर आश्रम तक ले आया।

एक वकील साहब कहने लगे—क्यों जी, मैंने तो समझा था कि पागलपन भी एक दिल्लगी है; पर यह तो प्राणों से भी खिलवाड़ है।

दूसरे ने कहा—यह भी तो पागलपन है, जो पागल से भी बुद्धिमानी की आशा तुम रखते हो!

दोनों वकील मित्र हँसने लगे।

पाठकों को कुतूहल होगा कि बाथम ने अदालत में उपस्थित होकर क्यों नहीं इस हत्या पर प्रकाश डाला! परन्तु वह नहीं चाहता था कि उस हत्या के अवसर पर उसका रहना तथा उक्त घटना से उसका सम्पर्क सब लोग जान लें। उसका हृदय घण्टी के भाग जाने से और भी लज्जित हो गया था। अब वह अपने को इस सम्बन्ध में बदनाम होने से बचाना चाहता था। वह प्रचारक बन गया था।

इधर आश्रम में लतिका, सरला, घण्टी और नन्दो के साथ यमुना भी रहने लगी, पर यमुना अधिकतर कृष्णशरण की सेवा में रहती। उनकी दिनचर्या बड़ी नियमित थी। वह चाची से भी नहीं बोलती और निरंजन उसके पास ही आने में संकुचित होता। भंडारी जी का तो साहस ही उसका सामना करने का न हुआ।

पाठक आश्चर्य करेंगे कि घटना-सूत्र तथा सम्बन्ध में इतने समीप के मनुष्य

एकत्र होकर भी चुपचाप कैसे रहे?

लतिका और घण्टी का वह मनोमालिन्य न रहा, क्योंकि अब बाथम से दोनों का कोई सम्बन्ध न रहा। नन्दो चाची ने यमुना के साथ उपकार भी किया था और अन्याय भी। यमुना के हृदय में मंगल के व्यवहार की इतनी तीव्रता थी कि उसके सामने और किसी के अत्याचार परिस्फुटित हो नहीं पाते। वह अपने दुःख-सुख में किसी को साझीदार बनाने की चेष्टा न करती। निरंजन मन में सोचता—मैं बैरागी हूँ। मेरे शरीर से सम्बन्ध रखने वाले प्रत्येक परमाणुओं को मेरे दुष्कर्म के ताप से दग्ध होना विधाता का अमोघ विधान है, यदि सब बातें खुल जाएँ, तो यह सताई हुई स्त्री और भी विरक्ति के नीचे पिसने लग जाए और फिर मैं कहाँ खड़ा हूँगा! यह आश्रम मुझे किस दृष्टि से देखेगा! नन्दो सोचती—यदि में कुछ भी कहती हूँ, तो मेरा ठिकाना नहीं, इसलिए जो हुआ, सो हुआ, अब इसमें चुप रह जाना ही अच्छा है। मंगल और यमुना आप ही अपना रहस्य खोलें, मुझे क्या पड़ी है।

इसी तरह निरंजन, नन्दो और मंगल का मौन भय, यमुना के अदृष्ट अन्धकार का सृजन कर रहा था। मंगल का सार्वजनिक उत्साह, यमुना के सामने अपराधी हो रहा था। वह अपने मन को सान्त्वना देता कि इसमें मेरा क्या अन्याय है—जब उपयुक्त अवसर पर मैंने अपना अपराध स्वीकार करना चाहा, तभी तो यमुना ने मुझे वर्जित किया तथा अपना और मेरा पथ भिन्न-भिन्न कर दिया। इसके हृदय में विजय के प्रति इतनी सहानुभूति कि उनके लिए फाँसी पर चढ़ना स्वीकार! यमुना से अब मेरा कोई सम्बन्ध नहीं!—वह उद्विग्न हो उठता। सरला दूर से उनके उद्विग्न मुख को देख रही थी। उसने पास आकर कहा—अहा, तुम इन दिनों अधिक परिश्रम करते-करते थक गए हो!

नहीं माता, सेवक को विश्राम कहाँ? अभी तो आप लोगों के संघ-प्रवेश का उत्सव जब तक समाप्त नहीं हो जाता, हमको छुट्टी कहाँ!

सरला के हृदय में स्नेह का संचार देखकर मंगल का हृदय भी स्निग्ध हो चला। उसको बहुत दिनों बाद इतने सहानुभूति-सूचक शब्द पुरस्कार में मिले थे।

मंगल इधर लगातार कई दिन धूप में परिश्रम करता रहा। आज उसकी आँखें लाल हो रही थीं। दालान में पड़ी हुई चौकी पर जाकर लेट रहा। ज्वर का आतंक उसके ऊपर छा गया था। वह अपने मन में सोच रहा था कि बहुत दिन हुए बीमार पड़े—काम करके रोगी हो जाना भी एक विश्राम है, चलो कुछ दिन छुट्टी ही सही। फिर वह सोचता कि मुझे बीमार होने की आवश्यकता नहीं; एक घूँट पानी तक को कोई न पूछेगा। न भाई, यह सुख दूर रहे! पर, उसके अस्वीकार करने से क्या दुख न आते? उसे ज्वर आ ही गया, वह एक कोने में पड़ा।

निरंजन उत्सव की तैयारी में व्यस्त था। मंगल के रोगी हो जाने से सबका छक्का छूट गया। कृष्णशरण जी ने कहा—तब तक संघ के लोगों के उपदेश के लिए मैं राम-कथा कहूँगा और सर्वसाधारण के लिए प्रदर्शन तो जब मंगल स्वस्थ

होगा, किया जाएगा।

बहुत-से लोग बाहर से भी आ गए थे। संघ में बड़ी चहल-पहल थी; पर मंगल ज्वर में अचेत रहता। केवल सरला उसे देखती थी। आज तीसरा दिन था, ज्वर में तीव्र दाह था, अधिक वेदना से सिर में पीड़ा थी; लतिका ने कुछ समय के लिए छुट्टी देकर सरला को स्नान करने के लिए भेज दिया था। सवेरे की धूप जँगले के भीतर जा रही थी। उसके प्रकाश में मंगल की रक्तवर्ण आँखें भीषण लाली से चमक उठतीं। मंगल ने कहा—गाला! लड़कियों की पढ़ाई पर...

लतिका पास बैठी थी। उसने समझ लिया कि ज्वर की भीषणता में मंगल प्रलाप कर रहा है। वह घबरा उठी। सरला इतने में स्नान कर के आ चुकी थी। लतिका ने प्रलाप की सूचना दी। सरला उसे वहीं रहने के लिए कहकर गोस्वामी के पास गई। उसने कहा—महाराज! मंगल का ज्वर भयानक हो गया है। वह गाला का नाम लेकर चौंक उठता है।

गोस्वामी जी कुछ चिन्तित हुए।—कुछ विचार कर उन्होंने कहा—सरला, घबराने की कोई बात नहीं, मंगल शीघ्र अच्छा हो जाएगा। मैं गाला को बुलवाता हूँ।

गोस्वामी जी की आज्ञा से एक छात्र उनका पत्र लेकर सीकरी गया। दूसरे दिन गाला उसके साथ आ गई। यमुना ने उसे देखा। वह मंगल से दूर रहती। फिर भी न जाने क्यों उसका हृदय कचोट उठता; पर वह लाचार थी।

गाला और सरला कमर कसकर मंगल की सेवा करने लगीं। वैद्य ने देखकर कहा—अभी पाँच दिन में यह ज्वर उतरेगा। बीच में सावधानी की आवश्यकता है। कुछ चिन्ता नहीं!—यमुना सुन रही थी, वह कुछ निश्चिन्त हुई।

इधर संघ में बहुत-से बाहरी मनुष्य भी आ गए थे। उन लोगों के लिए गोस्वामी जी राम-कथा कहने लगे थे।

आज मंगल के ज्वर का वेग अत्यन्त भयानक था। गाला पास बैठी हुई मंगल के मुख पर पसीने की बूँदों को कपड़े में पोंछ रही थी। बार-बार प्यास से मंगल का मुँह सूखता था। वैद्यजी ने कहा था—आज की रात बीत जाने पर यह निश्चय अच्छा हो जाएगा। गाला की आँखों में बेबसी और निराशा नाच रही थी। सरला ने दूर से यह सब देखा। अभी रात आरम्भ हुई थी। अन्धकार ने संघ के प्रांगण में लगे हुए विशाल वृक्षों पर अपना दुर्ग बना लिया था। सरला का मन व्यथित हो उठा। वह धीरे-धीरे एक बार कृष्ण की प्रतिमा के सम्मुख आई। उसने प्रार्थना की। वही सरला, जिसने एक दिन कहा था—भगवान् के दुःख-दान को आँचल पसारकर लूँगी—आज मंगल की प्राणभिक्षा के लिए आँचल पसारने लगी। यह कंकाल का गर्व था, जिसके पास कुछ बचा ही नहीं। वह किसकी रक्षा चाहती! सरला के पास तब क्या था, जो वह भगवान् के दुःख-दान से हिचकती। हताश जीवन तो साहसिक

बन ही जाता है; परन्तु आज उसे कथा सुनकर विश्वास हो गया था कि विपत्ति में भगवान् सहायता के लिए अवतार लेते हैं, आते हैं भयभीतों के उद्धार के लिए! अहा, मानव-हृदय की स्नेह-दुर्बलता कितना महत्त्व रखती है! यही तो उसके यांत्रिक जीवन की ऐसी शक्ति है। प्रतिमा निश्चल रही, तब भी उसका हृदय आशापूर्ण था। वह खोजने लगी—कोई मनुष्य मिलता, कोई देवता आकर अमृत-पात्र मेरे हाथों में रख जाता। 'मंगल! मंगल!'—कहती हुई वह आश्रम के बाहर निकल पड़ी। उसे विश्वास था कि कोई दैवी सहायता मुझे अचानक मिल जाएगी अवश्य!

यदि मंगल जी उठता तो गाला कितना प्रसन्न होती!—यही बड़बड़ाती हुई वह यमुना के तट की ओर बढ़ने लगी। अन्धकार में पथ दिखाई न देता था; पर वह चली जा रही थी।

यमुना के पुलिन में नैश अन्धकार बिखर रहा था। तारों की सुन्दर पंक्तियाँ झलमलाती हुई अनन्त में जैसे घूम रही थीं। उनके आलोक में यमुना का स्थिर गम्भीर प्रवाह जैसे अपनी करुणा में डूब रहा था। सरला ने देखा—एक व्यक्ति कम्बल ओढ़े, यमुना की ओर मुँह किये, बैठा है; जैसे किसी योगी की अचल समाधि लगी हो।

सरला कहने लगी—हे यमुना माता! मंगल का कल्याण करो और उसे जीवित करके गाला को भी प्राणदान दो। माता! आज की रात बड़ी भयानक है—दुहाई भगवान् की!

वह बैठा हुआ कम्बल वाला विचलित हो उठा। उसने बड़े गम्भीर स्वर से पूछा—क्या मंगलदेव रुग्ण हैं?

प्रार्थिनी और व्याकुल सरला ने कहा—हाँ, महाराज! यह किसी का बच्चा है, उसके स्नेह का धन है, उसी की कल्याण-कामना कर रही हूँ।

और तुम्हारा नाम सरला है? तुम ईसाई के घर पहले रहती थी न!—धीरे स्वर में प्रश्न हुआ।

हाँ, योगिराज। आप तो अन्तर्यामी हैं!

उस व्यक्ति ने टटोलकर कोई वस्तु निकालकर सरला की ओर फेंक दी। सरला ने देखा, वह एक यंत्र है। उसने कहा—बड़ी दया हुई, महाराज! तो इसे ले जाकर बाँध दूँगी न!

वह फिर कुछ न बोला, जेसे समाधि लग गई हो। सरला ने अधिक छेड़ना उचित न समझा। मन-ही-मन नमस्कार करती हुई, प्रसन्नता से आश्रम की ओर लौट पड़ी।

वह अपनी कोठरी में आकर, उस यंत्र को धागे में पिरोकर, मंगल के प्रकोष्ठ के पास गई। उसने सुना, कोई कह रहा है—बहन गाला! तुम थक गई होगी, लाओ मैं कुछ समय सहायता कर दूँ।

उत्तर मिला—नहीं, यमुना बहन! मैं तो अभी बैठी हूँ, फिर आवश्यकता होगी, तो बुलाऊँगी।

एक स्त्री लौटकर निकल गई। सरला भीतर घुसी। उसने वह यंत्र मंगल के गले में बाँध दिया और मन-ही-मन भगवान् से प्रार्थना की। वहीं बैठी रही। दोनों ने रात भर बड़े यत्न से सेवा की।

प्रभात होने लगा। बड़े सन्देह से सरला ने उस प्रभात के आलोक को देखा। दीप की ज्योति मलिन हो चली। रोगी इस समय निद्रित था। जब प्रकाश उस कोठरी में घुस आया, तब गाला, सरला और मंगल तीनों नींद में सो रहे थे।

जब कथा समाप्त करके सब लोगों के चले जाने पर गोस्वामी जी उठकर मंगलदेव के पास आये, तब गाला बैठी पंखा झल रही थी। उन्हें देखकर वह संकोच से उठ खड़ी हुई। गोस्वामी जी ने कहा—सेवा सबसे कठिन व्रत है देवि! तुम अपना काम करो। हाँ, मंगल! तुम अब अच्छे हो न!

कम्पित कंठ से मंगल ने कहा—हाँ, गुरुदेव!

अब तुम्हारा अभ्युदय-काल है, घबराना मत!—कहकर गोस्वामी जी चले गए।

दीपक जल गया। आज अभी तक सरला नहीं आई। गाला को बैठे हुए बहुत विलम्ब हुआ। मंगल ने कहा—जाओ गाला, सन्ध्या हुई; हाथ-मुँह तो धो लो, तुम्हारे इस अथक परिश्रम से मैं कैसे उद्धार पाऊँगा।

गाला लज्जित हुई। इतने सम्भ्रान्त मनुष्य और स्त्रियों के बीच आकर कानन-वासिनी ने लज्जा सीख ली थी। वह अपने स्त्रीत्व का अनुभव कर रही थी। उसके मुख पर विजय की मुस्कुराहट थी। उसने कहा—अभी माँ जी नहीं आईं, उन्हें बुला लाऊँ!—कहकर सरला को खोजने के लिए वह चली।

सरला मौलसिरी के नीचे बैठी सोच रही थी—जिन्हें लोग भगवान् कहते हैं, उन्हें भी माता की गोद से निर्वासित होना पड़ा था। दशरथ ने तो अपना अपराध समझकर प्राण-त्याग दिया; परन्तु कौशल्या कठोर होकर जीती रही—जीती रही श्रीराम का मुख देखने के लिए। क्या मेरा भी दिन लौटेगा?—क्या मैं इसी से अब तक प्राण न दे सकी!

गाला ने सहसा आकर कहा—चलिए!

दोनों मंगल की कोठरी की ओर चलीं।

मंगल के गले के नीचे वह यंत्र गड़ रहा था। उसने तकिया से उसे खींचकर बाहर किया। मंगल ने देखा कि वह यंत्र उसी का पुराना यंत्र है! वह आश्चर्य से पसीने-पसीने हो गया। दीप के आलोक में उसे वह देख ही रहा था कि सरला भीतर आई। सरला को बिना देखे ही अपने कुतूहल में उसने प्रश्न किया—यह मेरा यंत्र इतने दिनों पर कौन लाकर पहना गया है, आश्चर्य है!

सरला ने उत्कण्ठा से पूछा—तुम्हारा यन्त्र कैसा, बेटा! यह तो मैं एक साधु से लाई हूँ!

मंगल ने सरल आँखों से उसकी ओर देखकर कहा—मां जी, यह मेरा ही यन्त्र है, मैं इसे बराबर बाल्यकाल में पहना करता था। जब यह खो गया, तभी से दुःख पा रहा हूँ। आश्चर्य है, इतने दिनों बाद यह कैसे आपको मिल गया!

सरला के धैर्य का बाँध टूट पड़ा। उसने यन्त्र को हाथ में लेकर देखा—'वही त्रिकोण यंत्र!' वह चिल्ला उठी—मेरे खोये हुए निधि! मेरे लाल! यह दिन देखना किस पुण्य का फल है मेरे भगवान्!

मंगल तो आश्चर्यचकित था। सब साहस बटोरकर उसने कहा—तो क्या सचमुच तुम्हीं मेरी माँ हो!

तीनों के आनन्दाश्रु बाँध तोड़कर बहने लगे।

सरला ने गाला के सिर पर हाथ फेरते हुए कहा—बेटी! तेरे भाग्य से आज मुझे मेरा खोया हुआ धन मिल गया!

गाला गड़ी जा रही थी।

मंगल एक आनन्दमय कुतूहल से पुलकित हो उठा। उसने सरला के पैर पकड़कर कहा--मुझे तुमने छोड़ क्यों दिया था, माँ?

उसकी भावनाओं की सीमा न थी। कभी वह जीवन-भर के हिसाब को बराबर हुआ समझता, कभी उसे भान होता कि आज से संसार में मेरा जीवन प्रारम्भ हुआ है।

सरला ने कहा—मैं कितनी आशा में थी, यह तुम क्या जानोगे। तुमने तो अपनी माता के जीवित रहने की कल्पना भी न की होगी। पर भगवान् की दया पर मेरा विश्वास था और उसने मेरी लाज रख ली!

उस हर्ष से लतिका वंचित न रही। उसने भी बहुत दिनों बाद अपनी हँसी को लौटाया।

भण्डार में बैठी हुई नन्दो ने भी इस सम्वाद को सुना, वह चुपचाप रही। घण्टी भी स्तब्ध होकर अपनी माता के साथ उसके काम में हाथ बँटाने लगी।

7

आलोक-प्रार्थिनी यमुना, अपने कुटीर में दीपक बुझाकर बैठी रही। उसे आशा थी कि वातायन और द्वारों से राशि-राशि प्रभात का धवल आनन्द उसके प्रकोष्ठ में भर जाएगा; पर जब समय आया, किरणें फूटीं, तब उसने अपने वातायनों, झरोखों और द्वारों को रुद्ध कर दिया! आँखें भी बन्द कर लीं। आलोक कहाँ से आये! वह चुपचाप पड़ी थी। उसके जीवन की अनन्त रजनी उसके चारों ओर घिरी थी।

लतिका ने जाकर द्वार खटखटाया। उद्धार की आशा में आज संघ-भर में उत्साह था। यमुना हँसने की चेष्टा करती हुई बाहर आई। लतिका ने कहा—चलोगी बहन यमुना! स्नान करने?

चलूँगी बहन, धोती ले लूँ!

दोनों आश्रम के बाहर हुईं। चलते-चलते लतिका ने कहा—बहन, सरला का दिन भगवान् ने जैसे लौटाया, वैसा सब का लौटे। अहा, पचीसों बरस बाद किसका लड़का लौटकर गोद में आता है।

सरला के धैर्य का फल है, बहन! परन्तु सबके दिन लौटें, ऐसी तो भगवान् की रचना नहीं देखी जाती। बहुतों का दिन कभी न लौटने के लिए चला जाता है। विशेषकर स्त्रियों का, मेरी रानी। जब मैं स्त्रियों के ऊपर दया दिखाने का उत्साह पुरुषों में देखती हूँ, तो जैसे कट जाती हूँ। ऐसा जान पड़ता है कि वह सब कोलाहल, स्त्री-जाति की लज्जा की मेघमाला है। उनकी असहाय परिस्थिति का व्यंग्य-उपहास है।—यमुना ने कहा।

लतिका ने आश्चर्य से आँखें बड़ी करते हुए कहा—सच कहती हो, बहन! जहाँ स्वतन्त्रता नहीं है, वहाँ पराधीनता का आन्दोलन है; और जहाँ ये सब माने हुए नियम हैं, वहाँ कौन-सी अच्छी दशा है। यह झूठ है कि किसी विशेष समाज में स्त्रियों को कुछ विशेष सुविधा है। हाय, हाय, पुरुष यह नहीं जानते कि स्नेहमयी रमणी सुविधा नहीं चाहती, वह हृदय चाहती है; पर मन इतना भिन्न उपकरणों से बना हुआ है कि समझौते पर ही संसार के स्त्री-पुरुषों का व्यवहार चलता हुआ दिखाई देता है। इसका समाधान करने के लिए कोई नियम या संस्कृति असमर्थ है।

मुझे ही देखो न, मैं ईसाई-समाज की स्वतन्त्रता में अपने को सुरक्षित समझती थी; पर भला मेरा धन मेरा रहा! तभी हम स्त्रियों के भाग्य में लिखा है कि उड़कर भागते हुए पक्षी के पीछे, चारा और पानी से भरा हुआ पिंजरा लिये घूमती रहें।

यमुना ने कहा—कोई समाज और धर्म स्त्रियों का नहीं, बहन! सब पुरुषों के हैं। सब हृदय को कुचलने वाले क्रूर हैं। फिर भी मैं समझती हूँ कि स्त्रियों का एक धर्म है, वह है आघात सहने की क्षमता रखना। दुर्दैव के विधान ने उनके लिए यही पूर्णता बना दी है। यह उनकी रचना है।

दूर पर नन्दो और घण्टी जाती हुई दिखाई पड़ीं। लतिका ने पुकारा, दोनों ठहर गईं। लतिका, यमुना के साथ दोनों के पास जा पहुँची।

नन्दो ने यमुना की ओर संकुचित दृष्टि से देखा, और घण्टी की आँखों में स्नेह की भिक्षा थी। सब चुप थीं। सबका रहस्य सबका गला घोंट रहा था। किसी के मुख से एक शब्द भी न निकला। सब यमुना-तट पर पहुँचीं।

स्नान करते हुए घण्टी और लतिका एकत्र हो गईं, और इसी तरह चाची और यमुना का एक जुटाव हुआ। यह आकस्मिक था। घण्टी ने अंजली में जल लेकर लतिका से कहा—बहन! मैं अपराधिनी हूँ, मुझे क्षमा करोगी?

लतिका ने कहा—बहन! हम लोगों का अपराध स्वयं दूर चला गया है। यह तो मैं जान गई हूँ कि इसमें तुम्हारा कोई दोष नहीं है। हम दोनों एक ही स्थान

पर पहुँचने वाली थीं; पर सम्भवतः थककर दोनों ही लौट आईं। कोई पहुँच जाता, तो द्वेष की सम्भावना थी, ऐसा ही तो संसार का नियम है; पर अब तो हम दोनों एक-दूसरे को समझा सकती हैं, सन्तोष कर सकती हैं।

घण्टी ने कहा—दूसरा उपाय नहीं है, बहन! तो मुझे क्षमा कर दो। आज से मुझे बहन कहकर बुलाओगी न?

लतिका ने देखा, नारी-हृदय गल-गलकर आँखों की राह से उसकी अंजली के यमुना-जल में मिल रहा है। वह अपने को न रोक सकी, लतिका और घण्टी गले से लगकर रोने लगीं। लतिका ने कहा—आज से दुःख में, सुख में, हम लोग कभी साथ न छोड़ेंगी। बहन! संसार में गला बाँधकर जीवन बिताऊँगी, यमुना साक्षी है।

दूर यमुना और नन्दो चाची ने इस दृश्य को देखा। नन्दो का मन न जाने किन भावों से भर गया। मानो जन्म-भर की उसकी कठोरता तीव्र पाप लगने से बरफ के समान गलने लगी हो। उसने यमुना से रोते हुए कहा—यमुना, नहीं-नहीं—बेटी तारा! मुझे भी क्षमा कर दे! मैंने जीवन-भर बहुत-सी बुरी बातें की हैं; पर जो कठोरता तेरे साथ हुई है, वह नरक की आँच से भी तीव्र दाह उत्पन्न कर रही है। बेटी! मैं मंगल को उसी समय पहचान गई, जब उसने अंगरेज से मेरी घण्टी को छुड़ाया था; पर वह न पहचान सका, उसे वे बातें भूल गई थीं, तिसपर मेरे साथ मेरी बेटी थी, जिसकी वह कल्पना भी नहीं कर सकता था। वह छलिया मंगल आज एक दूसरी स्त्री से ब्याह करने की सुखचिन्ता में निमग्न है। मैं जल उठती हूँ, बेटी! मैं उसका सब भण्डाफोड़ कर देना चाहती थी; पर तुझे भी यहीं चुपचाप देखकर मैं कुछ न कर सकी। हाय रे पुरुष!

नहीं, चाची! अब वह दिन चाहे लौट आये, वह हृदय कहाँ से आवेगा! मंगल को दुःख पहुँचाकर आघात दे सकूँगी, अपने लिए सुख कहाँ से लाऊँगी। चाची! तुम मेरे दुःखों की साक्षी हो, मैंने केवल एक अपराध किया है—वह यही कि प्रेम करते समय साक्षी नहीं इकट्ठा कर लिया था, और कुछ मन्त्रों से कुछ लोगों की जीभ पर उसका उल्लेख नहीं करा लिया था; पर किया था प्रेम। चाची! यदि उसका यही पुरस्कार है, तो मैं उसे स्वीकार करती हूँ।—यमुना ने कहा।

पुरुष कितना बड़ा ढोंगी है। बेटी! वह हृदय के विरुद्ध ही तो जीभ से कहता है। आश्चर्य है, उसे सत्य कहकर चिल्लाता है!—उत्तेजित चाची ने कहा।

पर मैं एक उत्कट अपराध की अभियुक्त हूँ, चाची! आह, मेरा पन्द्रह दिन का बच्चा! मैं कितनी निर्दयी हूँ! मैं उसी का तो फल भोग रही हूँ। मुझे किसी दूसरे ने ठोकर लगाई और मैंने दूसरे को ठुकराया। हाय! संसार अपराध करके इतना अपराध नहीं करता, जितना यह दूसरों को उपदेश देकर करता है! जो मंगल ने मुझसे किया, वही तो मैं हृदय के टुकड़े से, अपने से, कर चुकी हूँ। मैंने सोचा था कि फाँसी पर चढ़कर उसका प्रायश्चित्त कर सकूँगी, पर डूबकर बची—फाँसी

से बची! हाय-रे कठोर नारी-जीवन!! न जाने मेरे लाल का क्या हुआ?

यमुना नहीं—अब उसे तारा कहना चाहिए—रो रही थी। उसकी आँखों में जितनी करुणा कालिमा थी, उतनी कालिन्दी में कहाँ!

चाची ने उसकी अश्रुधारा पोंछते हुए कहा—बेटी! तुम्हारा लाल जीवित है, सुखी है!

तारा चिल्ला पड़ी, उसने कहा—सच कहती हो, चाची?

सच तारा! वह काशी के एक धनी श्रीचन्द्र और किशोरी बहू का दत्तक पुत्र है; मैंने उसे वहाँ दिया है। क्या इसके लिए तुम मुझे क्षमा करोगी, बेटी?

तुमने मुझे जिला लिया, अहा! मेरी चाची, तुम मेरी उस जन्म की माता हो, अब मैं सुखी हूँ!--वह जैसे एक क्षण के लिए पागल हो गई। चाची के गले से लिपट कर रो उठी। वह रोना आनन्द का था।

चाची ने कहा—यमुना साक्षी है!

चाची ने उसे सान्त्वना दी। इधर घण्टी और लतिका भी पास आ रही थीं। तारा ने धीरे से कहा—मेरी विनती है, अभी इस बात को किसी से न कहना—यह मेरा 'गुप्त धन' है।

चारों के मुख पर प्रसन्न्ता थी। चारों का हृदय हलका था। सब स्नान करके दूसरी बातें करती हुई आश्रम लौटीं। लतिका ने कहा—अपनी सम्पत्ति संघ को देती हूँ वह स्त्रियों की स्वयंसेविका की पाठशला चलावे। मैं उसकी पहली छात्रा होऊँगी। और तुम घण्टी?

घण्टी ने कहा—मैं भी! बहन, स्त्रियों को स्वयं घर पर जाकर अपनी दुखिया बहनों की सेवा करनी चाहिए। पुरुष उन्हें उतनी ही शिक्षा और ज्ञान देना चाहते हैं, जितना उनके स्वार्थ में बाधक न हो। घरों के भीतर अन्धकार है, धर्म के नाम पर ढोंग की पूजा है, और शील तथा आचार के नाम पर रूढ़ियों की। बहनें अत्याचार के परदे में छिपाई गई हैं, उनकी सेवा करूँगी। धात्री, उपदेशिका, धर्म-प्रचारिका, सहचारिणी बनकर उनकी सेवा करूँगी।

सब प्रसन्न मन से आश्रम में पहुँच गईं।

8

नियत दिन आ गया, आज उत्सव का विराट् आयोजन है। संघ के प्रांगण में वितान तना है। चारों ओर प्रकाश है। बहुत से दर्शकों की भीड़ है।

गोस्वामी जी, निरंजन और मंगलदेव संघ की प्रतिमा के सामने बैठे हैं। एक ओर घण्टी, लतिका, गाला और सरला भी बैठी हैं। गोस्वामी जी ने शान्त वाणी में आज के उत्सव का उद्देश्य समझाया और कहा—भारत-संघ के संगठन पर आप लोग देवनिरंजन जी का व्याख्यान दत्तचित्त होकर सुनें। निरंजन का व्याख्यान आरम्भ हुआ—

प्रत्येक समय में सम्पत्ति-अधिकार और विद्या ने भिन्न-भिन्न देशों में जाति, वर्ण और ऊँचे-नीच की सृष्टि की। जब आप लोग इसे ईश्वरकृत विभाग समझने लगते हैं, तब यह भूल जाते हैं कि इसमें ईश्वर का उतना सम्बन्ध नहीं, जितना उसकी विभूतियों का। कुछ दिनों तक उन विभूतियों का अधिकारी बने रहने पर मनुष्य के संस्कार भी वैसे ही बन जाते हैं, वह प्रमत्त हो जाता है। प्राकृतिक ईश्वरीय नियम, विभूतियों का दुरुपयोग देखकर विकास की चेष्टा करता है, यह कहलाती है उत्क्रान्ति। उस समय केन्द्रीभूत विभूतियाँ, मानव-स्वार्थ के बन्धनों को तोड़कर समस्त भूत हित के लिए बिखरना चाहती हैं। वह समदर्शी भगवान् की क्रीड़ा है।

भारतवर्ष आज वर्णों और जातियों के बन्धन में जकड़कर कष्ट पा रहा है और दूसरों को कष्ट दे रहा है। यद्यपि अन्य देशों में भी इस प्रकार के समूह बन गए हैं; परन्तु यहाँ इसका भीषण रूप है। यह महत्त्व का संस्कार अधिक दिनों तक प्रभुत्व भोगकर खोखला हो गया है। दूसरों की उन्नति से उसे डाह होने लगा है। समाज अपना महत्त्व धारण करने की क्षमता तो खो चुका है; परन्तु व्यक्तियों को उन्नति का दल बनकर सामूहिक रूप से विरोध करने लगा है। प्रत्येक व्यक्ति अपनी छूंछी महत्ता पर इतराता हुआ दूसरे को नीचा—अपने से छोटा—समझता है, जिससे सामाजिक विषमता का विषमया का विषमय प्रभाव फैल रहा है।

अत्यन्त प्राचीनकाल में भी इस वर्ण-विद्वेष का—ब्रह्म-क्षत्र-संघर्ष का—साक्षी रामायण है—

उस वर्ण-भेद के भयानक् संधर्ष का यह इतिहास जानकर भी, नित्य उसका पाठ करके भी भला हमारा देश कुछ समझता है? नहीं, यह देश समझेगा भी नहीं। सज्जनो! वर्ण-भेद, सामाजिक जीवन का क्रियात्मक विभाग है। यह जनता के कल्याण के लिए बना; परन्तु द्वेष की सृष्टि में, दम्भ का मिथ्या गर्व उत्पन्न करने में, वह अधिक सहायक हुआ है। जिस कल्याण-बुद्धि से इसका आरम्भ हुआ, वह न रहा, गुण-कर्मानुसार वर्णों की स्थिति नष्ट होकर, आभिजात्य के अभिमान में परिणत हो गई, उसका व्यक्तिगत परीक्षात्मक निर्वाचन के लिए, वर्णों के शुद्ध वर्गीकरण के लिए वर्तमान अतिवाद को मिटाना होगा—बल, विद्या और वैभव की ऐसी सम्पत्ति किस हाड़-मांस के पुतले के भीतर ज्वालामुखी-सी धधक उठेगी, कोई नहीं जानता। इसलिए वे व्यर्थ के विवाद हटाकर, उस दिव्य संस्कृति—आर्य-मानव-संस्कृति—की सेवा में लगना चाहिए। भगवान् का स्मरण करके नारी-जाति पर अत्याचार करने से विरत हो। किसी को शवरी के सदृश अछूत न समझो, किसी को अहल्या के सदृश पापिनी मत कहो। किसी को लघु न समझो। सर्वभूत-हित-रत होकर भगवान् के लिए सर्वस्व समर्पण करो, निर्भय रहो!

भगवान् की विभूतियों को समाज ने बाँट लिया है; परन्तु जब मैं स्वार्थियों को भगवान् पर भी अपना अधिकार जमाये देखता हूँ, तब मुझे हँसी आती है—और भी हँसी आती है—जब उस अधिकार की घोषणा करके दूसरों को वे छोटा, नीच

और पतित ठहराते हैं। बहु-परिचारिणी जाबाला के पुत्र सत्यकाम को कुल-पति ने ब्राह्मण स्वीकार किया था; किन्तु उत्पत्ति, पतन और दुर्बलताओं के व्यंग्य से मैं घबराता नहीं। जो दोषपूर्ण आँखों में पतित हैं, जो निसर्ग-दुर्बल हैं, उन्हें अवलम्ब देना भारत-संघ का उद्देश्य है। इसलिए, इन स्त्रियों को भारत-संघ में पुनः लौटाते हुए बड़ा सन्तोष होता है। इन लतिका देवी ने अपना सर्वस्व दान किया है। उस धन से स्त्रियों की पाठशाला खोली जायगी, जिसमें उनकी पूर्णता की शिक्षा के साथ वे इस योग्य बनायी जाएँगी कि घरों में पदों में दीवारों के भीतर नारी-जाति के सुख; स्वास्थ्य और संयत स्वतत्रता की घोषणा करें, उन्हें सहायता पहुँचाएँ, जीवन के अनुभवों से अवगत करें। उनमें उन्नति, सहानुभूति, क्रियात्मक प्रेरणा का प्रकाश फैलाएँ। हमारा देश इस सन्देश से—नवयुग के सन्देश से—स्वास्थ्य लाभ करे। इन आर्यललनाओं का उत्साह सफल हो, यही भगवान् से प्रार्थना है। अब आप मंगलदेव का व्याख्यान सुनेंगे, वे नारी-जाति के सम्मान पर कुछ कहेंगे।

मंगलदेव ने कहना आरम्भ किया—

संसार में जितनी हलचल है, आन्दोलन है, वे सब मानवता की पुकार है। जननी अपने झगड़ालू कुटुम्ब में मेल कराने के लिए बुला रही है। उसके लिए हमें प्रस्तुत होना है। हम अलग न खड़े रहेंगे! यह समारोह उसी का समारम्भ है। इसलिए, हमारे आन्दोलन व्यवच्छेदक न हों।

एक बार फिर स्मरण करना चाहिए कि लोग एक हैं, ठीक उसी प्रकार जैसे श्रीकृष्ण ने कहा—'अविभक्त च भूतेषु विभक्तमिव च स्थित'—यह विभक्त होना कर्म के लिए है, चक्रप्रवर्त्तन को नियमित रखने के लिए है। समाज-सेवा-यज्ञ को प्रगतिशील करने के लिए है। जीवन व्यर्थ न करने के लिए, पाप की आयु, स्वार्थ का बोझ न उठाने के लिए हमें समाज के रचनामक कार्य में, भीतरी सुधार लाना चाहिए। यह ठीक है कि सुधार का काम प्रतिकूल स्थिति में प्रारम्भ होता है! सुधार सौन्दर्य का साधन है। सभ्यता सौन्दर्य की जिज्ञासा है। शारीरिक और आलंकारिक सौन्दर्य प्राथमिक है, चरम सौन्दर्य मानसिक सुधार का है। मानसिक सुधारों में सामूहिक भाव कार्य करते हैं। इसके लिए श्रम-विभाग है। हम अपने कर्त्तव्य को देखते हुए समाज की उन्नति करें; परन्तु संघर्ष को बचाते हुए। हम उन्नति करते-करते भौतिक ऐश्वर्य के टीले न बन जायँ। हाँ, हमारी उन्नति-फल-फूल वृक्षों की-सी हो, जिनमें छाया मिले, विश्राम मिले, शान्ति मिले।

मैंने पहले कहा है कि समाज-सुधार भी हो और संघर्ष से बचना भी चाहिए। बहुत-से लोगों का यह विचार है कि, सुधार और उन्नति में संघर्ष अनिवार्य है; परन्तु संघर्ष से बचने का एक उपाय है, वह है—आत्म-निरीक्षण। समाज के कामों में अतिवाद से बचाने के लिए यह उपयोगी हो सकता है। जहाँ समाज का शासन कठोरता से चलता है, वहाँ द्वेष और द्वन्द्व भी चलता है। शासन की उपयोगिता हम भूल जाते हैं, फिर शासन केवल शासन के लिए चलता रहता है। कहना नहीं

होगा कि वर्तमान हिन्दूजाति और उसकी उपजातियाँ इसके उदाहरण हैं। सामाजिक कठोर दण्डों से वह छिन्न-भिन्न हो रही हैं, जर्जर हो रही हैं। समाज के प्रमुख लोगों को इस भूल को सुधारना पड़ेगा। व्यवस्थापक तन्त्रों की जननी, प्राचीन पंचायतें, नवीन समस्याएँ सहानुभूति के बदले द्वेष फैला रही हैं। उनसे कठोर दण्ड से प्रतिहिंसा का भाव जगता है। हम लोग भूल जाते हैं कि मानव-स्वभाव दुर्बलताओं से संगठित है।

दुर्बलता कहाँ से आती है?—लोकापवाद से भयभीत होकर स्वभाव को पाप कहकर मान लेना, एक प्राचीन रूढ़ि है। समाज को सुरक्षित रखने के लिए उससे संगठन में स्वाभाविक मनोवृत्तियों की सत्ता स्वीकार करनी होगी। सब के लिए एक पथ देना होगा। समस्त प्राकृतिक आकांक्षाओं की पूर्ति आपके आदर्श में होनी चाहिए। केवल—'रास्ता बन्द है!'—कह देने से काम न चलेगा। लोकापवाद—संसार का एक भय है, एक महान् अत्याचार है। आप लोग जानते होंगे कि श्रीरामचन्द्र ने भी—लोकापवाद के सामने सिर झुका लिया। 'लोकापवादी बलवाल्येन त्यक्ताहि मैथिली' और इसे पूर्वकाल के लोग मर्यादा कहते हैं, उनका मर्यादापुरुषोत्तम नाम पड़ा। वह धर्म की मर्यादा न थी, वस्तुतः समाजशासन की मर्यादा थी, जिसे सम्राट् ने स्वीकार किया और अत्याचार सहन किया; परन्तु विवेक-दृष्टि से विचारने पर देश, काल और समाज की संकीर्ण परिधियों में पले हुए सर्वसाधारण नियम-भंग अपराध या पाप कहकल न गिने जायें; क्योंकि प्रत्येक नियम अपने पूर्ववर्त्ती नियम के बाधक होते हैं। या उसकी अपूर्णता को पूर्ण करने के लिए बनते ही रहते हैं। सीता-निर्वासन एक इतिहास-विश्रुत महान् सामाजिक अत्याचार है, और ऐसे अत्याचार अपनी दुर्बल संगिनी स्त्रियों पर प्रत्येक जाति के पुरुषों ने किया है। किसी-किसी समाज में तो पाप के मूल में स्त्री का ही उल्लेख है, और पुरुष निष्पाप है। यह भ्रान्त मनोवृत्ति अनेक सामाजिक व्यवस्थाओं के भीतर काम कर रही है। रामायण भी केवल राक्षस-वध का इतिहास नहीं है, किन्तु नारी-निर्यातन का सजीव इतिहास लिखकर वाल्मीकि ने स्त्रियों के अधिकार की घोषणा की है। रामायण में समाज के दो दृष्टिकोण हैं—निन्दक और वाल्मीकि के। दोनों निर्धन थे, एक बड़ा भारी अपकार कर सकता था और दूसरा एक पीड़ित आर्यललना की सेवा कर सका था। कहना न होगा कि उस युद्ध में कौन विजयी हुआ! सच्चे तपस्वी ब्राह्मण वाल्मीकि की विभूति संसार में आज भी महान् है। आज भी उस निन्दक को गाली मिलती है, परन्तु देखिए तो, आवश्यकता पड़ने पर हम-आप और निन्दकों से ऊँचे हो सकते हैं? आज भी तो समाज वैसे ही लोगों से भरा पड़ा है—जो स्वयं मलिन रहने पर भी दूसरों की स्वच्छता को अपनी जीविका का साधन बनाये है।

हमें इन बुरे उपकरणों को दूर करना चाहिए। हम जितनी कठिनता से दूसरों को दबाये रखेंगे, उतनी ही हमारी कठिनता बढ़ती जायगी। स्त्री-जाति के प्रति सम्मान करना सीखना होगा।

हम लोगों को अपना हृदय-द्वार और कार्य-क्षेत्र विस्तृत करना चाहिए। मानव-संस्कृति के प्रचार के लिए हम उत्तरदायी हैं। विक्रमादित्य, समुदगुप्त और हर्षवर्द्धन का रक्त हममें है। संसार भारत के सन्देह की आशा में है, हम उन्हें देने के उपयुक्त बनें—यहीं मेरी प्रार्थना है।

आनन्द की करतलध्वनि हुई। मंगलदेव बैठा। गोस्वामी जी ने उठकर कहा—आज आप लोगों को एक और हर्ष-समाचार सुनाऊँगा। सुनाऊँगा ही नहीं, आप लोग उस आनन्द के साक्षी होंगे। मेरे शिष्य मंगलदेव का, ब्रह्मचर्य की समाप्ति करके गृहस्थाश्रम में प्रवेश करने का शुभ मुहूर्त्त भी आज ही है। यह कानन-वासिनी गूजर-बालिका गाला अपने सत्साहस और दान से सीकरी में एक बालिका-विद्यालय चला रही है। इसमें मंगलदेव और गाला दोनों का हाथ है। मैं इन दोनों पवित्र हाथों को एक बंधन में बाँधता हूँ, जिनमें सम्मिलित शक्ति से ये लोग मानव-सेवा में अग्रसर हों और यह परिणय समाज के लिए आदर्श हो!

कोलाहल मच गया, सब लोग गाला को देखने के लिए उत्सुक हुए। सलज्जा गाला, गोस्वामी जी के संकेत से उठकर सामने आई। कृष्णशरण ने प्रतिमा से दो माला लेकर दोनों को पहना दी।

हर्ष-कोलाहल हो रहा था। उसी में किसी का डरावना कष्ट सुनाई पड़ा—अच्छा तो है! चंगेज और वर्धनों की सन्तानों की क्या ही सुन्दर जोड़ी है!!

गाला और मंगलदेव ने चौंककर देखा—पर उस भीड़ में कहने वाला न दिखाई पड़ा।

भीड़ के पीछे कम्बल ओढ़े, एक घनी दाढ़ी-मूँछ वाले युवक का कन्धा पकड़कर तारा ने कहा—विजय बाबू! आप क्या प्राण देंगे! हटिए यहाँ से, अभी वह घटना टटकी है!

नये, नहीं विजय ने घूमकर कहा—यमुना! प्राण तो बच ही गया; पर, यह मनुष्य...

तारा ने बात काटकर कहा—बड़ा ढोंगी है, पाखण्डी है, यही न कहना चाहते हैं आप! होने दीजिए, आप संसार-भर के ठेकेदार नहीं—चलिए।

तारा उसका हाथ पकड़कर अन्धकार की ओर ले चली।

9

किशोरी सन्तुष्ट न हो सकी। कुछ दिनों के लिए वह विजय को अवश्य भूल गई थी; पर मोहन को दत्तक ले लेने से उसको एकदम भूल जाना असम्भव था। हाँ, उसकी स्मृति और भी उज्ज्वल हो चली। घर के एक-एक कोने उसकी कृतियों से अंकित थे। उन सबों ने मिल कर किशोरी की हँसी उड़ाना आरम्भ किया।

एकान्त में विजय का नाम लेकर वह रो उठती। उस समय उसके विवर्ण मुख को देखकर मोहन भी भयभीत हो जाता। धीरे-धीरे मोहन के प्यार की माया अपना हाथ किशोरी की ओर से खींचने लगी। किशोरी कटकटा उठती, पर उपाय क्या था, नित्य मनोवेदना से पीड़ित होकर उसने रोग आश्रय लिया। औषधि होती थी रोग की; पर मन तो वैसा ही अस्वस्थ था। ज्वर ने उसके जर्जर शरीर में डेरा डाल दिया। विजय को उसने भूलने की चेष्टा की थी। किसी सीमा तक वह सफल भी हुई; पर वह धोखा अधिक दन तक नहीं चल सका।

मनुष्य दूसरे को धोखा दे सकता है, क्योंकि उससे सम्बन्ध कुछ ही समय के लिए होता है; पर अपने से, नित्य सहचर से, जो घर का सब कोना जानता है, कब तब छिपेगा। किशोरी चिर-रोगिणी हुई। एक दिन उसे एक पत्र मिला। वह खाट पर पड़ी हुई अपने रूखे हाथों से उसे खोलकर पढ़ने लगी—

''किशोरी,

संसार इतना कठोर है कि वह क्षमा करना नहीं जानता और उसका सबसे बड़ा दंड है—'आत्म दर्शन!' अपनी दुर्बलता, जब अपराधों की स्मृति बनकर डंक मारती है, तब वह कितना उत्पीड़नमय होता है! उसे तुम्हें क्या समझाऊँ। मेरा अनुमान है कि तुम भी उसे भोगकर जान सकी हो।

मनुष्य के पास तर्कों के समर्थनों का अस्त्र है; पर कठोर सत्य अलग खड़ा उसकी विद्वत्तापूर्ण मूर्खता पर मुस्करा देता है। यह हँसी-शूल-सी भयानक, ज्वाला से भी अधिक झुलसाने वाली होती है।

मेरा इतिहास...मै लिखना नहीं चाहता। जीवन की कौन-सी घटना प्रधान है, और बाकी सब पीछे-पीछे चलने वाली अनुचरी हैं! बुद्धि बराबर उसे चेतना की लम्बी पंक्ति को पहचानने में असमर्थ है। कौन जानता है कि ईश्वर को खोजते-खोजते कब, किसे पिशाच मिल जाता है!

जगत् की एक जटिल समस्या है—स्त्री-पुरुष का स्निग्ध मिलन। यदि तुम और श्री चन्द्र एक-मन-प्राण होकर निभा सकते? किन्तु वह असम्भव था। इसके लिए समाज ने भिन्न-भिन्न समय और देशों में अनेक प्रकार की अपरीक्षाएं कीं, किन्तु वह सफल न हो सका। रुचि मानव-प्रकृति, इतनी विभिन्न है कि वैसा युग्म-मिलन विरला होता है। मेरा विश्वास है कि वह कदापि सफल न होगा। स्वतन्त्र चुनाव, स्वयंवर, यह सब सहायता नहीं दे सकते। इसका उपाय एकमात्र समझौता है, वही ब्याह है; परन्तु तुम लोग उसे विपुल बना ही रहे थे कि मैं बीच में कूट पड़ा। मैं कहूँगा कि तुम लोग उसे व्यर्थ करना चाहते थे।

किशोरी! इतना तो निस्सन्देह है कि मैं तुमको पिशाच मिला—तुम्हारे आनन्दमय जीवन को नष्ट कर देने वाला, भारतवर्ष का एक साधु नामधारी हो।—यह कितनी लज्जा की बात है। मेरे पास शास्त्रों का तर्क था, मैंने अपने कामों का समर्थन किया; पर तुम थीं असहाय अबला आह, मैंने क्या किया!

और सबसे भयानक बात तो यह थी कि मैं तो अपने विचारों में पवित्र था। पवित्र होने के लिए मेरे पास एक सिद्धान्त था। मैं समझता था कि, धर्म से, ईश्वर से केवल हृदय का सम्बन्ध है; कुछ क्षणों तक उसकी मानसिक उपासना कर लेने से, यह मिल जाता है। इन्द्रियों से, वासनाओं से उनका कोई सम्बन्ध नहीं; परन्तु हृदय तो इन्हीं सम्वेदनों से सुसंगठित है। किशोरी, तुम भी मेरे ही पथ पर चलती रही हो; पर रोगी शरीर में स्वस्थ हृदय कहां से आवेगा? काली करतूतों के भगवान् का उज्ज्वल रूप कौन देख सकेगा?

तुमको स्मरण होगा कि मैंने एक दिन यमुना नाम की दासी को तुम्हारे यहाँ देवगृह में जाने के लिए रोक दिया था—उसे बिना जाने-समझे अपराधिनी मान कर! वाह रे दम्भ!

मैं सोचता हूँ कि अपराध करने में भी मैं उतना पतित नहीं था, जितना दूसरों को बिना जाने-समझे छोटा, नीच, अपराधी मान लेने में। पुण्य का सैकड़ों मन का धातु-निर्मित घण्टा बजाकर जो लोग अपनी ओर संसार का ध्यान आकर्षित कर सकते हैं, वे, यह नहीं जानते कि बहुत समीप अपने हृदय तक वह भीषण शब्द नहीं पहुँचता।

किशोरी! मैंने खोजकर देखा कि मैंने जिसको सबसे बड़ा अपराधी समझा था, वही सबसे अधिक पवित्र है! वही यमुना—तुम्हारी दासी! तुम जानती होगी कि तुम्हारे अन्न से पलने के कारण, विजय के लिए फाँसी पर चढ़ने जा रही थी, और मैं—जिसे विजय पर ममत्व था—दूर-दूर खड़ा धन से सहायता करना चाहता था।

भगवान् ने यमुना को भी बचाया, यद्यपि विजय का पता नहीं। हां, एक बात और सुनोगी, मैं आज इसे स्पष्ट कर देना चाहता हूँ। हरद्वार वाली विधवा रामा को तुम न भूली होगी, वह तारा (यमुना) उसी के गर्भ से उत्पन्न हुई है। मैंने उसकी सहायता करनी चाही और लगा था कि निकट भविष्य में उसकी सांसारिक स्थिति सुधार दूं। इसलिए मैं भारत-संघ में लगा, सार्वजनिक कामों में सहयोग करने लगा; परन्तु कहना न होगा कि इसमें मैंने बड़ा ढोंग पाया। गम्भीर मुद्रा का अभिनय करके अनेक रूपों में उन्हीं व्यक्तिगत दुराचारों को छिपाना पड़ता है, सामूहिक रूप से वही मनोवृत्ति काम करती हुई दिखाई पड़ती है। संघों में, समाजों में, मेरी श्रद्धा न रही। मैं विश्वास करने लगा उस श्रुतिवाणी में कि देवता जो अप्रत्यक्ष है, मानव-बुद्धि से दूर ऊपर है, सत्य है और मनुष्य अनृत है। चेष्टा करके भी उस सत्य को जो प्राप्त करेगा। उस मनुष्य को मैं कई जन्मों तक केवल नमस्कार करके अपने को कृतकृत्य समझूँगा। मेरे संघ में लगने का मूल कारण वही यमुना थी। केवल धर्माचरण ही न था, इसे स्वीकार करने में कोई संकोच नहीं; परन्तु वह विजय के समान ही तो उच्छृंखल है, जब अभिमानी चली गई। मैं सोचता हूँ कि मैंने अपने दोनों को खो दिया। 'अपने दोनों पर'—तुम हँसोगी, किन्तु वे चाहे मेरे न हों, तब भी

मुझे ऐसी शंका हो रही है कि तारा की माता रामा से मेरा अवैध सम्बन्ध अपने को अलग नहीं रख सकता।

मैंने भगवान् की ओर से मुँह मोड़कर मिट्टी के खिलौने में मन लगाया था। वे ही मेरी ओर देखकर, मुस्कराते हुए त्याग का परिचय देकर चले गए और मैं कुछ टुकड़ों को—चीथड़ों को—सम्हालने-सुलझाने में व्यस्त बैठा रहा।

किशोरी! सुना है कि सब छीन लेते हैं भगवान् मनुष्य से, ठीक उसी प्रकार जैसे पिता खिलवाड़ी लड़के के हाथ से खिलौना ! जिससे वह पढ़ने-लिखने में मन लगाये। मैं अब यही समझता हूँ कि यह परमपिता का मेरी ओर संकेत है।'

हो या न हो , पर जानता हूँ कि उसमें क्षमा की क्षमता है, मेरे हृदय की प्यास—ओफ! कितनी भीषण है—वह अनन्त तृष्णा!—संसार के कितने ही कीचड़ों पर लहराने वाली जल की पतली तहों में शूकरों की तरह लोट चुकी हैं! पर, लोहार की तपाई हुई छुरी जैसे सान रखने के लिए बुझाई जाती हो, वैसे ही मेरी प्यास बुझकर भी तीखी होती है।

जो लोग पुनर्जन्म मानते हैं, जो लोग भगवान् को मानते हैं, वे पाप कर सकते हैं? नहीं, पर मैं देखता हूँ कि इन पर लम्बी-चौड़ी बातें करने वाले भी इससे मुक्त नहीं। मैं कितने जन्म लूंगा, इस प्यास के लिए, मैं नहीं कह सकता। न भी लेना पड़े, नहीं जानता! पर मैं विश्वास करने लगा हूँ कि भगवान में क्षमा की क्षमता है।

मर्मव्यथा से व्याकुल होकर गोस्वामी कृष्णशरण से जब मैंने अपना सब समाचार सुनाया, तो उन्होंने बहुत देर तक चुप रहकर यही कहा—निरंजन, भगवान् क्षमा करते हैं। मनुष्य भूलें करता है, इसका रहस्य है मनुष्य का परिमित ज्ञानाभास। सत्य इतना विराट् है कि हम क्षुद्र जीव व्यावहारिक रूप में उसे सम्पूर्ण ग्रहण करने में प्रायः असमर्थ प्रमाणित होते हैं। जिन्हें हम परम्परागत संस्कारों के प्रकाश में कलंकमय देखते हैं, वे ही शुद्ध ज्ञान में यदि सत्य ठहरें, तो मुझे आश्चर्य न होगा। तब भी मैं क्या करूं? यमुना के सहसा संघ से चले जाने पर नन्दो ने मुझसे कहा कि यमुना का मंगल से ब्याह होने वाला था। हरद्वार में मंगल ने उसके साथ विश्वासघात करके उसे छोड़ दिया। आज भला जब वही मंगल एक दूसरी स्त्री से ब्याह कर रहा है, तब वह क्यों न चली जाती? मैं यमुना की दुर्दशा सुनकर कांप गया। मैं ही मंगल का दूसरा ब्याह कराने वाला हूँ। आह! मंगल का समाचार तो नन्दो ने सुना ही था, अब तुम्हारी भी कथा सुनकर मैं तो स्वयं शंका करने लगा हूँ कि अनिच्छापूर्वक भी भारत-संघ की स्थापना में सहायक बनकर मैंने क्या किया है—पुण्य या पाप? प्राचीनकाल के इतने बड़े-बड़े संगठनों में जड़ता की दुर्बलता घुस गई! फिर यह प्रयास कितने बल पर है!—वाह रे मनुष्य! तेरे विचार कितने निस्संबल हैं—कितने दुर्बल हैं!—मैं भी जाता हूँ इसी को विचारने किसी एकान्त में! और, तुमसे मैं केवल यही कहूँगा कि भगवान् पर विश्वास और प्रेम की मात्रा बढ़ाती रहो।

किशोरी! न्याय और दण्ड देने का ढकोसला तो मनुष्य भी कर सकता है; पर क्षमा में भगवान् की शक्ति है। उसकी सत्ता है, महत्ता है, सम्भव है कि इसीलिए, सबके क्षमा के लिए वह महाप्रलय करता हो।

तो किशोरी! उस महाप्रलय की आशा में मैं भी किसी निर्जन कोने में जाता हूँ बस—बस!

पत्र पढ़कर किशोरी ने रख दिया। उसके दुर्बल श्वास उत्तेजित हो उठे, वह फूट-फूटकर रोने लगी।

गरमी के दिन थे। दस ही बजे पवन में ताप हो चला था। श्रीचन्द्र ने आकर कहा—पंख खींचने के लिए दासी मिल गई है, यहीं रहेगी, केवल खाना-कपड़ा लेगी।

पीछे खड़ी दो करुणा आँखें घूंघट में झांक रही थीं।

श्रीचन्द्र चले गए। दासी आई, पास आकर किशोरी की खाट पकड़कर बैठ गई। किशोरी ने आँसू पोंछते हुए उसकी ओर देखा—वह यमुना—तारा था!

10

बरसात के प्रारम्भिक दिन थे। अभी सन्ध्या होने में विलम्ब था। दशाश्वमेघ घाट वाली चुंगी-चौकी से सटा हुआ जो पीपल का वृक्ष है, उसके नीचे कितने ही मनुष्य कहलाने वाले प्राणियों का ठिकाना है। पुण्य-स्नान करने वाली बुढ़ियों की बाँस की डाली में से निकलकर चार-चार चावल सबों में फटे अंचल में पड़ जाते हैं, उनसे कितनों की विकृत अंग की पुष्टि होती है। काशी में बड़े-बड़े अनाथालय, बड़े-बड़े अन्नसत्र हैं, और उनके संचालक स्वर्ग में जाने वाली आकाश-कुसुमों की सीढ़ी की कल्पना छाती फुला कर करते हैं; पर इन्हें तो झुकी हुई कमर, झुर्रियों से भरे हाथों वाली रामनामी ओढ़े हुए, अन्नापूर्णा की प्रतिमाएँ ही दो दाने दे देती हैं।

दो मोटी ईटों पर खपड़ा रख कर उन्हीं दानों को भूनती हुई, कूड़ों की ईंधन से कितनी क्षुधा-ज्वालाएँ निवृत्त होती हैं—यह एक दर्शनीय दृश्य है! सामने नाई अपने टाट बिछाकर बाल बनाने में लगे हैं, वे पीपल की जड़ से टिके हुए देवता के परम भक्त हैं, स्नान करके अपनी कमाई के फल-फूल उन्हीं पर चढ़ाते हैं। वे नग्न-भग्न देवता, भूखे-प्यासे जीवित देवता, क्या पूजा के अधिकारी नहीं ? उन्हीं में फटे कम्बल पर ईंट का तकिया लगाये, विजय भी पड़ा है। अब उसके पहचाने जाने की तनिक भी संभावना नहीं। छाती तक हड्डियों का ढांचा और पिंडलियों पर सूजन की चिकनाई, बालों के घनेपन में बड़ी-बड़ी आँखें और उन्हें बांधे हुए एक चीथड़ा, इन सबों ने मिलकर विजय को—'नये' को—छिपा लिया था। वह ऊपर लटकती हुई पीपल की पत्तियों का हिलना देख रहा था। वह चुप था। दूसरे, अपने सांयकाल भोजन के लिए व्यग्र थे।

अंधेरा हो चला, रात्रि आई—कितनों के वैभव-विकास पर चांदनी तानने और कितनों के अन्धकार में अपनी व्यंग्य की हँसी छिड़कने! विजय निश्चेष्ट था। उसका भालू उसके पास घूमकर आया, उसने दुलार किया। विजय के मुंह पर हँसी आई, उसने धीरे से हाथ उठाकर उसके सिर पर रखा, पूछा—भालू। तुम्हें कुछ खाने को मिला!—भालू ने जभाई लेकर जीभ से अपना मुँह पोंछा, फिर बगल में सो रहा। दोनों मित्र निश्चेष्ट सोने का अभिनय करने लगे।

एक भारी गठरी लिए दूसरा भिखमंगा आकर उसी जगह सोये हुए विजय को घूरने लगा। अन्धकार में उसकी तीव्रता देखी न गई; पर वह बोल उठा—क्यों बे, बदमाश! मेरी जगह तूने लम्बी तानी है? मारूं डण्डे से, तेरी खोपड़ी फूट जाय!

उसने डण्डा ताना ही था कि भालू झपट पड़ा। विजय ने विकृत कण्ठ से कहा—भालू! जाने दो, यह मथुरा का थानेदार है, घूस लेने के अपराध में जेल काटकर आया है, यहाँ भी तुम्हारा चालान कर देगा तब?

भालू लौट पड़ा और नया भिखमंगा एक बार ही चौंक उठा—कौन है रे?

—कहता वहाँ से खिसक गया। विजय फिर निश्चिन्त हो गया। उसे नींद आने लगी थी। पैरों में सूजन थी, पीड़ा थी, अनाहार से वह दुर्बल था।

एक घण्टा बीता न होगा कि एक स्त्री आई, उसने कहा—भाई! बहन!—कहकर विजय उठ बैठा। उस स्त्री ने कुछ रोटियाँ उसके हाथ पर रख दीं। विजय खाने लगा। स्त्री ने कहा—मेरी नौकरी लग गई, भाई! अब तुम भूखे न रहोगे।

कहाँ, बहन?—दूसरी रोटी समाप्त करते हुए विजय ने पूछा।

श्रीचन्द्र के यहाँ।

विजय के हाथ से रोटी गिर पड़ी। उसने कहा—तुमने आज मेरे साथ बड़ा अन्याय किया, बहन!

क्षमा करो, भाई! तुम्हारी मां मरण-सेज पर है, तुम उन्हें एक बार देखोगे!

विजय चुप था। उसके सामने ब्रह्माण्ड घूमने लगा। उसने कहा—मां—मरण-सेज पर! देखूंगा, यमुना? परन्तु तुमने...!

मैं दुर्बल हूँ, भाई! नारी-हृदय दुर्बल है, मैं अपने को न रोक सकी। मुझे नौकरी दूसरी जगह मिल सकती थी; पर तुम न जानते होगे कि श्रीचन्द्र का दत्तक पुत्र मोहन का मेरी कोख से जन्म हुआ है!

क्या।

हाँ भाई! तुम्हारी बहन यमुना का वह रक्त है, उसकी कथा फिर सुनाऊँगी।

बहन! तुमने मुझे बचा लिया। अब मैं मोहन की रोटी सुख से खा सकूँगा। पर....माँ मरण-सेज...तो मैं चलूँ...कोई घुसने न दे तब!

नहीं, भाई? इस समय श्रीचन्द्र बहुत-सा दान-धर्म करा रहे हैं, हम तुम भी तो भिखमंगे ठहरे—चलो न!

टीन के पात्र में जल पीकर विजय उठ खड़ा हुआ। दोनों चले। कितनी ही

गलियाँ पार कर विजय और यमुना श्रीचन्द्र के घर पर पहुँचे। खुले दालान में किशोरी लिटाई गई थी दान के सामान बिखरे थे। श्रीचन्द्र मोहन को लेकर दूसरे कमरे में जाते हुए बोले—यमुना! देखो, इसे भी कुछ दिला दो। मेरा चित्त घबरा रहा है, मोहन को लेकर इधर हूँ; बुला लेना।

और दो-तीन दासियां थीं। यमुना ने उन्हें हटने का संकेत किया। उन सबने समझा—कोई महात्मा आशीर्वाद देने आया है, वह हट गईं। विजय किशोरी के पैरों के पास बैठ गया। यमुना ने उसके कानों में कहा—भैया आये हैं।

किशोरी ने आँखें खोल दीं। विजय ने पैरों पर सिर रख दिया। किशोरी के अंग अब हिलते न थे। वह कुछ बोलना चाहती थी; पर आँखों से आँसू बहने लगे। विजय ने अपने मलिन हाथों से उन्हें पोंछा। एक बार किशोरी ने उसे देखा, आँखों ने अधिक बल देकर देखा; पर वे आँखें खुली रह गईं। विजय फिर पैरों पर सिर रखकर उठ खड़ा हुआ। उसने मन-ही-मन कहा--मेरे इस दुखमय शरीर को जन्म देने वाली दुखिया जननी! तुमसे उऋण नहीं हो सकता!

वह जब बाहर जा रहा था, यमुना रो पड़ी, सब दौड़ आये।

इस घटना को बहुत दिन बीत गए। विजय वहीं पड़ा रहता था। यमुना नित्य उसे रोटी दे जाती, वह निर्विकार भाव से उसे ग्रहण करता।

एक दिन प्रभात में जब उषा की लाली गंगा के वक्ष पर खिलने लगी थी, विजय ने आँखें खोलीं। धीरे से अपने पास से एक पत्र निकालकर वह पढ़ने लगा—वह विजय के समान ही तो उच्छृंखल है।...अपने दोनों पर तुम हँसोगी। किन्तु वे चाहे मेरे न हों, तब भी मुझे ऐसी शंका हो रही है कि तारा (तुम्हारी यमुना) की माता रामा से मेरा अवैध सम्बन्ध अपने को अलग नहीं रख सकता।

पढ़ते-पढ़ते विजय की आँखों में आँसू आ गए। उसने पत्र फाड़ कर टुकड़े-टुकड़े कर डाला। तब भी वह न मिटा, उज्ज्वल अक्षरों से सूर्य की किरणों में आकाश-पट पर वह भयानक सत्य चमकने लगा।

उसकी धड़कन बढ़ गई, वह तिलमिलाकर देखने लगा। अन्तिम साँस में कोई आँसू बहाने वाला न था, यह देखकर उसे प्रसन्नता हुई। उसने मन-ही-मन कहा—इस अन्तिभ घड़ी में हे भगवान्! मैं तुमको स्मरण करता हूँ; आज तक कभी नहीं किया था, तब भी तुमने मुझे कितना बचाया—कितनी रक्षा की! हे मेरे देव! मेरा नमस्कार ग्रहण करो, इस नास्तिक का समर्पण स्वीकार करो! अनाथों के नाथ! तुम्हारी जय हो!

उसी क्षण उसके हृदय की गति बन्द हो गई।

आठ बजे भारत-संघ का प्रदर्शन निकलने वाला था। दशाश्वमेघ घाट पर उसका प्रचार होगा। सब जगह बड़ी भीड़ है। आगे स्त्रियों का दल था, जो बड़ा ही करुण-संगीत गाता जा रहा था। पीछे कुछ स्वयंसेवकों की श्रेणी थी। स्त्रियों के आगे-आगे घण्टी और लतिका थीं। जहां से दशाश्वमेघ के दो मार्ग अलग हुए हैं, वहाँ आकर वे लोग अलग-अलग होकर प्रचार करने लगे। घण्टी उस भिखमंगों वाले पीपल के पास खड़ी होकर बोल रही थी। उसके मुख पर शान्ति थी, वाणी में स्निग्धता थी। वह कह रही थी—संसार को इतनी आवश्यकता किसी अन्य वस्तु की नहीं, जितनी सेवा की। देखो—कितने अनाथ यहाँ अन्न-वस्त्र विहीन, बिना किसी औषधि-उपचार के मर रहे हैं। हे पुण्यार्थियो! इन्हें न भूलो, भगवान् अभिनय करके इसमें पड़े हैं; वह तुम्हारी परीक्षा ले रहे हैं। इतने ईश्वर के मन्दिर नष्ट हो रहे हैं धार्मिको ! अब भी चेतो!

सहसा उसकी वाणी बन्द हो गई। उसने स्थिर दृष्टि से एक पड़े हुए कँगले को देखा, वह बोल उठी—देखो वह बेचारा अनाहार से मर गया-सा मालूम पड़ता है। इनका संस्कार...

हो जाएगा! हो जाएगा! आप इसकी चिन्ता न कीजिए, अपनी अमृतवाणी बरसाइए!—जनता में कोलाहल होने लगा; किन्तु वह आगे बढ़ी, भीड़ भी उधर ही जाने लगी। पीपल के पास सन्नाटा हो चला।

मोहन अपनी धाय के संग मेला देखने आया था। वह मान-मन्दिर वाली गली के कोने पर खड़ा था। उसने धाय से कहा—दाई, मुझे वहाँ ले चलकर मेला दिखाओ, चलो मेरी अच्छा दाई!

यमुना ने कहा—मेरे लाल! बड़ी भीड़ है, वहाँ क्या है जो देखोगे?

मोहन ने कहा—फिर हम तुमको पीटेंगे!

तब तुम पाजी लड़के समझे जाओगे, जो देखेगा वही कहेगा कि यह लड़का अपनी दाई को पीटता है!—चुम्बन लेकर यमुना ने हंसते हुए कहा।

अकस्मात् उसकी दृष्टि विजय के शव पर पड़ी। वह घबराई कि क्या करे। पास ही श्रीचन्द्र भी टहल रहे थे; उसने मोहन को उनके पास पहुँचाते हुए हाथ जोड़कर कहा—बाबूजी, मुझे दस रुपये दीजिए।

श्रीचन्द्र ने कहा—पगली, क्या करेगी?

वह दौड़ी हुई विजय के पास गई। उसने खड़े होकर उसे देखा, फिर पास बैठकर देखा। दोनों आँखों से आँसू की धारा बह चली।

यमुना, दूर खड़े श्रीचन्द्र के पास आई। बोली—बाबू जी, मेरे वेतन में से काट लेना, इसी समय दीजिए, मैं जन्म-भर यह ऋण भरूंगी।

है क्या, मैं भी सुनूं।—श्रीचन्द्र ने कहा।

मेरा एक भाई था, यहीं भीख मांगता था, बाबू ! आज मरा पड़ा है, उसका संस्कार तो करा दूं।

वह रो रही थी। मोहन ने कहा—दाई रोती है बाबूजी, और तुम दस-ठो रुपये नहीं देते!

श्रीचन्द्र ने दस का नोट निकाल कर दिया। यमुना प्रसन्नता से बोली—मेरी भी आयु लेकर जियो मेरे लाल!

वह शव के पास चल पड़ी; परन्तु उस संस्कार के लिए कुछ लोग भी चाहिए, वे कहां से आवें। यमुना मुँह फिराकर चुपचाप खड़ी थी। घण्टी चारों ओर देखती हुई फिर वहीं आई। उसके साथ चार स्वयंसेवक थे।

स्वयंसेवकों ने पूछा—यही न देवी जी?

हाँ—कहकर घण्टी ने देखा कि एक स्त्री घूंघट काढ़े, दस रुपये का नोट स्वयं सेवक के हाथ में दे रही है।

घण्टी ने कहा—दान है इस पुण्यभागिनी का—ले लो, जाकर इससे सामान लाकर मृतक-संस्कार करवा दो।

स्वयंसेवक ने उसे ले लिया। वह स्त्री वहीं बैठी थी। इतने में मंगलदेव के साथ गाला भी आई। मंगल ने कहा—घण्टी! मैं तुम्हारी इस तत्परता से बड़ा प्रसन्न हुआ। अच्छा अब चलो, अभी बहुत-सा काम बाकी है।

मनुष्य के हिसाब-किताब में काम ही तो बाकी पड़े मिलते हैं—कहकर घण्टी सोचने लगी। फिर उस शव की दीन दशा मंगल को संकेत से दिखलाई।

मंगल ने देखा—एक स्त्री पास ही मलिन वसन में बैठी है। उसका घूंघट आंसुओं से भींग गया है। और निराश्रय पड़ा है, एक।

❑❑❑

राजपाल एण्ड सन्ज़ के चर्चित उपन्यास

मानस का हंस
अमृतलाल नागर

नाच्यौ बहुत गोपाल
अमृतलाल नागर

कितने पाकिस्तान
कमलेश्वर

वैशाली की नगरवधू
आचार्य चतुरसेन

वयं रक्षामः
आचार्य चतुरसेन

सोमनाथ
आचार्य चतुरसेन

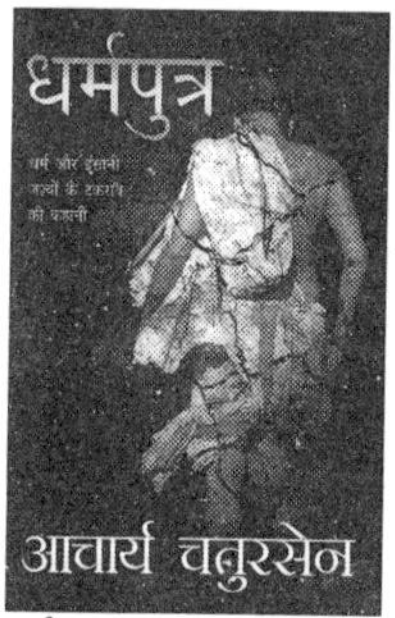

धर्मपुत्र
आचार्य चतुरसेन

देवांगना
आचार्य चतुरसेन

पीढ़ियां
अमृतलाल नागर

कब तक पुकारूं
रांगेय राघव

द्रौपदी
प्रतिभा राय

आवारा मसीहा
विष्णु प्रभाकर

पहला गिरमिटिया
गिरिराज किशोर

निर्मला
प्रेमचंद

गबन
प्रेमचंद

गोदान
प्रेमचंद